古典文獻研究輯刊

十七編

曾永義 主編

第**8**冊

元曲正義

于成我 著

國家圖書館出版品預行編目資料

元曲正義／于成我 著 — 初版 — 新北市：花木蘭文化事業有限公司，2018〔民107〕

目 2+272 面：19×26 公分

（古典文學研究輯刊 十七編：第 8 冊）

ISBN 978-986-485-325-0（精裝）

1. 元曲 2. 曲評

820.8　　　　　　　　　　　　　　　　107001700

ISBN-978-986-485-325-0

9 789864 853250

古典文學研究輯刊
十七編　第 八 冊　　　　　　ISBN：978-986-485-325-0

元曲正義

作　　　者　于成我
主　　　編　曾永義
總 編 輯　杜潔祥
副總編輯　楊嘉樂
編　　　輯　許郁翎、王筑　美術編輯　陳逸婷
出　　　版　花木蘭文化事業有限公司
發 行 人　高小娟
聯絡地址　235 新北市中和區中安街七二號十三樓
　　　　　　電話：02-2923-1455／傳真：02-2923-1452
網　　　址　http://www.huamulan.tw 信箱 hml810518@gmail.com
印　　　刷　普羅文化出版廣告事業
初　　　版　2018 年 3 月
全書字數　262496 字
定　　　價　十七編 26 冊（精裝）新台幣 50,000 元　　　版權所有・請勿翻印

元曲正義

于成我　著

作者簡介

于成我（1977～），男，漢族，山東平度人。本名于永森，自名于滄海，字成我，號負堂、否庵·復北。出身農民，曾爲化工廠一線車間工人 7 年。2010 年畢業於山東師範大學，獲文學博士學位，曾任教於寧夏師範學院文學院，現爲聊城大學外國語學院副教授。能詩詞，爲中國中外文藝理論學會、中國韻文學會、中華詩詞學會會員；主要從事中國當代文論話語體系建構與古代文論與文學、傳統文化思想研究，尤於意境理論、王國維美學有深入研究，1998 年以來提出並系統建構、闡釋了旨在突破、超越中國傳統文藝舊審美理想「意境」的「神味」說理論，爲二十世紀以後唯一具有中國「本土化」品性的新審美理想理論體系，並將理論普適性從詩歌延展到小說、雜文、戲劇、影視劇、漫畫等領域，得到學界高度評價。已出版學術專著《詩詞曲學談藝錄》、《聶紺弩舊體詩研究》、《〈漱玉詞〉評說》、《諸二十四詩品》、《稼軒詞選箋評》、《紅禪室詩詞叢話》，發表論文多篇；另撰有《元曲正義》、《論意境》、《論豪放》、《論「神味」——旨在超越「意境」的新審美理想理論體系建構與闡釋》、《論語我說》、《王國維〈人間詞話〉評說》、《王之渙詩歌研究》、《張若虛〈春江花月夜〉研究》、《否庵舊體詩集》等未版著作 10 餘種。《中國美學三十年》（副主編，撰寫古代美學部份 30 萬字）獲山東省第六屆劉勰文藝評論獎（著作類，2011 年）、山東省文化藝術科學優秀成果獎一等獎（著作類，2011 年），入選第三屆「三個一百」原創圖書出版工程（人文社科類，2011 年）；《詩詞曲學談藝錄》獲寧夏第十二屆社會科學優秀成果獎二等獎（著作類，2014 年）；舊體詩創作與評論獲第二屆聶紺弩詩詞獎（2015）。

提　　要

　　《元曲正義》係于永森（于成我）在《詩詞曲學談藝錄》一書提出並系統建構、闡釋的旨在突破、超越中國傳統文藝舊審美理想「意境」理論的新審美理想理論體系「神味」說理論在元曲領域的全面闡釋之作，爲「神味」說理論的繼續延展與豐富。元曲之經典性在於以「敘事性」品性開拓了中國古代詩歌的境界（在「神味」說理論體系的理論視域中，「敘事性」乃是最高的詩性，高於中國傳統文藝崇尚的「抒情性」品性），並因此改變了中國古代詩歌主要表現文人、士大夫精英階層以「雅正」爲主的審美趣味的態勢，而以大雅大俗的更高境界超越了以「雅正」爲主的審美趣味、意蘊爲核心而建構的「意境」境界，此種大雅大俗、以俗爲主爲美、崇尚淋漓盡致的表達風格的境界即「神味」之境界。元曲的最佳最高最勝最妙之處即其最高境界不是「意境」，而是「神味」，元曲無論從精神還是從體制上而言，都是中國古代詩歌的巔峰狀態的呈現。以此思想觀點爲核心，全書以曲話體的靈活方式對元曲進行了全面的觀照，不但闡釋了元曲以「神味」最勝的原因、藝術特色和魅力，而且在理論層次進行了系統闡說，廣泛涉及了如下理論問題：元曲存亡的原因；元曲開拓的意義；元曲的人格境界、思想境界、精神境界；元曲之「俗」之精神；元曲能與唐詩宋詞並列根本言之乃劇曲之功勞；曲的體制形式的價值；曲的體制形式以「豪放」爲主的特色；元散曲的不足；王國維後「意境」理論的發展；關漢卿、王實甫等著名曲家的作品評論；中國文學史爲詩與小說爭霸之歷史；「細節」及其精神；王國維、任中敏、吳梅等人的曲論；中國詩學之核心內涵與傳統文化精神；等等。全書以「神味」這一新的審美理想理論的眼光觀照、闡釋、評價元曲，爲自古以來的論者所未有，因而具有鮮明的獨創性特色。

目次

引　言

　　夫元曲者，吾國古代詩歌最後之巔峰、輝煌也，唐詩宋詞以迄於元曲，殆有其根由，而元曲之所以輝煌，蓋亦有其異於詩詞之獨特魅力焉。辛巳歲夏，余得王國維先生《宋元戲曲史》而覽之，其考證精而深，引據確而博，開源拓流，議論精穎，實創獲良多，裨益曲學之日也亦久矣。唯體屬初創，不能周全。且《宋元戲曲史》之作，不過以戲曲本體爲主，考證本體以明史蹟，而非意在理論之創造、闡述，故雖著《元劇之文章》一章，而其所用理論已非先生詩學之代表，而以「意境」括其最佳之處，已然有遜於《人間詞話》之「境界」說矣。〔註1〕余承王國維先生而倡「神味」說，雖系統闡論之於《詩詞曲學談藝錄》〔註2〕一書，而元曲乃實吾國傳統文學詩歌領域「神味」說一旨之最佳代表，書中僅能稍稍有言，而未大暢論之，故專注於此撰而又闊廓其論也，則稍偏於曲（我所謂曲，特指元曲，而於明清之曲不屑之，一如王國維先生之心也；明清之曲非無佳者，但非能至於曲之最佳之境界，則自不在我之目中也）。前人既論者，或不論，或略論；不重考證而特由吾國文

〔註1〕王國維《人間詞話》提出「境界」說，爲其詩學理論之代表形態，亦爲「意境」理論之集大成形態，因「境界」說之在「意境」理論發展史上爲最終形態，故「境界」區別於以往或泛泛而論之「意境」，即「境界」、「意境」兩者不同，此在王國維詩學理論之中尤其如此。故《宋元戲曲史》復用「意境」而不用「境界」，除「境界」不盡適用於元曲藝術境界最佳之處之品評外，亦可由此得見「境界」說之不足。

〔註2〕「神味」說詩學理論爲筆者提出並系統建構、闡釋之以突破、超越吾國傳統文藝舊審美理想「意境」理論爲根本宗旨之新審美理想理論體系，體系建構萌芽於1997年，初步建構完成於1999年，至2011年始命其書爲《詩詞曲學談藝錄》而梓行之。其後著作，多其自然之延展。

學及文化之大體以觀之，此誠由余生性豪宕激越、痛快淋漓而有疏放之色彩使然，期於文藝之「深閎偉美、大氣磅礡」〔註3〕，略有所得所益耳。夫生貴適興達性，雖貧賤何所以辭，而每感慨當世風氣浮華，多有如葉公之好龍者，知音頗罕，不過局促宇宙之間，勉力學術，間以詩酒自娛，自怡其情，涵養其氣、深厚其情耳！雖於平生深所體味現實之殘酷，人格境界、思想境界、精神境界始終如一，而處世則恆為兩種之姿態，往往左右為難而欲遮蔽其根本精神之所寄，而以尋常人之喜怒哀樂示人，其間之激盪纏綿，則往往使我而倦是，不恤也：其心也不妨為孤高，而其行也不妨為世俗，不亦可乎？

世之人今猶皆以「意境」為事也，而不知其已為過時〔註4〕之義，而無能於突破之創新之，而圖有一毫之裨益於文學，亦可悲矣！蓋學者眼光固宜有此，故余之以「意境」為過時之論出，而為世之獨勇之一人，可以驚世人而大可詫異之焉！〔註5〕余所創「神味」說，與「神韻」說大不相同，以「有我之境」、「無我之境」、「無我之上之有我之境」為文藝逐次而高之三種境界，而以「無我之上之有我之境」為極致，其說本為破「意境」理論而立，故義旨多與之對待而言，而繼承王國維「境界」說及王士禎「神韻」說之長，亦未嘗舉以忘而棄之也。因此之故，余論元曲，多用心於文學而不及戲劇，其說為後之文學開一新審美理想境界而生，拘束於斯文，亦甚宜矣。故此撰採用曲話體，雖為曲論，而實為詩學也。其義旨已發展至小說，以其說貫注《金庸小說詩學研究》一書，此撰則是《詩詞曲學談藝錄》梓行之前「神味」說理論建構第一階段最終完善之成果也。其後，至若王國維先生「境界」說及「意境」理論之不足，則有《王國維〈人間詞話〉評說》之作以見之；「神味」一義專注於詩人者，則有《矗紺弩舊體詩研究》；「意境」理論之系統研究、闡釋者，則有《論意境》；「神味」一義之核心精神之研究，則有《論豪放》。世之為學者，倘不知學之必有以益於人生、現實之義，而僅抱為學術而學術

〔註3〕此為「神味」說理論之最高風格（于永森《詩詞曲學談藝錄》，齊魯書社，2011年版，第421頁）。筆者按：本書所引《詩詞曲學談藝錄》版本均為2012年重印本，較之2011年初印本訂正數處（錯別字、錯誤），以下不再一一注明。

〔註4〕見于永森《詩詞曲學談藝錄·引言》，齊魯書社，2011年版，第1頁。所謂「過時」者，並非謂「意境」理論已不適用於古今之文藝，乃謂「意境」已非今後文藝之最高審美理想，即在審美理想之高度上「意境」已然完成其歷史使命矣，而文藝之鑒賞則仍不妨用之。

〔註5〕迄今為止，「神味」說理論已頗得學界高度評價，詳見拙著《詩詞曲學談藝錄》（齊魯書社，2011年版）、《諸二十四詩品》（陽光出版社，2014年版）。

之心，隔靴搔癢，而不知灌注其整個生命之激情、力量，以寄託其所有之人格境界、思想境界、精神境界，則亦可有可無而已矣，尚復何言哉！

　　余之撰著之中，此書成於《詩詞曲學談藝錄》初稿本《紅禪室詩詞叢話》之後，除以「神味」說理論研究、闡釋元曲之而外，「神味」說理論之不盡於《詩詞曲學談藝錄》一書之初稿本者，亦往往於是書闡說之〔註6〕；若甲午年梓行之《諸二十四詩品》一書所附《「神味」說詩學理論要義集萃》〔註7〕，則余提出、系統建構、闡釋之以突破、超越吾國傳統文藝舊審美理想「意境」理論爲根本宗旨之新審美理想理論體系「神味」說之理論大綱，得此三種，亦略可窺其大概矣，其他如《論豪放》、《論意境》、《王國維〈人間詞話〉評說》、《論語我說》諸書，亦解悟「神味」說之所以生成之重要參考，若《論「神味」》一書，則「神味」說理論體系集成總結之作，皆爲余生平治學之代表作者也。「神味」說詩學理論體系龐大，迄今之相關著作梓行者尚略不及半，而余之力往往不濟，豈不憂邪。然時世沉浮，人生難測，亦唯有盡心勉之，一切任之而已耳。

2005 年秋平度于成我（永森）識於濟南之嫁笛聘簫樓

2015 年春修訂於固原之晚生王靜安一百年齋

〔註 6〕《詩詞曲學談藝錄》初稿完成於己卯年（1999）冬，歷經十餘載之反覆修訂、完善，梓行於辛卯年（2011）年。《元曲正義》之撰，初稿完成於乙酉年（2005），時前者僅歷一次重大修訂，故「神味」說理論之若干闡釋，均補充於後者之中，其後雖亦經多次修訂，然大本則未觸及。故以辛卯年及其後梓行著作之「神味」說理論闡釋以觀後者之闡釋，或有不如，或見重複，因後者尚以元曲爲核心以闡釋「神味」說理論，自成系統，且亦可由存本書之基本樣態，而可見「神味」說理論發展之眞實歷程，故本書不再據其他已版之著作大力調整。

〔註 7〕《諸二十四詩品》版本之《「神味」說詩學理論要義集萃》爲「神味」說理論迄《諸二十四詩品》一書出版之時爲止之最終理論樣態大綱，去本書初稿完成已近十載，去「神味」說理論最初系統建構完成已逾十五載。此版本之後尚有數版本，各版本情況詳見本書第三〇則注釋之相關說明。

一

　　夫一切諸文學體制，若詩與詞，則主於情思者也〔註1〕，其稍廓大者則得理想之色彩，顯見爲超拔雄放、瑰麗奇宕之人格境界、思想境界、精神境界，如屈子之《離騷》、李太白之歌行，而臻於「無我之上之有我之境」，其極者豪放爛漫者，則緣各人隨所入於世俗民生之程度而各異，總之則我性燦爛，魅力紛呈，其能成大而神味卓然者，杜少陵固其最佳者矣。雖然，敘事之義猶然未得大施展也。若小說與戲曲，則主於事理者也，以事蘊理，以理指事，隱寓意蘊是其最高指歸。其稍燦然者無不求事之新異，或於尋常之事中隱寓奧義哲思，能使吾人得人格、思想、精神之薰染，而其最上者，仍爲世俗民生之事與蘊也。吾國文學之詩與詞之爲體，無不以性情爲尚，性情即主體本眞之個性化徵態，而根諸眞善者。小說、戲曲之爲代言體，則於其所創造之人物形象，雖有作者之感情理想寄寓其中，而與作者實無直接聯繫，不須爲其負責，故佞惡良善並畫，而俊逸庸俗互陳，而後文學中之人物形象始得彬彬大觀者焉。王國維《人間詞話》所云之「無我之境」，其最佳之措置實即可移於此，即今人所論小說之使人物感情諸因素自然流露，以「無我」揆諸詩與詞，則失之大矣，若詩歌之以主體性爲燦爛者，則必期於「無我之上之有我」之成就也。〔註2〕詩與詞所抒發之情志理想，本諸性情，無不爲自我之寫

〔註1〕葉燮《原詩》以「理」、「事」、「情」三者以概萬物，貫穿三者者爲「氣」，然其所謂「情」者，乃物之情態、情狀、情趣之類，非側重於情感一義。葉燮之所謂「情」，實則可納入「事」之一義之中，而「情感」之「情」，乃得與「理」、「事」並列，而其次序則宜爲「事」、「情」、「理」，三者彼此之間又相互糾纏、交互，不可作僵化看待。此三者最根本者爲「事」，而吾國古代詩歌之整體態勢卻側重於「情」，弱化「事」爲「景」即「事」之尤微小之部份，最終見爲弱化「事」所蘊含之現實之精神（直面現實而不隔、無所迴避於現實世界之利益、利害關係）此處所論之「主於情思」即表此已然之事實，而非謂詩歌之應然者如此也。

〔註2〕拙著《詩詞曲學談藝錄》以爲王國維《人間詞話》「有我之境」、「無我之境」之兩分法存在極大缺陷，故易兩分法之二元辯證爲三段式思維，「以『無我之上之有我之境』出『無我之境』之上，而以『有我之境』、『無我之境』、『無我之上之有我之境』爲文學藝術之三種境界，以『無我之上之有我之境』爲文學藝術之最高境界，所以本於性情而終之於人格境界、思想境界、精神境界，其核心則是豪放之精神，而期於儒道互補、取長補短之『大我』之境界

真，自我之渲染，其主體個性之思想、精神、人格力量洸洋而輝光，皆以自我最純真最優美最完善之生命力量呈現於文學之中，雖大奸大惡之人亦罔不欲誇飾或有所遮掩，而透漏消息於其風格之中，故知人論世，為衡文法則，不可獨就藝而論藝，如蔡京擅書卻為人不齒也。凡得其文，必與其世其人相參照對比，而後決其優劣與否，詩之所以貴為文藝之最尊而非他體之比，多在於此主體之因素焉。潘岳雖拜路塵，而終有知者、識者，若就作者之性之如靜躁有殊而判其風格，或有得也，而亦小焉者耳。如他技藝書、畫、木刻、建築之類，多姦佞之人而不廢其技，然苟無能於性情，則必有匠氣閃爍其中。知乎此義，而後乃得深解元曲之所以存亡興衰者焉。故吾國第一流之文學，罔不出於第一流之人格境界、思想境界、精神境界，儒家之精神首在於「正」，不正不誠，故其人離於正誠，為任何之事業其成就亦皆易測知，而不足以至於最高之境界。儒之最高精神在心向世俗民生，有此精神則自可免於俗儒之境界，免於為政教思想所圍而無個性之儒之面目，所惜者吾國古來即少所避免，「意境」亦其文論範圍之實現，故多局限、不足、弊端也。〔註3〕拙著《詩詞曲學談藝錄》所倡「神味」說一義，以「深閎偉美、大氣磅礴」之風格、境界為最上，即得力於此心，人之一生一世，何其寶貴，苟無此心，則雖謂之虛度，謂之終無所大成，亦無不可也！由是言之，李贄以「童心」為說，而極拒斥儒家思想之令人為非人、禮教之鉗制人心，然苟能以此世俗民生之心為心，則儒家之禮教安能縛人？則知李贄童心之為說，固為其次之義矣！總之，元曲之能突破吾國古代詩歌之以抒情為主而以敘事，由之進詩歌性情之境界而躋於更為豐富、複雜、深刻之人格境界、思想境界、精神境界，而無不由世俗民生以提升自我臻致「無我之上之有我之境」，並因自我與敘事之益為豐富、複雜、深刻而突破古代詩歌以含蓄蘊藉、溫柔敦厚之表述方式，而變為淋漓盡致、豪放爛漫，此即元曲之所以興之根本也。

者也。」（齊魯書社，2011年版，第1、6～9頁）此處所謂「最高境界」，即「神味」說視域之中主體之最高境界，即「神味」說最高境界諸必須因素之一端也。

〔註3〕本書關涉吾國傳統文化如儒家思想者，凡所肯定之表述，則就其長處以言者，筆者之根本思想則突破、超越吾國傳統文化思想之最高境界（至少有此意識，而不論其是否能夠達致），於傳統文化之基本態度為取長補短（補短為核心重點，蓋不如此則不足以根本、整體上創新、突破、超越之），特此說明。筆者此種思想之終端，見諸拙著《論語我說》一書，《「新文化主義」思想宣言》等文，亦可參考。「神味」說理論，即筆者上述思想之見諸文論領域者也。

敷而論之，詩與詞、小說與戲曲，其體制雖區以異，其所創造之藝術境界，則有所同者焉，一切諸文藝之最高境界皆詩也。不獨如是，「詩者，人之自我生命存在之最高形式、最高姿態、最高境界」〔註4〕，生命雖爲偶然，而生則必究竟其存在之意義，故凡文藝之最高境界，無不以意義爲尚，意義者情志之有理想之色彩者也，論其情則真淳博大，更寓以深邃之思想精神，而襯以主體人格獨立自由之光彩，而得豪放之精神之不守拘束之真髓，應之世俗民生而作爲之，舉生命之所有力量而傾注之，而後文藝之境成焉，「無我之上之有我之境」可期焉，神味生焉。詩詞之衰，體制乃其一大原因，突破詩詞之體制而趨於文藝之最高審美理想乃詩歌發展之必然，元曲之肇興，此兩因素均爲力甚巨也。吾國文學最初之源肇起於民歌俗謠，兼具材料內容及形式兩方面之內容，唯得學人雅化，乃得存於文明史。凡人類最初之社會形態，業未專工，而智識之士往往總之，政治教化之上而文學附焉，故先秦諸子之文，其文學之價值爲其次焉者也。詩歌最先具文學獨立之姿態，《詩》三百是其大成，孔子刪詩，尚「興、觀、群、怨」之旨，此齊之以政治教化以葆其地位也。其後兩千年中，詩歌之地位未得搖動，然必變化以持之，故雜言而五言而七言，又變爲詞。若自根本上言之，元曲之所以生，亦詩歌內在自我求變發展之必然，詩歌必變爲曲，其體制形式之變乃得徹底完美。若論元曲所以由生之外因，則又不得不歸功於小說。王國維《宋元戲曲史·宋之小說雜戲》云：「宋之滑稽戲，雖託故事以諷時事，然不以演故事爲主，而以所含之意義爲主。至其變爲演事實之戲劇，則是當時之小說，實有力焉。……其發達之際，雖略與戲曲平行；而後世戲劇之題目，多取諸此，其結構亦多依仿爲之，所以資戲劇之發達者，實不少也。」又《元曲之時地》之章云「余則謂元初之廢科目，卻爲雜劇發達之因」〔註5〕，皆所謂自外以求之也，而罔能中其肯綮。竊謂元曲之所以生，資於小說者固多，根本原因則在於小說託體之卑，而詩歌至元尚未盡得其變而尚具活力，否則小說亦不許爲詩歌乘也。論小說、戲曲之在敘事而更具生命力，戲曲未小說若也。小說創製雖早，然至唐之傳奇始獲其文體上真正獨立之意義，猶不過短篇以敘故事，而以史爲曼衍，長篇則元明之際之事矣。自小說、戲曲兩種體制言之，戲曲敘事之最高境界，宜象徵之境界也，其發達之形態，在常理上較小說爲晚。所以先小

〔註4〕于永森：《詩詞曲學談藝錄》，齊魯書社，2011年版，第108頁。
〔註5〕王國維：《宋元戲曲史》，上海古籍出版社，1998年版，第28～29、77頁。

說而成一代之文學，皆詩歌之力，而趁小說之隙也。此隙之所以成，則吾國傳統文化所左右之文學思想觀念使然。小說之體之於文學，寫自然人生諸樣態最爲全面，《宋元戲曲史・宋之滑稽戲》云：「今日流傳之古劇……觀其結構，實綜合前此所有之滑稽戲及雜戲、小說爲之。」〔註6〕元曲之興，多方取納，歷精融粗，以成「結晶」，否則亦不足以盡詩歌之變也。而詩歌之變化至元曲，物極必反，盛極孕衰，其變已盡而其衰也不可免矣，興亡之際，可爲慨也！元曲雖見爲吾國古代詩歌極巔之樣態，然就體制而言，卻並非最爲盡善盡美者，不過錯綜諸般因素以成就其獨一無二之歷史地位，卻無可置疑：如明清戲曲體制雖更完善，然其時小說卻更爲發達而不得爲「一代之文學」，何況論文字之當行本色、曲之當行本色之豪放境界、雅俗之辨之以俗爲主爲美，元曲均大過於後世之曲也。

　　吾國古代文學中之敘事詩最不發達，《詩》三百稍有之，或頗具敘事之因素，如《氓》、《七月》之篇。後世之《孔雀東南飛》，則代言體，爲吾國敘事詩除元曲而外之最佳者，極具悲劇力量，惜元人未能採之演繹爲一闋大之悲劇，而磅礴、洋溢其悲劇之力量與美，若然，則王國維所謂「其最有悲劇之性質者，則如關漢卿之《竇娥冤》，紀君祥之《趙氏孤兒》……即列之於世界大悲劇中，亦無愧色也」〔註7〕，可得而三矣！其又析「元雜劇之視前代戲曲之進步，約而言之，則有二焉」〔註8〕，其一所述，未知詩歌之變者也。詩歌之變，自形式以言之，亦有二。其一則形式變而容納俗文化之境界，一則力求長其篇幅，是二者於元曲之興也意義尤大。詩而詞，詞而曲，遂極盡長短變化之能事，俗語及方言大加採用，自體制、風格、形式諸因以觀之，莫不活也。方言俗語所以活文字也，潑辣錯落所以活風格也，以大俗爲大雅，元曲之本事也。蓋一「活」字，是「神味」一旨之靈魂也！〔註9〕性情活乃其根本，性情活矣，則無所不活。人之生也，不患無能固，而患不能活。活則悟入，悟入而周諸萬物，則其人格境界、思想境界、精神境界亦得提升矣，而終能至於豪放之境界。元曲乃吾國文學中活文學之極致，故余倡「神味」說而以元曲爲標持也。《詩詞曲學談藝錄》卷三論聶紺弩之舊體詩有云：「詩詞須活，但活便自動人，此中詩比詞尤難焉。須不能如道學家正襟危坐面目，

〔註6〕王國維：《宋元戲曲史》，上海古籍出版社，1998年版，第14頁。
〔註7〕王國維：《宋元戲曲史》，上海古籍出版社，1998年版，第99頁。
〔註8〕王國維：《宋元戲曲史》，上海古籍出版社，1998年版，第62頁。
〔註9〕于永森：《詩詞曲學談藝錄》，齊魯書社，2011年版，第6頁。

但當因性情而行，於禮法之類，大可隨宜處分之，如嚴慈膝下爛漫之小兒女也，與做人不同，此第一法。詩詞之體格須老成，氣調須正，懷抱須大，性情須著童心，以一切童真之表現皆不顧世俗，而能透世俗之重圍也，此第二法。兩法行，而神味生矣；『活』字乃余所倡『神味』說之靈魂也。若非由此性情，紺弩之詩安能臻於神味之境界邪？」〔註10〕宋人以禪喻詩之風大行，大受道學向內轉之心性工夫波及，一時「活法」、「活參」諸義盛行，卻多流於表面形式，特是「技」之境界，未若「神味」說中之為靈魂之「活」之一義，即「豪放」之別名，而不守拘束於任何傳統保守、僵化、腐朽、過時之慣性勢力之約束也。須知「活」之一義，其根源乃在於世俗民生，禪學之趣，此之不知，其所闡說徒然其表耳！或曰：元曲乃戲劇之體，胡為云其詩之變之極致？竊謂元曲組織之結構，實詩化以成，非盡純粹自由之戲曲〔註11〕，矧元曲之思想精神已具戲曲之形，結構非其重也。亦唯其結構雖足以盡詩歌之變而不足以發展純粹自由之戲曲，故其末為南戲所趁，而其積極之一面則繼在明之民歌；詩歌及戲曲在總體上則又為小說所趁，故遂衰。小說之於元曲，漢蕭何之於韓信也。唯吾國歷史歷兩千年之封建，其於文學扭曲亦多，大體常情常理之外，往往畸形發展，元曲實即其中之雖稍畸形而尤佳者也。又《詩詞曲學談藝錄》卷二有云：「吾國傳統文化之思想向以奴化為心，而為政教思想所束縛，士人多陷於柔弱不振，若他族之新變，正適以救吾國之士之柔弱不振者，即詩歌一道，詩詞曲之遞進為變，無不由於他族之剛健以補中華之柔弱靡曼，故詩詞曲之愈變而益以豪放為其精神。」〔註12〕能以豪放為其精神，即人世間最偉大壯觀閎美之詩歌也，元曲能大弘豪放之精神，則其興也宜然矣，後世不能繼承豪放之精神，則其衰而不振也宜然矣。故王國維《宋元戲曲史・元劇之文章》云：「元劇最佳之處，不在其思想結構，而在其文章」〔註13〕，尤立足不住，竊謂元曲最佳之處正在其思想結構，文章其次也。元曲之所以衰，非其文章之罪，實其人格境界、思想境界、精神境界愈變益下而不得其繼者焉！元曲而南戲而明清傳奇，由《竇娥冤》而《梧桐雨》，而《西廂記》，而《漢宮秋》，而《倩女離魂》，而《琵琶記》，而《拜月

〔註10〕 于永森：《詩詞曲學談藝錄》，齊魯書社，2011年版，第278～279頁。
〔註11〕 參見本書後之「戲曲之雙中心：元前期之雜劇為詩而其後之戲曲為劇論」一則所論。
〔註12〕 于永森：《詩詞曲學談藝錄》，齊魯書社，2011年版，第171頁。
〔註13〕 王國維：《宋元戲曲史》，上海古籍出版社，1998年版，第99頁。

亭》，而《牡丹亭》，而《長生殿》，而《桃花扇》，皆是也，其文章愈趨典雅
蘊藉、清麗諧婉者也，愈失豪放之精神者也，自文章以觀之，未嘗遜色，然
自人格、思想、精神之境界觀之，則後之視元曲遜色多矣，故神味遜矣！《元
劇之文章》云：「其文章之妙，亦一言以蔽之，曰：有意境而已矣。何以謂之
有意境？曰：寫情則沁人心脾，寫景則在人耳目，述事則如其口出是也」，「明
以後，其思想結構盡有勝於前人者，唯意境則為元人所獨擅。」〔註14〕王國
維先生道出元、明以後優劣之事則是，其道所以優劣之事則非是也。蓋元、
明以後之戲曲皆以「意境」勝，明以後之戲曲所以未元曲若者，乃元曲更以
「神味」勝，而有特出之人格境界、思想境界、精神境界。蓋吾國古代詩歌
就「意境」之審美理想追求而論，其變化至元已略盡，生命力亦已略盡，詩
歌中之意象已至復至熟至陳至濫，而意境亦無新鮮之活力矣。試觀元以後詩
歌中之意境，重複迂腐而不可救藥，陳陳相因而毫無生氣，則知之矣。明之
前、後七子必有見、有感於此而為復古，將以古假借詩歌中之活力，未必復
古其衷也。故後世詩歌，苟不借性情之力則更無足觀矣，如龔定庵之詩、陳
迦陵之詞，皆假性情而尤特出者也。元曲之文章，至《西廂記》已臻大成，
其後諸作，不過追塵而已。《西廂記》已嫌熟濫之極，而去關漢卿諸劇曲之為
本色之境界已稍遠，況如《長生殿》者乎？益不堪矣！若不知此中細緻處而
妄以意境揆諸吾國文學，惑之甚矣！以意境勝，則曲已入雅化之格，元人猶
知崇「豪放」之格，而能開拓豪放之境界，明人則由曲之雅化故而使曲退化
至詞，又安能使曲有生氣淋漓之觀？王驥德《曲律·雜論》云：「詞、曲，不
尚雄勁險峻，只一味嫵媚閒豔，便稱合體。是故蘇長公、辛幼安置兩廡，不
得入室。」以視女子之目取詞曲邪？則其又云「作曲如美人，須自眉目赤髮
以至十筍雙鉤，色色妍麗，以至語笑行動，事事襯副，始可言曲」者是矣，
此畫美人法，不知一點精神，流露何處！王世貞《曲藻》之毛一相跋云：「唐
之詩、宋之詞、元之曲……惟詞曲之品稍劣。而風月煙花之間，一語一調，
能令人酸鼻而刺心，神飛而魄絕，亦惟詞曲為然耳。大都二氏之學，貴情語
不貴雅歌，貴婉聲不貴勁氣，夫各有其是焉。」此二人者是何見識，當俗文
學大興之際而猶欲雌天下之曲，雌天下之文學，則元曲以俗為特色，雖存於
此種人之手，又安得不名存實亡邪！

　　文學中抒情、敘事兩種手段，苟抑其一，則必有不能抑制之一日，故元曲

―――――――――――――――――

〔註14〕王國維：《宋元戲曲史》，上海古籍出版社，1998年版，第99頁。

後遂爲小說所取代也。然元曲雖謂之一代之文學，其實有未至者焉。關、王、馬、白、鄭雖天縱之才，而萃乎元曲之前期，非元曲之幸也，而關漢卿爲尤然。余覽漢卿諸作，寫曲命意誠有獨絕處，當行本色一事信當之而無愧，然尚未發揮至於淋漓盡致、神味爛漫也，體制結構亦弱。採事頗佳，創造人物形象亦特出而衆，然溺於敘事，不擅以虛爲蘊，故少積極主動創造人物形象之意識，其人物亦乏自由理想之色彩。所爲雖精彩，而乏深邃之觀瞻。文字誠本色當行，然俗語方言入曲既多，有礙流傳。以今所存雜劇十三種觀之，亦頗參差不齊，佳處正少。關尚如此，遑論他人！使漢卿生於王國維所謂「一統時代之時」，以其天才，當令元曲別生壯觀異彩也！王國維所謂「元雜劇之爲一代之絕作，元人未之知也……三百年來，學者文人，大抵屛元劇不觀。其見元劇者，無不加以傾倒」〔註15〕，恐非其實，推崇亦過矣。若散曲則佳者更寡，今人研究直傾力之至，亦不過自作多情耳！物以稀爲貴，而曲高和寡，換言之，則世間之佳物，正自稀少，而爲常態。故論元曲之美，只當審其最高境界可矣，不必以其不佳者均衡之，其最高境界乃能充當審美理想更新之歷史重任也。

王國維《宋元戲曲史》以元曲爲「活文學」而以明、清之曲爲「死文學」，故鄙棄明、清戲曲，不屑論之，日人青木正兒《中國近世戲曲史》一書對此頗有不平，青木正兒據今之劇場猶上演明、清戲曲而不見元雜劇之事實，乃遂以元曲爲死劇，故立志爲明、清戲曲作史。〔註16〕其志則尚矣，其說則甚偏而執、迂腐不化也！亦緣不通吾國歷史所致。明、清文字獄之慘烈，爲吾國歷史上之奇觀，「清風不識字，何故亂翻書」尚罹禍難免，而況大庭廣衆上演之戲曲乎？未聞孔尚任之事邪？此亦即與前所言之人格境界、思想境界、精神境界之光芒遜色相聯繫，眞理想之色彩光芒，亦何所容於世哉！清人李漁《閒情偶寄》倡戲曲關乎教化，「有裨風教」，「治則以之點綴太平」，「方今海甸澄清，太平有象，正文人點綴之秋也」，甚而言「倘有一毫所指，甘爲三世之暗；即漏顯誅，難逃陰罰」，明高則誠亦云：「不關風化體，縱好也枉然」，朱權《太和正音譜》云：「返古感今，以飾太平」，既經政教選擇之籠罩而大雅化，則不異閹割其精神又扼其命脈，嗚呼，此元曲之所以亡也，後之來者，雖多亦奚以貴？若此者，日人豈足以知之也哉！

〔註15〕王國維：《宋元戲曲史》，上海古籍出版社，1998年版，第98頁。
〔註16〕見王國維《宋元戲曲史》一書《導讀》(葉長海撰)，上海古籍出版社，1998
　　　　年版，第16頁。

二

《左傳‧哀公二十五年》引孔子之言云：「言之無文，行之不遠」，《論語‧里仁》又云：「君子欲訥於言而敏於行。」角度、側重不同，宜爲中肯之解會。《論語‧雍也》又云：「質勝文則野，文勝質則史，文質彬彬，然後君子。」後世亦影響及文，然二元辯證思維，畢竟不能解決事物更進式之發展。若獨就文學之角度而論，則古今文字，每藉俗白而得演繹改觀，調劑融合，而生新美。如周之雅言，久之聲口已趨於一致，而乏個性之爛漫百端，生機逐漸盡，歷封建經濟之勃興，乃得一變，由詰屈聲牙變爲富於機趣、跌宕灑脫之文，遂確立吾國文化最深厚博大之淵源，諸子之作，天才縱橫，其燦爛輝熠，後世亦未必盡可及焉。然諸子之文成就既大，後世又難得進益，非如《史記》之能宏大敘事，或韓愈古文之情、氣並至，或明之小品文以寄託吾國文人士大夫之精英階層以雅正爲主之審美趣味爲主，則不能別開壯觀。又如《詩》三百，最燦爛爛漫之篇什乃愛情詩，性情風神，宛然如在如見，千古之下，尚讚歎其何其貼近心意，而姿態爲可觀。若人性情之自然不拘，出於人之自然之天性，不可因一切諸外在之因質而泯滅壓抑之，則不可限之以時而所在多有，歷代不乏，即有所壓抑，亦未必拘束於自家風景之時，如大家淑女、正人君子之風味，人前端正，而私下還家，則自不妨夫婦之爲纏綿，如張家之畫眉也。當世有所謂俗語者，云是人則皆不簡單，勿以己之聰明而遂以人爲愚昧，而可愚昧之也；性情之事，尤爲然也。即愚昧之人，亦或有絕佳妙之性情。然在文學，則由文獻之失佚，而不能盡以保存，如《詩》三百之類肇其端也。且此端倪，殊爲輝煌燦爛，後之詩人，如魏晉南北朝之詩歌，遜色多矣，雖或有性情之篇，卻少吸收俗白精華之作。體式風格，則《詩》三百實亦總其大成，後世詩人，或僅能得其一端耳。〔註17〕傳云孔子刪詩〔註18〕，取其

〔註17〕「内在律之最完美之外見也，則李太白，則關漢卿，則郭沫若，總之爲雜言詩也。」（于永森《詩詞曲學談藝錄》，齊魯書社，2011年版，第112頁）《詩》三百及楚辭均已大見雜言詩之樣態，格律詩雖優長、缺陷畢備，然詩歌總須經歷此一發展階段，而吾國古代之格律詩尤重齊言，有唐即其最高潮，其後之詞、曲均爲雜言詩之樣態，二十世紀以後之新詩，亦以雜言爲主。故先秦雜言詩之良好基礎未得漢代以迄初唐之繼承，齊言化格律詩之發展趨勢實爲其重要之一原因。元曲雖不脱格律詩之範圍，然能用雜言爲主，是其佳處所在，且以容量之大增而大勝於詞矣。

〔註18〕《史記‧孔子世家》：「古者《詩》三千餘篇，及至孔子，去其重，取可施於

十一而尚得三百篇，而鄭、衛之風幸焉，所取者猶若是，則未取者亦可知矣。孔子一言以蔽《詩》三百篇，云「思無邪」（《論語‧爲政》），然則有邪之作，極富於世俗、民生、人情之意蘊、意味者，則不得見其原矣，爲極可惜也。政治教化之思想精神極妨害人，後世之論者尚多不以詩「可以怨」〔註 19〕爲宗旨，則所謂有邪之作之在孔子時代之命運，亦可知矣！

　　大凡文學，必先得思想之轉機，使內容得以充實，而後形式風格之創新，方非是無源之水；而其變也，又往往藉俗白之力而行突破之事，以俗白之美乃原始樸素之美、新鮮活潑、燦爛爛漫之美，此吾國兩千年文學之大概，而可貫穿之以一線索者也。故清新自然爲文藝境界之第一義〔註 20〕，如謝靈運「池塘生春草」之句，享譽久者，一則意象清新自然無矯飾湊泊之嫌，又則其所寫之境沛然勃發生機也。又如鍾嶸《詩品‧序》所稱道之「高臺多悲風」、「思君如流水」，亦此義也。此義之內，則「清」之上，猶可兼有「麗」之一義，故每清麗並稱。麗也者，我性之魅力，其情志必託諸理想之色彩，故多浪漫而瑰奇振宕，而又必以清新自然出之，否則即流於綺縟，爲俗豔矣。若自然風景之麗，如花之嬌，非麗之眞正意涵也。清麗而又富哲學意趣與人生意蘊，則是吾國文學之第二義，此義之代表無右丞若者，如「明月松間照，清泉石上流」、「欲投人處宿，隔水問樵夫」諸篇，參融以老莊與禪趣者也，意韻佳甚，吾國文學中以「意境」爲特色之「靜」、「空」、「逸」之趣，此可稱其極矣。自我之情志既因理想、浪漫之色以極其開闊逸蕩之致，吞吐磅礴之力，由之以使文學以躋於閎大深邃、壯麗豪放之境，情與氣而並勝，則又往往依託性情而煥發靈機，寄其懷抱，志在用世，於俗世攘雜反覆之利害關係中悠然忘我，獨然無我，爲堅強絢麗獨立之美，爲灑脫不羈爛漫之美，雖坎坷艱難而弗顧，但知我之所以爲我，我之志意理想何若而踐行之，以臻於「無我之上之有我之境」，而「神味」特出，此第三義也。此三種義、三種層次、境界，逐次而高，若不廓清，不可以與論文學也。

　　　禮義，上採契、后稷，中述殷、周之盛，至幽、厲之缺……三百五篇，孔子皆絃歌之。」

〔註 19〕孔子雖言詩「可以怨」，然其實質則「怨而不怒」——其雖未道「怨而不怒」，然《論語‧八佾》云「《關雎》樂而不淫，哀而不傷。」性質類似。所以然者，無不因孔子之根本思想爲「中和」（「中庸」）也。

〔註 20〕此處所謂「第一義」非最高最上之義，而爲文學最高境界之最低層次必具之義，即無之不可臻致文學之最高境界，有之而無其他因質則亦未必能以臻致最高境界也。

　　然則何以崇俗言而不崇雅言邪？以俗之意蘊更深且富也。就文學所涉之俗之義而言，則斯有兩種：一曰俗語白話，一曰紅塵俗世及主體之思想、理想及精神，及俗語白話所表達之內容。前者關涉文學之體式、風格，後者關涉作者主體之姿態、內容。所謂體式、風格，如詩中之雜言、五七言之屬，及其所自然而有之流麗或端凝。所謂姿態、內容，如魏晉自我之覺醒影響而及於文學，元曲之根本精神爲立足於大眾，表見世俗之現實世界之社會民生。故樸素之中蘊含精閎深約之內容，其動人力量尤甚也。如《竇娥冤》第二折〔鬥蝦蟆〕之曲，王國維《宋元戲曲史・元劇之文章》贊爲「此一曲直是賓白，令人忘其爲曲。元初所謂當行家，大率如此；至中葉以後，已罕覯矣。」〔註21〕——惜王國維先生不能堅持己見，左右遊移不定，故後又有論馬致遠曲云：「〔天淨沙〕小令，純是天籟，彷彿唐人絕句。馬東籬《秋思》一套，周德清評之以爲萬中無一，明王元美等亦推爲套數中第一，誠定論也。」唐人絕句，安能是元曲妙境？〔註22〕《秋思》之作，亦非元曲本色，太雅故也。——元曲如得正常發展，將成一代俗文學〔註23〕之代表，而啓白話文學最爲佳美之先聲，白話俗語，亦未嘗不能爲優美之意境與燦爛之神味，如卞之琳《斷章》、鄭愁予《錯誤》之類，皆是也。古之絕句、小令多有純白者，如金昌緒之：「打起黃鶯兒，莫教枝上啼。幾回驚妾夢，不得到遼西。」（《春怨》）陶淵明之「採菊東籬下，悠然見南山」（《飲酒》其五）。實則以最樸素之文字表達最豐富、最深刻之思想內涵，表見無限豐富、複雜、深刻之社會民生樣態、意蘊，乃文學之最眞諦，

〔註21〕　王國維：《宋元戲曲史》，上海古籍出版社，1998 年版，第 100 頁。

〔註22〕　詩詞曲之體制在唐宋元代而言爲遞進式之開拓、發展，而各有本色之特色境界，即三者之一之體式之最高最佳境界，必非其他兩者體式之最高最佳境界，故若馬致遠此作爲唐人絕句妙境，適可見其非元曲體式之最高最佳境界。

〔註23〕　趙敏俐、吳相洲、劉懷榮等著《中國古代歌詩研究——從〈詩經〉到元曲的藝術產生史》一書云：「元曲的生產者主要是下層文人和不仕文人，其消費者除傳統的文人階層外，更多的是市民階層。而傳統的詩文辭賦，其生產者和服務對象，主要是文人士大夫階層。樂府歌詩和唐宋詞創作，其源在民間，但文人介入後，也由俗趨雅，成爲傳統雅文化的一部份。元代雖然有些文人一直嘗試散曲和雜劇創作的雅化，但元曲，尤其是劇曲，屬通俗文學範疇。唐宋文人詞和元曲這種雅俗的不同，標明傳統雅文化在文藝生產中主流地位的動搖。長期湧動在民間市井的各種通俗文藝形式，融會於元曲中，成爲了一代文藝的主流。」（北京大學出版社，2005 年版，第 602 頁）世有所謂通俗文學、雅文學之分，傳統文化亦有雅俗之分野，然其分類均非完全科學、合理，蓋判定雅俗之根本尺度應爲藝術性，而非僅據某部份（或某階層）人之審美趣味。元曲雖爲俗文學，然能大俗大雅，故是極高藝術境界之文學也。

亦即「神味」一義之所由出，但文字須極爲活潑爛漫，而精神豪放，能至於「無我之上之有我之境」。其所表出之者，則「細節」一義也。拙撰《詩詞曲學談藝錄》卷一有云：「故『神味』也者，『活』字爲其靈魂，『豪放』爲其精神，大『俗』爲其特色，『爛漫』爲其姿態，而『不隔』爲其意志，『細節』爲其眼睛也。」〔註24〕又云：「細節者，『無我之上之有我之境』之所寄託也。郭沫若《鳳凰涅槃》之高處，乃在於以細節勝。其中集香木自焚而復從火中更生之鳳凰，實即余所倡『神味』說『無我之上之有我』之最佳表現。」〔註25〕西人近代詩學大倡詩之意義在於語言，則可謂偏以執之而迷途不返，「詩人何爲」之樂道，不足奇矣。又如吾國書畫，其四要素爲技藝（含筆墨）、性情、意境、思蘊，古代專重前三者，於第四義不大體會，故山水、花鳥、人物特工，其高者僅能於意境之中寄託傳統文化之色彩、精神，其性情、精神之最高境界亦均僅能指向隱逸一路。近人黃賓虹倡「畫重內美」，如何能爲內美，則尚未得探驪珠，尤惜者響應者罕，唯徐悲鴻作畫多涉思旨，如《九方皋》、《田橫五百士》、《蹊我後》、《愚公移山》等，堪稱大匠，惜亦開拓不遠。餘人多昧焉，尚矜矜以山水、花鳥、人物之工爲準繩，沿襲傳統文化之餘跡，器亦狹小矣。不過多於技法上翻新弄巧，變幻花樣，而不知求其思蘊之高、大、深、遠而兼神味，欲以追摹古人之境界，則不倫不類，欲以創造今世界之境界、神味，則此又非天才不辦也。若能知「細節」之義，且分辨「細節」與「情景」（「意象」）之根本區別〔註26〕，而廣泛以深入世俗民生之中，任意爲截取者皆足動人，尤何必以小道自期自許，仍留戀在性情之境界處也。

吾國之文學，專主於情思者也，情思之易復而單調，故往往逞其心力於文字，所謂舍本逐末也。詩以言志，史以記事。事足見人，故史之學特達，其文學之因，則稍事潤飾以附庸於史學。《史記》爲最具文學特質之一部，論其價值，則文學斷不能與史實相比，故在文學，則多具事之體，亦未若專主情志者，此又由吾國文學多直指傳統文化之精神抑哲學思蘊而相與芬芳者焉；而詩尤居文學之首，雖有敘事詩如《孔雀東南飛》、《木蘭詩》之篇，而甚寡焉，即此二作亦故事、傳說之成分爲多，強之以詩形耳。史既論事，則帝王貴戚之家族興衰史耳，涉生民者少，雖稗官野史不足補焉。《史記》之《刺

〔註24〕于永森：《詩詞曲學談藝錄》，齊魯書社，2011 年版，第 5 頁。
〔註25〕于永森：《詩詞曲學談藝錄》，齊魯書社，2011 年版，第 44 頁。
〔註26〕「細節」、「意象」（「情景」）爲「神味」、「意境」兩理論之根本區別之一，詳見本書第三〇則所示「神味」說理論體系要義集萃諸版本。

客列傳》、《遊俠列傳》有心開拓，至唐而演爲傳奇，恃俠義文十瀟灑風流之瑰奇，爲文學生色，然仍以士爲底線，此一底線之下之世俗民生，則略不得大見。當其時也，一則詩道斯盛，詩爲正統小說爲小道末流之思想猶居文人士大夫之心魂，一則士大夫之流雖不乏體察民生之疾苦者，然終未能融入世俗而周知其細事，以抉其最具震撼人心藝術魅力之本原之美，且文學至唐仍未獲獨立於政教（杜子美《旅夜抒懷》：「名豈文章著」），故唐之傳奇所表現之領域仍極狹小淺薄，以此不能具備如後世長篇小說之潛力。雖有士出身貧賤，情感理想與世俗民生爲通，既得脫離此一生存之狀態，而遂忘本者多，不以爲意者多也。然文學者，必得以事表現人物形象及其最完美之發展爲所歸依，事之一義，於文學之價值大矣，此徵之今之小說在文學中之地位可知矣。吾國古詩中之事，多以隸典〔註27〕出之，意蘊雖深，形象不能鮮活而具立體效果。當元之際，已歷唐宋封建社會〔註28〕之顛峰，魏晉至隋連年戰亂少有寧時之態已息，人口亦大繁衍而非秦漢所可能比，大得經濟發展及對外交通、民族融合之力，吾國之城市已有具都市繁華富縟之氣象者，市民階層應運而生，故大眾文化生成之因亦已種下。求之文學體裁，則詩變爲詞，詞變爲曲，體式已極自由活潑。兩途合一而並其美，而元之雜劇生焉。其始則講唱文學、諸宮調之類，尤以諸宮調意義最大。至此元曲乃得成就吾國文學最獨特之表現體裁，而兼融專主情志之詩與專主人物形象及事兩種之理致，於體裁上得以盡單曲（即詩）之致而容納俗白，並多得襯字之力。因之在吾國古代文學而爲言，元曲雖爲詩與小說相妥協之產物，而獨以詩論，詩之至於元曲，體制乃稱圓滿完美，其表達爲最能於淋漓盡致，故襯字是元曲之精神也可以無疑，而賓白又輔助其美；又能於內容上表現民生現實世俗生活及其意蘊，而可敘事，元曲可適足以補吾國抒情詩發達而敘事詩幼稚之不足，因使細節納入，極寫人物與事，得無限爛漫百態之神味，而與意境並美，由是而言，能以體現表達入於「無我之上之有我之境」之人格境界、思想境界、

〔註27〕用典、隸事之在吾國古代詩歌，即以抒情爲主而敘事之調劑也，一典故、事件爲一「意蘊之世界」，詩歌之體式容量極其短小，故此種調劑之效果亦有限，且能用典、隸事而佳妙者亦極難，此王國維《人間詞話》之深非隸事之所以也。元曲之敘事則無限擴大此「意蘊之世界」，且多現實內容，故其精彩之定然可期，但決之文本之藝術水平如何耳。

〔註28〕世或有謂秦代以後即非封建社會形態之論，其依據則具體之社會統治樣態，然社會統治樣態雖變，政教文化思想未易，封建社會之論亦無不可也。

精神境界之細節及人物，乃即元曲最高之美及魅力也，元曲之所以有神出味，無不由此而得也！拙著《詩詞曲學談藝錄》一書卷一嘗羅列比較「意境」與「神味」兩義之區別〔註29〕，其一義即意境以有限追求無限，而神味則是將有限（或局部）最佳化也！元曲之體制，適可以體現「神味」一義之此一特色，不可不於此點特加留心焉。總以上兩方面而觀之，則元曲體制之開拓意義，判然明矣。若任訥《散曲概論・作法》所云之「總之，詞靜而曲動；詞斂而曲放；詞縱而曲橫；詞深而曲廣；詞內旋而曲外旋；詞陰柔而曲陽剛；詞以婉約為主，別體為豪放；曲以豪放為主，別體則為婉約；詞尚意內言外，曲竟為言外而意亦外」〔註30〕一節，雖明曲之為體而頗精彩，而尚不知其意義若是，則猶其體性之異之淺者也。元曲此種之開拓意義甚巨，前此之詩、賦、文，後此之小說、民歌，皆不具此意義。至是而吾國文學生一大轉折，而詩之為雅文學，其生機漸轉寄託於元曲，元曲令詩俗化，若云魏晉之時為人之精神、心靈自覺之時代，則元季亦為文體自覺之年代也！元曲之此一開拓意義，實因由唐代之李杜（尤其杜少陵）、宋代之蘇辛（尤其辛稼軒）而來之豪放之精神為其淵源，終大得力於世俗之現實世界之社會民生，且華族沉淪之始，元人統治尚未若清季之周密完備，因得成就也。

　　元曲之盛在其前期，始出而臻極境，與《詩》三百略同焉。《詩》之後久而闕詩，元曲之衰，亦啓於關、王諸大家，後來者無以為繼也。關漢卿囿於一本四折之體式，故語言、風格皆極本色派之極致，豪放爛漫、潑辣恣肆，然博大深邃稍覺不如。此由體屬初創而欠圓熟，遂影響及於其成就也。《西廂記》雖極盡婉曲纏綿，然又嫌香弱不振而乏鏗鏘巨響，尤其其藝術之境界猶是意境之樊籬，而非元曲之本色爛漫者，以體制（非關內容即事之一因）而言，未足以至於神味之境界也！故元曲雖於思想精神、文學體裁上意義重大，於內容、藝術上亦不無欠缺，後人乏葺補完善之才，或雖有其才而於元曲體制開拓之意義已不能領會，則元曲之衰也，其為必矣！元「曲之始，止本色一家」（王驥德《曲律》），後人又與文詞派相別。本色乃即自然，自然之在元曲為潑辣活潑，為以文字為主之文學樣態之在詩中之極致，王氏云「本色之弊，亦流俚腐」，則人之才情有異，隨其天分而止，非本色之病也，若以本色而猶有病，是未真解本色者也！蘇東坡極推崇文字之「辭達而已矣」，實非本

〔註29〕亦可參本書第三〇則之「神味」說理論體系要義集萃。
〔註30〕任訥：《散曲概論》，中華書局，1931年版，冊二第5頁。

色之佳解，而未能兼之性情之姿態。本色雖爲文藝最高境界之所必具，然眞正之本色者，必能見其眞性情，根本之本色者，則必無限之關注社會民生，最終而見爲豪放之精神姿態。余讀金庸說部，與讀《紅樓夢》、《聊齋誌異》、《水滸傳》大不相同，知其爲虛幻無憑，而又愛其馳騁奇麗之尤能肆人心意，讀之終篇，只得一「淡」字，於淡然中得異樣之體味，雖然，亦是文學之高境也。讀《紅樓夢》諸書，則雖寫古之人古之事，俱似與我融爲一體而覺利害相關，更生出一種審美之情境，論境界之闊大則不如金庸說部。金庸說部雖寫善惡之人性，然較抽象，乃概念之形象化，意存筆先而先入爲主，故乏理想之色：此其故歟？然所描寫表現，皆與世俗相去甚遠，眞正之本色及由此而帶來之神味，亦不可期也。此數者，唯以《水滸》之文字最爲世俗，而大得俗白之力，最爲本色，猶惜其作乃採摭舊說以豐富之，而非直接取之於世俗民生之至爲豐富複雜者。總之，思想精神之最爲豪放活潑而不保守者，文學之能敘事者，其最終藝術境界之所見，則必爲本色也。

　　陳寅恪《論〈再生緣〉》有云：「六朝及天水一代思想最爲自由，故文章亦臻上乘……《再生緣》一書，在彈詞體中所以獨勝者，實由於端生之自由活潑思想能運用對偶韻律之詞，有以致之也。故無自由之思想，則無優美之文學，舉此一例，可概其餘。此易言之眞理，世人竟不知之，可謂愚不可及者矣！」〔註31〕寅恪別有心事，固不可薄，然「無自由之思想，則無優美之文學」一語，以「優美」爲文學至境之嚮往，實亦不足以概吾國文學之整體，更無論文學之最高境界者矣。蓋優美只宜吾人靜態之欣賞涵養，而動態之壯美乃能大感發吾人之意，使之有所會於世俗民生，而興起作爲之意志、理想者也。二十世紀積極進取於現實世界者，往往知動之精神及壯美審美意識之價值，如李大釗、聞一多、魯迅、陳獨秀諸人。〔註32〕故自由之思想僅堪爲推崇之一義，而未必即是「豪放」之精神，以豪放之精神則無時無刻而不能爲不受拘束之姿態也，如元曲即生於思想禁錮之際、文士潦倒之世，又如《離騷》、《紅樓夢》、《聊齋誌異》。實則六朝及天水之文章，亦不可列吾國文學之最上乘。寅恪所云易言之眞

〔註31〕《陳寅恪集・寒柳堂集》，三聯書店，2001 年版，第 72 頁。
〔註32〕如李大釗之《動的生活與靜的生活》、聞一多之《〈女神〉之時代精神》、魯迅之《魔羅詩力說》、陳獨秀之《今日之教育方針》等文。若優美審美意識之代表，則王國維，其《人間詞話》之「境界」說即以「無我之境」爲最高，其性質爲「優美」；又概括其此種優美爲主之審美意識爲「古雅」（見《古雅之在美學上之位置》）。

理，世人豈不知之，行之爲難也！其亦得由乎己邪？以余觀之，優美之文學固當如所言，而豪放深沉、意蘊獨具之文學，尤其以豪放之精神爲色之文學，則當生於思想極不自由之時代，此理甚是而大有悖於寅恪之所言也。若有完美崇高之人格境界、思想境界、精神境界，而又於藝術上有自由活潑之性情，其庶幾也！故文學之能臻致深閎偉美、大氣磅礴而見豪放之精神者，並非根本相關於外在之思想是否自由，而根本相關於主體內在之是否以世俗之現實世界之社會民生最爲意，而無所迴避現實世界之利害關係。元曲之所以成就，豈非正爲此邪？元曲之以豪放爲本色正宗，豈非亦爲此邪？〔註33〕

　　詩以「情景」爲蘊，以成「意象」，融入事趣極難，更無論無限豐富、複雜、深刻之社會民生意蘊矣。以「情景」爲蘊，則其所得者「意境」也。以事趣爲蘊，則其所得者「神味」也，而元曲兼而有之，故余以爲元曲乃吾國文學千古轉折之機也！意境之至處即「神」，此是物之至，而非人之至，故「神味」一義兼之而更上，即「味」也。味即人之味、人世間之情味，其最高處即「無我之上之有我之境」浸染於世俗民生之「味」，此獨人世間有之，不可求之於泛泛情景之境也。以抒情爲主之詩歌，往往僅能由主體之情感間接表見社會民生之意蘊，不但無所論及於直接之活潑新鮮，且更以體制之短小而無所論及於無限豐富、複雜、深刻之意蘊。如「採菊東籬下，悠然見南山」者，雖有我之情，尚非是人世間最佳美之情味也。必涉乎事，由事以見人，則味出矣。必以「潑辣」、「淋漓」、「爛漫」、「本色」、「恣肆」、「豪放」、「無復」、「細節」、「最佳」、「大俗」、「樸素」〔註34〕諸品之意蘊、姿態出之，而「味」乃能至於最佳之境界也！物之與人，莫能得此種之情味，必人與人之間，乃能得此種之情味也！「意境」求味之淡遠虛靜，此味之淺者，「神味」所求之味則反之而力出其味，大不同也！意境所得之味，於物我無提升之作用，神味所得之味則是物我之精華，若蜂之採花而釀蜜然。〔註35〕意境之所求爲完美之和諧，趨於保守之平和優美，神味之所求則是積極之發展進步，

〔註33〕諸子百家之時代，社會環境亦極自由，然若非諸子無不最切近於當日之現實世界，而欲售其學，則其輝煌之思想與文不可得矣。
〔註34〕此處所列均爲《新二十四詩品》之各品（見于永森《詩詞曲學談藝錄》，齊魯書社，2011年版，第296～301頁），其崇壯美爲主之審美意識，較之唐人《二十四詩品》之作及其歷代續作已然大爲不同。
〔註35〕「神味」、「意境」兩理論差異之擬喻，詳見本書第三○則之「神味」說理論體系要義集萃。

趨於突破之壯闊壯美。和諧之完美是人生境界在於整體之所尚，積極之發展
進步則是人生境界在於個體自我（含「大我」）之所尚，愈佳美之文學，即是
個性愈突出之文學。文學之在吾國之演進，亦即個性之在文學中之發展也。
元曲之所擅，則能兼意境、神味二義。元曲以前之詩歌，「神味」一義尚不多
見而為主流之地位，在元曲中則大得體現，由之確立積極進步文學之色彩，
突破吾國詩歌偏重於抒情詩之局限，更進於「意境」之上，由之確立元曲「一
代之文學」之以豪放為本色之風姿，此乃元曲開拓意義之尤大者焉，即審美
理想高度之開拓創新也。元曲摹情入裏貼切自然之情態，更無絲毫隔膜，王
國維《宋元戲曲史・元劇之文章》謂之「有意境而已矣」〔註 36〕，信然！然
此論卻仍以吾國傳統文藝之舊審美理想為最高標準，而不知實則元曲尤其劇
曲之境界不獨為以「意境」勝，而更以「神味」勝也。蓋此種情態，唯可以
豪放不羈、淋漓盡致、爛漫潑辣括之，以平和優美為主之「意境」，焉能括其
最佳最高之藝術境界邪？元曲本色爛漫純任自然，故無虛華、不矯飾，以事
物本來原始之秀美，而造物我合一之境，而又入於「無我之上之有我之境界」，
此豪放不羈也。譬諸遊觀，必風物怡美而盡我之興，引發我之情而為之留戀
不捨，念念不忘而為之癡迷，而於其審美之情感中，唯消融此專一之對象，
始淋漓盡致也。斯兩種風格，端賴元曲之體製成就，故雖如《西廂記》之婉
約纏綿，亦多此種風格也，如《長亭送別》之〔叨叨令〕：

> 　　見安排著車兒、馬兒，不由人熬熬煎煎的氣；有甚麼心情花兒、
> 靨兒，打扮得嬌嬌滴滴的媚；準備著被兒、枕兒，則索昏昏沉沉的睡：
> 從今後衫兒、袖兒，都塭做重重疊疊的淚。兀的不悶殺人也麼哥！兀
> 的不悶殺人也麼哥！久已後書兒、信兒，索與我淒淒惶惶的寄。

審其內容無甚新奇，察其文字亦不過俚俗易曉、明白如話，其格調婉約纏綿，
大似劇中鶯鶯之撒嬌意味，而又使文字迎合相答錯落有致之旋律發揮至於極
致，使大雅之情思出諸大俗，技觀止矣（雖然，其俗白之運用選擇，仍有雅
化之趨勢，此則未若關漢卿者也）！此即元曲之本事，故雖於內容、格調上
婉約纏綿，而不礙其體制上之豪放之意味。〔註 37〕詩詞曲之遞進而演變也，

〔註 36〕王國維：《宋元戲曲史》，上海古籍出版社，1998 年版，第 99 頁。
〔註 37〕拙撰《論豪放》有專章節論「豪放」之最高境界可兼有「婉約」之長，而「婉
　　　　約」之最高境界卻不能兼有「豪放」之長。此書系筆者之博士論文《論豪放》
　　　　修訂而成，可參看。

其內在之精神（即豪放）未嘗有變，而形式上之意味則愈趨自然而流宕，至
於元曲而達極致。拙撰《詩詞曲學談藝錄》卷二論詩、詞、曲三種體制云：

> 張潮《幽夢影》多奇趣，而以詞爲文字之尤物，可謂識家。詩、
> 詞、曲三者，獨以詞嚴整不似詩，疏放不似曲，爲最宜人性情之物。
> 譬之於人，詩妻，曲妾，詞則可爲今之情人。然尤物者自須雅馴，
> 而少自我之姿態也。惟妾則或沖決含蓄而爲潑辣，以性質、體式、
> 形式而言之，則、詩、詞曲三者，當以曲爲有最佳之姿態意味也。
> 其何以故？詞之進於詩也，在其長短句之錯落有致，詩中本有雜言
> 詩，惜未成主流耳，至曲則實以雜言詩爲主而至其極，是總三者之
> 佳妙而出之絕豪放爛漫之姿態者也。且詩、詞、曲三者雖同爲詩，
> 而其間有別，詩莊、詞媚、曲俗，詩詞同屬「雅」文學之範疇，而
> 曲則屬「俗」文學之範疇。唯其俗也，乃有可能至「神味」之境界
> 而淋漓盡致焉；且曲未有豪放婉約孰爲本色正宗之爭霸也，故能俗
> 與否，實根本相關於其最高境界之成就，非若詞或有詩之風味，而
> 可於內容上提升之也。故余最恨曲之似詞家風調，更勝詞之似於詩
> 也。〔註38〕

正自體制以言，「曲妾」之謂非貶辭也，正妻尚有許多拘束處，若妾則不顧矣，
故詩、詞、曲三者之中以曲最爲豪放。〔叨叨令〕一節之情思，正與《詩・衛
風・伯兮》之「自伯之東，首如飛蓬。豈無膏沐，誰適爲容？」同趣，一精
約而有巧思，一則以賦體寫之以盡其情態之風致。元曲以此獨爲佳勝，雖不
乏巧思，比之明代民歌卻有不如，例之以如《掛枝兒・噴嚏》：

> 對妝臺間打個噴嚏，想是有情哥思量我寄個信兒。難道他思量
> 我剛剛一次？自從別了你，淚珠垂；似我這等把你思量也，想你的
> 噴嚏兒常似雨。

此篇一波三折，蘊含巧思。噴嚏之事自古流傳，次句忽作警醒之言，則開篇
之自作多情化爲癡情矣，結尾尤在至情之中，飽含幽默，覽之令人會心一笑！
錢鍾書《宋詩選注》引梅聖俞《願嚏》懷妻詩「我今齋寢泰壇外，佗傺願嚏
朱顏妻」之句，鍾書以爲滑稽，不知聖俞乃示人以幽默也！〔註39〕以《掛枝

〔註38〕于永森：《詩詞曲學談藝錄》，齊魯書社，2011年版，第116頁。
〔註39〕梅堯臣《願嚏》詩：「猛虎不獨宿，鴛鴦不只棲。虞舜遊蒼梧，帝子夜向瀟湘
　　　　啼。時既禪禹妃亦老，老淚灑竹無高低。流根及昏駁紅薜，此情乃與天地齊。
　　　　我今齋寢泰壇下，佗傺願嚏朱顏妻。」錢鍾書《宋詩選注》云：「這也許是有

兒》與〔叨叨令〕及馬東籬《漢宮秋》第三折〔梅花酒〕之曲折迴環相比，正爾不同。似此之作，覽之使人不覺乃依韻律作爲者。董解元《西廂記諸宮調》之〔黃鍾宮·出隊子〕云：

> 滴滴風流，做爲妖更柔，見人無語便回眸。料得娘行不自由，眉上新愁壓舊愁。天天悶得人來煞，把深恩都變做愁，比及相見待追求，見了依前還又休，是背面相思對面羞。

雖韻味已脫於詞，畢竟還未到曲體純熟之境界。如〔叨叨令〕、〔梅花酒〕之境界，得其貌易，得其神難，如轉譯爲他種文字，恐其中精粹處不能傳也，其不能傳者，即元曲曲體之本色。獨曲云乎哉？吾國哲學、文化精神之意蘊，無不如是也！

　　吾國文學緣兩千年儒家思想奴化之影響，文學中富理想之色者良多，故元曲而南戲而傳奇，以大團圓結者居多，以此爲後人所詬病，其所以然者，無不在抱憾於浩瀚、磅礴、深閎偉美之悲劇之壯美之缺失，反以虛假之藝術表現爲現實世界之彌縫也！元劇作者中以關漢卿成就最大，所寫人物形象尤多且出色故也，其作則乏理想之色，蓋專主抵抗而不屑其餘，即以最現實之色賦其人生之壯麗，不待渲染理想而自見也！其作又磅礴百態，迥非餘子所及。其次即王實甫，《西廂記》孤篇特出於元曲，如《離騷》也！《西廂》雖亦近本色，然與關漢卿相比，乃尤見於文詞而下一層矣，比之後世文詞藻麗一派，卻又大大勝出。其成就多在於長篇敘事而爲元曲之閎篇巨製，且以優美之意境爲勝，前者或可觀於關漢卿之曲，而後者又足優於同類同篇幅之作。《西廂記》雖以優美弱化敘事此一本可臻致壯美爲主之藝術境界之一因素，然卻亦能吸收敘事之長，而造吾國詩歌優美審美意識之集大成，爲元曲之冠冕，反令後人忘元曲之本色爲豪放之壯美審美意識矣。即其有所見神味處，亦多爲意境籠罩，而少生新潑辣之意味。余每聞今人不樂讀《西廂》，有所由也！即余亦恨其格調陳腐無生氣，所謂化生爲熟，已至其極，苟無積極生新之內容，則不足以振之，苟無豔麗之炫惑，人且未必有意於彼也！至《牡丹

意要避免沈約《六憶詩》裏『笑時應無比，嗔時更可憐』那類套語，但是『朱顏』和『嚏』這兩個形象配合一起，無意中變爲滑稽，沖散了抒情詩的氣味：『願言則嚏』這個傳說在元曲裏成爲插科打諢的材料，有它的道理。這類不自覺的滑稽正是梅堯臣改革詩體所付的一部份代價。」（三聯書店，2002年版，第23頁）觀梅詩，其情傷感浩瀚而抑鬱，最後兩句略見幽默，然非主旨，錢鍾書以爲「滑稽」，實無視此詩所抒發之情感也。

亭》已然少見豪放之色彩，乃遂託諸奇幻。小說則由《水滸》、《西遊記》而至《聊齋誌異》，其隱現實愈蔽，則自我主體理想之色彩益烈，但寓諸積極進步之思想，則似亦不爲病耳。明清戲曲雖能繼承元曲敘事之開拓，然卻無法與小說爭勝，故轉移其重心至於表演，且亦因此一原因而仍流連於詩歌優美之境界，故極注重文字之雕琢，其雕琢之最大途徑則仍不過重複「意象」而建構「意境」之老路，此一路徑又無法超越《西廂記》，則元曲之開拓大多止於其本身，此論大體無疑也，豈不惜乎！

　　元曲豪放之致，獨以體制而爲言，在北則潑辣肆蕩，曲調激昂高亢，而易逼麗活潑，在南則精麗典雅，曲調輕柔婉轉而易見靡感纏綿，南北文學精神之異，王國維《屈子文學之精神》論之頗爲精彩也。〔註40〕明季文士擅尺牘小品而注重性靈，實即元曲末流之矯正，雖然此一路徑不足以爲矯正也。元曲之末流，庸俗思想大盛，人世無常、及時行樂之思理意趣斯大濫矣，元之散曲可採者少，如狗尾續貂，斷不足以繼唐詩、宋詞於萬一。精神意味往往先行，而乏足以載之之細節也。即單曲而發揮豪放之致，卻甚是拘束，亦往往流露士大夫沒落之情調與失意文人之牢騷，與稼軒詞之人格境界、思想境界、精神境界相去遠矣！元曲中此種豪放之致乃韻律與文字最完美之結合，亦足生成吾國文學中最美之文字，元劇其徵也；若明之小品則略得其精神灑脫爲文以見性情，而呈精約幽秀之美，若其末流之弊，則又無不與元曲同也。而後世之倡白話以廢文言，矯枉過正，不知乃元曲豪放之致、精神之遺，唯以「形散神不散」約之，耗其才情於組織之體式而不得專心爲文，顯然已落後一步矣！

　　元曲之衰而後，其積極之一面變爲明之民歌，在文則明之小品；其演繹事之一義，則漸變而之小說，駢枝於南戲、明清傳奇，遙應《紅樓夢》、《聊齋誌異》之精神，在吾國古之文學而言，至此方得完善，並庶乎小見中興。要之，皆以元曲爲其契機、衝要也，而以文言爲蘊之文學，亦由之轉衰。所

〔註40〕吾國文藝之南北問題，實爲一大者，而根於傳統文化之差異（最初乃地域決定、形成之，然南北問題之最終則地域非最根本之一因素矣），古人已多有會，如儒家偏北，而重剛健質樸，老莊偏南，而重清虛玄妙。又如同爲一者，而禪宗又分南北。又如繪畫中文人畫之山水畫，亦緣禪宗之氣質而分南北。南北雖有別，而總之以兼有南北之長爲勝義，如魏晉南北朝之時，南方之文清綺而北方之文質樸，北方由於外族之侵凌而文化大衰，則南勝北乃是自然之義。又如元曲，起於北方，則北勝南自無疑義。至若山水畫中之專尚南宗一派之靈妙，則幾欲偏勝而無能於兼長，非正義也。

謂詩、詞（尤其清之成就，突過元、明）之體，不過木燃爲灰、星流九霄，至多迴光返照而見暫時之燦爛，斷不能居文學之主流矣！拙著《詩詞曲學談藝錄》以元曲爲「神味」一義詩歌領域之集大成樣態，然在封建時代之文學中，此脈既爲儒學之政教主流思想所排擠壓抑，終如海底潛流而未能成其壯觀，故余拈出之而使豁然，於古今詩學有以參照，庶能使作者追文學之活力淵源之所在而生生不息，而見生香活色之意態，並使作者窺見更新之審美理想，提升主體之人格境界、思想境界、精神境界至於「無我之上之有我之境」：此又元曲開拓意義之尤大者也！

<h1 style="text-align:center">三</h1>

　　拙著《詩詞曲學談藝錄》卷一有云：「詩以能至『無我之上之有我之境』之『神味』之境界爲最高境界；詞曲亦然，文藝無不然也。能至『無我之上之有我之境』乃能盡我，而內在之『氣』與『情』皆足以臻深閎偉美之人格境界、思想境界、精神境界，而自立、獨立爲最具我性之姿態。有『神味』乃能盡物，由藝入道，外接世俗民生而不隔，其表現復亦斑駁異致、爛漫多姿而見我性之三境（『有我之境』、『無我之境』、『無我之上之有我之境』）之逐次提升，由『小我』而成『大我』；由技入道，將有限最佳化而活色生香、淋漓盡致，化爲若干不可復之細節，遂使我性之生命力、氣與情之磅礴洋溢、精神姿態之表現之張力之色彩至於頂點。」「『神味』也者，『活』字爲其靈魂，『豪放』爲其精神，大『俗』爲其特色，『爛漫』爲其姿態，而『不隔』爲其意志，『細節』爲其形態。若論其風格，則惟『深閎偉美』一語足以盡之也。」〔註41〕「神味」一旨，大抵凡以細節攝取事物之本質（意蘊），而又以積極進步之人生態度觀照之，以不拘一格、爛漫活潑而與作者性情相關之形式表現之，而使其中所蘊涵之人格境界、思想境界、精神境界相應以提升而和之，大有別於古人所云絢爛之極歸於平淡之境界，無不是也，則「無我之上之有我之境」矣。以此推原吾國文學，元曲足可以當之也。若明人之爲文藝，亦頗有淋漓而浪漫之美，擺脫一切而內其情志，極其譎幻而衝宕人心，然其所歸，則無不以個性爲的而不受束縛，不獨去豪放之精神尚有間，且本非豪放

〔註41〕于永森：《詩詞曲學談藝錄》，齊魯書社，2011 年版，第 5、6 頁。

之精神也。豪放之眞精神之指向，在乎世俗民生，明季之王學即使其左派亦不足以當之，況其他人邪？

　　元人唯其受壓迫也深，其憤懣怨抑也亦烈，故傳承創造曲之一體制以容其豪放潑辣也！元曲文字之潑辣甚於吾國文學之任一時代，以此也，若明之民歌，則以熱烈爲色，不以潑辣也。詩歌之中，潑辣爛漫之色彩唯元曲最爲地道、特出，有以由之矣。其感於世俗也切，其情也鬱怒而激，故其氣蕩而有致，其所造之人格境界、思想境界、精神境界，獨燦爛熠耀而赫乎千古，寄在關、王、馬、白、鄭諸大家也。王國維《宋元戲曲史·元劇之文章》云：「然元劇最佳之處，不在其思想結構，而在其文章」〔註42〕，余恆以爲此捨本逐末之言而大未以爲然也。吾國文學變遷之跡，無不以思想精神之變革爲其潛在之因，以形式表達之活潑自由爲其先聲也。如《詩》三百首，其驚駭放縱、不拘常情之作（尤其賦愛情者）亦比比，然總之則典而雅。降及漢之樂府，於其所受壓迫之控訴亦烈，然片段光景，足以移人之情，不足以感人至深而飽含文學上之光彩，其發揮我性而爲理想之色彩者亦頗乏矣，觀之徒成愴悢而不能使人振奮，使憧憬而入於另一世界也。魏晉南北朝山水田園之作是其特出，清麗無瑕而樸質可觀，更復玲瓏演爲雕琢，沖和多在觀感而不切合實際，則庸俗纖靡、冶蕩妖韶是其必然之發展，無多足觀矣。唐初四傑振起風氣，李杜總其大成，氣魄恢閎、技藝精深，而思想精神之境界，亦元曲所不敢窺。然元曲人格境界、思想境界、精神境界獨到之處，乃在其以敘事爲主而創造人物形象，故方之詩歌，更爲具體豐富，非猶觀霧中遠山而僅知其極高大，亦非猶水中鹽味，現相無相，立說無說，乃是蛹化爲蝶，花釀爲蜜，草變爲乳，其間之方寸固有異也！以大俗而爲大雅，以平凡樸素蘊含偉美特異之人格境界、思想境界、精神境界，乃元曲在吾國詩史上之尤生面別開之處也！

　　若論元曲之人格境界、思想境界、精神境界，有是二者可資論也：一則自作者直接寫情敘事言志者觀之，則元人小令及套數也；一則自元劇中所描寫之人物及其所敘事之淵起因果觀之，則亦間接可得而論作者之境界也，然作者之境界與元曲中人物之境界不必苟合相等，要在觀作者於現實於態度何如耳。其隔者必堂皇其調，巧麗其文，幽曲其心，而以朦朧之美障其效果，是元曲之衰而其境界神味有以下者也。因元曲之散曲、雜劇差別甚大，故茲

〔註42〕王國維：《宋元戲曲史》，上海古籍出版社，1998年版，第99頁。

先論前者。元人小令及套數之思想境界，大抵不免曠達豁落，而又分兩種。tmmc
其一，則感身世之沉淪，生涯之悲戚無望，或流落官場而厭倦名利是非之糾
纏，而起蕭索滄桑之感，其歸於曠達豁落也，不免沖淡頹廢，於個性極得發
揮，而其生命生活實乏積極理想之色彩。如盧摯〔雙調‧沉醉東風〕《閒居》：

> 恰離了青山綠水，早來到竹籬茅舍人家。野花路畔開，村酒槽
> 頭榨。直吃得欠欠答答，醉了山童不勸咱，白髮上黃花亂插。

老而曠達而瀟灑，皆不能掩頹而放也。其於山村田野之趣，誠亦能體會
得之，然不過賣花擔頭看春色耳，「醉不勸」、「黃花亂插」之類，皆不過詩中
意境韻味之常調，不足以由之而稱其思想精神與山村田園融洽無間也。若融
洽無間之征，則詩中之意象必匠心獨運，而又似俯拾皆是，深具細節之美，
猶詩家畫家所云移易不得之理也。故留戀光景雖足以移人，而不足以感人至
深，得其皮毛，無益生民。又其〔雙調‧壽陽曲〕《別珠簾秀》云：

> 才歡悅，早間別，痛煞煞好難割捨。畫船兒載將春去也，空留
> 下半江明月。

可謂沉摯纏綿之至，而有足以亂真之感，然於最實質之一種關係上仍不過是
假，若及於肌膚相親，以珠簾秀之名望、地位、氣質、個性，必情投意合而
後可，以關漢卿之倜儻多才而油滑，其劇之人物又多演之，尚是「凌波殿
前，碧玲瓏掩映湘妃面，沒福怎能夠見」、「煞是可憐，則要你手掌兒裏奇擎
著耐心兒卷」（〔南呂‧一枝花〕《贈珠簾秀》），則盧氏之假戲真做作可想而
知，故珠簾秀答之以「憔悴煞玉堂人物」、「倚蓬窗一身兒活守苦」，怪得誰
也。珠簾秀之個性由此可見，恨不知花落誰家也！又如白樸〔雙調‧沉醉東
風〕《漁父》：

> 黃蘆岸白蘋渡口，綠楊堤紅蓼灘頭。雖無刎頸交，卻有忘機友，
> 點秋江白鷺沙鷗。傲煞人間萬戶侯，不識字煙波釣叟。

格調意境皆是熟套，並無神味。考之王國維《元戲曲家小傳》，則亦與其生平
吻合，但未渲染出神采耳。又貫雲石〔雙調‧清江引〕《失題》云：

> 棄微名去來心快哉，一笑白雲外。知音三五人，痛飲何妨礙，
> 醉袍袖舞嫌天地窄。

雲石將門之子，「膂力過人」，「諸將威服其矯捷」，後厭皇權之爭而棄官優游
卒歲，酣暢入於閒適，而英雄本色時一流露。〔雙調‧水仙子〕《田家》咸以
「直吃得老瓦盆乾」作結，無官一身輕，得趣無非閒，「邀鄰翁為伴，使家僮

過盞」、「覷功名如等閒，任逍遙綠水青山」，是眞快活也。然「婢織奴耕盡我閒，蠶收稻熟今秋辦。可無饑不受寒，樂豐年暢飲開顏」，亦非尋常田家所能辦也，與眞田園之樂趣，仍隔一層，故此種作，人格境界極其圓滿，於精神境界、思想境界則尚有闕如，「獨與天地精神往來」（《莊子・雜篇・天下》），似亦未至此種境界，更不必說與辛稼軒詞境之寫閒適者判若雲泥矣！張養浩〔中呂・朝天曲〕所云之「嚴子陵釣灘，韓元帥將壇，那一個無憂患？」則眞道出實情，故能唱出如「興，百姓苦；亡，百姓苦」（〔中呂・山坡羊〕《潼關懷古》）者之鏗鏘之音，再考其生平，而知心音源於情眞意摯，源於體念生民血水相融之眞感情，故其思想境界、精神境界能蓋過一般曲家而躋身於第一流作者之列。又如劉時中〔正宮・端正好〕《上高監司》，前人置評以爲寫民生疾苦「鳳毛麟角」之作，以題材言之則可，以藝術言之則不可，以其人格境界未臻圓滿完美，思想境界、精神境界又未極高故也，以奉承諛頌爲本而雖出於誠，苟未有我性之光彩如辛稼軒之《水龍吟・壽韓南澗》者，則平庸也亦宜矣。蓋元曲之欲盡其致，必滑稽而又深刻，或雜以幽默，若僅網羅事實，罔能盡美，遑論盡善，如睢景臣之〔般涉調・哨遍〕《高祖還鄉》，羅列場景之外，更蘊涵一種深層之思想意味相與表裏，而呈現爲一種積極進步之思想境界，便無此弊。大抵元之小令及套數已自先衰，不過詩詞之餘緒，若其生命力猶盛，元之雜劇不必生也。故佳作特少，所造意境不免有步塵之憾，神味爛漫者又寄之雜劇，可觀者頗乏。今人力爲元之小令及套數爭一席地，用心良苦，其實無益，強自牛後，鱗選雞頭。如張可久〔南呂・一枝花〕《湖上晚歸》，明之李開先《詞謔》至譽爲「古今絕唱」，可稱失目。此作也，論其情志則強灑脫而無耿耿，其意境又無周美成、吳夢窗同類詞中之纏綿幽傷、香豔精警，又無特出之思想境界、精神境界，自內容與藝術兩方面觀之，殆無多長處。觀元曲中前之所言及之此種思想境界，大抵雖達觀豁落而不免消極，其佳者如馬致遠之〔雙調・夜行船〕《秋思》，雖豪放而不免頹廢，乃至悲觀失望，不知理想爲何物，不獨於蘇東坡之達物我之境判然有別，於張于湖《水龍吟・過洞庭湖》（「洞庭青草」），亦更嫌體悟膚淺。蓋吾國文學中之在於唐宋以前，此種思想境界往往與老莊之學融合，而極善體會領悟物我之間之關係，故能入於超越自然超脫物質我性圓滿之一境界，又有物我和諧、隨性所適得其所樂之一境界，前境界能超脫，後境界能和諧，與山水田園相結合而賦之篇章，格甚高調甚淡而逸而秀，境甚沖而和，象甚清以麗。若元

人小令及套數，則乏於哲學思蘊上體會吾國傳統文化之精神，趣未正而味未雋永，諸人又多自經歷間接體會此種思想境界，乏源頭之水之活，雖寓以性情趣味之力，不能得其眞也。

其二，則此種思想已極淡出，而於山水田園中覓自由平凡樸素而又極性情之爛漫之生活，如關漢卿諸人，於官場勢利本即不抱熱望，故其我性發揮至爲精彩，如〔南呂・四塊玉〕《閒適》：

> 舊酒投，新酒潑，老瓦盆邊笑呵呵，共山僧野叟閒吟和。他出一對雞，我出一個鵝，閒快活！

其笑傲恣肆之意態情狀，乃眞肆其所樂，笑亦豪邁豁落，無所能阻其胸中之快樂。〔南呂・一枝花〕《不伏老》之作，神味尤爛漫者也。其作云：

> 攀出牆朵朵花，折臨路枝枝柳。花攀紅蕊嫩，柳折翠條柔，浪子風流。憑著我折柳攀花手，直煞得花殘柳敗休。半生來折柳攀花，一世裏眠花臥柳。

> 〔梁州〕我是個普天下郎君領袖，蓋世界浪子班頭。願朱顏不改常依舊，花中消遣，酒內忘憂。分茶攧竹，打馬藏鬮：通五音六律滑熟，甚閒愁到我心頭！伴的是銀箏女銀臺前理銀箏笑倚銀屏，伴的是玉天仙攜玉手並玉肩同登玉樓，伴的是金釵客歌《金縷》捧金樽滿泛金甌。你道我老也，暫休。占排場風月功名首，更玲瓏又剔透。我是個錦陣花營都帥頭，曾玩府遊州。

> 〔隔尾〕子弟每是個茅草岡沙土窩初生的兔羔兒乍向圍場上走，我是個經籠罩受索網蒼翎毛老野雞蹋踏的陣馬兒熟。經了些窩弓冷箭鑞槍頭，不曾落人後。恰不道人到中年萬事休，我怎肯虛度了春秋。

> 〔尾〕我是個蒸不爛、煮不熟、捶不扁、炒不爆響璫璫一粒銅豌豆，恁子弟每誰教你鑽入他鋤不斷、斫不下、解不開、頓不脫慢騰騰千層錦套頭。我玩的是梁園月，飲的是東京酒，賞的是洛陽花，攀的是章臺柳。我也會圍棋、會蹴鞠、會打圍、會插科、會歌舞，會吹彈、會咽作、會吟詩、會雙陸。你便是落了我牙、歪了我嘴、瘸了我腿、折了我手，天賜與我這幾般兒歹症候，尚兀自不肯休。則除是閻王親自喚，神鬼自來勾，三魂歸地府，七魂喪冥幽，天那，那其間才不向煙花路兒上走！

「子弟每是個茅草岡沙土窩初生的兔羔兒乍向圍場上走，我是個經籠罩受索網蒼翎毛老野雞踏踏的陣馬兒熟」、「我是個蒸不爛煮不熟捶不扁炒不爆響噹噹一粒銅豌豆，恁子弟每誰教你鑽入他鋤不斷斫不下解不開頓不脫慢騰騰千層錦套頭」諸句，語極本色潑辣，格極豪放爛漫，真足以見元曲之本色者也，若有人尚不能理會元曲之特色或曲之一體之本色，視此種句、此種文字可知矣！沈德符《顧曲雜言》以張可久〔南呂・一枝花〕《湖上晚歸》與馬致遠〔雙調・夜行船〕《秋思》為元曲豪放、清麗二派之代表，可謂顛倒黑白，馬之豪放、意態及文字（曲體文字之特色即豪放）均不足以謂之得豪放之極致，尤其文字，視關漢卿此作可知馬東籬之不足矣！漢卿此作，豪放爛漫之神味外向而更勝，非若東籬之偏於情趣而總以意境為的也。即兩人之此兩作，皆仍不出一種文人雅士之生活，而漢卿之意味更為淋漓盡致也。近人任訥《散曲概論・作法》云：

> 總之，詞靜而曲動；詞斂而曲放；詞縱而曲橫；詞深而曲廣；詞內旋而曲外旋；詞陰柔而曲陽剛；詞以婉約為主，別體則為豪放，曲以豪放為主，別體則為婉約；詞尚意內言外，曲竟為言外而意亦外。〔註43〕

其言詞曲體制之異也，可謂得間之論，推之於關、馬二人，則關極動而馬欲靜，趣味不同，姿態並異，精神境界亦自有別。任氏崇曲之尖新、豪辣者，崇北曲而貶明曲，以散曲之體制言之固當如是，惜今人未真為解人也！然以為可與唐詩、宋詞並列而為一代之文學，則何異癡人說夢，元曲之比肩二者者，乃其雜劇而非散曲，此古今通人之常識。陸侃如、馮阮君《中國詩史》謂「散曲到了元代宛如詞在北宋。它是輪如薄中天的太陽」〔註44〕，謬矣，實則元曲家如按任氏所崇自由發展，未始不可結以「意境」勝之文學而開創以「神味」勝之文學之局，而極吾國詩歌輝煌燦爛之大觀，然諸人多偏重作為雜劇，機緣失矣，元散曲則始終處於萌芽初露之階段而遂因偏離任氏所崇之格即元曲之本色者乃至夭折也！申而論之，則元曲中之散曲實為劇曲之準備，容量仍小，未易見出神味之境界，而以細節為能事也。若以今日元散曲、劇曲並列之格局觀之，則劇曲為正而散曲為輔。唯如是也，故元人散曲每自意境著眼，往往而奪詞境之席，如馮子振〔正宮・鸚鵡曲〕《山亭逸興》（其

〔註43〕 任訥：《散曲概論》，中華書局，1931 年版，冊二第 5 頁。
〔註44〕 陸侃如、馮阮君：《中國詩史》，百花文藝出版社，1999 年版，第 586 頁。

中「爛柯時樹老無花，葉葉枝枝風雨」一語，境頗深警）、元遺山〔雙調・小聖樂〕《驟雨打新荷》、楊果〔越調・小桃紅〕《採蓮女》、姚守中〔中呂・粉蝶兒〕《牛訴冤》之「杏花村，桃林野，春風幾度。疏林外紅日西晡，載吹笛牧童歸去」、周文質〔雙調・折桂令〕《過多景樓》、喬吉〔雙調・水仙子〕《尋梅》、薛昂夫〔雙調・楚天遙過清江引〕（「花開人正歡」）、曹德〔雙調・清江引〕《刺伯顏》、楊朝英〔雙調・水仙子〕《自足》等皆是，其他襲用前人意境而毫無新意者，不勝枚舉也。詞尙雅而曲尙俗，曲之最高境界即以大俗而爲大雅，故詞含蓄蘊藉，意境尙悠遠有餘，神內凝而致外顯，以外在之致爲難，故尤尙灑落，此豪放派之所以爲特出也，實亦即已自體格上啓曲之先聲，宋之豪放詞大有力於元曲也！曲之本色即搖蕩灑落，其味內斂而神外散，若不輔之以極高之人格境界、思想境界、精神境界，其外散之致必滯而靡活，神味亦未易得也。故以曲法爲詞是進步也，以詞法爲曲則同退化。然詩詞易爲而曲難作者，以無特出而爛漫之人格境界、思想境界、精神境界，則必不能爲曲之佳制，若詩與詞，則猶以精工深永爲餘地，如宋詩多以學識爲之，亦障於理，曲則愈工則益宜散，則益易近生活之本貌，學識及理之於生活本貌已隔一層，以學識及理而顯見更高層次之生活原理及人生哲思，亦隔一層，亦實即神味之所由失也，故曲之作必出神味而後可，非僅期之以意境而已。實則上述元人散曲乏神味者多，然亦間有佳作，如喬吉之〔雙調・水仙子〕《怨風情》：

> 眼中花怎得接連枝？眉上鎖新教配鑰匙。描筆兒勾銷了傷心事，悶葫蘆鉸斷線兒。錦鴛鴦別對了雄雌，野蜂兒難尋覓，蠍虎兒幹害死，蠶蛹兒畢罷了相思。

可謂如「黃河之水天上來，奔流到海不復回」，博喻連串而下，盡吐心事情衷，而又九曲十八彎，曲折壯麗而迷離，寫情之尤別致者也。惜以怨爲目，則又絕難至於「無我之上之有我之境」。雖博喻逞觀，而卻無能於哲思之寄託如「你儂我儂」〔註45〕者，境界、神味亦相去遠矣。又如貫雲石之〔中呂・紅繡鞋〕《失題》：

> 挨著靠著雲窗同坐，偎著抱著月枕雙歌。聽著數著愁著怕著早四更過。四更過情未足，情未足夜如梭。天哪，更閏一更兒妨甚麼。

結尾如裂帛一聲，異樣出色，唯言情尙不透徹，文字亦受拘束。又，此篇實

〔註45〕宋趙孟頫夫人管道升《我儂詞》，見本書第一一則所引。

已有明代民歌之風味。又如蘭楚芳〔南呂‧四塊玉〕《風情》：

> 我事事村，他般般醜。醜則醜則村意相投。則爲他醜心兒眞，
>
> 博得我村意兒厚。似這般醜眷屬，村配偶，只除天上有！

如此言情，直是旁若無人之姿態，與《上邪》之篇可謂異曲同工，而姿媚過之，令人覽之頓起返樸歸眞之感，又不同於門當戶對、郎才女貌矣，而似乎後世《聊齋誌異》所寫「知己之愛」，愈拙而巧，此能致之也！王國維之《人間詞話》以「無我之境」爲尙，則情愛一地，又不知如何措手。又如無名氏〔正宮‧醉太平〕《譏貪小利者》：

> 奪泥燕口，削鐵針頭，刮金佛面細搜求，無中覓有。鵪鶉嗉裏
>
> 尋豌豆，鷺鷥腿上劈精肉，蚊子腹內刳脂油，虧老先生下手！

博喻連珠直是尖新老辣之至！因所寫皆係細節，故神味特出，綜觀之則又甚淋漓。又如關漢卿〔雙調‧碧玉簫〕《失題》：

> 笑語喧嘩，牆內甚人家。度柳穿花，院後那嬌娃。媚孜孜整絳
>
> 紗，顫巍巍插翠花。可喜煞，巧筆難描畫。他，困倚在秋韆架。

宛然宋人小令，糅合東坡《蝶戀花》（「花褪殘紅青杏小」）及李易安《點絳唇》（「蹴罷秋韆」）之致，惜乎詞境遠不及蘇之纏綿婉轉，李之生動傳神，漢卿所寫乃人物活動之一過程，則駐足移時而偷窺亦可知矣，一笑！由此亦可見漢卿之所長在曲而非詞也，亦唯其擅曲之當行本色也至矣，故於詞之風味終有未能也！又如劉庭信〔雙調‧新水令〕《春恨》一篇，寫情細密曲折，詞雖過雅，意蘊卻俗而佳，端乎佳制；〔喬牌兒〕「自從他去了懨懨害，這病便重如山深似海」，造語突兀；〔得勝令〕「靈雀兒噪庭槐，車馬過長街。準備著月下星前拜，安排著春衫和淚揩」，稍雜幽默風趣。最奇在〔尾聲〕一節：

> 來時節吃我一會閒頓摔，我可便不比其他性格，那其間信人搬
>
> 弄的耳朵兒來揪，把俺那薄倖的嬌才面皮上摑。

可謂奇峰突出，如畫龍點睛而頓出神采，尤其姿態風味，大是曲之本色，文字性格俱是潑辣，而前所鋪綴得嬌滴滴愁懨懨思飄飄意眷眷情眞眞之一女子，至此忽然而作柳眉倒豎、杏眼圓瞪，既恨復愛之意態，淋漓盡致也，而神味在其中矣！

　　總而觀之，元人散曲之「神味」不過爲略有所見，以有別於詩詞之姿態、風味，苟能多致力於套數，則其可觀未可測也。若其大家、佳作，後將有專論及之，此暫如此。

四

前節既論元人散曲，茲復論其雜劇之人格境界、思想境界、精神境界於次。

元人雜劇，以關漢卿爲首領。其生香活色之本領與思想精神之光芒，尤使吾人目爲之青也！由前所引漢卿所作散曲者知之，其爲人豪邁而不拘羈縻，執著於事，則又傾力蹈之而一往情深。漢卿之於其所從事，亦抱有大決心，而堅韌其信心。元人熊自得《析津志》言其「生而倜儻，博學能文，滑稽多智，蘊藉風流，爲一時之冠」，生而恣肆笑傲之情狀，如在目前。〔註46〕平生所作六十餘雜劇，傳至於今者僅十餘種，其未能傳者，有無更高出於《竇娥冤》、《救風塵》者，不可知也，若有之，亦誠然爲吾國文學史上之大損失也。王國維《宋元戲曲史・元劇之文章》稱其《竇娥冤》「劇中雖有惡人交構其間，而其蹈湯赴火者，仍出於其主人翁之意志，即列之於世界大悲劇中，亦無愧色也」〔註47〕，是矣。以其文章、情節組織、思想境界言，毫不遜色，唯元曲體屬初創，罔能盡然變化其結構，以豐富其容量，而甚其曲折也。竇娥此一形象〔註48〕，乃理學環境下恪守婦道之小媳婦，其孝乃出於善良之本

〔註46〕「神味」説理論之核心要素之一之「細節」，其本質爲敘事，而敘事之本質則主體關注、表見無限豐富、複雜、深刻之世俗之現實世界之社會民生意蘊，故主體之素質愈雜多則益佳：「雜多和合而爲一，内則一以貫之生命生氣之律動、豪放之精神，外則見以爛漫多致之姿態，固『神味』一義之所尚者也。世之事物，無不以雜多而一爲其大成之境也。」「『神味』爲雜多融一之美，以天眞爛漫、淋漓盡致爲外在最高之表現形態。『神』爲一物之極致，『味』爲多物或人與物和合之極致。『神』之最高義在於性情之神，『味』之最高義在於以人爲最無價最第一之價値之境界而得之『味』。」（于永森：《詩詞曲學談藝錄》，齊魯書社，2011 年版，第 260、104 頁）世之作者，能雜多者亦頗不少，但能一者即能「將有限（或局部）最佳化」者則寡矣。一分精練即上一層次、「神味」愈出，關漢卿之才性、生平，即其曲作「神味」淋漓爛漫之注腳也。

〔註47〕王國維：《宋元戲曲史》，上海古籍出版社，1998 年版，第 99 頁。

〔註48〕文學之中，斯有兩種之「象」：意象也，形象也，爲文學之中心經營者。意象以作者之情志融合物象以得之，所得者「意境」也。形象以事刻畫人物性格，由性格或性情旁及理想及其處世之人格境界、思想境界、精神境界，其所得者「神味」也，或西方所謂之「典型」。吾國古代之詩者專主於情志，故詩中人物形象特出尤爲難能可貴，小說中則專以刻畫人物形象爲能事。若形象之更具體者，則即「細節」矣，每一細節均一「意蘊之世界」，較之詩歌中之典故，更爲豐富、活潑、生動，亦更密切於作者主體之思想精神也。

性，雖婆婆而外任何一老幼孤寡者莫不可爲捐其身也！然其性情中唯其有善良之本性，故於一切諸邪惡，出於本能而有嫉之之心與反抗之能力，其精神之能爲輝光，又何疑焉！漢卿著筆體會貼切細膩，時時而有獨一無二之細節與感情，非泛泛之筆所可比擬也。如第二折之片段云：

〔罵玉郎〕這無情棍棒教我捱不的。婆婆也，須是你自做下，怨他誰？勸普天下前婚後嫁婆娘每，都看取我這般傍州例。

〔感皇恩〕呀！是誰人唱叫揚疾，不由我不魄散魂飛。恰消停，才蘇醒，又昏迷。捱千般打拷，萬種凌逼，一杖下，一道血，一層皮。

〔採茶歌〕打的我肉都飛，血淋漓，腹中冤枉有誰知！則我這小婦人，毒藥來從何處也？天哪！怎麼的覆盆不照太陽暉！

〔黃鍾尾〕我做了個銜冤負屈沒頭鬼，怎肯便放了你好色荒淫漏面賊！想人心不可欺，冤枉事天地知，爭到頭，競到底，到如今待怎的？情願認藥殺公公，與了招罪。婆婆也，我若是不死呵，如何救得你？

既沉痛，又纏綿（文字之意味也），又憤婉而有態，又曲折而有致。如此一片本色文字，便如揮灑而出，極是當行，極是出色，試於《西廂記》中，可能覓得？竇氏能捨身而救婆婆（雖然其救未必值得），而情願含冤，其中深具多少世俗民生之意蘊，此可謂眞直入於「無我之上之有我之境」矣！當此境界也，既痛苦又快樂，非個中人莫能體會也。血灑白練而六月飛雪，又增其悲劇之氛圍，以襯其思想境界，唯誓三年大旱，苦痛仍歸於民，於邪惡並不能損之分毫，亦可以見其憤此世之欲戀戀不捨而又實不得不捨也！此人世既非人間，則不過爲人間冤枉之之代價耳。第三折有尤痛快淋漓者：

〔正宮・端正好〕沒來由犯王法，不提防遭刑憲，叫聲屈動地驚天。頃刻間遊魂先赴森羅殿，怎不將天地也生埋怨！

〔滾繡球〕有日月朝暮懸，有鬼神掌著生死權。天地也只合把清濁分辨，可怎生糊突了盜跖顏淵？爲善的受貧窮更命短，造惡的享富貴又壽延。天地也，做得個怕硬欺軟，卻元來也這般順水推船。地也，你不分好歹何爲地？天也，你錯勘賢愚枉做天！哎，只落得兩淚漣漣。

嚴辭厲色，痛斥天地，使吾人覽之而頓覺竇氏之形象高大深遠，無限佳麗，

凌然昂首挺胸立於宇宙之間，視天地爲蔑如，此豈非人之所以爲人之本色乎？惜屈子之《天問》，迷茫之中而令人覺時空之無限，而人力有時而窮。竇氏之訴天地，則適與近人郭沫若之歷史劇《屈原》中之「雷電頌」異調而同致，皆足以使吾人之思想感情得以提升而樂其神味，而得體味「無我之上之有我之境」之至樂，其爲快也何如者哉！或每謂吾國乏悲劇，豈其然邪！其論徒重其外在之形態耳，若悲劇之精神，吾國古代之文學何嘗少邪？實則戲劇中亦不以悲劇爲最高形態，事物之最高形態無不二合一焉，故於戲劇，則悲、喜劇合也。悲劇之實質乃其精神，苟有此種精神，而又以喜劇之法爲之，其回味益深永，所蘊含表現之思想境界則亦更宏肆，如魯迅之小說《阿Q正傳》，實即以喜劇法寫悲劇之精神之佳者也。又考之吾國戲曲，多以圓滿爲結局，如《西廂記》、《陳州糶米》、《柳毅傳書》、《秋胡戲妻》之作，其結局未必能爲圓滿，作者出於主觀皆使圓滿，兩者之參差處，即悲劇所由生也。自吾人之角度觀之，皆悲劇也，但諸人之人格境界、思想境界、精神境界未臻圓融完滿而神味特出爛漫而已矣。實則最深刻最美之悲劇之境界神味，必由喜劇以成全之也。蓋喜劇者，猶拙撰《詩詞曲學談藝錄》一書之論「無」之精神〔註49〕，其中「無」之境界，由喜劇法而蘊涵悲劇之精神，則是「無上之有」之境也。蒼茫造化，無論一一時空之豐富複雜爲何如，而終歸於寂滅，特以此一過程之中，時時著之以「無我之上之有我之境」，爲其突出，使芸芸過往之眾生，不至太乏光彩耳！吾國戲曲中固無此境界之完美者，然如插邪打諢之類，亦其形式上之具此色彩者；若小說之如《紅樓夢》者，則可以當之矣。觀古人評論，率重其事之奇，文采之美，組織之精工，而於其中蘊藏於喜劇色彩之下之悲劇之神味，其體會則自近人始，若插邪打諢之往往流爲惡濫，則更不必言矣。

關漢卿其他之作，如《救風塵》、《望江亭》、《蝴蝶夢》、《魯齋郎》等劇，皆巧智充盈，不獨賴以組織情節、推波助瀾，亦於創造人物形象，直接有力也。蓋人物形象之創造，與詩中所表現之性情大不相同。唯性情也不可以矯飾而得，故表現在詩，多近原態，不以巧智擅勝，故不免迂腐固執者多，鮮活潑辣者少，正襟危坐，最多賴道家之精神而擅風流自達、超然飄逸，於其性情之表現圓融完美，實大有關如，即古人多以意境爲其文學之籠罩，於「神味」一旨鮮有體會，偶然而中，何其孤廖，未能厭足人心也。若戲曲及小說，

〔註49〕于永森：《詩詞曲學談藝錄》，齊魯書社，2011年版，第80～86頁。

作者之性情與文學中之人物不必直接聯繫對應，故作者易放手爲之，苟得大家〔註50〕，必爛漫而易出神味。故欲於文學上臻於「神味」之境界，分三層次。其先則入道須正而大，即儒道二家積極精神之和合，取長補短，尤其破除儒家思想影響之政教思想，薰染其性情以立其根本，能不爲外物而敗其執著，而後乃可深涉世俗，窺其千形萬態，以其所能及之力一一體會領悟，此由一而萬之理維繫之也。而後又將千形萬態一一與道相關，知乎「萬物一致」、「殊途同歸」之理，此由萬而一之理維繫之也。故道之成，由一而萬，由萬而一，孔子之所謂「一以貫之」而已矣。此譬以我爲熔爐，以宇宙天地自然人生爲材料，一一爲我冶而煉之，消化而有之，汰其粗而得其精，而後一新我乃可得焉。此一新我，即「神味」一旨之境界，猶郭沫若《鳳凰涅槃》中鳳凰再生後之境界，亦即「無我之上之有我之境」，即其成矣。以往之詩不能盡善盡美，而期之以戲曲、小說者也。漢卿曲中之巧智，即其途徑之一，而不可僅以製作新奇一義觀之也。蓋於世事體悟愈深，則於文學中益易近「神味」一旨之本原，其體悟愈深而不爲所染，而仍持其性之本色，猶蓮之出淤泥而不爲所染，尤難得也。然蓮之出淤泥而不染，不過僅持其性之潔，獨立其身，即道家精神之積極境界，於儒道積極精神得一之境，猶有所虧也。必得一喻以比之，則有甚平常而蘊涵極深者，如牛食草而生乳，如蜂採花而釀蜜，不獨爲己而兼以爲人。更有甚者，於舊事物力爲改造使成新事物，一己之力無所施而犧牲於舊事物，即前賢所云「舍生取義」之境界，當爲吾人之理想，又奚疑也。人生之過程乃受環境所壓迫，恆面臨「魚，我所欲也。熊掌，亦我所欲也。二者不可得兼」（《孟子‧告子上》）之境，能果於取捨，可無悔矣！由上之所言，則元曲之神味，可得而窺也。漢卿劇中，隨處可見，

〔註50〕 大家必由雜家而得，雜家未必能成大家，如關漢卿〔南呂‧一枝花〕《不伏老》中所云之「分茶擂竹，打馬藏鬮，通五音六律滑熟」、「我玩的是梁園月，飲的是東京酒，賞的是洛陽花，攀的是章臺柳。我也會圍棋，會蹴鞠，會打圍，會插科，會歌舞，會吹彈，會咽作，會吟詩，會雙陸」，百般技藝既熟，才情亦必活，思想境界乃有分於爛漫斑斕耳。吾國詩人往往囿於正誠忠貞（雅正保守）而大力欣賞哲學思蘊之形上境界，故不能接觸現實世界而與生活氣息相關，既得利益者則根本而不欲之，遂於現實生活中之千形萬態不能欣賞體會而寫之，此其文學乏「神味」之所由一也；又吾國古代文學之士多兼爲政治，往往思想不能自由而表見眞實之自我品性，此其文學乏「神味」之所由二也。即以文體論，大家亦往往兼收並蓄諸體之長，如詞中之蘇、辛，曲之體式之進於詩詞，實即文體兼收並蓄之成果，關漢卿諸人之爲力巨矣；又如長篇小說，其之所以易出「神味」者，文體之能兼收並蓄，爲力巨矣！

如《望江亭》第一折有云：

〔後庭花〕你著他休忘了容易間，則這十個字莫放閒。豈不聞
「芳槿無終日，貞松耐歲寒」。姑姑也，非是我要拿班，只怕他將咱
輕慢。我、我、我攛斷的上了杆，你、你、你撥梯兒著眼看；他、
他、他把《鳳求凰》暗裏彈，我我、我背王孫去不還。只願他肯、
肯、肯做一心人不轉關，我和他守、守、守《白頭吟》非浪侃。

〔柳葉兒〕姑姑也，你若題著這樁兒公案，則你那觀名兒喚做
清安。你道是蜂媒蝶使從來慣，怕有人擔疾患，到你行求丸散。你
則與他這一服靈丹。姑姑也，你專醫那枕冷衾寒！

〔賺煞尾〕這行程則宜疾不宜晚，休想著那別人拌翻。不用追
求相趁趕，則他這等閒人怎見得我容顏。姑姑也，你放心安。不索
怎語話相關。收了纜，撅了樁，踹跳板。掛起這秋風布帆，是看那
碧雲兩岸落，可便輕舟已過萬重山。

以此數曲襯譚記兒戲楊衙內之巧智，乃不唐突，而文字若述家常，零亂之中
自有韻致，兼以俗語體己家言，可謂風味別致！又《拜月亭》第三折寫王瑞
蘭〔伴讀書〕至〔叨叨令〕數曲，以心理為著眼，是甚宜於婉曲，而其文字
之潑辣纏綿意味，實極見本色，尤其〔叨叨令〕一曲，確已足啟明之民歌，
其間神味，全從前頭悠婉孤寂之意境中脫出，婉約之中見率性豁落之美。又
如白樸《牆頭馬上》第三折：

〔梅花酒〕他毒腸狠切！丈夫又軟揣些些，相公又惡噷噷乖劣，
夫人又叫丫丫似蠍螫。你不去望夫石上變化身，築墳臺上立個碑碣。
待教我謔憋憋，愁萬縷，悶千疊：心似醉，意如呆：眼似瞎，手如
瘸：輕拈掇，慢拿撚。

李千金本洛陽總管之女，審其行徑實足以驚駭人間，歷經憂患而無復優雅，
緊急關頭本性（天真爛漫小兒女之性情）畢現，余雖無祖富貴之心，而情亦
為之惻惻矣！然此曲之意態雖本色，而文字卻不足以相匹配，而有偶行之意
矣。纏綿而兼潑辣之兩種色，是元曲文字之極致也！或云纏綿與潑辣對舉，
安得而兼之也？陰陽不可分也，是亦如之，而一切諸佳文字亦無不如之，故
潑辣之中能體會其纏綿之意味，是足以得元曲文字之佳妙處矣！

前人以「本色」評漢卿，蓋其本色不獨在文字而已，其曲盡人情、敘事
入裏亦極本色，而尤以不懼以俗為蘊為佳，不懼以俗為蘊，乃元曲之真本色

也！《西廂記》有紅娘此一形象而益無限神味，爲劇中特出之處，雖亦可觀而漸離於俗，後世之曲，並曲盡人情、敘事入裏亦失之矣。《西廂記》本事出元稹《會眞記》，規模得之於董解元《西廂記諸宮調》，陳寅恪《元白詩箋證稿》參洪邁《容齋隨筆》指摘之言，而證二百年間風氣之截然相背，元氏當時於崔氏之始亂終棄之舉爲上流社會所默許認可，可謂一癡老也。由《唐代政治史述論稿》可知，舊有之門閥制度經武后之重科舉而獎拔新進以對抗舊勢力，而大得破壞，後世遂有世家與新進之二階層，元氏由新進而入舊家之範圍甚平常，亦或當時之風氣，然其果爲政者遂無人格、人情邪？是矣，言彼未若揭此之爲中也！此種行爲，無論何時何地，以世俗大眾而爲言，絕非佳事，即所謂時人之徒，亦不以人情爲交，又安能引爲助力而自喜也？又觀其友朋詠鶯鶯之詩，好之而僅止於流連玩弄，其心態亦鄙之甚矣！後人改易爲團圓之局，豈非即常人良心之所期向哉！

「神味」一說，重在以事見人，以事見情，以事見理，以事見趣，事（大處爲情節，小處爲細節）乃其表現之核心，故元曲之不能於事者，則即不能於神味之境界。而欲顯其事，則又不得不借助於「以虛爲蘊」[註51]之法。古之神怪之作如《西遊記》者，今之金庸說部之表現者，即以虛爲蘊之法之兩種境界，而皆極其大成。他如《紅樓夢》以思想境界勝，《聊齋誌異》以理想境界勝，《官場現形記》尤以事理勝，若元人能有此中種種閱歷而爲雜劇，其思想境界當更上一層焉！元曲之中後期，多摹寫意境以襯其事，其衰頹也必，以意境之所襯極有限也，此又元人雜劇之人格境界、思想境界、精神境界每況愈下之所以也！余常不以王實甫之《西廂記》爲然，正緣其以雅化之意境見長而總體籠罩之，因之而弱化其敘事之境界，去元曲豪放潑辣之本色而就優美之境，而其情節又緣董解元之《西廂記諸宮調》，董氏之作已基本奠定此一事之情節，而欲踵事增華也難爲，故在王實甫，亦不得不乞靈於意境之雅致，此又無可奈何之作爲也。即獨論敘事，則以《西廂記》之情事亦不足與後來之長篇小說爭勝，而大失元曲之眞精神也。唯《西廂記》敘寫情愛，又足長篇之可觀，在元曲中自易惹眼，則其佔先之地也。元雜劇多就前人已

[註51] 拙著《金庸小說詩學研究》（尚未梓行）一書，專門列《以虛爲蘊》爲一章而論之。以虛爲蘊，乃爲拓展「細節」之數量，其終極思維方式仍爲「將有限（或局部）最佳化」，而非如「意境」之「以有限追求無限」，如山水畫之「計白當黑」。若不以豐富「細節」爲事，則「以虛爲蘊」亦難見爲根本之「將有限（或局部）最佳化」也。

有之材料刪添組織之，以現實材料入曲，實爲通症，此亦其人格境界、思想境界、精神境界每況愈下之所以也，故其神味雖極詩之大觀，而不足以極文學變化多端之大觀也。其容量仍較短小，乃關鍵原因之一種。以余觀之，古今小說之最以變化多端勝者，當首推金庸說部，如《鹿鼎記》、《天龍八部》、《倚天屠龍記》、《射雕英雄傳》等，灝爛浩瀚，誠空前絕後而天才特異也。其中蘊涵以傳統文化精神頗爲透徹，加以敘事奇詭爛漫，覽之或使人悠然神思，或粲然一笑。唯與現實融合未密，有待通人覓其蹊徑也。故元曲中之俗與金庸說部之俗，仍分兩種境界。一則緣事以寄作者之性情理想，一則緣性情之所近設事以求其新奇；一如園林之真風景，一如水中之倒影而似更爲鮮活靈動；一則就其事以盡其致，一則爲多事以盡其致；一則因事以見我與事之不同，一則我入事內，陶醉其中。元曲之俗，乃真正之俗，其精神指向世俗之現實世界之社會民生；金庸說部之俗，則僅見爲武俠小說體式之樣態，而作者又無限雅正其文字，更無論其所表見之審美意識、趣味，更仍爲吾國文人士大夫之精英階層以雅正爲主之態勢也。爲藝術而藝術之一線，寄在此間。又如《鹿鼎記》一書，其思想境界與藝術境界皆具神味，又如魯迅《阿Q正傳》、《祝福》，又如杜詩、郭沫若《鳳凰涅槃》；又或其思想境界具神味之色而藝術境界尚未至神味地步，如沈從文之《邊城》，詩中如艾青之《大堰河》；又或其藝術境界之成就在其思想境界之上，如李義山、李長吉之詩，錢鍾書之《圍城》，亦可觀也。王國維以「意」與「境」之關係言文學，乃自形式上以言之，余所謂之思想境界、藝術境界，則自內容與形式兩方面言之，而以思想境界、精神境界爲文學權衡之第一義、最後義，亦且爲最重要義。以余觀之，苟其人之思想境界、精神境界高而且美，則其藝術境界也必多姿多彩、斑斕多致〔註52〕，如辛稼軒、屈子、杜子美，元曲中之關、王、馬、鄭、白。然則何以吾國文學中常有其思想境界或於人格境界上未臻圓滿，而不能活其性情，隨其性情之爛漫多姿因質賦形如東坡之論文「萬斛泉源隨地湧出」者？則此雖得做人之真，而於文之真則有間未達，則其以平淡爲主之審美意識使然。人格境界、思想境界、精神境界三境界互相包孕補充，則文學中之「神味」乃堪稱極致也。故無圓滿之人格境界，其文不真；無圓滿之精神境界，其文不美；無圓滿之思想境界，其文不善。古人所言一切諸形態之美，皆支

〔註52〕 此自歷史已然之文學文本、作者之情態而言者，若自邏輯而言，則極高之思想境界、精神境界，未必能促成極高之藝術境界之文藝。

離破碎而不關實質，若以精神境界之美觀之，無不黯然失色也！且精神境界之美，大則必聯繫吾國之傳統文化精神，小則必表現自我特出之個性（性情）；又精神境界之美，不必專形諸文字，故其意義，非文學一領域所能盡以蘊涵，亦唯此之故，所以為一切為文學而文學者當頭一棒喝也。

　　元曲之為文學，應其體制之以俗為特色，則曲實無物不可寫、無事不可寫，因其所關之最終意蘊，無不在社會民生，無不在人也。稼軒之詞已初現此種特色，而詞體至此已極而莫得更進，遂讓於元曲者矣！無論散曲、劇曲，本該如此，然在曲之歷史現實之中，二者皆未至焉。二者雖皆未至，其致之之由則有所異，此於元曲之人格境界、思想境界、精神境界，影響極大。以散曲言之，其雅化之事實雖較元劇為甚，而其本質則為一。散曲本可取俗之活力以恣意搖曳淋漓而生神味，而其創作過早為文人所掌握，故其雅化也速，文人之一階層多於世俗有所隔膜，而享其清高超逸之生活，宜其於世俗之大美有所未得，此則文人本身之原因所造成者也。若元劇雖為文學而可遊心恣意，然以戲劇之體制觀之，則其雅化之原因實在其內容無形中之限制。蓋戲劇一體，其重心在於搬演，其潛在之觀眾大略而得兩種。　一則民間之市民及平常百姓，其興趣則或在所演故事之新奇有趣，或在人物之為眾所愛憎，或在所演之故事寓懲戒激勵教育之意蘊而涉於傳統文化之精神。若第一類，則三教九流奇人異士神仙遊俠諸因素之闌入，可使新奇覓得不必辯駁人人皆為信服之根據，而恍惚迷離之事，則有蔽乎世俗之真美，其術易流虛華誕妄。若第二類，則注目人物而以事襯之，或見巧智，或炫機遇，則往往又墮入科舉、財貨勢位、才子佳人之俗套，其中人物非世俗之現實世界之真美，易理想為幻夢，以自慰藉陶醉。若第三類，則往往以忠孝節義為唇吻，易流迂腐庸俗，而使人、事為道德演繹之符號而乏血肉豐滿之象，亦非世俗之大美所應有之義。又或三類交織纏繞以出之，亦無不可。此三類之中，又以第二類尤具代表性。平凡民生之生活極瑣屑平庸，其欲念之中鮮不有以利至上者，以利至上本非惡事，然但有利則妨其能欣賞平凡而偉美之事物，至若悲劇，其為戲劇之高明者，更於平常民生為陽春白雪，曲高和寡，悲劇以意蘊見勝，尋常百姓所求則唯趣味，能於其生活之餘平添歡笑，以調劑其勞苦悲愁，至若劇中之痛苦，亦多止於感人，情有所觸而以己身觀照之，有同病相憐之感焉，故悲劇之觀眾，恐非眾生之沈於下層者，蓋下層民眾為生活境遇所迫，情感、思想或已粗礪而具麻木之征態矣。下層民生之欣賞第二類，亦不無欣賞彼岸世界之原因。上層下層境界非一，此岸彼岸風景有殊，

隔而觀之，事之本無趣者便迴有趣味，與《紅樓夢》中劉姥姥之進大觀園彷彿也。西人由悲劇、喜劇演進至正劇，是謂進步，然不當失卻悲劇、喜劇之精神。吾國則先有如《竇娥冤》者，是悲劇然卻表現小人物之命運，故極可喜，後有《長生殿》、《桃花扇》等，反猶借歷史爲物色，實退步也，去民間益遠，又爲能得大具活力之世俗之美？而戲劇以現實之觀眾爲其生命之基礎，其潛在觀眾之趣味已限制其內容之發揮，故其勢愈下而益有所謂完美，而完美之極即戲曲衰亡之日，小說以奪其席，正由小說可備眾體之長，無事物不可採而吸收之也。戲劇潛在觀眾之另一種則上層人物，權勢富貴者流，其興趣大抵亦不出以上三端，然其用心則異矣。其心大在戲曲搬演之本身，即優伶戲子之姿色唱做之功，至若劇情自退居其次，務取輕鬆而有富貴鼓吹之色調者以娛其心，以調劑其閑暇優游之生活，即事之涉乎民俗世情者，亦不過本居高臨下之姿態以觀之，或嘲謔或嗤弄，尋常百姓之生之痛苦哀愁，豈能動其中也哉！嘗試揣摩之矣，若《竇娥冤》者，世之達官貴人好尚之者幾何哉！悲劇則止於警醒，喜劇則止於調笑，如是而已矣！故綜上所敘戲劇兩種潛在之觀眾以論之，其影響內容之發揮極大也而限制之，此與散曲之雅化由於文人自身之不足，大不相同。爲生存計而戲曲迎合於觀眾，而妨害世俗之現實世界平凡偉美之人格境界、思想境界、精神境界發揮於元曲之內容，亦可知矣，此誠不無他種之原因，而戲劇之體制漸游離於文學之外而不專以文學爲事，則其極重要之一因。以此而論，戲劇未若小說，而其能與小說唯一爭勝之機會，則仍在審其趨於「詩」化之程度如何，即區域文藝所共通之最高境界「詩」之境界也。〔註53〕

五

夫俗也者，文藝活力之最大淵源之所在，文藝終極境界之根本相關，作者主體之思想精神之根本向度也，其意義之於文藝可謂最巨者矣！拙撰《新二十四詩品》之作，其爲「神味」說之學理論之輔翼也，特以「大俗」爲其

〔註53〕 拙著《詩詞曲學談藝錄》有云：「詩非獨爲一切諸藝之最高形式，且爲世間人之所以爲人者所能達致之最高境界、最高可能，爲人提升自我之最佳途徑也。小說容量亦且豐厚深邃，然以代言爲勝，難於寄託主體浸透整個生命、經歷整個世界之情感、意志，其所持之之姿態，頗有不如也。」（齊魯書社，2011年版，第 108 頁）

一品，而宣「紅塵世俗，大美存焉」之義，尤於「有人有人，孰知其妍」深致意焉。周作人《知堂雜詩鈔‧丙戌丁亥雜詩‧紅樓夢》詩云：「反覆細思量，我愛晴雯姐。本是民間女，因緣入人海。雖裹羅與綺，野性宛然在。」此種之女子，出自民間，故根性中大有樸素之真味在，而著本色之意態，雖處綺豔富貴之氛圍中，而無或改，咀嚼之而大有真味，信魅力無限而動人也！其愈有所觸而交接，有所對比形容映照於其相反之氛圍，則其本性中之力益為激蕩波瀾，益爛漫潑辣，而益堅貞自信，則隨所處事，皆炫目搖心而動情，使人大有不自禁不自止之意焉。此種女子之品，即可以喻曲體本色之俗，以喻元曲之俗之精神也，如《救風塵》中之趙盼兒，亦是也，其相異之處，則若晴雯之力猶不能扭轉局面，必以悲劇終而見其深情，不過《紅樓夢》千萬景致之一景，故必至結局之衝突而終成悲劇，而足以當之也，其於平日，蓋不得橫行恣肆其美而至淋漓盡致，若趙盼兒，娼家而具此種之質，更足以使人於「俗」之一義有所會心。故俗之精神，在以世俗之現實世界之社會民生為根本基礎，而能因之以突破一切諸世俗政教思想、僵化、保守、迂腐、腐朽之禮法制度之束縛，以提升、迸發我性之魅力，即豪放之精神之最佳樣態，此亦即元曲之以豪放為本色之所以然者也。若此之不知，乃可謂之深知元曲之最佳或妙處所在者邪？

雅、俗之辯，自來久矣。人多知文學之有雅俗，人之有雅俗，而不知其根在其精神也。文學之雅俗，與時而遷，變動不居，其最明顯者則明清之小說，當其時則以為俗，今日則以為雅矣。然其細處頗不易辨，如上之所言，如《紅樓夢》、《金瓶梅》，今日已成大雅，他如俠義小說之《兒女英雄傳》、《三俠五義》等，今日猶不得為雅文學，同為俠義武俠小說，則《水滸傳》為雅矣，又如金庸小說，雖名之曰通俗文學，實已至大雅。又如同為神魔小說，則《西遊記》為雅，而《封神演義》為俗。同為小說之燦爛者，《紅樓夢》形式上大俗大雅，《聊齋誌異》則純雅。以人論之，則雅俗亦難一定，視其宜耳。故貴族官吏之流，制度禮儀以定尊卑，隱然若不可犯，入其境域則隨其氣味，若有不拘，即是俗也。若田家赤腳下田，反容不得一絲雅之氣象在。推其所以雅俗之分野，實在性情。雅則滯人性情，俗則放人性情，二者既對待，當不可分而可兼容，即大俗大雅之謂。必合併雙美，取長補短而後可至斯境，則今之所關注，實在於因何而可致此大俗大雅之境界耳。

以余觀之，形式上之雅俗特小事也。如前章所言，詩體之屢變而終至於

元曲，即一不斷求俗之過程，詩莊、詞媚、曲俗〔註54〕，終定格於俗，此不得不變者，變以延其生命力也。然僅於形式上求變以延其生命力，誠末矣，且求其必變之由，無不可尋繹至俗之內容，即俗之活力以促成之也。俗之內容、活力與時俱進，形式則有一定之成形，而相對穩定於一時間內，久則有所妨於俗之內容、活力之表現發揮，故不得不變。然變後舊形式已爲既有，如詩體，且已生極佳之文學，故新形式如詞既生，而舊形式並不由此隨即消亡，而表現爲並存之局面，如宋詩宋詞並存之局，然文學之最高最飽滿豐富之生命力已在於詞，故宋詞乃其時代最足以爲代表之文學，曲之在元代亦如是。或考詞曲本同源異流而極拒曲爲詞之變之說，即未知其說之眞正用心所在也。曲變而益俗，以詩體而可以俗白之形式出之，至矣不可以加矣！此種之形式，最宜於使其內容之活力保持最鮮活生動之魅力，故所謂舊瓶裝新酒，可則可矣，然形拘則神滯，未足以至文學之最高境界矣，如《聊齋誌異》、聶紺弩之舊體詩。故形式之滯後矣，若猶用之，雖有新內容，亦必謂之雅化也，不足以代表元曲，而生裝腔作勢之姿態，便失俗之精神矣。蓋俗之精神也者，形式雅化是其一端，而內容雅化則其眞癥結所在也！形式之雅化如《聊齋誌異》，其內容猶未雅化，故猶大有可觀，若內容雅化，則必用心於技，用心於形式之絢豔完美，一如紙花也。如同爲神魔小說之《西遊記》與《封神演義》，前者大俗大雅而不離於俗，後者大俗，而終落爲俗，何哉？其技之未若邪？抑內容之不精彩邪？以余觀之，《封神演義》所寫之事，奇幻萬千，甚有可觀，然多就本事以寫之，以奇爲心，事盡意止，並無味外之味，味外之旨，而無多重之意蘊也，雖雜人事以寫之，其意則僅止乎術，不關其人，更少關乎社會民生之意蘊。〔註55〕《西遊記》則雖寫神魔，無異人情，而爲現實世俗世界之映照，其人其術尤其其事其心，無不聯繫於文化之精神、社會民生之意蘊，以此而多重之意蘊可得也。兩者之異如此，故雅俗亦別。《西遊記》之境界，亦即金庸小說之境界之在武俠者，其成功亦不外乎是。又如管氏小詞（「你儂我儂，忒煞情多」），完全無格律之束縛，而以情行，以意行，以神行，篇幅雖特短小，然以一細節盡力鋪排，極其情意之所至而渾涵、潑辣、生鮮、

〔註54〕 詩莊、詞媚、曲俗，此皆就三者之佳處而言者，不可以曲之俗爲其劣處也。
〔註55〕 社會民生之意蘊，乃趨於社會下層民眾、底層之現實世界之相關意蘊，故《封神演義》雖以重大之歷史事件介入其中，而具積極之意義，然乏上述所言社會民生之意蘊，作者之藝術水平又不高，故遂使之品味、境界不高，更無論隨處可見之「神味」矣。

熱烈，而生多重之意蘊，此大俗大雅之尤佳者，而其形式益放於元曲者也，然唯有其神在焉，以情貫之，措辭遣意，通融圓滿無所滯礙，故雖用俗白語，而又極其精練，不至放而蕩之，肆而散其神，大如一段真情之結晶，不獨玲瓏剔透、晶瑩圓澈，而又薰染理想之色彩、世俗世界之神味焉。若元曲則格律精嚴不易施爲，故明之民歌爲其反動而盡棄其束縛，然猶足以成就非凡者，以其體制雖活而無律，而意中自然受影響於詞曲，心中胸中神意中略有詞曲體制之範式也，雖無律而知用心於有限，若能至此一步，則昔余之所謂元曲爲詩體之最完美者，又可進之矣。明人民歌，純見俗白之韻味，生鮮活辣，根本於俗，故生命力特旺盛飽滿，滋味地道，讀其辭如獲見俗之魅力之意態，燦焉欲滴也，直是本色逼麗而極絢麗之至，而其情之澈永堅貞咀嚼有味毫無忸怩毫不遮掩，是又得性情之極樸素者也。世人僅知「絢爛之極歸於平淡」之義，不知人而可以若是，文學則有以進之也！文學重表現，而淋漓盡致、神味爛漫與含蓄並不矛盾〔註56〕，元曲即其極佳之樣態，古人但知以少總多、貌似閒淡爲含蓄〔註57〕，實僅識到形式一步，得其粗而未得其精。蓋含蓄者，以神行文作詩是其第一義也！詩文但以神行，則可多則多，可簡則簡，宜豐腴則豐腴之，宜瘦硬則瘦硬之，隨神之行止而定其文辭，則詩人之或繁或簡，或淡妝或穠豔，亦自然之事。故詩有陶淵明之簡淡者，有曲中關漢卿之淋漓潑辣者，此不足以定其優劣，優劣決於其神，即其人格境界、思想境界、精神境界，此真足以決優劣者也！若淋漓盡致爛漫潑辣以細節渲染鋪排而至於神味之境界者，是余之所倡尚也。何以無取於陶詩之風味？以其詩受拘束於詩體，未得純運俗白語如元曲者，且姿態太閒澹也。樸素而可兼絢麗，含蓄而無礙淋漓，無不在俗之精神與力。若必以簡淡爲高，是不可也。蘇東坡《文說》有云：

> 吾文如萬斛泉源，不擇地而出。在平地滔滔汩汩，雖一日千里無難；及其與山石曲折，隨物賦形，而不自知也。所可知者，常行於所當形，常止於不可不止，如是而已矣。

〔註56〕 事物之完美發展，必融合諸二元對待之因素而後成，不可單純強調其一方面，但看其以何爲主耳。如元曲之表達方式，即兼有淋漓盡致、含蓄兩種之美，而以淋漓盡致爲主。拙著《論豪放》云豪放可兼有婉約之長，即詞之最高境界爲兼有豪放、婉約兩種之美之境界，但當以豪放爲主耳。

〔註57〕 如蘇東坡《和陶詩序》云：「吾於詩人無所甚好，獨好淵明之詩。淵明作詩不多，其詩質而實綺，癯而實腴。自曹、劉、鮑、謝、李、杜諸人，皆莫及也。」

以泉為喻未若江河滄海之喻更能代表水也，答《謝民師》云：

所示書教及詩賦雜文觀之熟矣，大略如行雲流水，初無定質，
但自當行於所當行，常止於所不可不止，文理自然，姿態橫生。

前猶指文，後兼詩賦，其理有一者存焉。如水之注也，固有靜閒之泉、幽然之溪，亦多奔放之大江大河，隨物賦形，或收或放，不必盡以一之以簡淡平靜之貌也，「一日千里」、「姿態橫生」之意態，豈是淵明「質而實綺，臞而實腴」之氣象？故含蓄者，以神行之則必有斂乎形，其與言辭之豐約放收無大關係，即使俗白之似乎不節，亦無不含蓄。故含蓄之第一義，在於意之含蓄，其與事合，雜和諸美，層次井然而又渾然一體，而呈現為多重之意蘊。東坡之誤，在知其理或如此，然性之所近，亦必其所愛尚，其崇淵明，非據其實而本其性之好尚，此種結果，並不甚的，故其推淵明，亦即隱推一己，非公論也。此種現象，無獨有偶，皆詩人而兼談藝家之事，他人不甚明顯，為詩文之以性近者為高，理之常然而為人之常情，鮮有然畢竟有超脫其外秉之以公心者也。談藝家而兼詩人，或偶為此，或偶為彼，看似矛盾而論不相容，實其所據之立場不同所致耳。蓋以談藝家面目見，則有公心，以詩人見，則不能無私矣，蘇東坡其一例也，錢鍾書亦其一例也。錢氏《談藝錄》第六則云「神韻為詩中最高境界」〔註58〕，詩人有私之言也；其文《中國詩與中國畫》則得論「神韻」一派非詩中正宗或高品〔註59〕，亦即非詩中最高境界，此本研究而持之以公心者也。實則如二人者之誤，同在有所盡於物之致而未盡人之情也。以物之致言之，故無可無不可，蘇東坡已如上言，錢氏《談藝錄》第六則則云「可見神韻非詩中之一品，而為各品之恰到好處，至善盡美。選色有環肥燕瘦之殊觀，神譬則貌之美而賞玩不足也；品飽有蜀膩浙清之異法，神譬則味之甘而餘回不盡也。」〔註60〕清之袁枚《隨園詩話》卷三云：「詩如天生花卉，春蘭秋菊，各有一時之秀，不容為人軒輊」，亦同黨也，已糾之於《詩詞曲學談藝錄》卷六。諸人之失，正在未盡人情。物也者，但有榮枯死生之態，而無事，事專屬人，其態複雜於物之致不知幾千萬倍，以物態物致言文學之最高境界，宜其有所不足矣。以物觀人，正與此同失而僅得其美，故物態萬千，物性自足而自適其性，無可無不可，春蘭秋菊，不宜軒輊，環

〔註58〕錢鍾書：《談藝錄》，中華書局，1984年版，第40頁。
〔註59〕《錢鍾書散文》，浙江文藝出版社，1997年版，第221頁。
〔註60〕錢鍾書：《談藝錄》，中華書局，1984年版，第40～41頁。

肥燕瘦咸稱極美。若人事，則態雖萬千，旨則必趨一致，曰善而已。不至於善而縱橫談藝，是孔子之以《武》爲「盡美矣，未盡善也」（《論語‧八佾》）之由也。諸人談藝，多以其美，鍾書之言「各品之恰到好處，至善盡美」之「至善」，亦以形式言之，以完美爲至善，不知善更有其本來內容，不及人事，不至於善亦甚自然矣。故一而萬、萬而一者，眞善美之表現，眞美可萬，善則唯一，由人（利人）而定也，非一人也。故此章所言之俗之精神，即向善（向善則不能不關注人事，詩文則不能不敘事，事而蘊意趣情味，其最佳之、寄託表現則細節也）之精神也，關注人事因及於社會人生之精神也，愛人之精神也，此之謂大俗，亦即大雅，復有其雅而勝乎愛人者哉？故雅俗之辨有如此者：取俗之形式爲活內容故，此大俗之事；煉其內容而見俗之精神，此則又歸雅矣。若內容失卻俗之精神而隔膜於現實世界，亦稱之以雅，則貶義矣，故又是俗，亦貶義。若形式長久不變無能於適時，因之限制內容，亦稱之以雅（雅化），亦是俗之一種，皆貶義也。若形式拘滯而失形式本身之活力，則亦是俗之一弊。若內容雖向善，關注人事而僅得其粗未得其精，雖有俗之精神，亦不可免其爲俗之一弊也。通觀而論，雅俗之關係頗微妙而不易理清，總之在大俗大雅之境界中，雅俗所指不同，和合一體，故雅也俗也，均以得其宜而爲佳。若尚未至此境界，則寧俗勿雅也，大俗大雅非是一定而不變之境界，而是維持其整體之樣態，若其內之各因素則仍趨流動，此猶錢鍾書《談藝錄》第九則之言李賀詩「化流易爲凝重，何以又能險急。曰斯正長吉生面別開處也。其每分子之性質，皆凝重堅固；而全體之運動，又迅疾流轉。故分而視之，詞藻凝重；合而詠之，氣體飄動。此非昌黎之長江秋注，千里一道也；亦非東坡之萬斛泉源，隨地湧出也。此如冰山之忽塌，沙漠之疾移，勢挾碎塊細石而直前，雖固體而具流性也。」〔註61〕李長吉詩「其每分子之性質，皆凝重堅固」，故其詩頗有執拗未圓暢處，至於意亦不易解，尚待有所進也。必其每分子皆外堅而內流，庶幾諸層次、部份互通有無，則以整體視之，爲吸收消化、消融而無梗硬之病矣。長吉詩未至大俗，安能有免。故大雅大俗，其靈魂仍是「活」之一義，形式、內容皆活而後可也，尤其內容，欲活則須無間斷以關注現實世界、世俗世界及其人事，即詩中秉持俗之精神。悟不至此，其亦可邪？

由上所論之俗之精神，可以觀諸元曲也。元曲中之雜劇勝散曲遠甚，無

〔註61〕錢鍾書：《談藝錄》，中華書局，1984年版，第50頁。

不以此。散曲形式之雅化，本書中多所論及；其內容之雅化，則皂中追求自適恣肆之境界而後得，即其著豪放之色彩者，其目光亦無不在己，而於人事多所闕如。唯其若是，故其作中之意蘊，大抵同趨一致，雖自適之足以自樂，超逸之足以驕人，而於民生之深情，愛人之深意，有所歉也。其意蘊之趨於一致者，如馬東籬之〔雙調・夜行船〕《秋思》之淡泊名利、笑傲江湖，而構成之細節，多具象徵意味而以趣出之，如「晚來清鏡添白雪，上床與鞋履相別」、「紅塵不向門前惹，綠樹偏宜屋角遮，青山正補牆頭缺，竹籬茅舍」之類，純是「意境」之事，由「意象」以生成，而非「神味」之以「細節」建構。不與現實世俗之人事相直接以觸以感，何能渲染細節而得神味？若〔般涉調・耍孩兒〕《借馬》一作，唯其淋漓盡致以寫一事，而涉人情世故，則得以細節出之矣！此作俗白之意味已頗勝，揣摩口吻調理心機之狀惟妙惟肖，風味與《秋思》判然有別，此乃真曲之風味也。〔註62〕借馬一事本極細瑣，孰能意料東籬卻作得如是一篇佳妙文字？由此可見，凡用心刻畫，就一事周遭以渲染而用細節（非是意象）者，便易到神味之境界！用俗白成語而姿態淋漓，而意旨深厚，趣味別致，細節皆我之細節，乃用盡平生氣力得來，所以獨至而他人無或至者，余《新二十四詩品》之「無復」一品，蓋深感於此焉！東籬苟沿此徑以行，成就誠不可限量，而此種之作既須灌注平生力氣，是以極其難作，未若緣性寫情、借助吾國傳統文化意蘊之易好而惜力也。東籬此作亦頗足見其性情，然亦可視為刻畫他人，雖技已極高，尚未圓融而與「無我之上之有我之境」和合，其根本原因則除卻此事本身，更不關涉更為深廣之社會民生。然亦不必苛之，此曲與杜仁傑〔般涉調・耍孩兒〕《莊家不識勾欄》、睢景臣〔般涉調・哨遍〕《高祖還鄉》三作，真元曲中散曲之以俗之精神勝僅有之奇觀絕唱也！但由此徑，便可越意境而至神味，丁淑梅《中國散曲文學的精神意脈》云東籬《借馬》之作其「放恰在於純用俗料、全用白描、不加裝點，完全脫離意境而理性精神自在、曲意深備」〔註63〕，可謂

〔註62〕《借馬》雖以「神味」勝，然卻非「神味」之最佳境界，故總體評衡，其藝術成就、魅力仍無法與《秋思》相比，後者乃吾國傳統文化浸染之士大夫文人精英階層以雅正為主之審美意識、趣味之代表作之一，已與乎以「意境」勝之最高境界，故不可以馬東籬之此兩作對比而謂「神味」之藝術境界、魅力不如「意境」也。

〔註63〕丁淑梅：《中國散曲文學的精神意脈》，中國文聯出版社，2001 年版，第 47 頁。

識家。然雖知其佳，知其「完全脫離意境」，而不知突破、超越吾國傳統文藝審美理想「意境」之新審美理想如「神味」者，則亦唯有此種方式褒揚之耳。故不知突破、超越「意境」之新審美理想，乃二十世紀以來吾國人之思維定勢，即王國維亦莫不如此，如《人間詞乙稿序》有云：

南宋詞人之有意境者，唯一稼軒，然亦若不欲以意境勝。〔註64〕

亦已體察其中消息，然王國維雖窺得稼軒詞亦若不以意境勝，而稼軒詞極佳亦無任何問題，而其身卻是吾國意境理論之集大成者，故不可能、無能於再突破自我而開啓新境，其以「意境」以衡元曲之佳處，實非得已也，由《人間詞話》之「境界」而之《宋元戲曲史》中之「意境」，其亦有所拿捏未定者邪？實則意境以情景（意象）為意，乃畫或云藝術之最高境界，而非詩或文學之最高境界，錢鍾書《中國詩與中國畫》已揭此義。以意境勝者乃抒情詩，而吾國敘事詩特不發達，其文學境界必不相同，或曰其極致必氣象判然有別。敘事詩既為詩之一種，吾國古代文學之中未得發達，西人卻極發達於其史詩，其文學境界適足以資中土參考。德人萊辛撰《拉奧孔》一書論詩畫之界限，其真意則在闡詩高於畫之宗旨（尤在「動」、「靜」之趣而廓及其他因素者），云能入畫與否非評價詩之優劣之最高標準，畫之最高境界並非詩之最高境界，其所言詩，恰意在史詩。吾國古乏史詩，而較之史詩篇幅更短、較之抒情詩篇幅卻可大幅增長之敘事詩亦未得發達，即由於不善越意境而外，別闢蹊徑。測其原因，則「事」之一因素，大為史籍所掩，吾國之史籍尤發達故也，如《史記》，且文學成就極高。〔註65〕不獨掩於詩，小說亦然。小說至唐之傳奇乃漸生獨立，而猶染史傳之色，必伺俗白小說之出，乃真獨立而見風流也。敘事詩在漢樂府時本有發展壯大之可能，亦有如《孔雀東南飛》、《飲馬長城窟》之傑作，在元曲以前，則掩於史籍，在元曲之後，則為小說奪其文學主流之席，遂難發達矣，此其根本原因之所在也！細細思之，敘事詩之在漢代已有端倪，而無大發展之前景，亦與吾國傳統文化演變之跡大有關係。當東漢儒學已趨繁瑣庸俗之後，魏晉玄學興起焉，名士風流好為玄言詩，流

〔註64〕 王國維：《人間詞話》，上海古籍出版社，1998 年版，第 77 頁。《人間詞》甲乙兩稿序，均王國維自作，而託名於樊志厚。

〔註65〕 《史記》之如《項羽本紀》、《刺客列傳》之類，皆洋溢磅礴而若史詩，但闕詩歌之形式耳。吾國傳統文化極重形式，往往形式大於內容，形式之講究無所不用其極，然詩歌形式之探究，除律詩稍見成就外，迄今仍未見形式之成熟，此又絕可怪者。所謂即之愈近而反不可得邪？

於明理而大失文學之質，於是「莊、老告退，而山水方滋」（劉勰《文心雕龍・
明詩》），因老莊之精神而怡情暢神於自然山水，以恣其內心之放浪自適，意
境之基遂奠於此矣。老莊之弊，南北朝亂世播遷而見人生無常，靡爛豔麗之
詩又興於上，仍以意象為主而不可能及於人事，至唐詩而大盛，意境之義已
熟。不獨詩如此，畫亦漸以山水而替人物，與詩互資取也，故吾國特重詩與
畫通之義。蘇東坡《書摩詰藍田煙雨圖》云：

> 味摩詰之詩，詩中有畫，觀摩詰之畫，畫中有詩。詩曰：「藍溪
> 白石出，玉山紅葉稀。山路元無雨，空翠濕人衣。」此摩詰之詩也。
> 或曰：「非也，好事者以補摩詰之遺。」

王右丞詩非詩中高品或正宗，而僅為一「小的大詩人」〔註66〕，此錢鍾書《中
國詩與中國畫》已言之甚詳明矣。此詩為東坡所賞，然卻遠遠不足以當詩之
最高境界，此參萊辛《拉奧孔》之說（亦反靜穆而崇動媚）亦可知也，與李、
杜比較亦可易知。實則東坡但道詩中有畫、畫中有詩為佳品，未嘗以其為詩
中最高境界，後人遂議論紛紛，以為此真最高之境界也，遂致取法乎其次者
矣，不深究之過邪！此說亦吾國常談，不過以東坡最具代表性耳。言詩則云
詩中有畫，言畫則云畫中有詩，實以一例規視詩畫，而詩畫本別，必各有極
致，以此而即可見此義之不足以當最高境界也。〔註67〕然則吾國重詩畫相通，
西人在萊辛以前亦有此徵象，其後則重其異，而各趨極致，其近現代文藝遂
一變靜穆之為最高之美，而以崇高為極致矣——崇高之後，又有荒誕，總之
非靜穆之境界矣。東西方近現代文藝趨勢之不同，乃各自文化精神之使然，
吾國之文化精神重和，此一理念迄今未能徹底、根本而突破之〔註68〕，而和
之在物是終境，在人則是初境。物之和將以成物也，而物卒為人用。人之和
於物即天人合一，則不過是成我之用，其後尚有我之作為也。物之和也，有

〔註66〕《錢鍾書散文》，浙江文藝出版社，1997年版，第213頁。

〔註67〕「詩中有畫，畫中有詩」之境界，與「我中有你，你中有我」之境界不同，
前者側重於不同事物（領域）之融通其長，而不影響其本質，後者則本質之
提升，乃事物發展之最高層次、境界。

〔註68〕吾國二十世紀以後，文藝之主流審美意識已然脫離「意境」之籠罩，然民族
整體之審美意識、思想精神則仍以「和」為根本而未得整體突破，吾國傳統
文化思想精神極其穩定、凝集、保守、頑固，故余嘗以為欲思想精神上根本
突破、超越此傳統文化之最高境界，以建立更為深閎偉美、大氣磅礴之新文
化思想，以此思想意識而為眾所周知之常識，則至少須期之以五百至一千年
也（可參筆者《「新文化主義」思想宣言》一文）。

渣滓精華之分，若人之和，則仍以各具個性之獨立精神爲前提及終境，此即余所言之「有我之境」、「無我之上之有我之境」二義。唯其期於各具個性之獨立精神，故物有貴賤之用，而人無貴賤之分，此社會立足之本根而不可動搖者，故王公貴戚可以權位而炫於百姓，而人之在社會存在之價值則無乎不同，是以王子犯法與庶民同罪也，然皇帝猶可超脫其外而無所顧忌，久之則必爲眾或生民所棄，歷史上之不得其死者，豈鮮也哉！故和者物境也，詩畫相通立義乎此，乃技之境界而游離乎人事之外者。物以相和相通爲能以成物，如集菜蔬佐料以成肴，即如此亦以某菜爲主，和合其他質料以成更高更佳美之性，故若詩者自當以詩境爲主，而不以得畫之長爲主。得畫之長亦佳事，而卻不足以爲詩之最高境界。通者取其長以爲我用也，其終境仍是一我。故詩中有畫，僅是物境，若畫之質，善表現靜態，若事則具一定時間之長度而見爲動態，此意萊辛頗言之矣，畫之質不足爲敘事之詩，而敘事乃文學之中心因素，凡表現人物之性情及其人格境界、思想境界、精神境界等義，無不以事爲其最佳表現之由，情思特其淺者耳！情思之佳者，如山水之樂、田園之思、琴簫之趣，或未必能具俗之精神也，而多以老莊之雅爲色。俗之精神，其核心意蘊在關注人，即民生是矣。不具此種之精神，則意境之盛於唐後即遂衰矣——然潛流卻在，如杜子美之作稱「詩史」，《麗人行》、「三吏」、「三別」及元白之新樂府等，仍不可泯滅此一俗之精神——宋詞之替詩也，元曲之替詞也，莫不如是。宋詞因唐末五代文人士大夫之選擇，而以婉約立本，雖張情致，多出長短句之效而流於形式，必俟豪放詞出而內容形式兼備，此甚高之境界也，故其末流不足以繼之，而又卒爲元曲讓路，而其中俗之精神，則仍爲元曲所繼承，尤其稼軒詞，其中多有興趣爛漫、意態活潑之作，清新明白如話，已自形式上開其轍跡，俗語白話活潑爛漫之魅力初見焉。則元曲之俗之精神，可見於文字及內容之兩端也，必兼具兩美，而神味之魅力乃足，其飽滿之生氣乃將逼人也。如關漢卿，其雜劇之曲已至，散曲則未，如〔南呂・一枝花〕《不伏老》，意態已到，文字之俗白則未到，如「普天下郎君領袖，蓋世裏浪子班頭」、「我玩的是梁園月，飲的是東京酒，賞的是洛陽花，攀的是章臺柳」、「則除是閻王親自喚，神鬼自來勾，三魂歸地府，七魄喪冥幽」之類，皆有詞意〔註69〕而非俗白文字之本色，此較於前舉三曲可知矣，較其劇曲亦可知也。較之明之民歌亦可知，如〔南商調・山坡羊〕云：

〔註69〕詞之體制之品性、姿態、意味。

熨斗兒熨不展眉間褶皺，竹繃兒繃不開面皮黃瘦，順水船兒撐
不過相思黑海，千里馬也撞不出四下裏牢籠扣。俺如今吞了倒須鉤，
吐不的，咽不的，何時罷休？奴爲你夢魂裏抓破了被角，醒來不見
空拖逗。淚道也有千行喲，恰便是長江不斷流。休休，閻羅王派俺
是風月場行頭。羞羞，夜叉婆道你是花柳營對手。

此作文字活蕩有致，惜意尙婉約，便有雅意，累得文字亦到不得俗白之魅力
之極處，適與漢卿作互有短長，合併兩美，神味完矣。漢卿劇曲，則內容文
字皆臻於爛漫潑辣，如《救風塵》、《竇娥冤》，可謂絕色逼人！蓋及於事之鋪
排渲染，功易成也，由此可知曲中之敘事而出之以細節，是正道也，曲之俗
之精神及文字，必因事而得以表現其極致也。俗到極處，便雅到極處。俗到
極處，即是鎔鑄雜有而棄其渣滓而得其精華之結晶，於質上提升之，如蜂探
花而成蜜（余詩嘗有句：「蜜在花中蜂採得，蝶飛蛹外繭成全」）。俗到極處，
即是淋漓盡致，否則神味不足以盡出。淋漓盡致而可兼容於含蓄，前已言之，
而其又可與纏綿兼容也。如《救風塵》第一折：

〔仙呂‧點絳唇〕妓女追陪，覓錢一世，臨收計，怎做的百縱
千隨，知重咱風流媚。

〔混江龍〕我想這姻緣匹配，少一時一刻難強爲。如何可意？
怎的相知？怕不便腳搭著腦杓成事早，怎知他手拍著胸脯悔後遲！
尋前程，覓下梢，恰便是黑海也似難尋覓，料的人來心不問，天理
難欺。

〔油葫蘆〕姻緣簿全憑我共你，誰不待揀個稱意的？他每都揀
來揀去百千回。待嫁一個老實的，又怕盡世兒難成對；待嫁一個聰
俊的，又怕半路裏輕拋棄。遮莫向狗溺處藏，遮莫向牛屎裏堆，忽
地便吃了一個合撲地，那時節睜著眼怨他誰！

〔天下樂〕我想這先嫁的還不曾過幾日，早折的容也波儀瘦似
鬼。只教你難分說，難告訴，空淚垂，我看了這些覓前程俏女娘，
早了些鐵心腸男子輩，便一生裏孤眠，我也直甚頦！

端端是本色當行之佳文字也！然此種意態，尙非是潑辣指斥之意，而刻畫委
屈細緻，已見得一小女子之計較姿態矣。此種計較之姿態，非但不使人生厭，
反覺一種無限纏綿之意味，大惹人愛戀焉！蓋世間之女子，以溫柔賢淑爲佳，
而小肚雞腸斤斤計較之女子，有失幽雅之態，故尙大家閨秀之嫻雅，而卑小

家碧玉之小氣（雖倩麗也），若村俗之女，則更不著眼光之內。計較爲可厭也，尤使女子見其鄙野，世以爲常矣。然我則未也，我獨愛此種斤斤計較之女子，而覺大有一段纏綿之意味在，特有世俗之魅力，而野性之美，蠻麗奔放。計其當得也，而其得又恆不足也，則計較亦無不可。我恆見世俗之女子者流，忘形而斤斤計較於店鋪之中、小攤之側，其美不可掩，而其身未必覺也。如趙盼兒，私心此一番計較，有何可厭？此種風塵世俗之女子，愈計較便益見其美，此種之美，若不諳俗之精神，便以爲不可思議矣。元曲中之神味，亦且如是而已矣，其大得力於俗之精神，尚何疑哉！此之謂平凡中之大美，余恆於此種之美，而著莫大之同情，消魂必於是，不可自已必於是，眩暈陶醉必於是也！無其相似世俗世界之經歷，其何由而得致其共鳴邪？即有會心，亦失之於隔膜一層而有差之毫釐謬以千里之憾，此余尤深致意於《論聶紺弩詩》（見《詩詞曲學談藝錄》卷三），而言紺弩詩尤非以俗之精神勝之文學之極致，以其詩雖表現時代，而於眾生之世俗之大美，則尚欠虧，念念生民之疾苦而深情通之，此杜詩之所以爲不可及者也。紺弩所觸多文藝界政治界之士，故其詩乏於表現、深味紅塵世俗之大美，其生之使然尤可諒，而其心之不然則不可諒。眾咸奉之極高，故余亦衡之以我心目中文學之最高境界，如是也。其言曰：

　　……蓋書本之所學，雖可極博辯複雜、恢弘爛漫之趣致，然其活力卻得自世俗世界，因有第一手之感覺與感情，而抽繹拔粹深融此現實世界之美，若此之失，雖紺弩之性情誠眞摯熱烈無僞，於其詩則正嫌少一最根本以致深閎偉美之因素也！……「俗」之一字，紺弩實未深知其佳。故其詩雖間雜俗語，而俗之眞正魅力，則幾乎無目。俞樾〔南呂・駐雲飛〕《百空曲》云：「畸行人事聳，高論天爲動。……流俗半盲聾，豆兒眼孔。下里巴人，反博知音眾，君不見立異矜奇總是空！」平凡之美，不倚奇也。尋常百姓之生活及其生命存在之姿態及內蘊，身懷偉美特異之才具及內美深厚而又出之以平凡者，尋常民生世俗所蘊含不可思議莫名其妙之樸素瑰秀之美，滿腔天眞獨具不持功利心處世待人之至善，其在平凡中以堅忍不拔之熱情沖決一切諸傳統慣性惰性力量所逆發之樸素之絢爛，則非書生之境界所能體悟者也。其發而爲音聲詩歌，必深情婉轉而本色動人，歷代民歌謠曲，特其暴露之一端，而已燦爛無限，李空同

之云「眞詩只在民間」（《李空同集‧閒居集‧市井豔詞序》），誠心聲也！蓋天下之大美，其全而粹而淋漓盡致而爛漫而豐富而動媚而活色生香者，愈近於下而益爲然也！其虛僞矯飾之少也，陳腐朽敗之少也。紺弩詩詞雖特出，而於此則不能無憾，而恨其未能更下其心於民生之感情，未能汲取俗文學之生機生氣以正其詩之本，而僅憑打油此一形式逞其意態，不過特多巧異之對句，有使人恨其欲巧之心，反致拙感，唯「樸」乃能臻於豪放之精神之境界，臻於「神味」一旨之正色者也。故紺弩之詩，除格律外，古詩便幾毫無可觀而微嫌拙劣，以七古論，唐之詩人勿論，即後世之蘇東坡、韓退之、吳梅村、龔定庵之流，亦遠遜也。古詩一體，最足以見詩人之才氣才力，且易致鏗鞳巨響，半韻其容量，尤易得神味而渲染乎事者也。吾國抒情詩之特爲發達，而鮮有知敘事詩之價值者，由紺弩詩以觀之，其亦然也。「又苦無多油可打」，「問渠那得清如許？爲有源頭活水來」，朱子此語，可以責之。〔註70〕

又紺弩《失題》云：「詩尊杜甫工窮苦，文羨桐城遠俗倫」，夫杜之工窮苦，特其發爲文字之心也，至若求其內蘊而繫於民生之事，則紺弩之不見，宜其學僅得杜之皮毛粗淺者也。桐城之文清眞雅正，其文本非最上乘，且隔於世俗之現實世界，而紺弩竟以爲理想，識見如此，宜其於世俗之大美及俗之精神有所未盡也。雅俗之辯，人皆以爲是單一層面之事，獨余以雅屬之形式而以俗屬之內容以論之也，其間對流互動而相反相成。若俗不流向雅，則使形式有虧而內容亦因使無進；若雅不流向俗，則內容乏鮮活而形式亦弊，大俗大雅義乃在茲，非所謂雅、俗文學之爲對峙而不通融也，世人昧之，或因之而鄙俗文學，此譬猶數典忘祖者也，俗爲文藝最根本之動力、活力之源，不可以形式之俗而並棄其內容，並棄其世俗之精神也。曲之定式，不得俗之力之深則不足以至如是之聲情不拘、淋漓盡致，俗之力也不深不厚，則情、氣二事不可至於最高境界，而盛大充沛，有以放諸現實世界，而突破舊禁之束縛也！不突破現實世界之束縛而進之，則「無我之上之有我」如何臻致邪？世恆囿於吾國傳統文化思想薰染、影響之文人、士大夫精英階層以「雅正」爲主之審美趣味、審美意識之影響，而判定雅俗之標準在形式、趣味，而不知雅俗二元對立辯證思維更高上之三段式邏輯思維，不知大雅大俗爲其最高

〔註70〕于永森：《詩詞曲學談藝錄》，齊魯書社，2011 年版，第 286～290 頁。

境界，爲超越雅俗二元對立之新境界，不知此種大雅大俗之最高境界爲大俗，大俗之精神根本不在乎形式、趣味，而在於主體理想所見之思想、精神之崇高、粹美、至善，此可謂莫大之悲劇也！故思想、精神之意蘊合乎此者，則雖形式、趣味或俗，而無不雅；不合乎此者，則雖形式、趣味極雅，而實極俗。故如辛稼軒者，其詞多具至少兩層之意蘊，其形式、趣味抑或表面之意蘊雖或與人似乎無乎不同，然由其主體之最高思想、精神之無時無刻而不貫徹、灌注，則眞能脫雅又脫俗，而臻致大雅大俗之境界也。余之所以責之而使人上溯元曲以論其俗之精神，非爲研究元曲計，而是欲發明其合於「神味」說之意蘊，以示文學之理想境界及方向，使爲文字者有所參悟而已。爲文字而不知所以致大美之由，不知俗之精神〔註71〕，余悲之久矣，其奈世人之不悟何！「神味」一旨，元曲云乎哉？元曲之俗之精神，文字云乎哉？

六

　　元曲之衰，有以由之矣。散曲且置勿論，即雜劇雖厥有風采爛漫之姿、纏綿雋美之致，潑辣肆宕之蘊，而結構散漫、題材陳熟、格調迂腐、說教庸濫之作，亦大量充斥，精彩出色則軒翥乎天，冗雜悶劣則濁降於地，前人所極稱之者，多就其最佳處以觀之也。詞中除蘇、辛、周、吳之外，大家尙多，姜白石、李易安、秦少游、二晏、李後主、柳屯田等，亦緊隨其後，無不獨詣特美而搖曳波瀾，用是而成一代之文學，能與唐詩相抗衡爭豔，若元曲則相形見絀矣。曲中關、王、白、馬、鄭諸人，雖稱有大異量之美，而其間已有分寸，成色亦別。五家之中，唯漢卿之色爲正，詩莊、詞媚、曲俗，一「俗」字實是曲之三昧，曲中至味！唯俗乃活，而潑辣，而淋漓盡致以敘事出味。漢卿劇曲正色，散曲則未能與齊，而趨雅化。曲之一體，其形式及精神多得力於詞中之豪放派。蓋値宋末，詞一弊於姜白石之騷雅，又弊於張玉田之清空，詞由俚豔而經文人改造漸趨雅化，至此已極而生機已略盡！豪放派之在吾國傳統詞學思想陣營雖無正宗之名，而卻居詞正常、更高發展方向之實，

〔註71〕魯迅《中國小說史略》論敦煌所藏唐代文本之「俗文體故事」有云：「以意度之，則俗文之興，當由二端，一爲娛心，一爲勸善，而尤以勸善爲大宗」（上海古籍出版社，2006年版，第66頁）。然此猶多不及於文學者，若文學，則以表現爲心，是其始也。

尤其稼軒，擴展詞體至於最大之容且美，故有開創成功足為楷式之價值。然豪放一體，內必有極高之人格境界、思想境界、精神境界，外其技如庖丁解牛，得此二致，世所罕見，故豪放派之繼軌者，多造粗豪硬拗而少美矣。其精神在稼軒已有趨俗之迹象，無事不可入詞，無物不可入詞，特其表面現象耳！精神已趨俗而向前不止，詞體至於稼軒而略已變盡，故詩必破詞體而為曲，而以敘事充實豐富之。其漸，則宋元之際王若虛、趙秉文、元好問諸子以為豪放派鼓吹，文壇風氣因得形成，而感染催化於曲。南戲之源並不晚於雜劇，而南宋詞風之弊，專主虛弱，曲之體剛健潑辣，不可能肇生於彼亦明矣，故元雜劇得豪放之力興於北方也！其始，元絕文士仕進之門，詞人混跡市井，浸淫世俗情味，而曲不失潑辣爛漫。自外觀之，元曲亡於詩與小說之爭霸；自內言之，元曲亡於詩體之雅化。雜劇猶有漢卿之本色，散曲則是始即不脫雅化之精美清麗工典一路，馬東籬亦號為曲中之豪放者，實則只到得曠達一步，去稼軒之不拘一格、活潑跌宕，尚不可以道里計也。散曲本自有天地，自有風味，若妥貼細節以描摹世態，中蘊思理而淋漓盡致，則自成偉觀亦未可知。惜乎入手即雅，無異紹詞之腐氣而拾其唾餘，觀張可久曲中所謂佳處，豈非正彷彿姜白石、吳夢窗之詞境（任訥《散曲概論·派別》有云：「張氏……其所成者，實僅十之四五恰到好處，其餘雖不僭於端謹，總嫌參用詞法過多，並非論曲者所宜提倡也」﹝註72﹞）？若自體制觀之，襯字實為最重要之一因素，曲之本色舉賴乎是，而活辣其意味，總觀散曲之失，莫此為大，而不擅用襯字，如王嬙閒置，豈不可惜！抑或本即乏此意識，遂至如是。詩之精工練達，於曲為大忌；襯字如畫中之白，若以為無用則真無藥可救矣！元曲之體制及精神、文字，無一不憑豪放而後能臻其極致。元人後之曲家不知曲之真美之所在，遂使曲之體制愈變愈精工，愈細密，居然而有沈璟「格律」派之呶呶，而曲之精神將亡矣！詩莊、詞媚、曲俗，此一「俗」字，非是庸俗、俗劣之謂，亦非是世俗之「俗」而具貶義，而有兩義：一則世俗之「俗」、現實世界，此曲之鮮活者源之所自也；一則以其上義喻風格上之活辣，俗則放，則兼收並蓄而有五彩斑斕之美，而不拘一格矣。大俗而能大雅，此之謂也！明清曲家不知俗之此義，宜其罔能於得俗之美也。俗之美多內美，其形式之美則不主於一致；雅之美多形式格調之美，其內美則往往趨於一致而少個性。吾國文藝多重格調，此最誤人，凡事皆有格調，其優劣

﹝註72﹞任訥：《散曲概論》，中華書局，1931年版，冊二第37頁。

上下，不關所涉事物。若徒求格調之高逸，則先入爲主而心生選擇，仰雲霞而卑狗馬，重隱逸而蔑凡夫，卒致內容空洞，華而不實，如詩中之「神韻」派。此雅文學之特徵，而久成痼疾者也。元曲既經雅化，其本色者遂反漸趨淹滅而不爲世所重，而王國維發「一代文獻，鬱埋沈晦者且數百年，愚甚惑焉」〔註 73〕（《宋元戲曲史·自序》）之歎。其餘風則稍影響及明之民歌，惜未能盡現文字點逗淋漓盡致、神味爛漫多姿之魅力，遂使吾國之文學之一大轉機，功虧一簣而未收其燦爛之終篇。唯元曲文字既已活辣而美，俗文學因得在世立足，此爲白話小說之盛，則奠有因矣。俗文學之能成就經典，元曲之力大矣！

　　總之，詩在唐、詞在宋而俱可稱已臻極致，故影響吾國文學之力甚久而巨，若元曲則以種種原因，而僅於部份、局部臻於極致，其敘事之長處又迅疾爲小說所掩，故其影響較詩詞爲遜。然總戲曲以觀之，尤就其爲突破、超越「意境」舊審美理想、昭示新審美理想之藝術境界之貢獻言之，則其成就不下於詩，甚或過之而互有參差，於詞則大勝之矣。元曲之存在，譬猶曇花之一見，極爛漫絢爛而又極短暫也；元曲之魅力，譬猶罌粟之花，雖眞而美而又罔能完善也；元曲之意境，極其大觀而又極其熟爛，至於明清，而又極其熟濫也；元曲之神味，極爲特出而又始終處乎萌芽之狀態者也。元曲既處詩與小說中妥協過渡之地位，以平常之目遇之，則大有不倫不類之嫌焉！且曲抒情不及詩詞，敘事不及小說，雖爲一詩化之敘事體制，未得充分發展，以此離眾庶愈遠，其沒落亦意料中事。以制藝論，詞難於詩，曲又難於詞，曲學艱深（李漁《閒情偶寄·詞曲部·音律第三·總論》及黃周星《製曲枝語》等皆嘗及之），此又與曲之以俗之精神爲本色背道而馳，去眾益爲隔膜，此又雅之一義之一事，因之曲之一體雖以俗爲號爲特色，而執其用者，則始終未廣大而化之，未若詩詞之出入民間，不必專攻之士而或有佳作，此則曲之影響之在吾國不及詩詞之根本原因也。至若豪放之精神，三者俱有失之，五十步不笑一百步，故不列之。

　　元曲之稱雜劇、散曲也，王國維《宋元戲曲史》大體而論雜劇，唯於《元劇之文章》一章兼及散曲。古人之云唐詩、宋詞、元曲，曲實指雜劇，以雜劇之成就最高也，若云含散曲亦無不可，其可怪者爲近人，其風始於任訥（任中敏）之爲《散曲概論》，號開散曲學新山。別二者之致而獨研散曲亦無

〔註 73〕王國維：《宋元戲曲史》，上海古籍出版社，1998 年版，第 1 頁。

不可，任氏大抵尚存此意，而知元曲之本色為豪放。逮及後來者，遂有獨舉散曲之心，而生排斥雜劇之意，蓋以雜劇為戲劇而非詩，故隱然以散曲為曲之足以繼唐詩宋詞之正宗，今之研治散曲者多持此心，真所謂小家子眼光，甚可笑也！夫學術之價值在其成就之大小，而與其對象之地位分量無必然聯繫，憑藉研究對象之性質（如最初材料之豐富或寡少）治學，乃治學之較低層次，昧此以治學，亦甚悲夫！散曲之美，尚不及雜劇之什一而僅堪附庸，今余贅此數語，使世人復知元曲真美之所在，勿使元曲之豔異而寂廖之運命雪上加霜也。且「唐詩宋詞元曲」云云，以列一代之文學也，故上溯則有漢之賦、晉之文，下視則有明、清之小說，此意焦循《易餘籥錄》言之最佳，如云「……八股……洵可繼楚騷、漢賦、唐詩、宋詞、元曲以立一門戶，而李、何、王、李之流，乃沾沾於詩，自命復古，殊可不必者矣。夫一代有一代之勝，捨其所勝，以就其不勝，皆寄人籬下耳。」後王國維《宋元戲曲史·自序》承之〔註74〕；此外吳偉業《北詞廣正譜序》亦以唐詩、宋詞、元曲與漢文並列，而非僅局限著眼於唐詩、宋詞、元曲之格局即詩之一體之狹隘格局（又吳氏言元曲「其中屬辭比事、引宮刻羽，不爽尺寸，渾然天成，仍自雕畫眾形，細若毫髮，而意象豪邁，不為法律拘縛者，又多以北調擅場」云云，亦是卓見，蓋唯能於「不為法律拘縛」，乃能至於「豪放」之境界也，而「豪放」之精神及境界，為元曲之本色），今之學者故為掩耳盜鈴之舉，以奪取元曲作為「一代之文學」之正宗地位而為企圖，而不知或無視「一代之文學」非僅囿於詩歌之範圍之事實，以元散曲列諸唐詩宋詞之後，其用意無非欲排擠雜劇為非詩而外之，而截取吾國古今「一代之文學」之一段，而僅知詩之一義，作唐詩宋詞元曲之順衍，自以為水到渠成、無可非議，豈不知如此則歪曲「一代之文學」之名義矣，若然者，則豈非夜郎自大而為蝸角蠅頭之爭邪？則漢賦、晉文及明、清小說將置之何地？其荒謬可笑有若此者，而察其心之險惡，又實可誅也！其意理乃謂：截取「一代之文學」唐詩宋詞元曲之因詩而成一序列之一段，大有人不知鬼不覺之竊喜，此其第一步。第一步僥倖成功，則第二步即可堂而皇之、名正言順，即以元雜劇為非詩為理由而排斥之於「一代之文學」之外。如此作為，其誤有二：一則「一代之文學」

〔註74〕 王國維《宋元戲曲史·自序》：「凡一代有一代之文學：楚之騷，漢之賦，六代之駢語，唐之詩，宋之詞，元之曲，皆所謂一代之文學，而後世莫能繼者也。」（上海古籍出版社，1998 年版，第 1 頁）

本即非囿於詩歌之範圍者，故所謂唐詩宋詞元曲序列之「元曲」，未必便是詩歌；一則元雜劇本即為吾國敘事詩之巔峰發展，本身為詩歌之一形式，其境界、精神之豪放，本即為元曲之本色，而其能於大俗，更為元曲之精神，而引領宋詞既衰之後吾國文學之發展進步，代表吾國文學在當時之最佳生命力，其形式乃吾國詩歌之最完善者（但格律太過艱深，是其不足），以能大用襯字也，其風格之閎美爛漫，亦突破意境理論之淵囿，而昭示更高之審美理想境界──總之，元曲之如此種種，無不可證其成就遠在元散曲之上，故若元曲之足以為「一代之文學」而與漢賦、晉文、唐詩、宋詞、明清小說並列，則元之雜劇最有資格為其代表，與元之散曲並列享之已大委屈，而今乃竟外之，世間無比荒唐無理之事，尚有過於此者邪？今日之學者無良而不能正其心術，此其一徵也。

自今日以觀之，凡人格境界、思想境界、精神境界，不必以元曲而獨為魁也，詩詞及小說亦往往而不讓。其最有價值者，實在於元曲以俗白之語而按之格律，以成詩體，凝練而又淋漓盡致，爛漫其神味。用俗白語，故活潑無限；按之格律，則又使矜煉不淫以浮華焉；若襯字，則格律之補弊而能超脫之，此誠曲之真精神也。故元曲之真價值，乃在其為吾國文字之最完美者，或云最有可能至於完美之境界者也。欲臻此境界，必具文言與俗白兩種之工夫，收放自如，然後可至矣！古文以韓昌黎為最，俗白則出自民間，和合以成，必臻大美，如元曲也。戴枷鎖而能舞，此其極矣。古之談藝者每標以少總多之旨，此特其一而未知其二。蓋古人每以形式之少為少，而不知苟有內容，雖多亦少也。苟意簡矣，辭之多少，以能盡達其意盡出其味為取捨，故以少總多、以簡馭繁之實質，初不在言語文字之多寡也！當多則多，當少則少，必欲以簡為不易之理，則必流於形式。故五言詩七言詩不足為文字之完美境界，以限制束縛，流於一例而少有變通，此顯然不合常情通理。面目一慣則易致單調，意境之在唐代以後即每況愈下，未嘗不可以此責之也！胡適《文學改良芻議》所言之「五曰務去爛調套語」，實即反「意境」理論之佳證也。余之所以特重襯字者，亦唯以此。襯字之用，遂使詩之形式變化無端而免於一律，其功偉矣。昔《詩》三百以四言為主，至魏晉已不應時，鍾嶸《詩品序》云：「夫四言文約而意廣，取效《風》、《騷》，便可多得，每苦文繁而意少，故世罕習焉。五言居文詞之要，是眾作之有滋味者也，故雲會於流俗。豈不以指事造形，窮情寫物，最為詳切者耶？」五言又未若七言，「柏梁體」

及鮑照之七言，鍾嶸尚未有會心，至唐始大興之。七言又極於唐，杜子美、李義山皆擅，又不應時，其不可變爲九言也，故變爲長短句，實即雜言。雜言詩中已有之，如屈子之詩，後之才人，意氣俊邁慷慨激昂者，亦間採之，如鮑照、李太白。其所以如此者，蓋即已昭示詩之形式，以大體一定而有未定爲最完美之境界。長短句雖較詩爲活，然猶是一定，不可變通更甚於詩，故必變至於元曲，乃稱完美也，而襯字即其關鍵，爲曲之靈魂也！元曲於今之借鑒意義，尤其爲新詩者，實莫此爲大！曲以俗以露爲特色，而實仍無礙於含蓄一事，無礙於其意境之多重也。渲染乎此至於淋漓盡致而意在於彼，或以象徵渲染事蘊物情（魔幻現實主義亦然，而大抵亦是象徵之一種），即是含蓄，若以元曲爲不能含蓄，則大誤矣！以散曲而論，多不能領會此義，故雖豪放派亦多未能大用襯字以出神入化，未能善用此詩體之完美形式者也，明清曲家，更不足訓。元曲之衰也，一衰於喪失俗之精神，一衰於文體本身之爭霸，一衰於後來者不識此一詩體之爲完美形式。若此三者，足可使元曲之地位不可替代矣。

　　元曲既爲詩與小說之間之妥協物，故其始生，即處於一尷尬之地位，此一尷尬之地位曰何？則文學將游離乎文人所尊之地位者也。元曲之始生，雖已兼敘事之因素，然文學之士，猶以作爲文學之心作爲劇曲，至於其衡準雜劇，每以文字爲最要，以文字之文學境界爲第一義，至若其所寫之事佳否及結構搬演之事，必在文字之後，文學之士之本色，恆於此而可得見矣，今人謂之曲本位觀而嫌其不以戲劇爲念，斯可足怪也。夫文學之士，安能使之妥帖其心以其所從事之文學爲次一等者邪？必不可得矣，余秉此心，故以元雜劇之以本色勝者名之以詩也，其時雜劇關目、結構、敘事皆未若明清戲曲，亦本此心使然而不得不爾，故王國維《宋元戲曲史・元劇之文章》特贊其文字，亦此心也。此之爲心，其曰不可邪？蓋文學之士，必持此心，而後能使文學之地位不至墮墮，而勵精於文，遂有元曲之燦爛也。元曲之後，文學之脈爲小說所奪，而非是明清戲曲，除明清戲曲已大雅化而甚少生機活力之因素外，就劇本身言之，亦有緣也。蓋戲劇者，有兩事至關重要，而尤關於文學。一曰敘事，此在文學甚爲重要，乃文學新境之開拓處而可大有作爲者，然此在元曲之後，詩中已失其先機而爲小說所奪，故明清戲曲中之敘事，已失其文學中之地位，而無形中大消弱其文學之色彩矣，然此尤不足以動文學之本。二曰演出，此眞戲劇之核心而自根本上動搖文學之在戲劇中之地位者

也。蓋戲劇者，其最重要者即故事或情節，亦即敘事，西人亞里斯多德論悲劇，即以情節為最第一之因素，後人以人物性格反而上之，余未以為然也。夫總戲劇之整體以觀之，則自以事為最要，他種之成分或因素無不附著其上，人物及其性格亦不過其中之一，雖然為其最著者。就讀者以言之，其於戲劇必先知其事而後知其人；就作者以言之，其於戲劇亦必先周其事以見其人。總而言之，事為最要（《詩詞曲學談藝錄・卷一・五三》云：「『神味』說之三要素：事、意、細節」〔註75〕），殆無可疑，李笠翁《閒情偶寄・詞曲部上》言結構第一，亦此義之另一說法也。然事之在文學上之地位既已為小說所奪，則明清戲曲之最重要者已移至搬演，此就戲劇之性質言之，亦無不如此，此則予文學以致命之威脅，而徹底剝奪曲為文學居戲劇最第一之地位者也，亦即謂文學、文字之事，在戲劇已非最重要之因素，而讓位於搬演矣。戲劇以搬演為中心，此非文學之士之所願而又不得不爾，故元曲之生時即已處於一尷尬之地位，其中文學之因素得妥協於一時，而後之戲曲則不可妥協而逼近真戲劇之路，若將有為於文學則不可繼而為此一脈，亦見詩之變終盡於曲且最終失敗，而小說遂出而掩其上以承文學之統矣。文學、文字之在戲劇，僅有錦上添花之功效，而不能撼其本也。戲劇之成功，一則觀其事，一則觀其搬演之工夫，若此二事不佳而僅文字佳，真戲劇尚且不能，況以戲劇之實動人邪？奄有以上諸因，元曲焉得不亡！且吾國又向以文士為尊而以優伶戲子為卑賤，而始終凌駕其上，可謂本末顛倒，則又明清戲曲之厄也矣！故明清之戲曲，以戲劇論則覽之未若小說，以文字論則未若詩，讀之令人昏昏欲睡，大不若元曲也！

　　更有甚者，元曲之中頗有惡濫之趣也。元曲之詼諧逗趣，王和卿最先著

〔註75〕 于永森：《詩詞曲學談藝錄》，齊魯書社，2011年版，第104頁。情節、人物何者最要，西人頗反覆之，近代則以人物為最要（筆者《試論亞里士多德悲劇成分論「情節」為首思想的獨特價值》一文嘗有所探討，見《寧夏師範學院學報》2014年第4期），實則此乃二元辯證思維，情節雖不獨為人物設，而以人物為核心，人物之最佳寄寓，亦唯有情節，此其辯證也。然若引入第三者，即能融通情節、人物二因素而又高出其上，則「細節」一義也。「細節」既為情節之最小質素、單位，又為人物寄寓之最小質素、單位，且為其最佳者。故就情節、人物、細節三者而論，細節乃最要者矣！亦唯有如此體悟，「細節」方能成「神味」說之核心要素之一，而為建構「神味」之最小質素、單位：唯有「細節」具超越情節、人物之更高境界之性質，乃能突破、超越以「意象」為最小質素、單位建構「意境」之舊審美理想，而創構「神味」之新審美理想也。

之，然遊筆王大姐浴房吃打、嘲胖妓之類，雖嫌刻薄而猶不失作者，使人一笑其喙而已。元人率染其習，其後則有如〔正宮・叨叨令〕《駝背妓》之作，刻畫極詳盡態，趙彥暉有〔仙呂・醉中天〕《嘲人右手三指》，杜遵禮有〔仙呂・醉中天〕《妓歪口》，明之馮惟敏亦有《僧尼共犯》嘲僧尼之禿者（如其《麼》云：「他他他纏著俺，俺俺俺纏著他，飄頭兒比著葫蘆畫，光頭兒帶著葫蘆把，枕頭兒做了葫蘆架。拜佛席權當了象牙床，偏衫袖也做的鮫綃帕。」）醜非便是惡，苟不涉人格、性情而但以其殘、醜為謔，便墮惡趣，聰明人多有失厚道則文為餘事矣，可徑斥之也！元曲之此種惡趣，雖浸染世俗之趣，然實非佳趣，更無論味，且此種之俗已是眞俗，而非能以我性之浸染於世俗民生之大俗，而已失元曲大俗之眞精神，可謂惡而濫矣！故大俗大雅者，必具兩種之因素：一則吾國傳統文化、精神所薰染之士人之優長，不具此優長，則文學之格調、品味將下劣，而有無根之危險；一則直面、關注世俗民生之精神，以激發我性中之豪放，而將我性之魅力、境界提升至於最高，表出之則見為「神味」之境，而其中「無我之上之有我之境」之輝煌燦爛，不可掩抑。如此兩者和合，而雅俗乃能取長補短，眞正至於大俗大雅之境界也。上述元曲中之惡趣，則取雅俗兩者之短而棄其長，故遂有如此面目、姿態，誠然為元曲之一厄也！故世間最第一流之文學，乃具以人為最第一之價值之思想、精神者，以使文學眞正有益於現實世界，眞正有益於人生，眞正有益於人之自我之成就，捨此而外，文學何為？捨此而外，人將焉歸？

七

古今之詩人，余所加以特別之青眼者唯四人，曰屈子，曰辛稼軒，曰關漢卿，曰畢紺弩。此自文體之變遷以觀之所得之結果，而四人皆佔不可替代之位置——而非自藝術特色、成就而論之也。若李太白，其成就誠亦極大矣，然其純屬天才，為歷史之偶然，且其處於詩體之變遷過程之中也，並無特出之代表意義。當太白之世，七言初興而七律猶未，必俟杜子美乃收律詩之大成。杜子美誠近體之巔峰矣，然其後詩變為詞，詞變為曲，一則以見詩之活力已非處乎最足以持其完美狀態之境界，故杜子美而後尚有發展之餘地，一則以見就詩體本身而言，若沿其既有之軌轍發展，至於杜子美已略無可發展，無能於總體上超越之而見物極必反之徵象，故宋詩雖極有成就，而其時代之

文學則不以詩稱也。蓋談藝也者，必以第一義爲尚，雖然第二義亦甚佳而不可棄，若其創作有至於第二義者，吾人何由而不贊之以爲佳邪？然在文學理想，則必有第一義在，爲審美理想之觀，始能有益文學，始能保持文學最新最豐富最飽滿之活力及美。取法乎上而僅得其中，故不以取法乎中爲尚也，第二義猶也。錢鍾書《中國固有的文學批評的一個特點》有云：「在文藝思想裏，像在宇宙裏，一間一字的差分最難跨越，譬如有關，我們可破；有牆，我們可跨；只有包裹著神明意識一層皮囊，我們跳不出，在一絲半米上，見了高低好醜。」〔註 76〕故詩體在一時空之最高最活最飽滿之形式，即其眞在也。元曲、宋詞皆其時之詩體之最佳者也，而元曲殿其後，其後則讓小說，則又廓及文學之大範圍以言之也。元曲既爲詩與小說之妥協，其妥協物實雜劇，吸收敘事之因素以補抒情詩之在唐代以後即趨沒落之勢，以求得一轉機也，故雜劇雖是戲曲，其體則仍是詩體之形式，人多歸之於今之戲劇之體，或戲曲之體，而不等同於詩，而我則以爲雜劇一體，若就其代表文學之活力言，尤其自文字之美視之，毋寧以之爲詩體也！關漢卿後，雜劇之雅化逐漸成土流，散曲則始終不脫雅化之籠罩，其中所謂豪放之作，不過超逸放曠之品，尚非豪放之第一義。故任訥論馬東籬〔雙調・夜行船〕《秋思》所言之「若問此曲何以成其豪放，則無人不知其爲意境超逸實使之然，文字不過適足以其意境副耳。然重賴意境之超逸以造成豪放，乃豪放之第一義也」〔註 77〕，則我所極不敢贊者。此特蘇詞豪放之高處，而未足以至於辛詞豪放之高處，而辛詞實爲豪放詞之最完美圓滿者也。故總觀元曲，實皆未得其圓滿完美之發展，乃造成今日所見之景觀，人不知其所以然，我則深表痛心疾首，將有以發以規益後之文學也。平心而論，今日之研究散曲者，大有以散曲爲詩之繼而隱然以之代表元曲矣，余則以爲元曲之代表爲雜劇，此毫無疑問。雜劇唯其爲詩與小說之妥協物（散曲在此義上非是）也，故致今人之異議，以其體非純粹之詩體。我則以爲若循此純粹之詩體，將仍使文學不得根本上之改觀，非詩之眞生命力之所寄，蓋由於其未脫雅化之籠罩，而與詞體有所糾纏，文體上未眞正確立其「俗」之特色、精神，故明曲之外逸出民歌一脈以爲反動，清之散曲益衰落而少可觀焉。若得正常發展，曲之爲詩誠在散曲，其未得正常發展，以成就論，元曲之代表爲雜劇，何況戲曲之謂，統搬演而言，

〔註 76〕《錢鍾書散文》，浙江文藝出版社，1997 年版，第 394 頁。
〔註 77〕任訥：《散曲概論》，中華書局，1931 年版，冊二第 34 頁。

若離行動而獨以文學觀之，雜劇實一種敘事詩也。敘事詩之在明清，因敘事之因素已爲小說所奪所掩，故長篇巨製，已非其最佳之選擇，若能兼敘事之因素而又爲詩，則無如篇幅偏短，以細節取勝而極其渲染，極其淋漓以盡致者，則散曲是矣。散曲又分小令、套數，小令之兼敘事也難，故套數是矣。竊謂若散曲得正常之發展，則其形式，足以代表詩之一體，貶之者由其偏離曲之體而未得曲之特色及眞義所在也，眾曲家之多蒙昧無以知之，而知之者又不足以扭轉大局也，若皆知曲之特色及眞義所在而發展之，則我將無限以崇贊之矣！唯由此而行，乃遂可能追攀雜劇之燦爛，顛覆「意境」理論之籠罩，而至於「神味」之境界。我此之所以又崇散曲者，特就詩體本身之變遷以言之也，即曲之體制，實吾國詩體之最完美者也。雜劇不過套數之廓大，兩者之形式並無本質之異，而論曲之體制在詩之一體變遷中之意義，自當以散曲爲準可也。嘗試論之：

詩之初也，《詩》三百以四言爲主而成典範，後世之不可以加矣，故屈子創爲楚辭，長短變化實一佳致，然無其情而求其形，遺其神而楚辭亡矣，且掩於漢之賦。漢賦衰後，五言見征將興也，至於齊梁間格律奠基，齊梁詩人雕琢刻鏤，生氣大損，而七言潛生機於鮑照，而至於唐代，五、七言之格律皆已至極，以杜子美爲代表。詩之必有格律，皆知其然，而格律形式過嚴不可變化，則久必僵化而滯文學之生命力，意境之在唐後即衰，此乃其根本原因之所在，形式有以影響內容，此其徵矣。故宋詞代替詩而變爲長短句，欲於形式上有所改革變化，以釋放文學之生命力。然長短句雖形式上有所變化，而其文字之在各自位置仍不得變化，而格律甚嚴，故此一變化，不能從根本上救其衰弊也。此一有限之改革，又分二致，一曰婉約派，特樂此體之易爲楚楚而較詩更有韻致情態也，此派始終自命正宗而不自內容上適應即僅有先進之形式而無鮮活之內容，而純粹得其形式之致，至於有清一代無多變化，是僵化一路也！二曰豪放派，此派則能借形式變化之機而注入新內容，則辛稼軒是其大成者，然此派末流流於粗豪叫囂，常爲婉約派所嫉，而不足以繼豪放之眞精神者矣！唯此之故，詩體之變將不止於此，而元曲出矣。稼軒詞中活辣處已融入「俗」之精神，辭采亦初顯「俗」之特色，元曲承之，又旁採宋代俗文學（如話本）之長，遂成大觀。曲之體制，既有嚴守格律之處，又有可通融處，如此而詩體方至於完美之境界。其可通融處即襯字，猶畫中之白，乃曲之精神之所在，能最大限度以發揮作者之自由者焉，雜劇之用襯字

甚力而遠過於散曲則多用而未深知其佳處所在，故不多用，亦不足以發揮曲之體制至於淋漓盡致也。余所以言散曲未得其正常發展，即緣其不善用襯字！不擅用襯字，則形式上之進步、先進遺之矣，不足以極錯落之變化以出其活力四射之意態，而有此活意態，又必自俗白而來，俗白聯繫於世俗之現實世界，為世俗之大美在文字上之體現者也。故不善用襯字，以一俗劣之譬喻之，則如男子之不中用者也！此由作者之心之情之精神有所隔膜於世俗之現實世界——亦即「俗」之精神——所致也，失此「俗」之精神，則焉得曲之「俗」之特色，此又曲之雅化之根本原因。唯得曲之俗之精神，乃能使其遂至於形式、內容兩臻完美之境界，而突破「意境」理論之束縛，別開生面而至於余所倡之「無我之上之有我之境」，至於「神味」之境界。余所以特拈出此一線索，特為今後之詩設也，無論舊詩新詩，必秉此精神，而後能至於詩之完美境界，至於文學之最高境界。如聶紺弩之舊詩，已臻「神味」之境界，為唐以後突破舊詩以意境為特色而勝而有大成之唯一一人，然唯其仍採舊詩之形式，相對於曲為落後，故其詩未得形式之完美而少活蕩之力以至於極致，因使其詩難於兼及敘事之因素，而僅以事為背景，雖或有細節，然未就一事以淋漓盡致而盡發揮其蘊，此純由形式所限而不得不爾也。即舊詩（聶多七律）之形式極拘束人而無能於渲染情事至於神味爛漫潑辣，而僅能稍事點染為含蓄之致，其內在之神味雖足，而外在之神味則稍遜矣，拘於形式也。因此之故，其詩不得不多用典故以廓其容量，聶氏嘗自以為近宋詩，有由然也。用典之意態內縮，正由形式受限使然，而未至豪放不羈、無拘無束、爛漫百態、生香活色之境界。用典過多，即兼敘事之因素之趨向之退讓也，尤其古典，博學可稽，若夫今典則難測矣。聶詩不加注則多不可解、不可讀，此之故也。余友侯井天先生傾二十年之力，六易版其稿以注聶詩，為注今典遍訪當事之人，自言今典若不及時挽救則與其人俱亡矣，其功之偉，舉在注今典也。詩以注少甚至無注為佳〔註78〕，古以為然，必注而後可，則是形式不勝內容之使然也。故聶詩雖可至於「神味」之境界，而未至「神味」之境界之最高境界，由其詩形式之未為圓滿而影響發揮其內容之意蘊也，由此其詩之內容亦未至於文學之最鮮活者，亦可謂雪上加霜而不能錦上添花者矣！〔註79〕與聶詩相

〔註78〕 尤其事注，若名詞、風俗之類因時空變遷而不得不注，則不在此義。聶詩「今典」之不得不注，正以其所涉之事多隱約，故而未淋漓盡致以發其蘊。

〔註79〕 余讀書濟南時識侯井天先生，後為忘年交，勉我撰寫聶紺弩舊體詩研究之專

映成趣者，適爲新詩形式之散漫，不知於形式上探求，內容又不根於俗及俗之精神，則今之新詩稍以名盛者，多不可讀、不可解。斟酌乎二者之間，則詩之未來不亦明矣乎？余所以明曲之此種意蘊，即爲今後文學之發展明一思路也。余之所尤歎惜於元曲者，其雖有襯字之爲佳，而多不善用之，即其格律，亦又難於詩詞，僅僅形式上之先進並不能掩蓋此種弊端，幾成非專家不辦製曲之格局，此則又其形式之弊端而人盡知之者，而尤限制曲之發展，而足以掩其有襯字之優勢，故至明而有格律、文采兩派水火之爭，又有調和之者。以余觀之，格律派之固守，無異亡曲；文采派之突破，亦是小處而行未遠；調和二者者，亦就二端之小眼界以折衷：總之皆未能自詩體發展之大眼界以觀之，猶蝸角之爭耳！今日之勢，戲曲已去詩甚遠，故革其格律太嚴之弊，以察元曲體制在詩體發展中之特長，而悟最適合表現內容之完美形式，則後之爲詩者，將豁然而有得也！

王國維《文學小言》云：「元人雜劇美則美矣，然不知描寫人格爲何事。至國朝之《桃花扇》則有人格矣，然他劇則殊不稱是……以東方古文學之國，而最高之文學無一足以與西歐匹者，此則後此文學家之責矣」〔註80〕，《靜庵文集續編・自序二》云：「吾中國文學之最不振者，莫戲曲若。元之雜劇、明之傳奇，存於今日者，尚以百數。其中之文字雖有佳者，然其理想及結構，雖欲不謂至幼稚、至拙劣不可得也。國朝之作者雖略有進步，然比諸西洋之名劇，相去尚不能以道里計。」〔註81〕《宋元戲曲史》則稱《竇娥冤》即措之世界大悲劇之列亦毫無愧色，足見其自相矛盾之心情，恨吾國文學之不成器，亦可原其心也。若以詆議，是未知之深之故也，我亦每有同感；唯云「不知描寫人格爲何事」，未甚中肯耳。〔註82〕余每觀元曲，則深歎其少許極佳之

著，乃遂爲《轟紺弩舊體詩研究》一書（四川大學出版社，2012 年版），是爲以一詩人及其詩歌闡釋「神味」說之第一作，書中於轟詩之優長、缺陷，並皆極言之也。

〔註80〕姚淦銘、王燕編：《王國維文集》第 1 卷，中國文史出版社，1997 年版，第28 頁。

〔註81〕姚淦銘、王燕編：《王國維文集》第 3 卷，中國文史出版社，1997 年版，第474 頁。

〔註82〕拙著《詩詞曲學談藝錄》往往「人格境界」、「思想境界」、「精神境界」三者並稱，然就實論之，則三者乃逐次而高之序列，即以「人格境界」爲最低之層次。雜劇爲代言體，而人格關涉作者之主體性最爲密切，代言體已隔一層，然雜劇之書寫思想境界、精神境界之更高之層次，則毫無疑問，故王國維之論殊未中肯也。

美之餘，無不惜其整體未得成其極致之憾也！原之，曲實吾國文學之最具發展潛力及最佳者（在詩詞曲之範圍而言，錢鍾書《管錐編‧全漢文卷一六‧文之「體」》言「足見名作名家，往往破體，而文體亦因以恢弘焉」〔註83〕，文體亦可破體，如曲，小說兼備眾體，更不必說矣，又如詩畫相通。破者以並收其長美也，此吾國哲思、藝術之妙則，而非極則，天人合一之義是其原也。詩、詞、曲三者，詞為文人士大夫柔弱、優美之審美意識所選擇，後世遂誤以為其本色為婉約，及稼軒破體，而兼豪放、婉約之長，亦已極其巔矣，而曲之一體，則最具破體之優勢），關漢卿開路甚正，唯結構未拓，後來者漸拓結構，而已失曲之本色，其未成大也宜然。曲之本色，以俗以活，文辭爛漫，精神境界潑辣，神味淋漓盡致。曲之能臻致此境者殊不為眾，此曲之未盡美者之原因之一也。由此之故，後之曲家漸以意境為事（為最高追求），單調重複，意境之色又多含蓄不盡之風韻，故極拘謹而束縛，使人與事之蘊及神味不得盡出，因之境界狹昧，此則顯與西洋名劇有別。又次，則格律拘束太甚，而不利淋漓盡致之自由發揮。曲之格律較詞稍鬆，然仍極嚴，雖有襯字之自由，而後人不善用之，則以格律而論，其難於詞甚矣，大才猶妨焉，況小家子者哉！至有臨川、吳江之爭，王驥德調和二者，自謂得計，今日觀之，實礙大局而妨曲之體制再加突破之可能，曲之罪人也。即臨川之突破亦嫌細枝末節，小手小腳而未見大刀闊斧，勢、數之使然也。最容自由之力及美發揮之襯字，後世不知重之而反加拋棄以為快，徒矜矜於曲之末，才力器識之小者最喜恪守格律、規範而以繩人，故曲遂偶有傑作而無益大局之扭轉改觀也。又次，元曲開局之作者，皆才大性活，當詩詞之衰而小說未興之際，專為可謂易致其美。若明清之季，明則有古文、詩歌之復古，此顯為曲之反動，而民歌又分其流；清則有所謂駢文、詩詞之中興，小說亦已成其氣候，曲之作者，總體已衰。此數者兼及前人已論諸因，合力並以施而加軛於元曲，曲之不振豈偶然哉！每念及此，恨不能起王國維於地下縱橫而論之也！又次，曲之一體與詩詞異，尤其劇曲，詩詞唯以吟詠，雖或為歌，規模特小，曲則本身文學之魅力，僅為其始，其作用與魅力之發揮，則大頭在後，期於演出，而演出之一系統，實周密宏大，其效果與曲之為文學之關係，不甚緊密，兩者獨立性皆極強，譬則男女才子佳人，卻未必有美滿之婚姻也。故或脫節，演者假便宜而為修改以適演出，作者或不樂之，或僅粗成，皆足窒曲

〔註83〕錢鍾書：《管錐編（三）》，三聯書店，2001年版，第67頁。

之發展也。然詩、詞、曲三者，唯曲出即以俗爲本色、特色，俗之精神最爲凸顯、最烈，而不隔於現實世界之世俗民生，以事（「細節」）而不復以情景（「意象」）爲核心，此遠非常在意境範圍之詩詞可比，所謂最爲深厚博大之淵源，是曲之所以爲將來詩歌甚而吾國文學之最具潛力者也。所謂最具潛力者，並非單純復古元曲之體制也，而要取其長而補其短（如棄艱深之格律而以「內在律」爲根本自然以成外在之形式），若其俗之精神及其所臻致之「神味」之新審美理想之境界，而顯然有別於舊審美理想「意境」，則吾國未來文藝發展最具潛力之方向、追求也。

詩詞曲之格律，當在一定之底限之上，使格律趨於「減法」之態勢，而以去其束縛作者之弊端也。故拙著《詩詞曲學談藝錄・卷一・四三》倡「語感韻」，即自押韻之一因素解放作者者也。今人爲曲，格律可從寬減也。曲之形式之進步於詩詞者，無不在乎襯字之運用，而非格律之嚴密，格律之嚴密於詩詞，實乃曲之形式因素之退步者，今人爲曲，不可精粗畢與也。黃周星《製曲枝語》云「詩律寬而詞律嚴，若曲則倍嚴矣」、「三仄當須分上去，二平還要定陰陽」，此皆文人習氣使然。蓋當時一則文士不得大登於仕途而用心於文學，而樂於戴鐐銬之舞蹈，疲其身心以損其精神使勿洋溢而汪洋於外，而不能不謂之有些些之變態也；又則文人習氣之於是也，亦足以見逞才使性之心以見其才力情韻，文學之欲與於第一流者無不爲此心態所左右，雖不能者不能免是，又何可怪哉！今人若作爲於曲，文人習氣不能無有，而不必變態之若元人者也，元人之變態若關漢卿者，猶能隨心所欲於劇曲而大見燦爛，此一境界即馬、王諸人猶不可到，而必待之千古一人而已也，何況他人邪？故格律之嚴密在元人之初猶能心知其力何在，而此不過爲精神之變形而寄託者，若後來者則徒斤斤計較或束縛於此嚴密之格律，而於文學之關鍵即大俗之精神反愈益相隔矣，以致元曲迅速雅化而失其佳處之所在，而不能爲豪放之本色之境界，可謂本末倒置矣！形式限制精神之境界，其失乃巨若是也。故今人爲曲，當棄其不可與而從其所與，棄其末而從其本，格律之事，不必亦步亦趨於前人之所既定者，可分平仄，而陰陽去入之不必也。製曲但有平仄、襯字、押韻三事乃即可矣，足矣，尚矣，足以爲佳矣，作繭自縛而影響及於元曲之俗之精神，可謂得不償失！況當時之曲爲歌，爲演出，其嚴密之格律大關於爲歌爲演出之事，雖然得力不甚多焉，今人爲曲則以爲文學之態度爲之，此種之束縛不必有也。但以爲詩之境界爲曲，則可矣。文學既成之

後，格律不過爲入門之境界而不甚關於文學之審美境界，其佳否亦不甚關於此形式之因素之瑣屑者，與論乎文學之最高境界者爲境界神味，而非格律，然則胡爲而無膽氣以取長補短而推陳出新，以表現曲之本色、眞魅力及大俗大雅之境界爲最第一之心期也！

八

　　婉約詞到不得豪放之境界，豪放之駢枝別子則或至，而豪放派之巨子蘇東坡、辛稼軒，則能兼妙二致，無礙通融。東坡之作，猶婉約居多；稼軒則反是。斯二子，得其道者也，若不自人格境界、思想境界、精神境界處著眼而臻神味之境界，何得有此絢爛之成就邪！然之二子者，蘇詞主於曠達，而辛詞主於豪放，即稼軒詞乃豪放詞之最高境界，此不待言者，而統之於豪放詞之陣營之內者，則兩人之詞無不具突破之性質，此「豪放」一義之根本精神之所在。〔註84〕其更進之差異，則蘇東坡其詞作之整體雖具豪放、婉約之兩種風格，然未能統之於一作，若稼軒則其詞作之整體既具豪放、婉約之兩種風格，且往往能統之於一作——如《摸魚兒》（「更能消、幾番風雨」）之作，兩種風格均極鮮明，而又以豪放之風格爲根本。稼軒詞之貌似婉約者，亦往往而以豪放之精神爲其底蘊，陳匪石《宋詞擧》評稼軒《祝英臺近》云：「細味此詞，終覺風情旖旎中時帶蒼涼淒厲之氣，此稼軒本色未能脫盡者，猶之燕趙佳人，風韻固與吳姬有別也」〔註85〕，即有會心於此也。然詞史之如稼軒者，殆無第二人，此亦如詩中之李太白，皆不可複製之絕品，不過李太白多見之於天才，而稼軒則多見之於人力（人格境界、思想境界、精神境界）耳。故詞之最高境界如稼軒詞雖能兼有豪放、婉約之兩種風格，然就詞體而論，則此一境界根本非常人所及，此乃詞之體制本身之局限使然者也。詞雖較詩之體制爲活潑肆蕩，而未極其致者焉。若曲之體制，則使豪放之意味自然而生，其痛快淋漓，則能最大程度以發揮語言文字矜煉潑辣之特色，故若欲求吾國文學文字之最佳最優美生動者，理自應於元曲之中覓得也！其豪放之意味，得之曲之體制足以使其所寫至乎淋漓盡致之境界，而其固有之抑揚

〔註84〕「豪放」之核心內涵爲「氣魄大而不受拘束」，拙著《論豪放》論之甚詳。
〔註85〕陳匪石：《宋詞擧》，金陵書畫社，1983年版，第57頁。

頓挫，又有無限纏綿舞動之意致存焉。詩中之抑揚頓挫，為格律精嚴故，大致可測其痕跡，尤其律詩，漸成格式而腔調易單，遠未若曲之運用佳者，能變化如神也。莫得測其變化，襯字之力為首。故無襯字，曲之一體可以無之矣。襯字乃曲最可關注之因素，曲之傳神出味緊要出彩處，襯字其居功最第一而甚偉也。不知襯字之妙，如買櫝還珠，如洞房花燭之夜郎不顧佳人而或讀書或飲而大醉遂不及其事者也。曲之所以能統豪放、婉約二致者，多襯字之力也。襯字猶袁宏道《敘陳正甫會心集》所言之女中之態，非識者不能悟而得之。襯字如畫中之白、文中之閒筆，正是大有韻味處。〔註86〕周德清《中原音韻》之作，為律曲也，《作詞十法》造語一節，云可作不可作之語，不可作者甚眾，此且置之勿論，唯「襯字無」一語，令人有「孰可忍」之慨。黃周星《製曲枝語》云製曲之三易，其一即為「可用襯字襯語」，此誠大見識，然崇之未甚，人易錯過耳。夫襯字於曲有莫大之作用，與詞為別，為力尤巨也。襯字所以伸屈作者之才也，所以使曲淋漓盡致者也，所以點畫聲情襯託意態者也，所以成曲之風韻風致也，所以出文字之神味者也，如虛中之實、無中之有；所以吸收俗之活力者也。襯字如女體之三點式，魅力最足；一絲不掛則如說話，將何以成曲，若周氏之倡「襯字」無，則猶阿拉伯世界之使女子以衣周裹其體乃至於其面者，摒美外之，不亦過矣哉！此一問題至關重要，不可不辯也。因又得喻：詩譬猶堂上慈母，徐娘半老而風韻猶存；詞譬猶閨外之大姊，腳步稍遠而心有所矜持顧忌；曲則譬猶巷陌髫齡之小妹，盡情作態而恣意為心，無所顧忌而不失其天真爛漫自然而然之情態者也。詩譬猶簾後之佳人，隱約窺其玲瓏窈窕；詞則譬猶偶遇之美女，張琪之流自可飽看；曲則譬猶自家之嬌婦，花前月下，閨中床上，情事固遠勝張敞之畫眉也。故襯字者猶若食之味，若食無味，心不在焉，曲之妙處不傳，誰之罪邪？王驥德《曲律‧論襯字》云：「周氏論樂府，以不重韻、無襯字、韻險、語俊為上。世間惡曲，必拖泥帶水，難辨正腔，文人自寡此等病也。」周德清、王驥德俱曲學大家而有此論，是不以元曲為美也，識見如此，曲欲不雅化，亦不可得矣！馬東籬〔雙調‧夜行船〕《秋思》之作，其豪放處多得體制之力，故曲之體制之豪放，非豪放之色之正者也。必內容具豪放之精

〔註86〕然襯字乃有形跡者，尚與畫中之白大不相同。襯字雖見為容量之增加，然其根本思維方式則「將有限（或局部）最佳化」，而非如「意境」之「以有限追求無限」，繪畫之「計白當黑」乃屬後者。

神而兼曲之體制之纏綿，而後遂統一豪放、婉約二致，而曲之一體之最高境界可得而窺也！若李太白「君不見黃河之水天上來」（《將進酒》）之類，已見癢於襯字之意致，亦由才大使然。詩中之七古、五古，實已胚胎豪放、婉約二致趨一之姿致，唯譬猶男女之眉目傳情，其意未明耳。又如排律，杜少陵頗愛擅之，元稹以此譽之，有拍馬腿之嫌，後人嫌排律板滯炫才，然其排宕之意態，亦無不羨於豪放之意致、纏綿之意味也。若至於曲，則圓融大成矣。

王國維《人間詞話》云：

> 古今之成大事業、大學問者，必經過三種之境界：「昨夜西風凋碧樹。獨上高樓，望盡天涯路」，此第一境也。「衣帶漸寬終不悔，爲伊消得人憔悴」，此第二境也。「眾裏尋他千百度，回頭驀見，那人正在，燈火闌珊處」，此第三境也。此等語非大詞人不能道。〔註87〕

竊謂以此三境方諸詩詞曲三者之體性，亦無不可也。詩以言志，乃有「昨夜西風」之姿態，可謂得其風神；詞以言情，爲佳人而「衣帶漸寬」，自是深情種子之所爲；曲以出味，「眾裏尋他千百度」，淋漓盡致以求之也，「回頭驀見」，燦爛之處，正出神味處也。拙撰《詩詞曲學談藝錄》卷二以妻方詩，以情人方詞，以妾方曲，有心人自能解之也。〔註88〕又云：「商道與元遺山同時，遺山〔雙調・小聖樂〕《驟雨打新荷》之作，猶似詞之姿態風味；正叔散曲，令雅而套俗。令之雅猶未脫詞情，套之俗已入曲態。小令猶在意境之籠罩，如〔越調・天淨沙〕詠梅：『剡溪媚壓群芳，玉容偏稱宮妝，暗惹詩人斷腸，月名江上，一枝弄影飄香。』套數之〔正宮・月照庭〕《問花》、〔南呂・一枝花〕《歎秀英》、〔雙調・新水令〕皆寫風塵，則已脫出意境之束縛，如『生把俺殃及做頂老，爲妓路劃地波波。忍恥包羞排場上坐，念詩執板，打和開呵。隨高逐下，送故迎新，身心受盡摧挫，奈惡業姻緣好家風俏無些個。紂撅丁走踢飛拳，老妖精縛手纏腳，揀掙勤到下鍬鑊。甚娘、過活，每朝分外說不盡無廉恥，顛狂相愛左』諸句，文字極是本色，意態委曲淋漓極是當行，惜雖脫意境之束縛，猶未造『神味』之境界也。詞雅曲俗，非僅謂其體格，而更意在內容。曲之本事在以題材內容之俗而造藝術境界之雅，以俗爲雅，突

〔註87〕王國維：《人間詞話》，上海古籍出版社，1998年版，第6頁。
〔註88〕見本書《元曲開拓之意義》一節所引錄者。

破詞僅限於士大夫格調之範圍，而更描寫世俗人生，世態人情，揭示平凡事物、人生意蘊中燦爛偉大之人格境界、思想境界、精神境界，及爛熳特出之人性、性情。唯詞之豪放為其特出，與曲之別體婉約之劣不同，蓋緣宇宙自然人生一切諸事物之本色皆動也。任中敏褒元曲而貶明曲，厚豪放而薄清麗，崇曲之尖新、豪辣，於明曲中梁辰魚『文雅蘊藉』一派遠離北曲之蒜酪遺風、亢爽激越痛加針砭，謂其『詞不成詞，曲不成曲』、『臣妾宋詞，宋詞不屑；伯仲元曲，元曲奇恥』（《散曲概論·派別》），洵目光如炬，大義淋漓，世人中鮮有其匹，是余同調也。張可久〔南呂·一枝花〕《湖上晚歸》之作，沈德符《顧曲雜言》以之與馬致遠〔雙調·夜行船〕《秋思》並舉為清麗、豪放二派之代表，可也，若李開先之譽為『古今絕唱』，則不可。張氏作不出白石、美成詞之風味，東籬之作乃有豪放之精神，已有神味，然文字氣格上仍嫌清麗，歸入清麗派可也；此亦猶本書卷三第二則論稼軒詞言婉約派諸人詞中之豪放處也。」〔註89〕能到前者高處，則固亦不宜有誚，如東坡之言柳耆卿《雨淋鈴》「人皆言柳耆卿詞俗，然如『霜風淒緊，關河冷落，殘照當樓』，唐人佳處，不過如此。」（宋趙令畤《侯鯖錄》卷七）雖非真賞，亦斷非誚語，此猶王孫公子拔貧寒女之俏麗者以塞其室家者也，若以為用意微婉含諷而誚其非詞，則甚過矣。東坡雖為傳統之士大夫而不能突破傳統文化之精神，然不甚迂闊而多才愛才，故能突破婉約詞之氛圍而挺出豪放一脈，稼軒則更勝東坡而極豪放詞之異彩，必有如是人格境界、思想境界、精神境界之人，而後乃有如是之事而能惺惺相惜同其氣味。又劉體仁《七頌堂詞繹》云：「『關河冷落，殘照當樓』，即《敕勒》之歌也」，稍見端倪，而異乎柔婉之風格。然縱至唐人高處，亦不得為尚，此非猶家有子弟無數而無一能勝客之儀采非凡者，而譬猶男女之事，妻之雖佳，然套路已熟，未若路邊野花，雖姿色稍遜而或當年，而不減豔羨垂涎之心也，嬌妻美而慧而其夫相好私於尋常之女子，古今豈鮮其例哉！且女子者，若盡賢惠則其姿態意味有所不能出之者，未能至於潑辣爛漫之境界，而女人味不足，此所以世間男子每眷戀妖冶辣魅之由也，此種魅力，唯大俗足以出之，東坡為柳耆卿辯而不以俗為佳，此誠由柳耆卿之詞尚非能至俗之佳處，而亦可見東坡亦不足以領略大俗之魅力也。故詞中之詩、曲中之詞，即美且慧之嬌妻，而無能改於其夫相好私於尋常女子之事實也，如劉秉忠〔南呂·乾荷葉〕有云：「乾荷葉，水上浮，漸漸浮將去。

跟將你去，隨將去。你問：『當家中有媳婦？』問著不言語。」即蘊含異趣而饒神味，而不言語之姿態，亦見此等人不同於世俗目中之風流浪蕩子也。若沈仕〔南商調‧黃鶯兒〕《暮春閨思》之「最心傷，隨風數點，紅雨靜敲窗」、〔南仙呂‧羽調排歌〕《惜別》之「斷腸人似雨中花」及「夕陽江上月生牙」，亦嬌妻之類耳！千百年來吾國詩詞中唯有此種之嬌妻，雖能悶乏之人亦將不能爲忍受矣，故「意境」而外，當有所進矣！

　　若以一人譬之，則詩若已嫁之少婦，詞若十七八已諳世事情事之少女，曲則譬之以天眞爛漫之小兒女，其最佳者，則成人而仍具天眞爛漫之性情、思想、精神者也，世之尤爲少見矣。詩宜言志，詞宜言情；曲則宜言事出味，誇張潑辣而無所不用其極。以武俠小說譬之，則詩似梁，詞似古，曲似金。詩如蘇東坡《寒食詩帖》，詞如王右軍《蘭亭序》，曲則如顏魯公《祭侄稿》，姿態爛漫，任意揮灑而意趣橫生。詩若鄰人之美婦，偶可一蕩心神；詞若異性密友，止乎交心而不無遐想；曲則若娼妓，無所顧忌矣。〔註90〕詩如佳人溫存，詞如美人之嗔人，曲則若小女子之胡攪蠻纏任性撒嬌也。詩如隸，端多而媚少；詞若行，如端實媚，令人心癢；曲則如狂草，極肆力揮灑之所至，由媚入魅，使人不勝復不自解。詩之妙者使人思動，詞之妙者使人情動，曲之妙者使人思動、情動並復心動。詩之美使人讚歎，詞之美使人品味，曲之美令人眩暈。大庭廣眾之女，詩也；居家調笑之婦，詞也；內室枕邊之女，曲也。此三者各有所宜，此特就體制以言之，無關乎詩之成就最偉之事實也。曲之作者或無辨而得乎此，未臻其極致，爲可惜也。若無辨乎曲之眞味若此者，亦猶上之所舉洞房花燭之例矣。

九

　　李昌集《中國古代散曲史》一書甚有精到之論，師從任半塘，足以不泯師風。如論散曲中之豪放派及其雅化，是能崇獎元曲豪放之本色而深非其雅化者也。能可著意於此者，亦皎皎而超乎俗子之見矣。然其中細微處，似亦不無可商榷者。如其論南曲之淵源，一反「學界均認爲南戲之發生早於元雜

〔註90〕娼妓喻曲，並非貶義，以娼妓古來即爲社會民生最下層之陣營，多被迫而從事者，故於最下層社會民生之意蘊體悟最深，非如今世之女子，「笑貧不笑娼」，多主動爲之者也。

劇」之論：

> 王國維在《宋元戲曲考‧南戲之淵源及時代》中便以曲名為
> 證，說明「其淵源所自，或反古於元雜劇。今試就其曲名分析之，
> 則其出於古曲者，更較元北曲為多。」……王國維先生所指事實基
> 本正確，云南戲發生早於北雜劇或亦成立，然就曲體而言，云「南
> 曲」（非南「戲」）曲調『出於古者』多而發生早於北曲，則未必。
> 本稿前析北曲淵源時曾指出北曲乃是自唐曲而下民間曲子的流衍漸
> 變所成，北曲有淵源可考的與唐曲、宋詞等相同調名者，並非文人
> 詞一脈之「變」，而是一種民間詞的「潛流」，即未文人化的「詞」。
> 南曲之淵源亦同此，它也是由唐曲流衍而下的民間「詞」所漸變而
> 成。只是唐以後，宋、遼對峙，繼之宋、金南北分庭，故民間詞遂
> 分南北二流。至元代南北混一，方有南北曲之分稱。而南北曲所以
> 分稱，實與當時歷史狀況有關。元代之前，民間曲於一脈的地域性
> 即已存在，故王駿德在《曲律》中將南北曲之分野直溯至「詩三
> 百」時期。但在元以前，曲子一流無分南北，迨至元分稱，蓋因唐
> 代以後宋與遼、金、元分治南北，使南北曲子的地域性特征逐步有
> 所強化，至元統一中華，北曲特盛，加上官方強行確立北尊南卑觀
> 念，故於北曲之外，別立一「南曲」之稱。雖然南北曲在形式上本
> 自有所區別，但在元統一之前，南北曲在若干方面是難以截然分之
> 的。故研究南曲之淵源與形成，當分三個階段，其一是初生時期，
> 時尚無」南北曲「之分，時間約從南宋初至南宋末，其例為《張協
> 狀元》……〔註91〕

其論南北曲之淵源（時間先後）問題可謂中肯，然其南北分野之闡釋卻太拘
矣。實則此一問題之實質為由地域異而致之風格差異，風格差異則根本於主
體最高審美意識之差異，南北曲之分特其一脈，故王氏溯至先秦。由地域異
而致之風格差異，在吾國表現為南北，如哲學思想則儒北道南，文學則《詩》
北而楚辭南。其在先秦，地理氣候主之以產生文化，則文學上大抵北活潑剛
健，南空靈華美；楚辭且受巫術氛圍之影響，而附著以瑰麗神秘之色彩。北
之弊在或質樸無文，因之粗陋；南之弊則或柔弱無中，逞辭以豔而致華而不

〔註91〕 李昌集：《中國古代散曲史》，華東師範大學出版社，1991 年版，第 69～70
頁。

實，然足以炫人耳目，而爲文字者辭乃其表現之材料，故豔麗炫辭一派之在吾國文學，終不可免，亦才士習氣使然。南北朝之民歌之差異，早成常識，則南北曲之淵源，豈必至南宋而始孕其胎芽。糾纏於此而失步，正不應爾。南曲無論其淵源是否早於元雜劇，並非關鍵，而此一問題之關鍵所在，則南北曲之差異根本在於最高審美意識之是否能以適應時代之發展，並因此發展而臻致「一代之文學」之高度，當唐詩宋詞生命力衰落之餘之元代，唯有繼承「豪放」之精神，乃能開闢新境界，如體制形式之演進，如變異以抒情爲主爲以敘事爲主，乃可能臻致「一代之文學」之高度，而南戲之審美意識仍受地域所導致之柔弱審美意識之影響，而不能引領元曲臻致「一代之文學」之高度之創新潮流，其先於或後於元雜劇均不能變異其此種根本之審美意識之性質，故終讓元雜劇出頭也！南戲之此一以柔弱爲主之審美意識，唯待元雜劇及其後之戲曲雅化（以雅爲主）之後，乃有出頭之日，而元曲之足以代表「一代之文學」之生命力、魅力，亦因雅化而漸消失矣，此即余之所以大崇元曲而鄙薄明清之曲之根本原因，故李氏「雖然南北曲在形式上本自有所區別，但在元統一之前，南北曲在若干方面是難以截然分之的」之論，其誤可謂大矣！

又如諸宮調，李昌集明明甚知「在過去研究北曲的淵源和形成史的各家論述中，諸宮調往往受到特別的關注」〔註92〕，而仍欲大貶低諸宮調之意義。王國維《宋元戲曲史・宋之樂曲》云：「諸宮調者，小說之支流，而被之以樂曲者也。」〔註93〕李昌集則以爲諸宮調非曲體，其價值在「包羅時曲」，而於北曲之形成「無任何意義」〔註94〕，若將其視爲曲體並作爲北曲發生形成之主要源頭，則「大謬不然」矣。然就其論所提供之材料、邏輯，乃仍可見其自相矛盾之處，如其論諸宮調之性質云：

> 諸宮調的體制應從文體與音樂兩個角度加以審視。
>
> 從文體的角度言，「在早期諸宮調中，『諸宮調』具休指『各種宮調的隻曲』。如《張協狀元》『副末開場』中的〔鳳時春〕，屬仙呂；〔小重山〕，屬雙調；〔浪淘沙〕，屬越調（依後之南曲譜）。這些不同宮調的隻曲排列在一起，間以說白，以說唱故事即稱爲諸宮調。」

〔註92〕 李昌集：《中國古代散曲史》，華東師範大學出版社，1991年版，第61頁。
〔註93〕 王國維：《宋元戲曲史》，上海古籍出版社，1997年版，第40頁。
〔註94〕 李昌集：《中國古代散曲史》，華東師範大學出版社，1991年版，第65頁。

（參見宋克夫《諸宮調體制源流考辨》《文學遺產》1989 年第 6 期）說得更明確一點，這裡的「宮調」就是「曲子」（詞）的代稱，諸宮調，即「諸曲子」（各種詞調）。文獻資料中所謂「諸宮調古傳」，即指將「古傳」用若干首詞的形式寫出來，然後「入曲說唱」。諸宮調的早期形式，「以說爲主」，若以今存宋詞中的作品擬之，則如趙令畤的〔商調・蝶戀花〕《會眞記》鼓子詞，只不過諸宮調將採用一個詞調改爲「諸種詞調」罷了。而從文獻中云諸宮調「與上鼓板無二」看，諸宮調其實即鼓子詞一種。宋克夫文中曰諸宮調體制源於話本，或有一定道理，但亦可認爲諸宮調是受勾欄說話藝術影響而將「說」與「唱」結合起來的一種曲藝，必要雲其「源」於話本，似嫌武斷。因此，從文體角度言，諸宮調即是以韻文（各種詞）夾以散文的傳奇。

從音樂的角度言，諸宮調的早期形式可謂沒有體制，勉強云之，則可稱之「散唱」——在「說」之中夾入『唱』的「散唱」。洛地師給筆者的信中有云：「從音樂的角度說——即使姑且將它的所謂『宮調』作音樂之宮調解（其實大可懷疑）——所謂『諸宮調』並不是一種音樂體裁，因爲『諸』『宮調』之間並無（確定的）有機聯繫。」道理很簡單——然而以前誰也沒有注意到——倘若諸「宮調」指今人通常所云的音樂意義（確定的調高、調式），諸「宮調」頻繁地換調怎麼也無法有機地聯起來。前云諸宮調之「宮調」，只不過爲「曲子（詞）」的代稱，這也是原因之一。故諸宮調在「入曲說唱」時必須在「唱」（每隻曲子）之間夾入說白，以使「轉調」（如果有這種轉調的話）成爲可能。《張協狀元》中開首一段「諸宮調」於此體現得最明顯，《劉知遠》、《西廂記》也還不同程度地保留著這種形式。故諸宮調「主要是一種文學體裁」（引自洛師信），由之定體當稱爲「諸宮調傳奇」，其表演則是說中夾唱，由之定體當稱爲「諸宮調鼓子詞」。從音樂的角度說，諸宮調本身無自己的「體」，它把當時已有的各種形式的曲子引爲其用。故其在「音樂」上又是最開放的：在《張協狀元》時期，其所用者是詞——單片的民間式的詞；到《劉知遠》時期，其所用者仍主要是詞——「一曲帶尾」的變化了的「詞」，而其中寥寥幾個「纏體」，則標誌著諸宮調剛剛開始引入「唱賺」，

是爲諸宮調中出現「套」的開始；而到《西廂記》時期，則既保留了用「詞」的傳統，又兼用了較多的纏、賺之體，諸宮調中因而有了大量的「套」，到《天寶遺事》則全然用北套了。諸宮調在用曲上是完全「跟著時代走」的，惟其如此，它才「反射著北套形成的歷史軌跡。」

因此，「諸宮調」與「唱賺」有本質的不同。「唱賺」本身即曲體，其本質在「曲」，故其「變」乃是基於音樂要素的發展變革，「諸宮調」本身乃「傳奇」，其本質在述事，只不過其將「傳奇」「入曲說唱」，時代產生了什麼曲體，它就「入」什麼曲，故其所用之曲不是應諸宮調自身體制而產生的。換言之，就曲體而言，「諸宮調」並沒有且不必有自身的體制。從這個角度說，「諸宮調」本身對北曲之形成無任何意義，其價值在它「包羅時曲」的特點，使它保留了「時曲」的樣式，從而爲後世研究北曲的發生形成提供了具體資料。此「功」自不可沒，但若過份多情地將諸宮調視爲一種「曲體」，並將之作爲北曲發生形成的主要源頭，則大謬不然了。〔註95〕

得出「『諸宮調』本身對北曲之形成無任何意義」之結論，甚令人詫異。其自文體、音樂分而論之，正見割裂兩者，而不知統合之也。故其所論，不知兩者之逐漸磨合而成更高更成熟之形態，乃堪爲眞正之諸宮調也，不自此發展之眼光以論之，卻局限於諸宮調不同時段發展未必成熟之不同樣態而論之，其何可也！所謂「跟著時代走」，豈非正可見諸宮調之發展進步邪？諸宮調之於元雜劇之根本意義，則在敘事，音樂雖亦爲重要之一因素，然處於較爲基礎之性質，因元曲之前音樂之一因素已然貫之於詩詞之中，而曲之進於詩詞，體制形式之差異尙非最根本者，最根本者則變異吾國古代詩詞之以抒情爲主之格局爲以敘事爲主也，敘事既爲之主矣，則作品文本之容量必然相應增大，然後音樂上之形式相應變化而適應之，不可以既成之後之元雜劇之中之音樂爲極重要之一因素，而遂可謂之爲元雜劇之根本性質也。李氏既知諸宮調之本質爲敘事，而竟不知其於元曲（尤其雜劇）之意義爲至關重要之核心因素，反欲排斥諸宮調之於元曲之意義，可謂極其怪哉！除卻李氏所言之角度，自元曲之淵源、發展亦可見諸宮調莫大之意義，如其論北曲之淵

〔註95〕李昌集：《中國古代散曲史》，華東師範大學出版社，1991 年版，第 64～66頁。

源云：

> 北曲，就其曲調的洲源而言，乃是在當時（主要是金代和蒙元
> 初期）各種歌曲（勾欄、教坊曲、民歌俚曲和極少數返歸民間的宮
> 廷曲）的孕育下產生的。從時間的跨度說，其源直可溯到唐曲——
> 這裡的「唐曲」，並非狹義地指今存的唐曲若干曲調，而是指唐曲這
> 一音樂文藝形式。唐曲誕生後，其有三個流衍發展的線索：其一是
> 宋代的文人詞；其二是教坊、勾欄中的諸曲藝（宋大曲、宋雜劇、
> 宋隊舞、諸宮調、唱賺、金院本等等）；其三則是唐曲的本源——民
> 歌俗曲按自身軌跡在民間的流傳、新生和發展。其中，俗曲一線是
> 暗流，然而卻是其他二線的源泉所在。在這個意義上，這一線是主
> 流。而在藝術形式的發展、提高上，教坊、勾欄之曲藝卻又是主導，
> 它對北曲的最終成型起著決定性的作用（詳見下文）；文人詞一線則
> 是民歌裏曲的雅化（包括樂式的相對穩定化、詞式的確定化、格律
> 化和文采化）。〔註96〕

其所謂三線索者，以「俗曲」爲主流，大誤。蓋俗曲古今而有，乃同爲上述
所言音樂之較爲基礎之性質，而自李氏之論可見，其第二種之線索乃眞正主
流也，因其意義主要見之「發展、提高」，「它對北曲的最終成型起著決定性
的作用」，既云「決定性」，焉能不爲主流邪？故未分清主流與基礎性之流，
是李氏之論之根本邏輯錯誤也。然則李氏何以有此致命之錯誤？蓋其書其心
皆根本立足於散曲之研究，故無形之中欲爲散曲之佳、極高之地位立論而爭
取有利之「資源」；唯其論曲立足散曲也，故而不甚關心雜劇，而無視元曲、
諸宮調之敘事性。其書頗論元散曲之「雅化」：

> 半塘師曾云：與詞文學相較，詞爲「貴族文學」，散曲（元散曲）
> 爲「平民文學」（《曲諧》）這是在總體上對詞、曲不同性質的深刻之
> 見。散曲文學的興起是歌辭文學重返市井和俚歌俗調再侵文壇的產
> 物，因此，散曲文學的興起木身便包涵著「平民文學」的性質，元
> 散曲作者的主體——下層文人的平民地位，則是元散曲「平民文學」
> 性質的根本基礎。元散曲通俗化的人生哲理，各種市井生活的場景，
> 以及種種「構肆語」的運用，則是元散曲「平民文學」色彩在藝術

〔註96〕 李昌集：《中國古代散曲史》，華東師範大學出版社，1991 年版，第 33～34
頁。

方式上的表徵。但元散曲畢竟又是「文人文學」。因此，牽動元代散曲文學發展的便有兩個互相制約和相輔相成的因素：其一是平民化的思想、情趣，其二則是文人的思想和情趣。散曲文學的「雅化」，指的便是後者對前者的某種「修飾」和「改造」，散曲之「俗」，則又是前者對後者的某種「修正」和揚棄。這種雙向的合成是散曲文學特有風味得以形成的根本原因。以歷代「貴族化」的文人文學為參照，散曲文學在總體上是一種由「貴族化」趨向「平民化」的文學新潮，然從散曲文學內部的發展趨向看，由質趨文則又是其主導線索。前文所講的清麗典雅一流，即是以傳統文人情趣為核心的「雅化」最明顯的表現，雖然這一流至元代中後期方漸與豪放之潮成鼎足之勢，但其伏涵的散曲文學的發展方向卻不是孤立的，它只是散曲「雅化」現象最突出的表現，而整個散曲文學實際上均存在「雅化」的趨勢。〔註97〕

其所論元曲雅俗雙嚮之合成、互動甚到，然亦有兩大缺陷：其一，僅立足於元散曲而末兼顧元雜劇，元雜劇為曲之體制形式更高級之發展樣態，散曲之較低層次之樣態不足以涵蓋元雜劇，其論之不足顯而易見；其二，不知吾國傳統文化浸染之文人士大夫以雅正為主之審美意識、趣味之不足、缺陷，故無突破、超越之之思想意識。總此兩點，則其論故頗恕元曲之雅化。其論根本之失誤，則不重視敘事之於元曲之根本意義，若能根本重視之，則當能有突破、超越傳統文人士大夫以雅正為主之審美意識、趣味之思想意識矣。故李氏僅重視諸宮調之為曲體與否，而於其價值則難有會心之估評也。竊謂元曲之最大意義，為以詩為主而能敘事以補吾國古代以抒情詩為主而敘事詩特不發達之闕漏，是元曲之開拓之最大處也，雖敘事而終成戲曲，以在文學上論，則猶詩也。若忽視或不以為然於此一事實而以雜劇非曲之正宗，則元曲之謂，殆將有名無實矣。王國維正有見乎此，故云諸宮調為「小說之支流」，小說以敘事為主，元曲之特色即在詩而大兼敘事，而諸宮調又以說唱之方式以敷衍故事，其親密之關係何待言哉！而李氏以為諸宮調乃韻、散結合之傳奇，傳奇亦小說之別名（始於唐裴鉶之《傳奇》一書），既知乎此矣，而徒因研究散曲故而置諸宮調與雜劇之關係於不顧，亦可謂游離乎元曲研究中心之外而莫得夫元曲之實際、根本精神者矣。以散曲一體，若不致雅化而遵敘事

〔註97〕李昌集：《中國古代散曲史》，華東師範大學出版社，1991年版，第340頁。

之精神如杜仁傑〔般涉調‧耍孩兒〕《莊家不識勾欄》、睢景臣〔般涉調‧哨遍〕《高祖還鄉》、馬東籬〔般涉調‧耍孩兒〕《借馬》三作者，則實不足以繼唐詩宋詞而爲吾國文學之在元代最具生命力之一脈也，而察其實，則眞未至此一境界。苟至矣，而欲成大，亦必發展至劇曲，以事之容量，尤其紅塵世俗無限豐富、複雜、深刻之大美，往往多種意蘊多線構織而成立體，而欲淋漓盡致以表現之，此斷非散曲所能容，故雜劇生焉！雜劇之結構一本四折仍將不能容，故《西廂記》多至五本數十折。故左右曲之命運者爲曲之精神，曲之精神正在於「俗」之一字，而俗之精神則在於敘事。故一言以蔽之，元曲之眞精神在於敘事而已矣，而以細節出之，王國維「小說之支流」之言，正中諸宮調之於元曲最有價值之因素之實，所以爲甚可敬佩也！以曲之敘事之精神而論，則元曲之形成，大得力於諸宮調、唱賺二體。《宋元戲曲史‧宋之樂曲》云：「賺詞者，取一宮調之曲若干，合之以成一體……是唱賺之中，亦有敷演故事者，今已不傳。」〔註98〕其所舉例，非敘事體，而「敷演故事」一語，又道及元曲之精神矣。以余觀之，諸宮調、唱賺二體皆能敘事，而唱賺用同一宮調，其容量未若諸宮調，雜劇雜兼採二長，一折以觀則唱賺也，一本以觀之則爲諸宮調也。元曲之特色在於敘事，於敘事則其稍長而可觀者必先結構（李漁《閒情偶寄‧詞曲部上》標「結構第一」且自甚得意於此，余大讚賞之），以此而論，則諸宮調、唱賺二體於元曲之貢獻可謂偉矣！通吾國古代之文學以觀之，則諸宮調、唱賺之意義遠不僅乎此。唐之傳奇雖已催生眞正成熟之小說，然猶染史傳之色味，梁任公云小說欲佳必以俗語白話然後可〔註99〕，則唐之傳奇之不足可知矣。若諸宮調、唱賺二體之敘事，其文

〔註98〕王國維：《宋元戲曲史》，上海古籍出版社，1998 年版，第 42 頁。
〔註99〕梁啓超《小說從話》有云：「文學之進化有一大關鍵，即由古語之文學，變爲俗語之文學是也。……中國先秦之文，殆皆用俗語，觀《公羊傳》、《楚辭》、《墨子》、《莊子》，其間各國方言錯出者不少，可爲左證。故先秦文界之光明，數千年稱最焉。尋常說者，多謂宋元以降爲中國文學退化時代，余曰：不然。先六朝之文靡靡不足道矣，如旣唐代韓柳諸賢，自謂起八代之衰，要其文能在文學史上有價值者幾何？昌黎謂：『非三代兩漢之書不敢觀』，余以爲此其受病之源也。自宋以後，實爲祖國文學之大進化，何以故？俗語文學大發展故。……宋後俗語文學有兩大派，其一則儒家、禪家之語錄，其二則小說也。小說者，決非以古語之文體而能工者也。本朝以來，考據學盛，俗語文體，生一頓挫，第一派又中絕矣。苟欲思想之普及，則此體非徒小說家當採用而已，凡百文章，莫不有然。」（見陳平原、夏曉虹編《二十世紀中國小說理論資料‧第 1 卷》，北京大學出版社，1989 年版，第 65～66 頁）《變法通議‧論

字遠較唐之傳奇爲俗白，故此二體實詩過渡及小說之甚爲關鍵之一步，而可見爲文字上之先行，而後探索其結構，其結果即元曲也！故通吾國之文學以觀之，諸宮調、唱賺二體是俗文學占上風於雅文學之必經之路也，於詩及小說皆極重要，豈得謂之竟無意義邪？蓋其相爭之焦點在雜劇爲詩之緒抑或爲小說之緒，無視雜劇爲詩者固有戲劇一體爲之證據，然以詩爲主，亦有緣也。一則詩中本有敘事詩，故敘事與否，並非二者之根本區別。其根本區別云何？以今之成熟之戲劇觀之，其文字以散爲佳，此略同於小說，而口語化或過之，故講格律之韻文一形式，實即詩之形式之本質特徵。格律聲韻以約其文字，神行以約其意，是詩也，若徒有後者，亦或爲詩，如今之新詩或不押韻，又有散文詩一體，則介於二者之間，故文字之最高境界，詩與散文可合爲一（非謂散文詩即此境界），然依順序，則是先存格律聲韻者詩也。詩以意行，散文以氣行。此亦粗略之分，在古代則易辨也，如傳奇一體，其文字非詩之形式，爲小說可無疑義，然諸宮調及雜劇，其文字卻是詩之形式，尤其其局部構成皆詩之體，則謂之以詩爲主可無疑也。一則自吾國文學之演進史觀之，則元雜劇爲詩與小說爭霸之最後一役，此一役前，詩猶是吾國文學之正宗主流，此一役後，則爲小說所替代矣。換言之，亦可視爲抒情、敘事此兩種因素之爭霸，於此余早多所闡解，此略不贅述。故元雜劇之前乃詩之天下，雖自唐詩已至巔峰狀態，然其生命力尚未盡，一變爲詞，再變爲曲，皆其所寄之形式。唯其文學之正宗主流猶是詩之變也，故在此意義上，諸宮調既以詩之形

幼學》云：「古人文字與語言合，今人文字與語言離，其利病旣婁言之矣。今人出話，皆用今語，而下筆必效古言，故婦孺農氓，靡不以讀書爲難事，而《水滸》、《三國》、《紅樓》之類，讀者反多於六經。……今宜專用俚語，廣著群書，上之可以借闡聖教，下之可以雜述史事，近之可以激發國恥，遠之可以旁及彝情，乃至宦途醜態，試場惡趣，鴉片頑癖，纏足虐刑，皆可窮極異形，振屬末俗，其爲補益豈有量耶！」（同前第 12 頁）溯前人之論，則明袁宏道《東西漢通俗演義序》有云：「予每檢《十三經》或《二十一史》，一展卷，即忽忽欲睡去，未有若《水滸》之明白曉暢、語語家常，使我捧玩不能釋手者也。」梁任公持論自無大差，然韓昌黎作文以氣、情爲之而能用內在律，則作文「技」之境界之最高境界，亦不可一概抹殺；何況正統詩文，至清代猶未能突破以雅正爲主之審美趣味。二十世紀初文白之爭，俗語白話不過爲「俗」之精神之一端，而「俗」之精神本身，又隸屬於追求思想解放之陣營，而與吾國傳統之文化思想相競爭、抗衡者也。文白不過爲形式因素，其根本之關鍵則在思想、趣味，如《紅樓夢》雖用白話，思想亦大悖於傳統之正統，然審美趣味則仍以雅正爲主，故「白話」一語，不如「俗語」之更爲確切，以後者則確乎爲表見世俗之現實世界之社會民生之利器也。

式見而顯別於傳奇，則諸宮調至元雜劇一脈，猶是詩之變，亦即其雖融入敘事之因素而大加發揮，而詩本可敘事，吾國之敘事詩又爲抒情詩所掩而特不發達，故此一現象，僅可視爲詩之內部之事，亦即諸宮調、元雜劇以詩爲主也。若因敘事而以爲小說之演進，如陶宗儀《南村輟耕錄·雜劇曲名》云「稗官廢而傳奇作，傳奇作而戲曲繼」，夏庭芝《青樓集志》云：「唐時有『傳奇』，皆文人所編，猶野史也，但資諧笑耳，宋之『戲文』，乃有唱念、有諢。金則『院本』、『雜劇』合而爲一，至我朝乃分『院本』、『雜劇』爲二。」則莫得其眞矣，即王國維謂諸宮調爲「小說之支流」，亦未精到此義。以上所述二因，必合以觀之乃有所得，若僅依諸宮調、元雜劇大有敘事之因素而遂目爲小說或戲劇，而無視詩亦可敘事之事實，則大謬矣！如西人之史詩，結構宏大精嚴，敘事波瀾壯闊，而無礙其爲詩也！故更進而確切以言之，則格律徵態爲詩之形式之本質特徵，故雖或不押韻，而詩之形式，則必以較短之語言單位而構成一定之格律樣態——其最重要者則對偶之一形式，此種對偶不可狹隘理解爲吾國古代格律詩如七律中之對仗，而宜理解爲較爲寬泛之大體以兩句、兩層次、兩小節之類相互照應之局部形式因素、樣態，如此則如西人之史詩乃與小說之爲體可區別之矣，小說之爲形式上之樣態，則不必顧及此種對偶之因素，詩亦以此對偶之因素而能爲形式上之凝練，而與思想之凝練（「神」）和，其形式內容之結合或凝練，較之小說爲更勝，故詩爲文學諸體制之最高境界也。且元之雜劇體制甚小，所敘之事往往以賓白帶過而不敷衍其過程，而重在細節之表現；而細節之表現，又以曲之形式以爲之，此大妨於敘事之淋漓透徹也，未嘗非是其缺陷，然亦可反證此詩之變之事，即初嘗試兼容敘事，而不能不有缺陷也！詩與小說既皆可敘事，則可以見諸內容無不可入諸體制，故形式之爲詩與否，是判元雜劇之是否爲詩之關鍵也，以此而論，元雜劇豈得不爲詩邪？然則論既如此，或問古之戲曲皆詩邪？竊謂元雜劇與南戲及其以後之戲曲，當分別之。詩之生命力至雜劇而止而盡，其原由在於雜劇後期之作即趨雅化，南戲及其以後之戲曲仍之，而元散曲則總體上仍籠罩於雅化之氛圍，更不成事，故以最充沛豐富之生命力爲內核，以雅化爲外在之表現，可區別對待之。雅化之前，詩之生命力猶未盡，故元前期之雜劇可視爲詩；雅化之後，小說已替代詩漸成吾國文學之正宗主流，雖然此時（元之後期）仍處潛伏，而已先聲奪人於雅化之後之南戲及其以後之戲曲矣！故南戲及其以後之戲曲，可視爲戲劇或小說，在文學上以後者爲是，

總表演則戲劇也。〔註100〕故元前期之雜劇云其爲詩,獨以文學論也,若合表演以觀,雖名之戲劇無不可也。然余寧守兩中心之義,以突出其在前一中心爲詩之事實,若諸宮調,則表演之成分相對而言甚弱,而形式上文字之詩化亦弱於元雜劇。詩元前期之雜劇亦籠統以言之,如馬東籬之作,已屬雅化之範圍,確乎爲指,亦雜劇之本色派而已矣,而非出色派。若《西廂記》,其爲取捨頗爲不易,觀其文辭已然雅化,似爲戲劇而非是詩,然其文辭之意境優美自是詩之事,必取其一,則前者之爲原因也占主導之位置,故可視之爲劇而非詩也。〔註101〕以文學而論,則元之劇曲爲吾國古代詩歌之巔峰,爲吾國古代最完美之詩歌,此極無疑義也。

又如襯字,王世貞《曲藻》云:「北則辭情多而聲情少,南則辭情少而聲情多」,甚有見。北曲辭情多,謂情重在辭即文學本身,搬演之事則絕不計較,雖關己而實不關己,故作者之心重在文學也。而辭情之尤多,正爲敘事之故,若離於敘事之關鍵因素而徒賞文字聲情之華美婉約,則必不能爲辭情多而聲情少之事。若南曲聲情多,則視文字、演出爲一過程,其心在演矣,由此而論,其於文字之要求無意無形間已降一等矣,此亦雅化之一原因,前人曾未有見乎此也。故元曲之初成,北曲本獨立之精神而爲文學之事,因易出色,而間接照應於演出演唱。南曲之中心則轉移至演出演唱,文學之事不過其前奏,南曲氣弱而綿靡,精麗而纏綿迂緩,大得力於角色之演唱工夫,即以唱爲重心,所搬演之事則多以象徵之氛圍出之(如布景之簡易、動作之富象徵之意味),故敘事之色彩已弱。敘事之色彩已弱,則故事之細節亦相應較少減弱而漸不以渲染情韻之淋漓盡致、神味爛漫爲事,則角色之唱功及出彩,遂成戲曲之中心矣,因此辭情減少而襯字不多用而不爲重視,亦屬必然矣。如今日之京劇,實即遵此而行,爲南曲所範圍,所謂唱腔、飾作諸事,皆在聲情之範圍而無與辭情,故亦不以辭情爲重,其文辭亦不可謂之不優美,然非是我之所謂辭情之事也,非用心於辭情,故不能用心於敘事,而炫唱腔、

〔註100〕雅化之後之戲曲雖形式上仍符合詩之形式之本質特徵,然此種形式特徵已陳舊而無生命力,乃作者強加之而非最宜其內容者,此種情形之下則當以內容(思想)判定其是否爲詩,而內容(思想)之判定又以作者「無我之上之有我」之成就及表現世俗之現實世界無限豐富、複雜、深刻之社會民生意蘊爲最上即詩之境界、神味爲評衡標準,故可判定其非詩,如今人之擬古之舊體詩,並非「新文學」之思想陣營也。

〔註101〕《西廂記》乃以「意境」爲最高追求之作,然其所爲意境,已趨於陳腐,故通篇之要素不如所敘寫之故事、情節爲重,故可視之爲劇而非詩也。

飾作之能臻於極高極美之境界，蓋辭情即敘事者矣，則唱腔、飾作之工夫已
至於極致，而無能於更進一步，則其今日之停滯而危之局，亦屬必然者矣。
更有甚者，戲曲自古以來爲貴族眼中之賤事，其觀戲本爲消遣，娛神快情以
慰其心，其豈樂聞乎悲怨憤激之思想境界、精神境界皆高出於庸俗虛僞世俗
世界之意蘊邪？戲曲既掌握於此種人之手中以爲附庸，則作者迎合之唯恐不
及，而期此種之人能創造平凡偉美之文字文學邪？戲曲之面向民生大眾，亦
極有限，市民百姓各力其業以實口腹，此類人之時間，誠無多暇而優游以爲
此也。故凡此種種，皆爲曲之雅化埋下伏筆。元曲之初，文字、演出爲雙中
心，互融而又極具獨立之精神，故能各極其美。以演唱爲中心，則文學之事
之減弱，亦自然之事。如是，則元曲敘事之精神亦不復存在，戲曲此弊之
極，遂至於近代之捧角。李昌集云襯字之文學意義「『散曲』之性質更屬於詩
歌之一體，散曲可唱而不必唱，文人作之又多爲自抒胸臆，故『襯字』的音
樂意義和加強口語化的文學作用在散曲中幾無價值」〔註102〕，過矣，豈若是
邪？不知襯字在散曲中之價值，此散曲雅化漸失活力魅力之原因，今人則由
專注於散曲而於劇曲不甚重視以爲非詩，則是至今猶不足以知襯字之價值之
原因也。

沈德符《顧曲雜言》云：「元人如喬夢符、鄭德輝輩，俱以四折雜劇擅名，
其餘技則小令爲多；若散套，雖諸人皆有之，唯東籬『百歲光陰』、張小山『長
天落彩霞』爲一時絕唱，其餘俱不及也。」此大非是，蓋其心原以雅致爲根
本之指歸，而大悖於元曲大俗之精神。馬東籬之作，僅可稱之爲曠達，即低
度之豪放，而張小山之作，則清麗派之代表，謂之絕唱已極不可，況「其餘
俱不及」邪？更無論元散曲之藝術境界大不若劇曲者矣。元人散曲，佳者甚
少，拙著《詩詞曲學談藝錄·卷二·一》言「余最恨曲之似詞家風調，更勝
詞之似於詩也」〔註103〕是矣，其所以如此之故，則於體制之殊異未得領會，

〔註102〕李昌集：《中國古代散曲史》，華東師範大學出版社，1991年版，第144頁。
　　　　李氏書中頗大力闡說散曲與詩之聯繫，而此實正可證散曲體制仍多有詩歌體
　　　　制之殘餘，故不足以與劇曲相提並論，則元曲之爲「一代之文學」根本爲劇
　　　　曲之貢獻，又可明矣——李氏對此皆無明知也。
〔註103〕于永森：《詩詞曲學談藝錄》，齊魯書社，2011年版，第116頁。

終籠罩於詞下，小令之風致或稍能免也，其能用襯字而不大用，仍以詞之矜練風韻為尚，大可惜矣。而雜劇傳奇則能用之，故爛漫媚變，往往具不可思議之力量與美，神味特出。散曲若能沿民歌一路務為跌宕活潑，廣取現實世界意味之力以深其韻，則其成就未可限量，而民歌與詩之最佳結合形式，即元之散曲，惜當面錯過而成千古遺恨，人不知耳！今人研究散曲而大提升其成就，隱然有謂「唐詩宋詞元曲」之「元曲」為散曲，而無視雜劇及傳奇為詩中之變緒，其心亦妄矣，奈元散曲中特乏傑作何？以實而論，散曲之與雜劇、傳奇之成就，相去遠矣。或元人以雜劇傳奇為心，而惜其力於散曲，亦不得而知，即雜劇中傑出若關漢卿者，其散曲亦不佳而非余所言之第一流義，此無庸為賢者諱。然元後期散曲家多有專攻者，則其不就亦緣根在識力極差之故，雅化不過乃其表層之原因，若究其深層之原因，亦性情乏於特出，未能以就第一等之人格境界、思想境界、精神境界，未能於「無我之上之有我之境」得大會心而已矣！故散曲仍多拘限於「意象」、「意境」，劇曲則可以「細節」、「神味」為意，「細節」即作者以觸世俗民生而臻致「無我之上之有我之境」之必然而見之文學者，元曲之能以俗為主與否，關鍵在此矣！白總體以觀之，雜劇傳奇與散曲明顯為兩種相異之文學境界，散曲鮮能出意境理論之牢籠，而雜劇傳奇則能脫出其束縛而至「神味」之境界，前人亦未必知別出一格以賞之也，我之所作為則於「意境」而外別創「神味」說理論體系，以見其新藝術境界、審美理想，而元曲為其昭然之顯證，務使明珠出塵、鳳毛面世，使世人知有此義也。

　　元人散曲恆多放達通脫之言，笑傲恣肆之狀，無拘無束天真爛漫之性情，淋漓盡致之意態，然即有之，亦不以直面現實、關懷民生之深情為之根本，而僅為作者主體情狀之表見，寄為「意象」以成「意境」者，不以不可復之源於世俗民生之「細節」為主為心，故喪失臻於「神味」境界之機會；其所謂豪放派，亦不過如《詩詞曲學談藝錄・卷三》論辛稼軒詞一節所言白石、夢窗輩之豪放之致耳，於豪放之精神，尚不得一見也。沈氏此處所言之張小山，舊云以清麗為致（李開先《詞謔》云「東籬蒼老，小山清勁」），朱權《太和正音譜》列其位僅次於東籬，云「張小山之詞，如瑤天笙鶴」，「其詞清而麗，華而不豔，有不食煙火食氣，真可謂不羈之才；若被太華之仙風，招蓬萊之海月，誠詞林之宗匠也。當以九方皋之眼相之。」若以散曲稱之，則不可謂深知元曲者，「清麗」非元曲之本色，故特抑漢卿，同類之中如白樸、喬

吉、王實甫、鄭光祖等皆以具象隱約以論崇，漢卿則不過「觀其詞語，乃在可上可下之間，蓋所以取者，初爲雜劇之始，故卓以前列」，可爲明證。徐復祚《三家村老委談》亦云「北曲馬東籬、張小山自應冠首」，亦以散曲準之也，故余謂東籬多得其散曲出力，豈妄言哉！朱氏形小山之辭大體無差，只不知「瑤天笙鶴」、「不食煙火食氣」、「太華之仙風」、「蓬萊之海月」之氣象，初非曲及文學中之最高境界也。散曲總體並非大卓特偉美，若強以矮子之中拔將軍，則小山之績宜居前列，亦無疑問也。詞中尚有東坡、稼軒之豪放，「詞自是以婉約爲『正宗』，豪放之迥出其外，猶天外之來客，非俗子之所任，故彌足珍貴，如珠玉中之和氏隋珠焉。譬如佳人而能以舞劍，譬如佳肴而必以酒而後能以盡歡，譬如長空必以日月虹星而後爲燦爛。故豪放派，詞史上之奇觀也。今人往往以男子而喜婉約柔美之女子爲口吻，不知此固無不可，然卻是待外物者，若待之於我，則天下之男子，何可不自振而無陽剛剛健之氣，而寧爲外物所雌化邪？」〔註104〕（《詩詞曲學談藝錄・卷五・二二》）散曲中則乏此奇觀，若張小山之流可皆列入婉約派，而婉約派卻非曲之本色當行。小山之曲，功力深湛而意趣高遠，清麗而不俗豔，疏曠不雜頹廢，蓋以境勝而非以意勝，而欲臻神味之境界，則必自意勝以入，意勝不可復，境勝則可常復，以其情思大受吾國傳統文化思想之影響，大體主於一格使然也。觀張小山散曲，有清華之質而少迂緩之氣，清空而無泥實之弊，然其境多單調重複，所作雖多而容貌若一，乏鮮活之氣而少爛漫之趣，梅高竹清蘭逸松貞，無非此色，其徵亦無非詞中之姜白石、吳夢窗者流，即周清眞亦不到，況復秦少游之時有佳句妙思爲千古絕唱，更不可望辛稼軒、蘇東坡輩矣。即此一路，亦未至極致。蘇東坡之疏曠也，尚有《定風波》之「歸去，也無風雨也無晴」，若張小山則靜定馨永，莊、禪而雜以農、漁之異趣而已耳。張小山之所以得此尊崇之地位於散曲，除其作確不算太差而外，亦緣餘人之不爭氣，無張小山作之雅正清永也。如酸齋散曲，雖詼諧而兼放曠，遊戲爲辭卻欠工夫，亦如豪放派之末流不成氣候。張小山之曲品，可用「杏花疏影裏，吹笛到天明」（陳與義《臨江仙》）之一語括之也。

張小山〔南呂・一枝花〕《湖上歸》之作，享譽頗久，「想當年小小，問何處卿卿」一語可見其風致矣。力道貫注首尾而辭調清雅，幽抑沈麗亦屬慣技耳。即如此等之作，亦非是曲家本色之風味，然詞氣入曲而佳若此，亦不

〔註104〕于永森：《詩詞曲學談藝錄》，齊魯書社，2011年版，第347頁。

宜無視其特美。全篇不過寫遊湖事，其大堪著眼處在攜玉人耳！「挽玉手留連錦英」並諷「素娥不嫁傷孤零」，雖調主情抑，不能掩其得意也。飲酒彈琴，玉人相伴，有清疏之風味，無怨鬱之意態，大元江山而其勝若此，直令人有夫復何求之歎！此曲向以清靜婉麗稱，而有極綺而纏綿之處，如「可憎，有情」之句，按《北宮詞紀》「吾二人此地私行」（隋樹森編《全元散曲》）作「咱兩個慢相邀此地陶情」。「可憎」一語乃元人習見語，如《西廂記》第四本一折有云：「猛見他可憎模樣，早醫可九分不快。」王嘉甫〔仙呂‧八聲甘州〕有云：「都為可憎他，夢斷魂勞。」白樸〔中呂‧陽春曲〕《題情》有云：「向前摟定可憎娘。」可憎即可惡，男女情事而正話反說，亦世之常而近乎打情罵俏，反語多女子言男子，似唯元曲中多男子形容女子之用，此亦可見元人性情中之不拘一格之潑辣處。張小山與一女子二人私遊而女子之能言可憎，可見其關係非同一般，第不知為誰耳，又正因不知為誰，故大是見豔綺處也！人生得一知己尚稱為足，況紅顏知己邪？古之女子，其地位著實可憐，觀關漢卿《調風月》、《金線池》、《謝天香》等劇可知矣。《謝天香》第一折〔油葫蘆〕云：

> 「你道是金籠內鸚哥能念詩，這便是咱家的好比似：原來越聰明越不得出籠時！能吹彈好比人每日常看伺，慣歌謳好比人每日常差使。（云）我不怨別人。（眾旦云）姐姐，你怨誰？（旦云）咱會彈唱的，日日官身：不會彈唱的，倒得些自在！（唱）我怨那禮案裏幾個令史，他每都是我掌司命，先將那等不會彈不會唱的除了名字，早知道則做個啞猱兒。」

商正叔〔南呂‧一枝花〕《歎秀英》則更淋漓盡致、委曲盡陳。自古紅顏多薄命，問天下有幾個郎君一心一意不薄倖？禮壓官迫，皆絕美好之女子，有幾個能為尋常人捧在手心裏憐惜得？故能知人為世間之最美而恆著其意於文學而表現之，非此豈足以至文學之最高境界也哉！余所以進意境而倡神味，亦罔不如是之故，而倡「以人為世間最第一之價值」，「無我之上之有我之境，以人為世間最第一之價值之境界者也。」〔註105〕（《詩詞曲學談藝錄‧卷一‧九》）時時處處而能以人為意而欣賞之、維護之、發展之，而於其不幸者著莫大之深情，用激我之性情之瑰異偉美而奢然以入於「豪放」之境界，而猶著大寫意於人生及世俗之現實世界，文學而始終以社會人生之味（世俗之現實

〔註105〕于永森：《詩詞曲學談藝錄》，齊魯書社，2011 年版，第 16 頁。

世界無限豐富、複雜、深刻之社會民生意蘊之在作者丰體「無我之上之有我」之結晶，外則寄託爲「細節」者）爲目的，此余之所以不許吳夢窗、姜白石之詞與張小山之曲爲第一流之文學之故者也！張小山曲中能有此四字，則亦可見其非迂執之輩亦可明矣。男女之情事書生文士本不屬最當行，世之解人多矣，措之文學而佳者，不過其中之一隅耳！

　　張琦《衡曲麈譚・情癡寱言》中一段至情文字，確然精彩，如：「夫人，情種也；人而無情，不至於人矣，曷望其至人乎？」觀其言之「余於情識淡然矣。挾一眞率有情之侶與俱，不勝其嚮往也……斯情者，我輩亦能癡焉，但問一腔熱血，所當酬者幾人耳。信乎意氣之感也，卒然中之，形影皆憐；靜焉思之，夢魂亦淚。」則亦一感激慷慨嚮往多情之士。情之所以爲人也，作爲文學，一切諸體之本根也。〔註106〕詩、詞、曲、文有之，皆足可取，然體制之間有別，又可知徒有情之不可也。以小說而論，情、事、細節三者缺一不可，獨曲相近也。《塡詞訓》一節，任訥《散曲概論・作法》評之云：「所論句句中肯，且有條貫」，「『思致綿邈，辭語迫切』兩語，最得曲之大體。『迫切』兩字，尤下得妙。以下謂必情切其人，景致於事，方不泛不濫，陳義允當。至於口氣之不明，頭緒之雜亂，俚言成語之用不得宜，亦無一不中自來散套之弊也。」〔註107〕竊謂雜劇之與散曲（《棣萼響詞敍附》宋徵璧《客問十則》云：「戲曲宜於通俗，散套貴乎大雅，譬之戾家把戲，與梨園子弟難可同年而語。」《棣萼香詞敍》云：「曲者，里巷之俚詞，大雅所不道」，其鄙曲之心，昭昭然也，固矣文士之迂腐，不可救藥也），雖隸一體而殊異觀，前已言之，而特就元人之成就言之，其實散曲亦可至雜劇本色爛漫之境界，唯體制短小而難於蘊事（「細節」），更爲難也。故任氏所崇尖新豪辣之格之篇什極少，即東籬〔雙調・夜行船〕《秋思》及小山〔南呂・一枝花〕《湖上歸》爲前人倍極讚譽之作，亦未到此地步也！實則「豪」之一字非曲之本色，在詞爲高，在曲已成庸俗之調，雖然若本非庸俗亦不爲高也；且其爲「豪」，實多是「曠」，又下「豪」一籌。曲之本色爲沿豪放之精神向上爛漫之狀態，而兼之以世事人情薰染之既沉浸於俗又超脫笑傲於世俗，既自信又不屈於醜惡之潑辣。必

〔註106〕然情之發揚提升，則必賴乎氣，兩相比較，氣更重要於情，以壯美磅礡之氣則必兼乎極好之情，而極好之情則未必兼乎壯美磅礡之氣——即壯美磅礡爲氣而非情之最佳狀態也。

〔註107〕任訥：《散曲概論》，中華書局，1931年版，冊二第11、12頁。

由事薰陶而又不失其天眞，而後能爲此色。故張氏「曲也者，達其心而爲言者也……不貴平敷而貴選句走險」之謂，仍縈繞情思而揣摩意致，苑囿意境而未大謷乎「事」，雖元人已臻神味之境界，而仍未悟，雖然其所敍之佳允爲意境入室之賓也。任氏進之，周旋於作法之間，雖於曲之體制領悟至深，神味之境界則仍未窺也。張岱《瑯嬛文集・答袁籜庵》有云：「《琵琶》、《西廂》，有何怪異？布帛菽栗之中，自有許多滋味，咀嚼不盡，傳之久遠，愈久愈新，愈淡愈遠」，事之醇味，永葆活力而自外洋溢，非若取巧者之雕飾怪奇以形媚人當時也。又李漁《窺詞管見》云：「所謂意新者，非於尋常聞見之外，別有所聞所見，而後謂之新也。即在飲食居處之內，布帛菽栗之間，盡有事之極奇，情之極豔，詢諸耳目，則爲習見習聞，考諸詩詞，實外罕聽罕睹，以此爲新，方是詞內之新，非《齊諧》志怪，《南華》志誕之所謂新也。」見亦地道，而曰新曰奇，皆未若言味，若女子者，其美者未必有味也！植之有花，而人、文之有神味也；花之有果，而人、文之有「無我之上之有我之境」，有花中之蜜也！

拙著《詩詞曲學談藝錄・卷一・二》云：「『神味』之最佳代表爲元曲（劇曲）」〔註108〕，余觀元曲有年矣，浸淫吾國文學有年矣，而至今此論益爲堅也。〔註109〕若觀、論元曲而仍以舊眼光之「意境」理論爲衡，則終不能知元曲之最佳處爲何，而不能爲中肯之評價也。故「神味」、「意境」兩者，乃審美理想高度之爭鋒，而非僅趣味、格調之有別而已耳。不知此者，豈足以知元曲邪？

元人散曲寫情，爲其唯一可大堪著眼之處而時有可觀，然多乏新意，境界重複而言辭陳舊，即其可觀處亦多不過將有限之細節托出，而少爛漫潑辣之蘊，去情愛瑰麗異美之面目，不知凡幾。大多抒寫離情，詠歎閨怨，負心或恐，情熱咨嗟，獨臥有相思之債，偶從輒魚水之歡，反覆詠思而意無厭倦。又其與女之交，多樂其柳眉纖腰窈窕之容，冰玉貞潔蔚秀之姿，風韻稍采而內美何暇。蓋以我觀之，但樂其美與用，加以揣摩，亦見其淫冶多思，既持

〔註108〕于永森：《詩詞曲學談藝錄》，齊魯書社，2011 年版，第 6 頁。
〔註109〕此處所謂「最佳代表」，乃特就詩歌（詩詞曲）以言者，「神味」說理論體系之系統建構於《詩詞曲學談藝錄》一書，亦以詩歌爲主，而泛推及於文藝之一切諸體制形式，則小說、喜劇、電影之類未嘗無其「最佳代表」，拙著《諸二十四詩品》卷上附錄之《「神味」說詩學理論要義集萃》，固嘗例之矣（陽光出版社，2014 年版，第 63～65 頁）。

玩弄之心，復恣以幽麗之辭之快，至若自彼以體察其心其情其意其牛，而有以用真，百不得一焉！鳳毛麟角，商正叔有焉。其〔南呂‧一枝花〕《歎秀英》之作，備敘情狀，無限怨怒，聲情控訴，若離無涯涘之網罟，以縈其生而不得其解，觸之不得而望之不見，亦絕望之境界而已矣！爾亦嘗遭乎此絕望之境界者邪？必經歷乎此種絕望之境界，而後乃知此一有生之現實世界，最可貴者爲人也！必經歷乎此種絕望之境界，而後乃知愛人也，而後乃知夫孔子仁者「愛人」（《論語‧顏淵》）之心術也，而後能知夫孔子問人不問馬之非出於矯飾堂皇也！此之爲心，將以完情，將以補德也。世之君子恆惑於此，譬習書也，習畫也，技之關心，體貼景物事理而已矣，奚用德爲？其喻旨也，若求乎庸常之上而不及最上，勿論可也，若求乎一切諸事之最高境界，臻於盡善盡美之境界，則德之曾不能闕也。盡善盡美與盡美兩境之差非大也，甚幾微也，此一幾微之地，即德之用武處也！無尚德則必有機心，有機心則必累其技藝，又何惑也。而此又本於性情而不可強之，故以藝而論，凡古今之大師宗匠，無不以德裕如，否則，不能撮最第一之地位。故艱難困苦乃至絕望之境界，將以修其德焉，將以觸最爲豐富、複雜、深刻之世俗之現實世界之社會民生也。元散曲之寫情，有極含蓄有味者，如劉秉忠之〔南呂‧乾荷葉〕。又如楊果〔越調‧小桃紅〕之「美人笑道，蓮花相似，情短藕絲長」、姚燧〔越調‧憑闌人〕之「今夜佳期休誤了。等夫人熟睡著，悄聲兒窗外敲」、高文秀〔黃鍾‧啄木兒〕之「佳期不得同歡慶，夢兒裏和伊言甚，盼殺雞聲天又明」。熱辣有趣者，則如王和卿〔大石調‧驀山溪〕《閨情》云：

〔好觀音〕枉了教人深閨候，疏狂性慣縱的來自由，不承望今番做的漏斗，衣紐兒尚然不曾扣，等的他酒醒時將他來都明透。

〔雁過南樓煞〕問著時節只辦的擺手，罵著時節永不開口。我將你耳朵兒揪，你可也共誰人兩個歡偶。我將你錦片也似前程，花朵兒身軀，遙望著梅梢上月牙兒咒。

和卿此種之作，雖非最第一流，卻是本色一路。其鋪敘全本事理意味而特重細節，而非刻意於意境，若欲明夫詞、曲體制之殊勝，細心味之可得也。若加比較，則可引張小山〔南呂‧一枝花〕《湖上歸》之片段以明之焉：「長天落彩霞，遠水涵秋鏡。花如人面紅，山似佛頭青。生色圍屏，翠冷松雲徑，嫣然眉黛橫。但攜將旖旎濃香，何必賦橫斜瘦影。」又如鮮于樞之〔仙呂‧八聲甘州〕：「江天暮雪，最可愛青簾搖曳長檣。生涯閒散，占斷水國漁邦。

煙浮草屋梅近砌，水繞柴扉山對窗。時復竹籬旁，吠犬汪汪。〔幺〕向滿目夕陽影裏，見遠浦歸舟。……群鴉噪晚千萬點，寒雁書空三四行。畫向小屏間，夜夜停釭。」兩相對照，是否風致固有不同？余所言之非虛也。蓋意境者，其力在自然人生，兩者相融而無間，相互體貼而不著意於互勝，其特徵乃是和諧，以靜為主而兼有動，使動不突出也；若神味者，其力則在人生，尤在人事，而模寫自然不過以見其神（內美），因事之複雜多變斑駁異彩而得其味，神味之力，多賴細節，意境則多賴興象。細節如「你問當家中有媳婦，問著不言語」之類，興象如「枯藤老樹昏鴉，小橋流水人家，古道西風瘦馬」之類。「豈無膏沐，誰適為容」是細節，「細雨魚兒出，微風燕子斜」、「暗牖懸蛛網，空梁落燕泥」是興象。後者觀察體貼入微，乃寫景之佳者，然非真細節，以其所指乃自然而所得在景物之風致趣味而已，與前者之指意而及人生，明顯不侔。如「桃下柳蹊，亂分春色到人家」非細節，縱其情思之妙不可思議，若「倩何人、喚取紅巾翠袖，搵英雄淚」、「眾裏尋他千百度。驀然回首，那人卻在，燈火闌珊處」是細節。〔註110〕詩詞中雖有細節，然以體制言之，元曲卻最為宜。細節（乃一「意蘊之世界」，其質量以「九度」〔註111〕即密度、力度、強度、深度、高度、厚度、廣度、濃度、色度為評衡標準）而蘊涵內美或抽象具哲學思蘊，則易至神味之境界，如管道升「你儂我儂，忒煞情多」之小詞，此詞至明季又出之以民歌之形式，口吻益活潑，此即元曲真正之偉美典範，特錄於此，以見元散曲之黯淡：

> 我儂兩個忒煞情多。譬如將一塊泥，捏一個你，塑一個我。忽然間歡喜呵，將他來都打破，重新下水，再團，再鑠。再捏一個你，再塑一個我。那其間，那其間，我身子裏有你也，你身子裏也有了我！

此亦是直以意行，而能臻神味之境界，其措辭行文法，亦同前所例王和卿作，而與張小山、鮮于樞作大別。此詞之佳，拙著《詩詞曲學談藝錄》卷一有論，可參看。〔註112〕王國維《宋元戲曲史・元劇之文章》云：「〔天淨沙〕小令，

〔註110〕「神味」與「意境」、「細節」與「意象」之區別，本書第三○則之「神味」說理論體系要義集萃第 4 點有詳論，可參看。
〔註111〕拙著《詩詞曲學談藝錄》首標「六度」，後於《〈漱玉詞〉評說・後記》增補為「九度」，最終歸納於《「神味」說新審美理想理論體系要義萃論──當代中國「本土化」文論話語體系之建構》一書。
〔註112〕于永森：《詩詞曲學談藝錄》，齊魯書社，2011 年版，第 10～11、82、87 頁。

純是天籟，彷彿唐人絕句（按《人間詞話》云其『廖廖數語，深得唐人絕句妙境。有元一代詞家，皆不能辦此也』）。馬東籬《秋思》一套，周德清評之以爲萬中無一，明王元美等亦推爲套數中第一，誠定論也。此二體雖與雜劇無涉，可知元人之於曲，天實縱之，非後世所能望其項背也。」〔註113〕諸人之評允稱的當，卻不知矮子裏拔將軍之義，委實可憐，局限於散曲一體，而不知自元曲體制之最完善者劇曲以觀之，宜乎而有此論矣。「天實縱之」之言，與散曲無涉乃確切耳！故王國維所云「深得唐人絕句妙境」，其斷非曲之最高境界，以絕句而窺準曲之妙處，豈非正見乎此，而知其於曲之體制之妙尚不得要領也。靜安論詞右小令而不喜套數，其於元曲恐亦不無此種習氣，故東籬二作佳則佳矣，以視散曲可，以視此小詞，正恐東籬復起於地下而忙不迭以掩靜安之口也。東籬其他之作去此二作甚遠，唯〔般涉調‧耍孩兒〕《借馬》爲特出，亦大怪事。接上王和卿例——又如商挺〔雙調‧潘妃曲〕：「小小鞋兒白腳帶，纏得堪人愛。疾快來，瞞著爹娘做些兒怪。你罵喫敲才，百忙裏解花裙兒帶。」奧敦周卿〔南呂‧一枝花〕《遠歸》云：「將個櫳門兒款款輕推，把一個可喜娘臉兒班回，急驚列半晌荒唐，慢騰騰十分認得。呆答孩似醉如癡，又嗔，又喜，共攜手歸蘭舍，半含笑半擎淚。些兒春情雲雨罷，各訴別離。」觀此種曲辭，乃知古人於情愛一事亦大是解得，所以出之而毫不忸怩者，雖其事爲人人所稔，但示人則不無忘形之意而益其刺激耳。如當眾親熱，吾國之人多別扭之而西人以之爲常，但亦多從容優雅，未似此之解花裙帶之類也。其抑愈甚則其行益烈，信然！如白樸〔中呂‧陽春曲〕《題情》云：「從來好事天生儉，自古瓜兒苦後甜。你娘催逼緊拘鉗。甚是嚴，越間阻越情忺。」又《倩女離魂》有句：「不爭你左使著一片黑心腸，你不拘鉗我倒不想，你把我越間阻越思量。」蓋食色性也，爲人生之常，未婚而嚮往之，爲卿欲狂，既婚，遂大享之，如又作：「笑將紅袖遮銀燭，不放才郎夜讀書。相偎相抱取歡娛。止不過迭應舉，及第待何如！」（按一「迭」字用得好）「百忙裏鉸甚鞋兒樣，寂寞羅幃冷篆香。向前摟定可憎娘。止不過趕嫁妝，誤了又何妨！」商挺〔雙調‧潘妃曲〕刻畫其情狀頗眞而有趣：「只恐怕窗間人瞧見，短命休寒賤。直恁地膝蓋兒軟，禁不過敲才廝熬煎。你且覷門前，等的無人呵旋轉。」此種情態亦不能怪他，而只可持欣賞之態度，然亦有墮平庸及惡趣者，如徐琰〔雙調‧蟾宮曲〕《青樓十詠》，分題《初見》、《小酌》、《沐

〔註113〕王國維：《宋元戲曲史》，上海古籍出版社，1997年版，第103頁。

浴》、《納涼》、《臨床》、《並枕》、《交歡》、《言盟》、《曉起》、《敘別》，津津樂道而深細露骨，格極其下矣，亦吾國歷史上之一觀。後馮夢龍所輯《山歌》雖稍進其技，而露骨則遠過之，殆亦承此元人之緒邪？縱非源出於此，闌入文學則或由之也。然若是自家風景而非嫖娼，則亦不妨恕之。《交歡》云：「向珊瑚枕上交歡，握雨攜雲，倒鳳顛鸞，籔籔心驚。陰陰春透，隱隱肩攢，柳腰擺東風款款，櫻唇噴香霧漫漫，鳳翥龍蟠，巧弄嬌搏，恩愛無休，受用千般。」西人弗羅伊德大談性欲在文學藝術中之作用，殆亦非無故也，若此則傷於泥實而嫌笨拙矣，事雖美而文字俗劣也！又如商挺〔雙調・潘妃曲〕之「緊把纖腰貼酥胸，正是兩情濃，笑吟吟舌吐丁香送」，即關漢卿亦未能免俗，而有「腰肢困擺垂楊軟，舌尖笑吐丁香喘」之句，王實甫〔南呂・四塊玉〕有「頓忘了枕邊許多恩和愛，頓忘了素體相挨」，《西廂記》則更大有葷豔，此曲亦隱有雜劇曲辭之風味。男女之事，實是自然宇宙人生之絕瑰美者，「素體相挨」、「我中有你，你中有我」是何等親密無間之境界，為他種關係所不及，而世人恆不惜之，每成怨偶而反目成仇者比比皆是，直欲意中千刀萬剮銼骨揚灰始解其心頭之恨，若非非是眞愛而有且能為此事，其可能邪？必有外物之因素摻乎眞愛之間矣！亦有稍煞風景者，如姚燧〔雙調・新水令〕《冬怨》有云：「這冤仇懷恨千鈞重，見時節心頭氣擁，想盼的我腸斷眼睛兒穿，直摑得他腮頰臉兒腫。」捶胸頓足尚是小女子姿態，若「直摑得他腮頰臉兒腫」，雖誇張而不免有河東獅吼之風情矣，要好一個男兒消受得也；此元曲潑辣之意之所在也。此種潑辣之一味，亦唯元曲之殊觀也。元曲之佳處在「神味」而非「意境」，可參本書論「元曲之俗之精神」、「神味」一義及論關漢卿劇曲之相關闡述。又金聖歎雖洋洋灑灑而批《西廂記》，實未得元曲之最佳處也，此觀其論「妙處不傳」之義可知矣。《西廂記》五本一折「捷報」之總批云：「嘗有狂生題《半身美人圖》，其末句云：『妙處不傳。』此不直無賴惡薄語，彼殆亦不解此語為云何也。夫所謂『妙處不傳』云者，正是獨傳妙處之言也。停目良久睇之，睇此妙處，振筆迅疾取之，取此妙處；累百千萬言曲曲寫之，曲曲寫而至於妙處；只用一二言斗然直逼之，便逼此妙處。然有必云『不傳』者，蓋言費卻無數筆墨，止為妙處。乃既至妙處，即筆墨都停。夫筆墨都停處，此正是我得意處。然則後人欲尋我得意處，則必須於我筆墨都停處也。今相續之四篇，便似意欲獨傳妙處。夫意欲獨傳妙處，則是只畫下半截美人也。亦大可嗤已！」實則可嗤者正聖歎耳。且不言聖歎轉人所謂

之「妙處」爲己之妙處,而最後又以人所謂之「妙處」譏人,有翻手覆手之嫌;而其所言之精義,實即作爲「意境」之佳法耳,元曲中以意境爲勝者,乃是已雅化之元曲,非是本色當行之元曲,此與曲之以直率以俗以辣烈爲美之風味迥別而非一致,如此「曲曲」之法,正是「妙處不傳」也,正是未得元曲之佳處之象也!此法正是意境創造之「以有限求無限」,而非「神味」創造之「將局部最佳化」之法也!以意境爲元曲之最佳之處,此吾國傳統談藝之通識,雖王國維亦未能免,聖歎一雖有才氣然不失迂腐之書生,又安能外哉!必也大俗之思想精神,乃能臻致元曲本色之最高境界、神味,而非僅「技」之爲法也,其實所謂狂生之喻,雖不無惡俗之趣,然其意旨卻爲佳也,而實即「畫龍點睛」一旨。畫龍而不點睛,唯以趙執信《談龍錄》所記王士禎所云之雲中之露一鱗一爪出之,是意境者也,而畫龍點睛,是神味者也。〔註114〕蓋「妙處」者「點睛」也,實爲事物之最佳或必使作者用最大之力氣方得完成或能佳美之處,是大出色之所在,將以見作者巔峰狀態下之精彩一發,則其燦爛也必矣!聖歎豈足以知此義者哉!吳儀一《〈還魂記〉或問》(附於《吳吳山三婦合評牡丹亭還魂記》卷末)有云「宋人作詞,以運化唐詩爲難,元人作曲亦然。『商女後庭』出自牧之,『曉風殘月』本於柳七,故凡爲文者,有佳句可指,皆非工於文者也」之論,可以爲古之創造意境之法下一思理也,豈其然哉!

元之劇曲較散曲之「神味」爲勝者,乃緣俗之境界更進也。故雅與俗,實即「意境」、「神味」兩義之分疆關節處,亦關係能否臻致「無我之上之有我之境」及「無我之上之有我之境」能否臻致最佳最上之境界者也。吾國古代文學自唐宋已大見俗之精神,然詩歌之一領域卻因作者可介入文本之主體性太強,故受吾國傳統文化以雅正爲主之意蘊、趣味之束縛太甚,而令此一俗之精神大振之於小說,而大見精彩,豈不令人深思邪?更無論今日之世,大俗之思想精神已然突破、超越吾國傳統文化以雅正爲主之意蘊、趣味矣。

——

關漢卿之雜劇,以極觸於人之性情及現實世界之世俗民生故,而輒發異

〔註114〕「神味」、「意境」差別之擬喻,《「神味」說新審美理想理論體系要義萃論——當代中國「本土化」文論話語體系之建構》有論,此不贅引。

彩，人格境界、思想境界、精神境界尚矣！余所論之「神味」之境界，關漢卿足以當之也。而其根本所在，即「不隔」於現實世界之世俗民生之精神，惟以觸之故，而能眞不隔也。「無我之上之有我之境」，不獨劇中人爲然，作者亦然，此眞吾國文學史上之尤難能可貴者也！葉嘉瑩《王國維及其文學批評》釋「隔」與「不隔」云：

> 一篇作品中，作者果然有眞切之感受，且能作眞切之表達，使讀者亦可或致同樣眞切之感受，如此便是「不隔」。反之，如果作者根本沒有眞切之感受，或有眞切之感受但不能予以眞切之表達，而只是因襲陳言或雕飾造作，使讀者不能或致眞切之感受，如此便是「隔」。〔註115〕

自符原旨，惜皆未足以知眞正之「隔」耳。〔註116〕夫天地之間，一陰一陽，陰養陽動，未可盡圓，其觸之處若石之激火花然，有不可言說無限之燦爛，唯此之中人之大美見焉，不可替焉！英之華滋華斯云詩起於「沉靜中回味之情趣」（emotions recollected in tranquility），作之必歷乎此境自無可疑，然若所造境復以靜爲主，以虛爲主，以淡遠爲主，以平和爲尚，則中西詩有所同然者也。唯湖畔派詩非西人詩中之極致，王、孟一派亦居吾國詩之次席，則殊致一觀也。蓋作者必歷此境而乃臻妙，乃由作以言，而非因此而限文學中陽剛之美與淋漓盡致、爛漫生動、活力四射之境界也！深閎偉美，惟「大」之境也哉！古之詩人有突破之者，無不與現實世界無隔膜而血肉世俗民生之大美，故其作也，恆我性爛漫，若光之經棱鏡折射而幻爲七彩然，其美而不可言、不可思議也！古人無意而至，今人則猶不悟而猶爲意境之奴隸，可憐可悲之甚也矣！元曲之爲詩及小說之妥協也，若不自爲揮灑文字，則亦難會其旨，然有暗合其理者矣。當代作家阿來嘗有語云：

> 在寫詩的過程中，我發現詩歌也許因爲過於純粹，尤其是抒情詩，它與人的内心之間，與我們更爲豐富的現實之間，很難建立一種對應的關係。詩歌的表現力有限，它無法充分地表達我們内心的豐富性、現實的豐富性，它實際上是一種相對單調的文體，比如抒情，情感再細分也是可以歸類的。當我寫到五、六十首詩的時候，

〔註115〕葉嘉瑩：《王國維及其文學批評》，河北教育出版社，1997年版，第220頁。
〔註116〕王國維《人間詞話》論「隔」之一問題，大受學界非議，拙著《王國維〈人間詞話〉評說》一書詳論之，此不贅衍。

我感到詩人實際上很容易重複自己。詩歌中的比喻物，意象是豐富的，修辭方式相對單一，情緒相對來說也是類型化的。

又云：

我在寫作詩歌時候出現了一些傾向，那就是我開始對細節著迷，對事件著迷，而不是對情感的抒發著迷。〔註117〕

又云對敘事之重視「是一個作家成熟的表現」。阿來作詩近十年而終於棄之，亦吾國之詩終爲小說所取代而爲文學之主流之縮影微觀也！無能於事，即無能於俗之思想精神，而必大隔膜於世俗之現實世界之社會民生，則詩歌將永無以成其大也。文學之最要因素，事、人、情、意、想像、象徵諸義是矣，而又相互包孕纏綿，其最佳之寄託爲「細節」，若王、孟一派，鮮能體會領悟也。詩本即單純，除敘事詩，若李太白，情、想像二事特出，因想像以馳騁其辭采，洋溢其情境，象徵則緣比德而稍具氛圍，若事之蘊則未大發掘。杜少陵詩，情之深鬱過之，事蘊亦過，而辭采則遜。二人雖特出，均仍有待於極致。敘事詩之不發達也，遂令以意境爲鵠的之詩，至唐以後即衰，重複意象、意境再三而難覓他蹊徑，亦即阿來所言之原因也。故余談藝力主「神味」而大重細節，且將此旨由詩而廓及小說，以詩爲文藝之最高境界，以敘事詩爲詩中最高境界，以小說爲敘事之最高境界（小說之最高境界亦詩，即可視之爲敘事詩也）〔註118〕，且略論吾國文學藝術境界之變遷云：

欲明吾國文學藝術境界之變遷，則不可不先知吾國兩千年文學演變之跡者焉。徵而論其跡，則以詩之發展興衰之跡爲其線索可也。若與論乎詩，或以唐代爲分際，唐及唐代以前爲詩之發展壯大乃至鼎盛之期，萌芽於遠古，孕育於民俗歌謠，收集整理於西周，爲最初之大成而燦爛者，而後散漫於先秦，寂寞於兩漢，復興於魏晉，輝煌於中、盛唐，補充於晚唐，駢枝而搖曳於兩宋，又駢枝而爛漫於元曲及明之民歌，迴光返照於清，不絕如縷於今。當詞之駢出於兩宋，雖宋之有蘇、陸、范、歐諸詩之大家，不能比肩其盛也。當詞之衰而曲之興，則又詩詞不能與之抗。詞、曲之在宋元，皆足以當一代之文學而生命力未盡以衰竦，故竊以爲欲理詩之分際，莫佳若以元明之際也。

〔註117〕易文翔、阿來：《寫作：忠實於內心的表達——阿來訪談錄》，《小說評論》2004年第5期。

〔註118〕善敘事者尚有影視，其綜合性亦強，視覺亦較文學爲勝，但電影容量（時間）仍較小（短），電視劇則可甚長，其神味特出者如《宰相劉羅鍋》、《康熙微服私訪記》、《神醫喜來樂》等清劇，皆其尤佳者也。

今之所言詩、散文、小說、戲劇四種文體，自歷史上之演進之跡觀之，實僅詩與小說兩種文體爭霸抗衡之事實也！文則無代不有之，隨其佳否而呈一時之觀，唯先秦諸子以傳統文化精神之精粹入之，其意初非在文，而反成文藪之大觀，此則後世之必不能追者也。戲劇則實小說之別體，如吾國元代之雜劇，其於生成小說大有力焉。故考之吾國兩千年之文學演變之跡，則以元明之際爲分詩由興而衰而小說由隱至著之兩線索相互作用者也。

小說之名目，其所自來之淵源頗早，王國維《宋元戲曲史・宋之小說雜戲》云：「小說之名起於漢，《西京賦》云：『小說九百，本自虞初。』」〔註119〕然小說之成型則在魏晉以後，其發達則在元之後。小說雖未必出乎史，而史之敘述法實於小說之初起影響甚大，吾國古代之正史雖甚完備，然就敘事一事言之，則正史所能容納表現之敘事，殊遠不能與史之外之敘事相比，眞正敘事之淵藪，不在史家而在民間。必有純粹之作者出，而無作史之意願，而眞小說出焉；必不局限於正史之姿態而有所敷衍，或其理眞，或其情眞，而不必其事爲眞。唐之傳奇文，多有史家爲之者，如王度之爲《古鏡記》、李公佐之爲《南柯太守傳》，「小說亦如詩，至唐代而一變，雖尚不離於搜奇記逸，然敘述宛轉，文辭華豔，與六朝之粗陳梗概者較，演進之跡甚明，而尤顯者乃在是時則始有意爲小說。」〔註120〕雖始有意爲小說，實已稍涉及小說之本質，由此可見，即史家之流，亦不能滿足於正史之敘事矣。由之風氣既開，宋元話本，更增波瀾，但詩愈變愈下，小說則由卑隱而漸趨顯著。唐代以前小說不發達之原因有二：一則唯其出於史，以故事爲第一要素，而吾國古之史學又特發達，則小說之爲所掩也亦知其非爲偶然，唐傳奇之時代氛圍，使之仍不能免此局限；其二則即小說與詩在吾國文學史上此消彼長之關係，即詩歌之爲吾國文學之主流，至此尚未衰落，在唐且爲其巓峰之一，次將詳論焉。

吾國文學最先確立之淵源，則爲詩，故「詩言志」之精神，綿延而至於今。詩者寫物抒情者也，而必著理想之色彩，其品味、境界始尊始上，其理論之最先成系統而善者，則爲意境理論，雖不無吾國人人生理想之色彩，然多見爲共性而乏個性，且其所表見者，多非理想一義之最上者也。意境理論萌芽於先秦之「興」，儒家提倡消極之中和，所謂「怨而不怒」、「哀而不

〔註119〕王國維：《宋元戲曲史》，上海古籍出版社，1998年版，第28頁。
〔註120〕魯迅：《中國小說史略》，上海古籍出版社，2006年版，第41頁。

傷」，已奠定其根本之格調。漢代儒家定於一尊，士人之思想精神被趨於奴化而大少主體之精神，又強化此一根本之格調。魏晉人性復興，惜輒為佛學之空無所蔽，然亦深化詩中之思蘊，且凸顯詩之靈性焉。至唐之王昌齡《詩格》始定其名，且系統劃分為三境，以「意」為尊，若能就王昌齡之詩境言之，則當知其意之深閎偉美，後人不此之體察，且魄力難於比併，遂使此「意」歸於吾國傳統文化之消極一派，而追求逸、淡、靜、虛、靈諸蘊，氣象狹小矣，無論神味。李嗣真之《二十四詩品》，即其總結而泛濫者。唐末司空圖《與李生論詩書》、《與極浦書》等文，又發展其消極抽象之一面，大體愈益陷於「技」之境界者也。宋之嚴羽《滄浪詩話》以禪喻詩，益抽象而使人易墮談理而隔於現實世界之歧途，雖有所矯正宋詩之「以文字為詩，以才學為詩，以議論為詩」（《詩辨》），宋人平淡自然之審美理想，嚴氏不能違也，「故元代之後即衰，明之王陽明心學承宋儒陸九淵之精神，而立其要以進之，『心外無理，心外無物，心外無事』、『聖人與天地民物同體』云云，乃使意與象之交融至於無限，蓋實即意境理論在哲學上之最終總結；若詩學上之最終總結，則遲至晚清王國維之《人間詞話》乃克成就，皆為遲矣！當王學肆行之際，明人乃逸其範圍至於世俗世界，由無限廣大其心為無限放蕩其心，遂成晚明之季俗媚精豔之文藝。雖極世俗色相光影之奇觀，而有神味，然猶是外而非內，無能於自我之提升，若能具由內而外以體悟由外而內之要義，與世俗民生不隔，則非『無我之上之有我之境』不可辦矣。」〔註121〕（《詩詞曲學談藝錄・卷一・一八》）至清代王士禎之倡「神韻」說，益消極而大得皮毛，僅能得李嗣真、司空圖詩學之一端，雖片面提升之，而益為政教思想所蔽，則不如前人矣。至於王國維《人間詞話》始成系統而集其大成，重「真」、「不隔」、「人格」，然總體之意蘊仍嫌消極，總體仍未能突破創新，而出於吾國傳統文化消極之中和思想而外，故以「古雅」為心，以「無我之境」為極致。此意境理論先天之缺陷，非僅王國維之責也，世人不知此中原由而責之以舊以殘而不完，可謂唐突之至！觀吾國之文學，《詩》三百之篇章，早已有造意境之極美者，如《秦風・蒹葭》，至唐代而意境之經營已略盡，故其後詩歌之氣象，大抵不出陳辭濫調之範圍，宋人摸索而欲有所創新，不知歷史之運而遂墮入「以文字為詩，以議論為詩，以才學為詩」之道，去詩之本也遂遠矣！而原詩中陳辭濫調之因，則由於意境雖足以盡物之境，而不足以盡我

〔註121〕于永森：《詩詞曲學談藝錄》，齊魯書社，2011 年版，第 43 頁。

之境，而緣性情以成之人格境界、思想境界、精神境界，以臻致「無我之上之有我之境」，則是文學之最高境界，其代表理論則余所倡之「神味」說也。「神」是「物」之極致，而「味」是「我」（即「人」）之極致。「我」之不能至於極致，而期文藝能臻致極致邪？若在小說，意境之力已微，而從未以此為主；元之雜劇，則或以意境勝，如《梧桐雨》、《漢宮秋》、《西廂記》，而其中以神味勝之處，如關漢卿之作，已頗不乏，為詩中前所未有，亦為後之小說所不及。蓋元之雜劇，實兼詩與小說兩種體制以為之，體制本非純粹，其燦爛壯觀之處，舉在其特出爛漫之神味。元之前小說為詩所壓抑而退居小道末技，至詩體制之雖變而終衰，則終為小說乘其時勢矣！明清之「三言」、「二拍」、《儒林外史》、《金瓶梅》、《水滸傳》、《西遊記》、《聊齋誌異》、《紅樓夢》諸作既出，而詩在文學中之主流地位乃徹底動搖矣，不能與小說爭矣。故由詩而小說之演變，亦即吾國文學由「意境」向「神味」變遷之原因及趨勢也。「神味」說以系統之理論體系見之於拙著《詩詞曲學談藝錄》〔註122〕，此乃余一家之言，或者可為（有）他說，但變乃其大勢所趨，文藝境界、審美理想之變遷亦大勢所趨，不欲正視此一事實，文藝之境界安能有進哉。蓋意境理論產生之背景為吾國傳統文化之消極之一面，為優美之氛圍，而「神味」之在古則此優美之大氛圍中之小氣候也，雖為小氣候，然以其是壯美之一端，故深具強大之生命力，而燦爛之色彩為尤著目者，二十世紀以來之文藝已然不以意境為最高之追求，若今後之敘事詩能集成大美，則「神味」之必然性益將為顯矣。雖然，明清以後之吾國小說，已然為「神味」說一旨之大興奠定必然性矣，況更有元曲為之助益哉！吾國之歷史文化以唐為分際而由壯美向優美轉變，乃封建歷史衰落之趨勢使然，此已成歷史之通識，意境理論不過此中之一端耳。而意境理論之確立雖在唐代，然宋人之審美意識實為其最主要之力量。衰落非歷史之總勢，故壯美必與上升之勢為表裏，故余大倡「豪放」之精神，大倡「無我之上之有我之境」，大倡「神味」說而反「意境」理論也！若古人猶不知此義，以其囿於歷史之故，吾人可以不必計較之也，其任已竟而視我後人之責者矣，而今人猶不知開拓新路，是真不肖不器者矣！

詩與詞之所以主要以意境勝者，意境乃其本色，然此乃詩之藝術境界發

〔註122〕《「神味」說新審美理想理論體系要義萃論──當代中國「本土化」文論話語體系之建構》一書，則「神味」說理論之大綱。

展之初境，以神味勝者為其特出更上者，雖其色至為絢美新異，然受意境薰染已久，詩人心有所動而莫以名其妙，談藝者則並意境理論亦未能完善之，故「神味」一旨終在隱約之態，至元曲之出，始獲其存在之意義。其後則神味寄在二途：一為詩之末流之尚有生命力者，如民歌謠曲，而其大部份之力量則寄在小說焉。然明清之小說，神味不過乃其開端，尚大有可為於後世，而以犖犖大觀，蓋尤以思想境界、精神境界勝也。其中以《儒林外史》、《紅樓夢》兩種為最佳（清李寶嘉之《官場現形記》亦頗佳，世人鮮有大譽之者，蓋緣其一則為針砭之楷模，一則庸陋者讀之又恐受其薰染也。《儒林外史》之諷刺多隱而不露，需細細嚼之方神味沁爽心目，《官場現形記》則多顯而有淋漓盡致之妙，猶罌粟之實，用之之心異，則所得截然不同），不勝枚舉，茲略舉數端，以見其神味：如范進中舉後之行徑及其丈人胡屠戶及其鄉鄰之行徑。如嚴貢生自我吹噓「為了率真，在鄉里之間，從來不曉得占人寸絲半粟的便宜」，適小廝來報：「早上關的那口豬，那人來討了。在家裏吵哩。」如嚴監生臨死前之燈芯故事。如嚴監生姜趙氏在正室王氏生病期間侍奉湯藥極其殷勤，至祈菩薩求代王氏死。王氏死前對趙氏說：「何不向你老爺說明白，我若死了，就把你扶正做個填房」，「趙氏忙叫請爺進來，那奶奶的話說了」，一「忙」字煞是惹眼，神味盡出。諸人或俱笑趙氏之虛偽，我則憫封建森嚴腐朽之禮教制度下，雖小人物之能庸俗虛偽者，未嘗不浸透血與淚之悲哀也。如王玉輝之鼓勵女兒殉節，其女既死，乃「仰天大笑道：『死得好！死得好！』」然眾人將其女送入烈女祠公祭之時，卻「轉為心傷，辭了不肯來」，後於蘇州見一船上穿白之少婦，思及女兒，「心裏哽咽，那熱淚直滾出來」。如魯編修云：「八股文章若做得好，隨你做什麼東西，要詩就詩，要賦就賦，都是一鞭一條痕，一摑一掌血；若是八股文章欠講究，任你做出什麼來都是野狐禪，邪魔外道」，其女魯小姐亦於曉裝臺畔，刺繡床前，擺滿一部部八股文，甚而因丈夫「不甚在行」而愁眉淚眼。好傻而迂腐一小姐，若貌又美，則益有趣，可以繡花枕頭譬喻之也。如馬二先生云：「舉業二字是從古至今人人必要做的……就是孔夫子在世，也要念文章、做舉業，斷不將那『言寡尤，行寡悔』的話。何也？就日日講究『言寡尤，行寡悔』，那個給你官做？」如范進遵制丁憂打秋風於湯知縣：「席上燕窩、雞鴨，此外就是廣東出的柔魚、苦瓜，也做了兩碗。知縣安了席坐下，用的都是銀鑲杯箸。范進退前縮後的不舉杯箸，知縣不解其故。靜齋笑道：『世先生因遵制，想是不用

這個杯箸。』知縣忙叫換去,換了一個碗杯,一雙象牙箸來,范進又不肯舉動。靜齋道:『這個箸也不用。』遂即換了一雙白顏色竹子的來,方才罷了。知縣疑惑他居喪如此盡禮,倘或不用葷酒,卻是不曾備辦。落後看見他在燕窩碗裏揀了一個大蝦元子送在嘴裏,方才放心……」。范進是如此之不好伺候,又是如此之好伺候,可笑之不足以止其興,又噴飯以續之,倒胃以應焉!此處之湯知縣,爲官爲表清廉,竟枷斃向其行賄五十斤牛肉之回民以致回民鳴鑼罷市,骨子裏竟然如此,令人齒冷也!──以上所引,可謂之有神韻邪?抑或境界邪?亦神味而已矣!亦唯「神味」之一義,方能括其最佳之處而已矣!「如此之類,非是興趣、神韻,亦非是境界,直是神味淋漓潑辣而異樣出色耳!詩歌中若能敘事若此,則何愁無神味,何愁不能突破意境之舊藩籬邪?」〔註123〕(《詩詞曲學談藝錄‧卷一‧一五》)以細節傳人物之神態而揭其思蘊所在之涉於本質者,即神味一旨之能事也。《儒林外史》之神味,可謂精彩而有力量。今人錢鍾書之《圍城》亦頗擅諷刺而神味特異,或譽以爲過《儒林外史》,則謬矣;其所涉世俗民生之「九度」,亦不如吳作。《儒林外史》深廣之思蘊及精神境界,非《圍城》之可比擬也。二者相通處在諷刺之本事,皆本色冷靜,但錢氏之爲學者,詼諧多才,博辯能思,所寫更染爲學之色,一如李汝珍之《鏡花緣》。但《鏡花緣》特炫學問,《圍城》則多理喻以炫才情,更爲出色。然錢氏雖經流離,成書前則大體順達,於世態人情之體驗,未如《儒林外史》深刻且近於世俗也。《儒林外史》之結構「雖云長篇,頗同短製」、「事與其來俱起,事與其去俱訖」,其前之《水滸傳》由散而集中,與此蹊徑之精神並不通,而爲敬梓所獨創,頗奇異,後又爲《官場現形記》所繼承。蓋此種結構不涉人物之瑣屑而攝取其最具代表性之事而施爲,大易出其神味也。後之小說,亦可借鑒。然至今吾國之人多未賞此種之結構,今人以此體爲局限,亦未必確,而未知其天才大佳之處,反倒海外有以「環狀結構」大譽之者,亦可見國人之識,不足爲眞會心也!此種結構,較之以一二人爲主角而敷衍其事者,更覺有出神者在,出味者在,而不必拉雜湊合之,此其尤佳處。有此而未識,惜哉!

　　《紅樓夢》之神味,則不必舉矣,全書盡是細節織就鋪排,如劉姥姥進大觀園,令人目不暇接,淋漓繽紛而美,其細節描寫之本事,誠爲吾國文學史上所僅見,而小說中之細節,實亦最易出神味之處;所可惜者,貴族之

〔註123〕于永森:《詩詞曲學談藝錄》,齊魯書社,2011年版,第31頁。

家，亦如敘事之正史然，遠未如尋常現實世界之世俗民生，意蘊豐富而神味特出也。故拙著《詩詞曲學談藝錄・卷一・八》有論云：「夫『無我之上之有我之境』，內容上否定舊事物，而不僅於此也，如《紅樓夢》中之賈寶玉、林黛玉，其於舊事物極厭惡，而出為叛逆之形象，至其新理想，則茫然無所著。即未有新理想，亦不應僅以出淤泥而不染為念，『落了片白茫茫大地真乾淨』，以一切皆幻妄為意而向釋氏覓歸宿，而應根本以具鳳凰浴火之精神，雖天地外在不可變，而自我則變至燦爛之新我，故其尚未進於『無我之上之有我之境』也。故『無我』，破之境界也；『無我之上之有我』，立之境界也。舊事物於內容上為不可取，至其形式，則漸近完美，故取其形式之長而益之以新內容，則是『無我之上之有我之境』之實質精神，內容須於世俗中鍛鍊，故始能無隔於世俗民生也。」〔註124〕我而不能臻致「無我之上之有我之境」，故終使《紅樓夢》一書局限於吾國傳統文化之範圍，而新質少，其神味亦如《西廂記》之總意境之熟爛而美，但未至於濫爛，技術上尚有進益之性質，《紅樓夢》則總敘事之細節之熟爛而美，而更加之以深邃，呈現為悲壯而美之境界，此雖為深閎偉美之一面，卻是仍偏於消極優美之一面，缺乏真正不隔於現實世界之世俗民生之精神，且作者撰為此書，隱約太過，含蓄太深，致有「紅學」，絮叨糾紛而不止，亦影響其神味之凸顯也。若就其細節描寫之境界而言之，則諸多細節緣人物以委曲，各隨各人之神味，則無時無事不指向之（此種神味已然為「神味」一義之次義，即未能臻致「無我之上之有我之境」者，不可不辨之也〔註125〕）。如鳳姐之教劉姥姥做茄子，寶黛之在櫳翠庵品茶寫妙玉之行徑；又如劉姥姥之在大觀園宴席上逗樂寫諸人各異其狀之笑態。又如五十三回烏進孝繳租，帳單詳列諸物名目，賈珍看後發牢騷道：「這夠做什麼的？如今你們一共只剩了八九個莊子，今年倒有兩處報了旱潦……真真是叫別過年了！」諸如此種，即凡小說中神味特出之處，亦即其最為精彩之處也。然《紅樓夢》之情節，未多及世俗，林琴南以之與較英人狄更斯之《孝女耐兒傳》，更許狄更斯以家常之言描寫「下等社會家常之事」，則《紅樓夢》中神味之力量，猶嫌未能集其大成也。《紅樓夢》有此缺陷，今後之文學即有可能超越之也。世人以為《紅樓夢》為吾國文學之極致而不可

〔註124〕于永森：《詩詞曲學談藝錄》，齊魯書社，2011年版，第15頁。
〔註125〕「神味」說理論，其義旨大體可概為三層次，《「神味」說新審美理想理論體系要義萃論——當代中國「本土化」文論話語體系之建構》一書第14點有論，可參看。

超越，豈其然邪。

他又如《水滸傳》雜江湖兒女、英雄豪傑之色，《西遊記》富神怪浪漫、寓批判於理想之氣息，寫來往往而有神味。此兩種因其意蘊指向並反抗世俗之現實世界，故其神味淋漓爛漫處，反較《紅樓夢》爲勝，而《西遊記》尤其出色，前半孫悟空之大鬧天宮諸事，實即「無我之上之有我之境」之發展，惜後爲天界之各種勢力絞殺，終退至「無我之境」，此亦可見「無我之上之有我之境」之在現實世界之中成就之難也。然在傳統文化之氛圍中，不如此又能如何？莫非如陶潛之「桃花源」或李汝珍之《鏡花緣》，別造爲勝境邪？卻畢竟並非尋常人世，非主流境界。《鏡花緣》作意甚佳，本有大出神味之潛力，但作者批判現實稍爲不足，而著意在傳奇，力量便遜矣。「三言」中之《賣油郎獨佔花魁》、《杜十娘怒沈百寶箱》，因有思想境界、人格境界之映照，亦見神味。《聊齋誌異》敘寫愛情、抨擊科舉、暴露壓迫、寄情反抗，所寫人物形象血肉豐神，神味絢異；如《嬰寧》之篇，則寫人性之絕佳者，意境神味，結合完美。紀昀爲《閱微草堂筆記》，而嘗言：「小說既述見聞，不比戲場關目，隨意裝點⋯⋯今燕呢之詞，媟狎之態，細微曲折，摹繪如生，使出自言，似無此理，使出作者代言，則何從聞見之？」（盛時彥《姑妄聽之》轉述紀氏語）。紀氏號稱博學多識，而不能解小說體制之精神，遂遺一千古笑柄，亦頗奇怪，乃知博學之士，見識未必佳，往往有之，亦與才情不必相關也。〔註126〕世人謂留仙以高才失意於科場，遂寄而爲《聊齋誌異》，故筆特華豔，粉飾特重，炫其文於世也。不知留仙所寫多涉情愛，又以狐鬼幻化之女子爲主角，以寫其理想中之女性，故粉飾華麗，亦屬必然。如刺科舉、反暴政之若《席方平》、《夢狼》、《促織》者，則無此色，不在少數也。而余覽《聊齋誌異》之文，而覺其文刻意太過，致礙於流暢活蕩，於文言之中，亦似不受明清性靈之作影響，實不可當本色之目，然後知留仙之才性雖雋綺秀異、疏曠灑脫，於豪放之質，則不可期焉，而不可期之以大英雄、大豪傑、大隱士甚或大名士之姿態品格，故不能以寫意之風格爲文，此亦不可緣爲余鄉人，便遂諱之也！留仙幼即熱中功名，年才十九即獲縣、府、道三第一，則

〔註126〕實則「神味」之出，代言者是其真正之天地，可大見於小說、戲劇，以其能敘事也，不代言之「神味」終爲有限，以不長於敘事也，然可稍有細節之關入，則「神味」淋漓矣，元曲中之雜劇而大有「神味」者，正詩體而兼戲劇或小說之內容者也。吾國抒情詩特爲發達而敘事詩不發達，而以「意境」勝者爲主流而不以「神味」勝而爲主力，可謂已見其徵兆者矣！

為八股之能亦可知，而不能不影響及於後之《聊齋誌異》，猶胡適之作新詩而自言「總帶著纏腳時代之血腥氣」也。然則後之不中，誠命蹇也夫！〔註127〕《聊齋誌異》短篇連綴，總體觀之神味淋漓，而就其質言之，則短篇容量畢竟有限，其相加之效果畢竟有限，神味亦有限，去深閎偉美之境界、神味，仍有大間。故神味之完美展現，必待一定長度之篇幅，始能實現也。

　　李寶嘉亦諷刺派之大家，又大渲染其誇張，以寓戲謔嘲諷之能事，其小說神味頗佳。如《官場現形記》五十三迴文制臺見洋人一節，又如《文明小史》十九回劉學深、魏榜賢一幫所謂維新黨高談闊論於茶館，繪聲繪色而論女子不纏足之益處，然當一妓女展三寸金蓮走過，劉學深竟忘乎所以，拍手高喊：「妙啊！臉蛋兒生得標致還在其次，單是他那一雙腳，只有一點點，怎叫人瞧了不勾魂攝魄？」竊嘗思之，如三寸金蓮之類，古之人果以為美邪？果以為美，則其畸形異態之思想心靈可知也。若不以為美而強從俗而以為美，則不獨自欺欺人，作踐人亦甚矣！而諸人如此維新，其流於表面形式而不及思想精神，追逐時風而不自主，亦可見矣。

　　又如吳沃堯《二十年目睹之怪現狀》，八九回寫苟才為陞官發財竟逼寡媳去做制臺之姨太太：「夫妻兩個直走到少奶奶房裏，雙雙跪下……苟才道：『媳婦啊！這兩天裏頭，叫人家逼死我了……救人一命，勝造七級浮屠。望媳婦大發慈悲罷！』……少奶奶掩面大哭道：『只是我的天唷！』說著便大放悲聲。……苟太太一面和他拍著背，一面說道：『少奶奶別哭，恐怕哭壞了身子啊！』少奶奶聽說，咬牙切齒的跺著腳道：『我此刻還是誰的少奶奶唷？』」真乃人間奇絕之事，猶勝唐明皇一籌，無恥之極矣！惜文字工夫尚欠火候，而少生動傳神、本色切境之妙，然就此事本身而論，神味已不可掩抑矣。

　　詩以抒情為主，其中所表現之感情、形象即作者之本體，故「詩言志」，

〔註127〕余撰《論〈聊齋誌異〉文本語言並非上乘》長文辨正蒲松齡之文章水平，其摘要云：「《聊齋誌異》一書的作者蒲松齡，其在科舉考試上的失利並不足以證明其文章寫作的水平，相反，八股文的寫作經驗干擾了《聊齋誌異》，影響了其語言藝術的水平和審美境界。由於蒲松齡悲苦的人生歷程和心態和齊魯文化風氣的影響，造成了其文風的乾癟瘦硬；由於其在創作上的逞心競態和文言小說當時窘迫的歷史處境，造成了其文風的造作不自然之態，其文本語感與傳統文言文學文本大異其趣。從總體上來說，《聊齋誌異》『文質』不均，其語言文字在中國古代文言文學文本中至多居於中等水平，其成就主要體現在『事』而非『文』上。」（《寧夏師範學院學報》2013 年第 2 期）

詩寫性情也。由詩而及小說，則小說中之人物形象雖不乏作者本身之影相，而多非作者或可等同於作者，故其變遷，則由詩之抒寫性情演變爲小說之描寫人物形象，刻畫表現其性格，亦即表現小說中人物之性情及人格，由之以見其人格境界、思想境界、精神境界之高下優劣。而吾人又自作者筆端流露或隱或著之感情，於筆下人物愛憎臧否之態度，而間接以見作者之人格境界、思想境界、精神境界。詩與小說所表現之藝術境界之法異，其神味之精神則無乎不同也。明乎此，而後知神味一旨始終一以貫之於文學，而爲文學之最高境界也！

　　古之小說，多因荒唐奇怪以掩其文學之質，以虛誕故，神味雖時時有之，而頗未盛。近世文學，其獨至者如金庸說部，神味頗佳，惜現實世界之神味仍乏，以拘於武俠小說之體制及境界故也，已論之於拙著《金庸小說詩學研究》一書，此不贅述。此外諸人，多有偏至於神味之境者，總之而見淋漓爛漫之大美之才，終未得焉。魯迅之《狂人日記》，深迴瑰肆，頗極其美，直逼神味之境。《阿Q正傳》、《祝福》、《風波》、《孔乙己》、《傷逝》、《藥》及《朝華夕拾》，皆特出而有神味，所不足者，即同於《聊齋誌異》之以短篇而勝也。自其開端以迄於今，神味散見於諸人之作，遠較古人爲可觀，其他尚多，不可勝計，但謂「神味」一義即可，不煩舉矣，或待之他人。然通體俱見神味之作，則未見也。短小之篇幅如郭沫若之《鳳凰涅槃》，已然爲新詩增大光彩。就二十世紀以來所謂之新文學（持此論者，不以二十世紀之舊體詩詞與列）言之，新詩之發展至今未佳，小說則已初步有成，今日之時代極爲典型，而有潛力催生深閎偉美之作，但看作者主體性精神之能得發揮與否，此則無限期諸後人也！魯迅有《摩羅詩力說》之作，陳獨秀有《今日之教育方針》諸作，皆根本而反以吾國傳統文化思想爲核心意蘊之意境理論爲最高最上追求之文藝、思想境界，而引領二十世紀之文藝，惜無系統之理論體系以爲總結，後來者又少此兩子之素質，時代影響作者之力量又巨，故鮮能見深閎偉美之神味之境界之作，大氣磅礴而淋漓爛漫之篇，而其路向，則皎然而不可違悖也甚明矣！

　　元曲中之劇曲，以兼敘事故，而合詩與小說兩種因素之長，而能爲吾國文學史上之絕燦爛之篇章也。溯其源流，則實爲吾國敘事詩之最佳表現。拙著《詩詞曲學談藝錄・卷一・二七》嘗論吾國之敘事詩云：

　　　　胡適《中國白話文學史》第六章論故事詩之起源，而自信吾國

古代僅有風謠與祀神歌，而無長篇之故事詩，此固然也。如屈子之《離騷》，雖長篇而敘事，然其中僅有敘事之因素，卻不得稱之為敘事詩。蓋故事略具首尾完備之事，或加以精心結撰，猶今之猶區分故事、情節之不同也。而嚴整規範之故事，必不以平鋪直敘直道其事之本末首尾而後已，而必重技術以益其生動，由是而生文學之色彩，故與情節略無異也。唯此之故，而故事之入於文學，乃有別於正史中之故事矣。《離騷》敘事，本為抒情之附庸，其事多不具細節之飽滿，故不以為故事詩也。故事之含細節，是敘事詩之真義也，若其在詩，但有細節之渲染而無意於首尾本末之嚴整，即「將局部最佳化」（拙撰《新二十四詩品》列「最佳」一品，即其義旨）也，敘事詩融詩與小說之兩種因素，細節乃其必然之結晶，其雖小於故事，然其豐富之意蘊、飽滿之程度、二者之強度、密度，乃可及於性情及人格境界、思想境界、精神境界，卻勝於故事，為可貴耳！適之捨抒情詩而求故事詩之淵源，殆有感於抒情詩之困乏濫爛，不足以為吾國最具活力之文學歟！其心則尚矣，其論則未也。如證故事詩而引《詩》三百中之《生民》、《玄鳥》諸作，以為題近之而終不成其為故事詩，以證吾國遠古之先民之樸素而不富於想像力。其於故事詩之何以未如西人史詩發達之原因，殆未深究而有得耳！《生民》、《玄鳥》雖有敘事且有細節之如「誕寘之平林，會伐平林」者，然非是可及於性情之細節之境界者，故非真正之細節也。余之所謂之細節之境界，大則關係於吾國傳統文化精神之意蘊，小則以見篇中抑或作者之性情人格，而必又就其事淋漓盡致以發揮之，其間有一段真意真情在。若《生民》、《玄鳥》之事，但記事而渲染之以神話之色彩者也，其事近史或神話而非近文學非近細節之境界也。若《史記》所敘事，若特寫人物之什，則能到此境界，故其雖時而兼文學之色彩也。然細節之真義，實在於虛實結合而遺形取神，諸般渲染，皆為突出神味而設，史傳有所取捨而拘於體制，故雖局部而有細節，卻終不能臻於淋漓盡致、神味爛漫之境界。適之之意，以為《詩》三百無故事詩，殊不知其所尋繹為非是也。《詩》三百中非無故事詩或敘事詩，如《野有死麕》之作，乃男女之事之一景，「無感我帨兮，無使尨也吠」即細節，雖然愛情詩未及於性情者也。又

如《谷風》、《氓》、《將仲子》諸篇，細思其味，無不可當長篇小說讀之，雖微不顯而故事詩可溯源於是矣。下迄建安中陳琳之《飲馬長城窟行》，則傑作矣。其所以感人肺腑者，無不在其事之細節：「……長城何連連，連連三千里。邊城多健少，內舍多寡婦。作書與內舍：『便嫁莫留住！善待新姑嫜，時時念我故夫子？』報書往邊地：『君今書語一何鄙？』『身在禍患中，何爲稽留他家子？生男慎莫舉，生女哺用脯。君獨不見長城下，死人骸骨相撐拄？』『結髮行事君，慊慊心意關，明知邊地苦，賤妾何能久自全？』」讀之令人氣結！余少年之知於情也，而自此篇感念獨深，而自此始也！此篇截取細節而渲染，而無妨其有意外之味、文外之旨，此眞所謂含蓄，由之以上則可得象徵，則以通篇而言，與夫世所注目一語一句之含蓄，不亦偉哉！故余所倡「神味」說之淋漓盡致、爛漫潑辣之意蘊，非不可與含蓄兼容也。若自其小者以觀之而爲用，則其文學境界之氣象亦隨之相應以小矣，且造成隱約朦朧簡約沖淡之意境，以意境爲標的，誠小家子矣。觀此篇所寫之細節，反覆以見其意，何其淋漓盡致，而結局了不道出，餘韻悠然而可想見也，而又不可以坐實，此又何等含蓄，睽其兩端，允執厥中，此非意境所能到，而必期之以「神味」之境界也：若必以如右丞之《鹿柴》（「空山不見人」）之類而以爲含蓄蘊藉，則詩之徑亦甚狹仄也矣！

實則陳琳之前之漢樂府，已有故事詩之初興，此即適之之所注目者，如《陌上桑》（結以「坐中數千人，皆言夫婿殊」，亦餘味不盡，餘音嫋嫋）、《婦病行》、《孔雀東南飛》、《上山採蘼蕪》諸作，無不敘事而能以細節處之而有神味。適之猶以爲《上山採蘼蕪》非純粹之故事詩，只堪爲敘事諷諭詩，誤矣。其詩云：「上山採蘼蕪，下山逢故夫。長跪問故夫，『新人復何如？』『新人雖言好，未若故人姝。顏色類相似，手爪不相如。新人從門入，故人從閣去。新人工織縑，舊人工織素。織縑如一匹，織素五丈餘。將縑來比素，新人不如故。』」此詩跡是實錄，殊少諷諭，乃所謂殘酷而又溫馨之現實也。其人雖離異，然婦對故夫之感情猶存，可謂一癡情女，故夫之棄之而之新人，蓋爲顏色之鮮也，而後乃知一花瓶耳，遂有悔意，此皆世情之常而深刻者，故能感人動人，亦當得一長篇小說讀也。

適之不以爲故事詩，豈非過矣乎！以之相比較於《古詩十九首》之以抒情爲事，迥不同矣。適之又考《孔雀東南飛》之成詩年代，而駁梁任公、陸侃如成於六朝之說，且引及漢樂府及《玉臺新詠》中影響此詩之作者（「非來雙白鵠，乃從西北來」），駁論甚精。按徐陵所編此詩前有編者之序，云「時人傷之，爲詩云爾」，若不信之，揣之可也。其一則由前所引起之故事詩，而後知此種體制已不鮮見於漢樂府，故自相似之風味以觀之，此詩成於漢末當無疑也。其二則此等長篇，已有《陌上桑》在前爲鋪墊，而不必受佛教影響，其出也不爲突兀。其三則觀此詩所敘之事，必在其時感動世人頗深而流傳遠播，此事又非感發獨深激鬱熱烈之多情解情者不能作爲，亦明矣！其四則此詩篇幅頗長，事件串連頗細，而又非虛構以成，幾無虛構之成分，非同於神話史詩之類可因虛構以隨加增刪而完善之，則此作初稿之一氣呵成略已備今貌，後人或能修飾其辭，而於事則少增刪之可能，又無疑也，故此等事，斷非時代久遠而能於口頭流傳之者，則詩之初成於其事之後之三五載甚至更短——亦可定矣。考卷無功，揣其情形，亦大體不差。事之流傳十數年後，即不可得如此詩之翔實者矣，況若此事既經久隔，則亦不過一甚爲平常之事，雖今之世可方者比比皆是也，久則不易爲激情傷感之闡發，而必爲當時不遠而後之作爲，甚可以測知之也。〔註128〕

知以敘事開拓詩中之境界，突破古人詩詞而獨立以呈燦爛之觀，今人朱多錦足以當之也。其論可括爲三：一則詩之形式與歌分離（即不押韻）歸於旋律即內在律；一則云「情事結構」與「情景結構」爲現代詩與古代詩之本質區別；一則詩之敘事之因素須放棄小說之情節而重細節。撮其論之要者如下：

新敘事詩的寫作一旦歸於中國古典敘事詩的審美原形態，也便有了提高到現代詩高度的基礎。在這個基礎上其寫作在於敘事稍取情節，主要是捕捉細節，在對生活細節敘述中抒情。這是使敘事詩從「情節敘述」中解放出來，實際上已是讓敘事詩的寫作從小說中解放出來。新敘事詩的寫作一旦從小說中解放出來，也就可以從「歌」中解放出，因爲敘事詩既然不再去完成小說的任務，也就不

〔註128〕于永森：《詩詞曲學談藝錄》，齊魯書社，2011年版，第56～59頁。

必以「歌」做爲詩的依仗和標誌了，而敘事詩的敘事在形式上一旦和「歌」分離也就在形式上和現代詩可以統一，因爲新詩發展到現代詩的高度在形式上正表現爲和「歌」的分離，其主要標誌是不再押韻。然而現代詩和「歌」分離後，其形式又歸於哪裏呢？歸於旋律，所謂旋律應視爲詩的「內在律」，其中包括如下幾方面因素的契合：（1）音感抑揚；（2）詩句中的細節流程節拍；（3）所表現或所渲染的情緒、情感的消漲。敘事詩這樣做了，首先便在形式上提高到了現代敘事詩的高度。同時，重要的還是內容的表現問題，爲此，這裡應做的是先發現抒情新詩發展到現代高度已成的一個事實，那是「抒情的敘事性」，由此便有了現代詩的「情事結構」的「本體結構」。發現中國現代詩的「抒情的敘事性」是建立中國現代敘事詩的基礎，這裡的關鍵是將中國現代詩的「抒情的敘事性」引入到敘事詩的敘事中，從這點出發實際所做的是在稍取的情節中將所捕捉到的細節按「現代派詩」或「後現代詩」的表現手法來表現的問題，具體說來，那就是運用現代派的意象來表現，和進行後現代的以「消解意義」、「生命體驗」的口語詩所鋪延開來的氛圍創造。當然，其中總要有傳統詩的手法和現代表現意識的結合，不過，這總要在現代詩的高度上進行。這些都是關於現代敘事詩的表現問題。（《建立「中國現代敘事詩」》）

中國現代詩，和中國古典詩詞相比，從本質上來說，詩的抒情性未變，在根本上改變了的是「本體結構」，這主要表現在抒情方式上：中國古典詩詞的抒情是通過描景，即抒情的描景性（到唐代基本這樣定型下來）；而中國現代詩的抒情卻是通過敘事，即抒情的敘事性。這樣決定了中國古典詩詞的「本體結構」是「情景結構」，而現代詩的「本體結構」卻是「情事結構」的。

……

我們應先弄清中國新詩的「本體結構」的形成過程。中國新詩（1917 年 2 月胡適於《新青年》二卷六號上發表《白話詩八首》，可謂新詩的誕生）對舊詩詞的造反首先是語言和格律的，最明顯的是到實用白話的轉變，但這只是表層的。接著的才是對舊詩詞的詩意內核即「本體結構」的摧毀（對這一點，我們還沒去注意）。那是

在中國新詩誕生之後的郭沫若的新詩詩集《女神》問世之際，新詩界出現的是現實主義流派的「文學研究會」和浪漫主義流派的「創造社」，兩派在創作原則上都是現實主義的且都宣佈將浪漫主義做爲新詩的創作方法。中國新詩這時的浪漫主義接受的是 19 世紀西方歐美浪漫主義詩歌的影響。浪漫主義是直接抒情的。「直接抒情」和「情感極化」是浪漫主義的美學原則。中國新詩的浪漫主義「直接抒情」的結果是對中國傳統詩學的「間接抒情」的破壞和否定。中國古典詩詞的「抒情的描景性」即是一種「間接抒情」。這樣，到這時。中國新詩對舊詩詞的造反才從語言外殼而終到「本體結構」，終算一反到底。然而隨著歷史的變化，時代的激情抒發已成過去（這時「五四」啓蒙的激進精神終於趨於冷卻，代之以農民道路），浪漫主義的美學原則決定了詩人一旦失去激情，從此也就沒了詩，這時在中國傳統詩詞從語言外殼到「本體結構」都已被破壞的情況下，新詩所可用的已只是一句句的漢語白話。

中國新詩只面臨著一句句漢語白話，怎樣才是詩呢？

新詩的客觀發展給自己開闢了「尋詩」的道路：一是新詩這時必須暫時先借助格律外形，以表明自己是詩：二是從長遠處著眼開始構建自己的「本體結構」。這首先就有了當時新詩的新月派（始於 1923 年），新月派以 19 世紀英國浪漫主義詩歌格律爲模式提出了新格律詩理論和提倡新格律詩，同還使新詩由「直接抒情」而變爲「客觀抒情」（這是更重要的）。新月派的「客觀抒情」本意原是對浪漫主義「直接抒情」所造成的抒情的放縱進行節制。所謂「客觀抒情」是以客觀描述爲詩之特徵，「增加詩歌中的敘事成分是他們的一個目標」（藍棣之：《論新月派在新詩史上的地位》.見 1980 年 2 月《北師大》）。我們讀新月派詩人徐志摩的詩即可發現這些特點。這樣「客觀抒情」在客觀上卻成了新詩再回到「間接抒情」的一種過渡，是新詩在對傳統詩學徹底破壞後又開始在詩的「本體結構」上有所建設的表現。但其之「本體結構」的眞正形成還是在中國新詩的象徵派出現之後。中國新詩的象徵派分初期象徵派和後期象徵派。初期象徵派（1925～1927）以李金髮爲代表，是接受法國象徵主義詩歌影響的結果。在西方文學史上是象徵主義否定、代替浪漫主義，中

國新詩的發展也是照著這樣的步數過來的。象徵主義否定、代替浪漫主義在抒情方法上是以「間接抒情」否定、代替「直接抒情」，而象徵主義的「間接抒情」又在於「運用有聲有色的物象來暗示內心的微妙世界」，這裡的「物象」所暗示的主觀心態實爲一串串的心跡，即一件件可名狀或不可名狀的「心事」流程，這樣其之每一件「心事」都可視爲一種「敘事」。這樣中國現代詩到此已初見抒情的敘事性。這是新詩「本體結構」的初成。中國新詩「本體結構」的最後形成是在 20 世紀 30 年代中國新詩的後期象徵派那裡（始於 1932 年），他們在文學史上被稱爲現代派（因其同仁雜誌《現代》而得名），以戴望舒的詩爲代表。

　　中國新詩「本體結構」的最後形成是在 20 世紀 30 年代中國新詩的後期象徵派那裡（始於 1932 年），他們在文學史上被稱爲現代派（因其同仁雜誌《現代》而得名），以戴望舒的詩爲代表。中國新詩的後期象徵派主要是以反新月派詩的格律主張爲自己開道，他們都是自由詩，都是對新月派的革命，然而他們眞正完成的卻是將新詩的發展從象徵推向意象的表現。在西方，法國象徵主義之後原正是英美的意象派，中國新詩的發展就這樣切中著西方詩史的邏輯步數。什麼是詩的意象？意象的最好的解釋是英國詩人艾略特的說法，他說：「表達情感的唯一的藝術方式便是爲這個情感尋找一個『客觀對應物』。」事實上在中國詩人筆下，意象只是「運用」，只是形象元件，詩的整體或部份還是象徵的，所以這時的現代派仍屬於象徵派。這樣，意象「運用」的結果，所謂「客觀對應物」實際成爲還如艾略特所說的「一組物象，一個情境，一連串事件被轉變成這個情感表達的公式」。這樣這個「客觀對應物」便成爲表現主觀世界的「外在事物」。在詩中一連串的表現主觀世界的「外在事物」的組連便有了現代詩的通過敘事的抒情。到此，中國新詩自己的「本體結構」終於形成，這是一種「情事結構」的「本體結構」。中國新詩和古典詩詞在抒情方式上的區別就在於彼此的「本體結構」的不同。中國新詩的「情事結構」的「本體結構」表現在抒情方式上便是抒情的敘事性。重要的是由於現代派詩的「意象」的運用，詩已是在表現主觀，使這裡的「敘事」表面上是對生活細節或細節中的細節

的捕捉，實際上這裡的「敘事」已是在暗示某種心態、心路或思辨，所謂敘事已不是其本身，而是主觀的客觀化，我們讀戴望舒這時的詩就會感到這一點。(《中國新詩的「本體結構」的形成——試論中國現代詩的抒情的敘事性》)

我的詩寫作，主要是通過敘事而抒情而思辨，而所謂敘事主要不是情節，而是對生活細節的捕捉，甚至是對生活細節的細節的捕捉——捕捉本質的細節、細節的本質，骨子裏的細節、細節裏的骨子。有了細節就有了生活，就先有了形象，就有了發現，就可能感人。關鍵是如何詩意細節，即怎樣將細節變成詩。這就是細節的表現問題，其主要有三種手法：一是現代派的象徵與意象的表現；二是借用後現代的「理性解構」、「意義消解」而鋪延「審醜」和「反諷」的審美，口語入詩，借用「非文化美感張力場」點石成金；三是新詩傳統的再現手法和中國古典詩詞的意境創造。主要是這幾方面的結合。

……

認識現代詩的「抒情的敘事性」非常重要，它形成了現代詩的「本體結構」——「情事結構」。中國現代詩的一切作為都應根於這裡。中國古典詩詞則是通過描景而抒情，他的本體結構是「情景結構」。中國古典詩詞和現代詩的本質區別就在這裡，別的區別都是表層的。(《走進詩人——由〈城市詩人〉一詩談現代詩的諸問題》

綜觀所言，則其詩論之貢獻有兩大端：重敘事詩，知敘事詩為吾國未來詩歌發展之最大潛力、空間；重「細節」。然此兩端，不以新審美理想理論體系之構建為最高最上之總觀照，則亦不足以突破、超越吾國傳統既有之「意境」理論，則敘事詩、細節兩義之闡釋仍為泛泛之談，而不能臻致其完美完善之境界也。亦因此之故，其論雖多思慮，而多理而未清或錯亂者，略舉數端如下：如詩歌形式為詩歌本質確立之次要素，故糾纏於歌、樂兩者之非是也，詩中固有不押韻而佳者，然自以皎然《詩式》所謂「無鹽闕容而有德，曷若文王太姒有容而有德乎」為佳，為圓滿完美，歌之形態本即樂之外在表現形式之一種，僅有完美與否之別，而不必以舉以棄之為快也。又如「情節敘述」之最佳形態自為「細節」敘述，然整體仍見為「情節敘述」，不必兩離析之；且既以古今詩之區別之角度論之，則此種兩離析之論，無能解決審美理想更

新之現當代文學發展之一根本問題也。又如古今詩之本質區別在思想精神，不在形式，故其所謂古今詩之「本體結構」之差異，實仍爲抒情詩、敘事詩之分別，朱氏以爲「本質區別」，其誤顯而易見；且「情景結構」、「情事結構」之爲「本質區別」，亦不足以爲更新審美理想之必具要素；若「中國新詩的『情事結構』的『本體結構』表現在抒情方式上便是抒情的敘事性」之論，則又弱化敘事矣，而可見其思維仍根本大受意境理論之束縛也。又如其論「細節表現」之「三種手法」，以此路徑，則「細節」並非眞正之細節，如「神味」說理論之所闡釋者，其歸依仍取「中國古典詩詞的意境」創造，更可見其於「細節」一義體悟不夠深徹，若「意境」以「意象」（「情景」）爲主構建，而「細節」可構建爲有別於「意境」之新審美理想境界「神味」（或其他理論體系），則更非朱氏所能知者矣。又如其論重思辨，殆受西學影響使然，然此種思辨尚非文學之中思想精神之最高最上之義，必也大俗之精神，乃能當之乎！總而言之，吾國傳統詩學、西方詩學均不能解決吾國未來文藝發展之根本問題即審美理想之更新，而一切諸理論問題若不自此審美理想之更新入手，則其縱有所創新，亦均將大打折扣，僅爲點面、局部者，手、眼終低一籌，而非全局性、整體上之創新、突破、超越也。

朱氏所謂「內在律」，拙著《詩詞曲學談藝錄・卷一・五五》有論云：

> 詩之最高形式爲內在律，其外在形式則僅押韻一事，此詩之「技」之境界之極致，若與論乎「道」之境界，則必與薰染成就於世俗民生之「無我之上之有我之境」相關焉！人之內在有虛實、動靜、豐富單調之別，其表現之亦有含蓄、淋漓盡致之分，而若欲發揮內在律至於極致，則非和合諸分別，而主之以實、動、豐富、淋漓盡致不可：而以得自世俗世界之氣爲本。聚氣浩瀚，沖氣爲激，激而能宕，宕而隨我性、自然之變化而爲一定之節奏、旋律，無不豐富多彩、姿態萬千而完美也。此氣得自實際，而形態爲虛。唯其實際，故能至於浩然淵闊之境：唯其形態爲虛，乃能蓄勢待發，以成就最完美之內在律而外見之形式。故內在律之最完美之外見也，則李太白，則關漢卿，則郭沫若，總之爲雜言詩也。郭沫若《論詩三箚》嘗有論云：「詩之精神在其內在的韻律，內在的韻律（或曰無形律）並不是什麼平上去入，高下抑揚，強弱長短，宮商徵羽，也並不是什麼雙聲迭韻，什麼押在句中的韻文！這些都是外在的韻律

或有形律。內在的韻律便是『情緒的自然消漲』。這是我自己在心理學上求得的一種解釋，前人已曾道過否不得而知。」實則韓昌黎《答李翊書》早有云：「氣，水也；言，浮物也；水大而物之浮者大小畢浮。氣之與言猶是也，氣盛則言之短長與聲之高下者皆宜。」又其《送高閑上人序》論「氣」之所自：「苟可以寓其巧智，使機應於心，不挫於氣，則神完而守固，雖外物至，不膠於心。堯、舜、禹、湯治天下，養叔治射，庖丁治牛，師曠治音聲，扁鵲治病，僚之於丸，秋之於奕，伯倫之於酒，樂之終身不厭，奚暇外慕？夫外慕徙業者，皆不造其堂，不嚌其胾者也。往時張旭善草書，不治他技。喜怒窘窮，憂悲、愉佚、怨恨、思慕、酣醉、無聊、不平，有動於心，必於草書焉發之。觀於物，見山水崖谷，鳥獸蟲魚、草木之花實，日月列星，風雨水火，雷霆霹靂，歌舞戰鬥，天地事物之變，可喜可愕，一寓於書。故旭之書，變動猶鬼神，不可端倪，以此終其身而名後世。今閑之於草書，有旭之心哉！不得其心而逐其跡，未見其能旭也。爲旭有道，利害必明，無遺錙銖，情炎於中，利欲鬥進，有得有喪，勃然不釋，然後一決於書，而後旭可幾也。今閑師浮屠氏，一死生，解外膠。是其爲心，必泊然無所起，其於世，必淡然無所嗜。泊與淡相遭，頹墮委靡，潰敗不可收拾，則其於書得無象之然乎！」可見所謂內在律者，既存於古之雜言詩（其尤佳者則李太白、關漢卿及明季之民歌），而又大見於書中之狂草，他若音樂、舞蹈，皆有此境界無疑也。〔註129〕

郭氏又云：「詩應該是純粹的內在律，表示它的工具用外在律也可，便不用外在律，也正是裸體的美人」〔註130〕，皆甚中的。而總觀兩子之論，則以韓愈爲尤高。朱氏所本，蓋爲郭之論乎。然郭氏之論，若不解其論之基礎爲豪放之精神、熱烈之感情、燦爛之理想，則固不知此之所謂內在律者，猶其淺者也。故至於豪放之精神境界者，情與氣互生，而氣爲內在律之本，若僅著眼於情，則失之矣。此亦猶氣韻，氣爲韻之本也。若氣而不能至於盛大之境界，則內在律亦不可至最佳之境界。故內在律之作者，皆非大才情者不辦，皆非深浸世俗之精神而能至於「無我之上之有我之境」者不辦也。

〔註129〕于永森：《詩詞曲學談藝錄》，齊魯書社，2011年版，第112～113頁。
〔註130〕《沫若文集》（10），人民文學出版社，1958年版，第201頁。

夫文學藝術之最高境界爲詩，小說之最高境界亦爲詩，故詩與小說可以相互取長，非是言敘事而以詩離於小說之境界者也。吾國之文學史爲詩與小說之爭霸史，其關結點爲元曲，此余已多所闡述，而元曲之所以能成一代之文學，皆其劇曲之力，而能採詩與小說兩種之長之所成也。若僅以抒情之境界而牢籠敘事，是元曲之所以雅化而衰之故也。敘事詩與小說兩者敘事之區別，不在所敘之事彼歸於詩而此歸於小說，彼非詩之所宜而此爲小說所宜也，而在詩中之敘事與小說之敘事手法特異。吾國詩人以西人之史詩不甚具詩之性質者，實受歷史上以柔弱偏靜而消極之婉約爲正宗文化精神之影響，而大排斥豪放、雄壯之境界，故以爲小說之敘事非詩而非詩之所宜也。故以元曲中之劇曲爲戲曲，而不視之爲詩，大謬之矣。元曲以豪放爲本色，詞中亦以豪放詞爲最第一，詩中則以豪放爲率之李杜爲最高，可見豪放爲詩中之最高境界，若兼言體制上之因素，則元曲實爲吾國詩歌之最可能完美者也。故吾國古代最佳之敘事詩爲元曲，而此則爲朱氏所未喻。意境理論爲以非豪放爲正宗之文學之藝術境界，而元曲之藝術境界則非意境所能概，故欲突破意境理論，此其關鍵也。朱氏「情事結構」之價值在突破意境理論之「情景結構」，故是極爲難得之見，由之以進之藝術境界之探討，詩中之新境界自不待言。然以「情事結構」、「情景結構」爲古典詩詞與現代詩之本質區別則非是，僅堪爲基本區別而已矣。「中國古典詩詞的意境創造」者，乃是以抒情牢籠敘事之表現，欲反古代詩之境界而以其藝術境界爲望，根本上不可突破古代詩之徵也。且其所謂之「細節」，雖有關乎本質之心，而實則「意象」也，西人之意象理論多由吾國詩學啓發，其佳妙本不如意境，以是而進古詩之境界，可乎？如杜子美《麗人行》之作，詩中之意象，絕未若其中所寫細節之佳。西人意象理論不過兼及意蘊而見個性，非若吾國必以傳統文化之精神爲籠罩，由之以至於「無我之上之有我之境」即「大我」之境界，西人之重個性爲先，而遺「大我」，故艾略特云詩非是表達感情而是隱藏感情，即個性泛濫之糾正，而非不欲詩中有感情也。

今之詩歌欲進古詩，必由數者焉：外在形式上借鑒元曲之體制及明之民歌之長也；內在形式即內在律形成之關鍵爲具豪放之精神而積聚盛大之氣與熱烈之情，而人格境界、思想境界、精神境界至於「無我之上之有我之境」也；終極藝術境界突破意境而別出新天也；突破情景而融合事之一因素，而以細節出之也：「詩之形式，以細節爲其靈魂，表現世間所有之最飽滿、豐富、

集中、深邃者，惟細節為最能，惟詩為最佳。」〔註131〕（《詩詞曲學談藝錄·卷一·五五》）此數者有一不足，則不足以自整體上推進突破古詩而出新境界，亦甚明矣。若總一言之，則作者主體之必以不隔於現實世界之世俗民生之精神，而以細節之境界敘事，而最終成就「無我之上之有我」，以見自我與現實世界之世俗民生兩種之「神味」，而無絲毫之勉強、假借、摻雜，必如乎是者，吾國深閎偉美之最第一流之詩，乃能期也。

一二

元曲之中，獨關漢卿之劇曲最具「神味」也。王國維《宋元戲曲史》不屑明清之曲，乃自詩之眼觀準，而多有見乎文章，故有「然元劇最佳之處，不在其思想結構，而在其文章」之語。明清之曲，其結構轉勝是為事實，佳作思想亦過元人，蘊深故也，如《桃花扇》，唯人格境界、思想境界、精神境界或難越關漢卿耳！明清散曲，以漸重事趣，或有勝元之散曲也，而總之愈下而衰。獨以文章而論，統元、明、清三代之劇以觀之，能至本色一地而見爐火純青之化境，當之無愧而獨據千古者，唯一關漢卿耳！王驥德至以倖目之而欲排斥其出於元四大家之外，朱權則謂「觀其詞語，乃可上可下之才，蓋所以取者，初為雜劇之祖，故卓以前列」，似極不情願而若憫之，是二子也，直令人有笑掉大牙之虞！夫漢卿之《竇娥冤》、《救風塵》、《魯齋郎》、《調風月》、《金線池》諸劇，無不深情貫注、氣調爛熳、意出言外、神秀情性、味醇內美，極矣，不可以加矣，其文章勝《西廂記》遠甚，何元朗斥後者「脂粉」之議，固甚宜也。且《西廂記》以情節豔綺勝，若漢卿以上之作，事涉情事處卻多不留戀豔綺纏綿，而以人物之性情勝，以豪放之意態勝，活色生香，千載而下如對其面，若鶯鶯之美，則畫中好女而已矣。其人本色也，其辭又本色也，此兩之偶，實未易遘，余之所以推漢卿為元、明、清劇及劇曲中本色之唯一一人者，無不以此也。《竇娥冤》一作，尤冠絕群倫，曲辭本色而兼渾然流蕩之致，可謂極曲體體性豪放本色之極致，而臻成熟圓滿之境界，實千古僅見之觀也。如第一折〔寄生草〕云：

> 你道他匆匆喜，我替你倒細細愁。愁則愁興闌珊咽不下交歡酒，

〔註131〕于永森：《詩詞曲學談藝錄》，齊魯書社，2011年版，第110頁。

愁則愁眼昏騰扭不上同心扣，愁則愁意朦朧睡不穩芙蓉褥。你待要笙歌引至畫堂前，我道這姻緣敢落在他人後。

〔賺煞〕云：

我想這婦人每休信那男兒口。婆婆也，怕沒的貞心兒自守，到今日招著個村老子，領著個半死囚。（張驢兒做嘴臉科，云）你看我爺兒兩個這等身段，盡也選得女婿過，你不要錯過了好時辰，我和你早些兒拜堂罷。（正旦不禮科，唱）則被你坑殺人燕侶鶯儔。婆婆也，你豈不知羞！俺公公撞府衝州，掙揣的銅斗兒家緣百事有。想著俺公公置就，怎忍教張驢兒情受？（張驢兒做扯正旦拜科，正旦推跌科，唱）兀的不是俺沒丈夫的婦女下場頭！

又如〔油葫蘆〕云：

莫不是八字該載著一世憂，誰似我無盡頭。須知道人心不似水長流。我從三歲母親身亡後，到七歲與父分離久，嫁的個同住人，他可又拔著短籌；撇的俺婆婦每都把空房守，端的個有誰問，有誰瞅？

〔天下樂〕云：

莫不是前世裏燒香不到頭，今也波生招禍尤，勸今人早將來世修。我將這婆侍養，我將這服孝守，我言詞須應口。

第二折更有難得一見之絕妙文字：

〔南呂・一枝花〕他則待一生鴛帳眠，那裡肯半夜空房睡；他本是張郎婦，又做了李郎妻。有一等婦女每相隨，並不說家剋計，則打聽些閒是非；說一會不明白打鳳的機關，使了些調虛囂撈龍的見識。

〔梁州第七〕這一個似卓氏般當壚滌器，這一個似孟光般舉案齊眉；說的來藏頭蓋腳多伶俐，道著難曉，做出才知。舊恩忘卻，新愛偏宜；墳頭上土脈猶濕，架兒上又換新衣。那裡有奔喪處哭倒長城？那裡有浣紗時甘投大水？那裡有上山來便化頑石？可悲可恥，婦人家直恁的無仁義，多淫奔，少志氣；虧殺前人在那裡，更休說本性難移。

〔鬥蝦蟆〕空悲戚，沒理會，人生死，是輪迴。感著這般病疾，值著這般時勢；可是風寒暑濕，或是飢飽勞役；各人證候自知，人

命關天關地，別人怎生替得？壽數非干今世。相守三朝五夕，說甚一家一計。又無羊酒段匹，又無花紅財禮：把手為活過日，撒手如同休棄。不是竇娥忤逆，生怕旁人議論。不如聽咱勸你，認個自家悔（或作「晦」）氣，割捨的一具棺材停置，幾件布帛收拾，出了咱家門裏，送入他家墳地。這不是你那從小兒年紀指腳的夫妻，我其實不關親，無半點恓惶淚。休得要心如醉，意似癡，便這等嗟嗟怨怨，哭哭啼啼。

端的是當行本色文字，曲之文字至於此種之境界，如家常俗白之語而備見小媳婦婉曲之心事，不為之歎為觀止，其何可也！靜安所云「述事則如其口出」，元人曲家之中亦唯關漢卿一人足以當之耳。竇娥此處義正嚴辭以責其婆婆，尖新潑辣，意態別是兩樣，細細品之，不覺餘香滿口，大有神味也。此種文字，全非是意境經營之處；且漢卿之曲辭，節奏拿捏恰到好處，一句之中，一唱三歎，首尾顧盼而流動自如，句與句間復俯仰相應，氣韻相摩，意致糾葛，以成鼓蕩連綿、虛實相生之妙，兼以襯字之用也妙契，悠餘間以迫切，直若枕邊小女人之胡攪蠻纏大撒其嬌之意態，使人不由而心醉之且樂之焉！此種意態，為漢卿曲中所獨有，非僅馬東籬、王實甫輩無之而已。蓋諸人去世俗世界已遠而未得其人物性情及情事之鮮活靈動逼真之意味，空中揣摩，雖或饒趣味細緻，然終無原汁原味之浸染及鮮活驚麗、駁雜而淋漓盡致之色。如馬東籬《漢宮秋》之作，即等此弊，與漢卿刻畫當世之人與事，已隔一層，故平凡而造偉美壯麗之境界，不可期也。以文辭論亦然，如為眾所賞第三折之〔梅花酒〕之曲：

呀！俺向著這迴野悲涼：草已添黃，兔早迎霜；犬褪得毛蒼，人搠起纓槍；馬負著行裝，車運著餱糧，打獵起圍場。他、他、他傷心辭漢主：我、我、我攜手上河梁。他部從入窮荒；我鑾輿返咸陽。返咸陽，過宮牆；過宮牆，繞迴廊；繞迴廊，近椒房；近椒房，月昏黃；月昏黃，夜生涼；夜生涼，泣寒螿；泣寒螿，綠紗窗；綠紗窗，不思量！

純是依仗情思，周旋文辭，是獨自思量情景，非復面對美人矣，比之漢卿曲中之文字，不可謂不遠也。且元帝此處作態，純是女兒手眼身段，恐未副其實，猶是尋常作態文字，未見本性性情精神，不過極端搖曳耳。卻恐以文士之身心情思，化度漢元帝矣。「攜手上河梁」一語妙極，美人手攜不得，還不

興攜咱自個手也！

漢卿《調風月》、《救風塵》諸作，潑辣更勝而爛漫益至。如《救風塵》第一折：

〔那吒令〕待妝個老實，學三從四德；爭奈是匪妓，都三心二意。端的是那裡是三梢末尾？俺雖居在柳陌中、花街內，可是那件兒便宜？

〔鵲踏枝〕俺不是賣查梨，他可也逞刀錐：一個個敗壞人倫，喬做胡爲。（云）但來兩三遭，問那廝要錢，他便道：「這弟子敲饅兒哩！」（唱）但見俺有些兒不伶俐，便說是女娘家要哄騙東西。

〔寄生草〕他每有人愛爲娼妓，有人愛作次妻。幹家的幹落取些淘閒氣，買虛的看取些羊羔處，嫁人的早中了拖刀計。他正是「南頭做了北頭開，東行不見西行例。」

〔村裏迓鼓〕你也合三思而行，再思可矣。你如今年紀小哩，我與你慢慢的別尋個姻配。你可便宜，只守著銅斗兒家緣家計。也是你歹姐姐把衷腸話勸妹妹，我怕你受不過男兒氣息。

〔元和令〕做丈夫的便做不的子弟，他終不解其意；那做子弟的，他影兒裏虛脾。那做丈夫的，忒老實。（外旦云）那周舍穿著一架子衣服，可也堪愛哩。（正旦唱）那廝雖穿著幾件蚍蜉皮，人倫事曉得甚的！

雖娼妓之中而皎皎可愛，若趙盼兒者，信不虛也！余最愛潑辣之女子，使人無由而醉，其美使人眩暈，使人不能抵抗者也！娼妓以身持其生者也，爲三教九流之最苦者，世恆不人之，我則曰其甚可佩甚可敬可愛之人也！唯處惡至於不能再加，而其性情之潑辣爛漫若是，而其美足以令人眩暈也。漢卿之曲辭，可謂本色之至，如美人之浴，令人目不暇接而悠然心醉也。又第二折有云：

〔商調·集賢賓〕咱這幾年來，待嫁人心事有。聽的道誰揭債，誰買休。他每待強巴劫深宅大院，怎知道摧折了舞榭歌樓。一個個眼張狂，似漏了網的遊魚；一個個嘴盧都，似跌了彈的斑鳩。御園中可不道是栽路柳，好人家怎容這等娼優？他每初時間有些實意，臨老也沒回頭。

〔逍遙樂〕那一個不因循成就？那一個不頃刻前程？那一個不

等閒間罷手？他每一做一個水上浮漚，和爺娘結下不廝見的冤仇，恰便似日月參辰和卯酉，正中那男兒機彀。他使那千般貞烈，萬種恩情，到如今一筆都勾。

王國維所云之「自鑄偉辭」，以我觀之，元、明、清劇中唯漢卿一人足以當之也。其言全由心擬而不蹈故常，得俗之力而姿態爛漫，以成此美，不樂在意境籧下久呆也。似此種大俗大雅之文字，即《紅樓夢》亦未到得，金庸說部雖有會心，而仍不若。若《調風月》，則益潑辣而見神味，如第二折：

〔耍孩兒〕我便做花街柳陌風塵妓，也無那則忺過三朝五日。你那浪心腸看得我忒容易，欺負我是半良半賤身軀。半良身情深如你那指腹為親婦，半賤體意重似拖麻拽布妻。想想在今日，都了絕爽利，休盡我精細。

〔五煞〕別人斬眉我早舉動眼，道頭知道尾。你這般沙糖甜話兒多曾吃。你又不是殘花醞釀蜂兒蜜，細雨調和燕子泥。自笑我狂蹤跡。我往常受那無男兒煩惱，今日知有丈夫滋味。

〔四煞〕待爭來怎地爭？待悔來怎地悔？怎補得我這有氣分全身體？打也阿兒包髻真價要戴？與別人成美況圍衫怎能勾披？他若不在俺宅司內，便大家南北，各自東西。

〔三煞〕明日索一般供與他衣袂穿，一般過與他茶飯吃，到晚送得他被底成雙睡。他做成暖帳三更夢，我撥盡寒爐一夜灰。有句話存心記：則願得辜恩負德，一個個蔭子封妻！

〔二煞〕出門來一腳高一腳低，自不覺鞋底兒著田地。痛連心除他外誰根前說？氣夯破肚別人行怎又不敢提？獨自向銀蟾底，則道是孤鴻伴影，幾時吃四馬攢蹄？

〔尾〕呆敲才、呆敲才休怨天：死賤人、死賤人自罵你！本待要皂腰裙，剛待要藍包髻，則這是折桂攀高落得的！

數曲連下排場，煞是佳妙，而燕燕之一形象，何其可愛也！直與《西廂記》中之紅娘，恰是一對天真爛漫人也！關漢卿劇中之妙處尚多，此不煩舉矣。後世好雅化實迂腐之君子，每欲排擠漢卿，可謂蚍蜉撼大樹，狂悖而可笑不自量也！如此等文字，神味淋漓而爛漫，實已至於漢語文字之極致，可謂吾國之驕傲，淺人豈足以知之哉！王國維謂之「元曲之佳處何在？一言以蔽之，曰：自然而已矣。古今之大文學，無不以自然勝，而莫著於元曲。……其文

章之妙，亦一言以蔽之，曰：有意境而已矣。何以謂之有意境？曰：寫情則沁人心脾，寫景則在人耳目，述事則如其口出是也。」猶以「自然」、「意境」爲目，奚足以盡之哉！元曲豪放之本色，乃必如此，方稱當行。「意境」、「境界」陣營之中，豪放本非主流之意蘊，而此等豪放潑辣、閎美淋漓之文字，若有道及，則孰能念及豪放邪？而非豪放不足以名其大美也！〔註132〕

今日觀之，世人往往以《西廂記》爲元曲最偉美之作，可謂混淆是非，雖然尚未至於黑白不分也。關漢卿之於王實甫，恰如魯迅小說之於他人之長篇小說，每令人有不能作爲長篇之憾，若魯迅自有其特殊之時代、個人背景，若關漢卿則純爲時代即元曲初期之發展所囿，而不得盡施展其手腳也。若以敘事之豐富多彩而言，自是長篇佔有無可爭議之優勢，此文體體制使然，然亦未必短篇之精彩必遜於長篇，則關漢卿、魯迅之謂也！兩子之作皆以「神味」勝，其神味淋漓之細節之飽滿之精彩，後人鮮有能窺見者也。關、魯兩子之作之神味，灌注於細節之境界而以「無我之上之有我之境」勝，宜乎爲千古之極則，而後人思想精神之力量有遜於此，安能追蹤邪！〔註133〕《西廂記》一書，往往有推崇至高者，如郭沫若云：「元代文學……總要以《西廂記》爲最完美，最絕世的了。《西廂記》是超過時空的藝術品，有永恆而且普遍的生命。《西廂記》是有生命的人性戰勝了無生命的箝教的凱旋歌，紀念塔。禮教是因人而設，人性不是因禮教而生。禮教得其平，可以爲人性的正當發展之一助，不能超越乎人性之上而狂施其暴威。男女相悅，人性之大本。種族之蕃演由是，人文之進化亦由是。……同是反抗舊禮教的作品，《西廂記》的態度更膽大，更猛烈，更是革命的。……《西廂記》所描寫的是人類正當的性生活，所敘的是由愛情而生的結合，絕不能認爲姦淫。」〔註134〕（《〈西廂記〉藝術上的批判與其作者的性格》）以郭沫若早期豪放之精神而能爲《女神》之大聲鏜鞳，而元曲之本色又爲「豪放」，其所以注目《西廂記》之獨美而不

〔註132〕本節以上內容已錄之拙著《詩詞曲學談藝錄》卷一第一六則（齊魯書社，2011年版，第31～38頁）。

〔註133〕魯迅文學作品昭示「神味」之爲新審美理想藝術境界，而鮮明有異於吾國傳統文藝之審美理想藝術境界「意境」。如其雜文，迄今無人能望其項背而高出世間甚多者，無不在其思想精神蘊含之見爲「九度」之文字，而「神味」淋漓盡致也。如其小說，如《阿Q正傳》、《狂人日記》、《藥》、《孔乙己》、《祝福》、《傷逝》諸傑作，均「神味」特出而深厚，而文字又足以副之。如其《野草》、《朝花夕拾》，亦有多篇爲「神味」特出之傑作。

〔註134〕《沫若文集》（10），人民文學出版社，1958年版，第187～188頁。

及關漢卿，蓋《西廂記》除已佔長篇之優勢外，尚有愛情之因素。愛情之事為人人所嗜好，此中外攸同之理，吾國之愛情往往為喜劇之結局籠罩，而喪失其一部之力量，而所與對比之關漢卿，其《救風塵》、《竇娥冤》皆敘下層之事，較之下層民生之眾，尤熟悉其生活生存之情形，而喜好異於其生活生存之別一種情形、境界，亦屬必然，故《西廂記》又占一機也。如《竇娥冤》之作，雖寫悲劇為勝，不能挽回整體之平衡也。郭沫若之為此論，不注目於以豪放為勝之關漢卿雜劇，卻用心於《西廂記》不以豪放為最勝之作，乍看似乎不解，深而究之，則其文又謂王實甫乃寫其理想中純正之愛情，因「鉗束與誘惑」而被逼成「變態性欲者」，故《西廂記》一書實蘊涵「色情」之動機，而考郭沫若之生平，廣而及其早年所從之創造社諸子之作，實皆以此勝，與王實甫正可謂同病相憐，故能窺破其色情之動機，所謂輕車熟路也。故其論實非公正，即西人亦未置《西廂記》於元曲最高之處而唯一之，如美國大百科全書唯論其文比之華美之無與倫比，價值之評價則云為元曲最著者「之一」，雖謂之「最具代表性」，然最具代表性與元曲之最高境界，固非同也；法國大百科全書但云篇幅最長，為「浪漫主義傑作」；蘇聯大百科全書則並列《竇娥冤》、《西廂記》、《漢宮秋》；惟日本大百科事典評之為元曲之「最佳作品」，則未出東方優美境界之狹隘範圍之眼光者也。文藝之成就，雖往往以綜合整體論，但最高境界之評定，則必於最關鍵之一因素相關，具此一最關鍵之一因素，則可與於最第一流之境界，否則則不可也。而元曲之最關鍵之一因素，非篇幅之長短，敘事之內容、題材、體裁，而當以元曲之何以成為「一代之文學」之核心因素觀之，則「豪放」為元曲之本色而已耳！「豪放」之相關義，則元曲之極通俗也，則不以意境為最勝（意境之為最勝，乃雅文學之本事，尤為詩詞之本事，曲則俗文學也），而以「神味」為最勝，故《西廂記》絕非元曲最為當行本色之作（何良俊《曲論》具眼），大推崇之自無可議，然不可措置其於元曲之最高境界處。唯本色之作，乃能與於元曲之最第一流境界，以此論之，則《西廂記》尚不如杜仁傑之〔般涉調・耍孩兒〕《莊家不識勾欄》與睢景臣〔般涉調・哨遍〕《高祖還鄉》兩作，雖然後兩者僅為套數之小篇幅也。元曲四大家之變遷，亦可見此中消息。沈德符《顧曲雜言》有云：「若《西廂》，才華富贍，北詞大本未有能繼之者，終是肉勝於骨，所以讓拜月一頭地。元人以鄭、馬、關、白四大家而不及王實甫，有以也。」何良俊《曲論》云：「元人樂府稱馬東籬、鄭德輝、關漢卿、白仁甫為四大家」，

而嫌「《西廂》全帶脂粉」，以鄭為先。王國維《宋元戲曲史‧元劇之文章》則云「元代曲家，自明以來，稱關馬鄭白。然以其年代及造詣論之，寧稱關白馬鄭為妥也。關漢卿一空倚傍自鑄偉辭，而其言曲盡人情，字字本色，故當為元人第一。」〔註135〕王國維為近代開拓元曲之第一人，雖其以觀之眼光尚拘於意境之一舊理論，然於元曲之新境界非意境所能涵蓋已有覺，其論關漢卿為第一，固不易之論！元曲四大家本無王實甫，不過後來居上，突過除關之外之其他三家，則綜合整體之成就及影響使然，四大家中自宜有其位置，但去何人亦不甚合理，自可並而稱之為「元曲五大家」可矣，不必四平八穩也。

曲之賓白，若不重之，甚是無理。蓋雜劇、傳奇雖以曲名，而其本意卻在敷演故事、組構情節，雜劇且以四折為制而容量特小〔註136〕，未宜於文人自由之發揮，益當利用一切諸成分以完美之，而曲辭之作畢竟有許多束縛，不能盡情聲態、盡意細節，以白為補，庶得相互穿插、呼應、襯托、照顧之妙，得虛實互用之致，奇正相間而輻輳淋漓盡致之眾美，如主尚須婢，張生、鶯鶯須一紅娘，而人物之佳美不必以身份地位論而固應有所參差，則運用之妙，反掩曲辭之上而為喧賓奪主之勢，以曲本詩與小說之妥協，而賓白較親近於小說故，宜成斯效而使曲大增其異彩焉！沈德符《顧曲雜言》云：「梅禹金《玉合記》最為時所尚，然賓白盡用駢語」，賓白而用駢語，豎子迂生之不悟曲之體制竟至如此，直令人哭笑不得也！雜劇之前期或不重之，觀關漢卿《哭存孝》、《救風塵》、《金線池》、《謝天香》等劇，賓白皆甚敷衍，而去佳境甚遠；《竇娥冤》則尚可交代。《西廂記》之異彩非獨賴其曲文，其勝亦在賓白，賓白佳因以見人物之美，以余觀之，其賓白之點染或勝其曲辭，以賓

〔註135〕王國維：《宋元戲曲史》，上海古籍出版社，1998年版，第103～104頁。
〔註136〕梁啓超《飲冰室詩話》云：「希臘詩人荷馬（舊譯作和美耳），古代第一文豪也。其詩篇為今日考據希臘史者獨一無二之秘本，每篇率萬數千言。近世詩家，如莎士比亞、彌兒敦、田尼遜等，其詩動亦數萬言。偉哉！勿論文藻，即其氣魄固已奪人矣。中國事事落他人後，惟文學似差可頡頏西域。然長篇之詩，最傳誦者，惟杜之《北征》，韓之《南山》，宋人至稱為日月爭光；然其精深盤鬱雄偉博麗之氣，尚未足也。古詩《孔雀東南飛》一篇，千七百餘字，號稱古今第一長篇詩；詩雖奇絕，亦只兒女子語，於世運無影響也。」（《梁啓超全集》卷18，北京出版社，1999年版，第5297頁）此論殊有見地，惜乎吾國古代詩歌之終不悟此也，若非明清小說能以崛起，長篇湧現，則文體巨大容量之一至關重要問題，幾乎為吾國古代文學所錯過矣。

白得本色之妙而曲辭已稍雅化也。得於本色，故能點逗不拘而饒有神味。稍雅化，則去事理意趣之真活力隔一層，而多戀棧意境也；王世貞《曲藻》摘其「數條，他傳奇皆不能及」，則「東風搖曳垂楊線，遊思牽惹桃花片，珠簾掩映芙蓉面」也，「手掌兒裏奇擎，心坎兒裏溫存，眼皮兒上供養」也，「他做了影兒裏情郎，我做了畫兒裏愛寵」也，「昨夜個熱臉兒對面搶白，今日個冷句兒將人廝侵」也，王驥德《新校注古本西廂記》評語云其「至類舉數十語以為白眉，特未得解」，即甚具眼，而知此種句固不足以厭足人心而為最第一之文學境界也，然驥德不滿之由，竊恐正在此而非「《西廂》諸曲，其妙處正不易摘」矣。如賓白之妙，豈宜指謫。關漢卿雜劇之賓白，亦有極佳者，稍拈數處以見其妙。如《竇娥冤》第一折張驢兒云：「我們今日招過門去也。帽兒光光，今日做個新郎；袖兒窄窄，今日做個嬌客。好女婿，好女婿，不枉了，不枉了。」孤芳自賞，益見無賴流氣嘴臉，然文字卻不俗，聲口大是宛然。又如《蝴蝶夢》楔子：

> ……（王大云）父親、母親在上，做農莊活有甚好處？您孩兒「一舉首登龍虎榜，十年身到鳳凰池」。（李老同旦云）好兒，好兒！（王二云）父親、母親，你孩兒「十年窗下無人問，一舉成名天下知」。（李老同旦云）好兒，好兒！（王三云）父親在上，母親在下。（李老云）胡說！怎麼母親在下？（王三云）我小時候看見俺爺在上頭，俺娘在底下，一同在床上睡覺來。（李老云）你看這廝！……

又第二折：

> ……（正旦跪科）（包待制云）兀那婆子，將你第二的小廝償命，怎生又說我葫蘆提？（正旦云）怎敢說爺爺葫蘆提？則是第二的小廝會營運生理，不爭著他償命，誰養活老婆子？（包待制云）著大的償命，你說他孝順；著第二的償命，你說他會營運生理。卻著誰去償命？（王三自帶枷科）（包待制云）兀那廝，做什麼？（王三云）大哥又不償命，二哥又不償命，眼見的是我了，不如早做個人情。……

又第三折：

> ……（王三云）饒了我兩個哥哥，著我償命去，把這兩面枷我都帶上。只是我明日怎麼樣死？（張千云）把你盆弔死，三十板高牆丟過去。（王三云）哥哥，你丟我時，放仔細些，我肚子上有個癤

子哩！（張千云）你性命也不保，還管你什麼癤子！

此處閒筆，亦同《水滸傳》第五十四回寫李逵將下枯井救柴進時云：「我下去不怕，你們莫割斷了繩索」之處之妙，王三雖以戲謔癡憨出之，亦一大妙人。本折〔滾繡球〕曲寫王三被「打的個遍身家鮮血淋漓」，連用二語粗話入曲，亦開天闢地以來所僅有。《紅樓夢》中薛蟠粗口，則甚無聊子弟沒教養自甘下流之墮落面孔聲態。如關漢卿此等妙處固不宜提倡，然亦是一種自家風景，未有之未免滋味不足，曲之俗之味雖不盡見於是，而有也。

關漢卿之眞本事在劇曲，而非散曲，其散曲不若其劇曲也。如〔雙調·碧玉蕭〕《失題》有句云：「他，困倚在秋韆架。」一「他」字一頓挫，有無限之意態韻味。似此者，詩詞之體制莫能有也，然其揣摩猶準意境——又如蘭楚芳之〔雙調·折桂令〕《相思》（「可憐人病裏殘春」），若其〔南呂·四塊玉〕《風情》（「我事事村」），便已入「神味」之境界。故吟詠景致以寄託情思，妙在含蓄而憾在於隔，以眞、美爲的，此意境之事；若因事理以揭意趣而見人物之性情，託諸細節，妙在以最佳之力量姿態而盡意達趣出味，全無故作扭捏、粉飾之隔與虛僞，而以見發展中之人物，而融洽乎自我及表現現實、民生，意在擺脫、脫棄一切諸外物之束縛而歸於愛人，愛人之一切諸眞、一切諸美、一切諸善而毫無牽強矯合而合乎我之內美，猶蛹化爲蝶而別孕絢豔，蜜中之花，更造神奇，此一「無我之上之有我之境」者，則神味之事也。若臻神味之境，在詩詞則以豪放，豪放之極曰爛漫，曰淋漓盡致，其表現爲完全之忘物忘我，其薰染人爲完全之陶醉銷魂，而不由自主，心甘情願，此與王國維《人間詞話》所云之「無我之境」，以平和沖淡爲心爲情，大以異也。若元曲，其尤絕佳者則賦其色以豪放之駢枝，曰潑辣也。豪放之精神及意致，古之詩詞中多有，若潑辣，則必待盡情以表現人物（尤其見於性情）而可見，其徵必將大鑒於小說，而與小說之體制發展相關係，而元曲爲詩詞與小說爭霸相妥協、扭曲之產物，則其染色潑辣而能表現創造人物，亦順理成章矣。曲之潑辣，有兩種色。一則文字之潑辣，此源於作者之趣之豪放，文字之純熟；一則人物之潑辣，性情、精神之潑辣，令人睹其容貌聲色，而自喜愛嚮往之不勝。兩者融合而完美，必俟元曲也，而觀曲之歷史，仍不能不以此種之作甚少爲憾也！

關漢卿又有以趣味勝者，如〔大石調·青杏子〕《離情》結末有云：「對著盞半明不滅的孤燈雙眉皺，冷冷清清沒人瞅，誰解春衫紐兒扣。」「誰解春

衫紐兒搊扣」一語，若是女子自道，便有無限旖旎之風味也！「趣」亦吾國文學中之一致，明清文學尤然，乃魏晉以來士人格調之深化、豐富，然仍嫌止於表面，而不能與其人格、思想、精神直接相關，或即相關而不能大，不能深，更無論有關於世俗民生者矣。若不關於世俗民生，則世間一切諸事皆不能至於「深閎偉美」之境，文藝亦然。若不關於世俗民生，則吾國傳統文化中「大」之一最高境界，始終難以臻致。故趣也者，實乃士人思想精神中雅致之表現，多偏於細枝末節，與日常之生活相關，品之未嘗不佳，但深味之，亦無多也。此種之境界，即屬優美之範圍，我性之磅礴恢弘、氣與情之相激相成之壯美境界，不可期焉。

關漢卿〔南呂・一枝花〕《不伏老》一曲，久銜盛名而為人津津樂道，實則由其詞以見其人則見本色，獨論其詞則本色一步亦未便到，通篇觀之，雖意趣奇崛戲謔而淋漓盡致，然尚未至「神味」之境界，非曲中上上之作又奚疑焉。蓋漢卿之曲，善於表現人物及事理意趣，而不善於表現自我，其散曲猶是寄意情思之境界，而見自我之性情處，亦止是小我，當不得大我豪放之境界。此曲雖性情如畫，然似對鏡獨坐，鏡外之漢卿揣摩鏡內之漢卿，猶戲劇人物耳。「打馬藏鬮」、「玩的是梁園月」之類，雖繫事件而非細節，故乏神味。細節者，足以見性情者也，尤足以見大我豪放之境界者也。若《贈珠簾秀》一篇，猶在創造意境之範圍，雖語涉雙關，然不及南北朝之南朝樂府民歌及詩人中如劉禹錫《竹枝詞》之「東邊日出西邊雨，道是無晴還有晴」之類，其味頗遜色，亦不見其潑辣所在。竹枝詞一體甚佳，惜詩人少有所採，未注其目於世俗民生故也。梁任公有《臺灣竹枝詞》數首，其佳者如「韮菜花開心一枝，花正黃時葉正肥。願郎摘花連葉摘，到死心頭不肯離。」此種之詩不以經營意境為事而蘊思達趣，直逼「神味」之境界，唯外在之潑辣爛漫之姿態有所不足耳。余昔讀書濟南日，亦嘗作《濟南竹枝詞》數首：「探妹情郎蜜樣甜，春風楊柳解纏綿。紅塵無那多情者，偷閒小聚別有天。」「饃夾肉時肉限饃，肉貼饃時饃限肉。饃有肉隔味恰好，郎妹相隔各各瘦！」「春雨淅瀝腳沾泥，行人撐傘各東西。無傘羨傘盼雨小，有傘獨行盼人依。」「古木蒼蒼其幾圍，秋風颼颼葉紛紛。阿哥阿妹年正少，相限相抱若無人。」「母女皆俊看其女，烤肉攤旁我任薰。『看啥看？』『俺不好看？』欲嗔又笑醉我心。」民歌既經文人雅化，思致或不減，情味亦勝，而活力則遜，姿態亦無復爛漫無拘矣。若能由之向上，以世俗民生為最關注，而寄託為細節，則可望得乎

神味，詩有待乎此而爲開拓，必有可觀也。

關漢卿之散曲，以今所存者觀之，佳者甚少，除〔仙呂‧一半兒〕、〔南呂‧一枝花〕《不伏老》及《贈珠簾秀》數作外，他者無甚足道，即此數作，亦未至最第一義處。明朱權《太和正音譜》評其如「瓊宴醉客」，「觀其詞語，乃可上可下之才，蓋所以取者，初爲雜劇之始，故卓以前列。」雖不足以爲然，而有由矣。其雜劇之作近七十種，多產未免良莠不齊，未若專精數種以盡善完美，一劇僅四折之體，亦有所限之使然也。吾人之論漢卿，乃自其最佳處以觀，亦即存「蓋所以取者」之意，非僅以其「初爲雜劇之始」而拔出以尊之也。故其散曲未爲最佳是爲實情，而雜劇之有絕佳處而非諸人所及亦非虛妄之論，況文詞而外，人格境界、思想境界、精神境界更出勝而宜論焉！或云「故『可上可下之才』，實可釋爲上則可作案頭欣賞，下則可供構肆上演」〔註137〕，存賢之心昭然，原理之情卻固矣。朱氏之語前後意爲轉折而非順承，後釋前所云本不該取而取之之原因，意甚明析。今人多有論關漢卿之思想而見紛紜，其昧處有二。一則文學之成境可優劣以之，思想境界僅其始因。又則諸人爲研究散曲故，力求襃散曲而龐雜其學，大有排雜劇而隱然以散曲鼎足詩、詞之意，極力誇飾散曲作者之成就，坐井夜郎，學者其心而初未有大文學之眼光也。大文學之眼光曰何？置之文學各體之苑囿及吾國文學之傳統以衡之焉。以此而論，元散曲之全部，亦未若一部《西廂記》也。《西廂記》足以爲吾國文學之經典，李杜詩、蘇辛詞亦是，而散曲不足爲然也，必作如是觀，而能於散曲之研究評價持公心也。如趙義山《元散曲通論》以貫雲石與馬東籬相提並論，云貫當時在曲壇之地位遠高於馬，爲眞正領時代風騷之「曲狀元」，以散曲而能博此名，亦甚過其論矣！〔註138〕且貫之與馬之比較，獨以文學論之邪？貫本有可觀之才，東籬曲縱佳，社會地位卻遠不足以相比較於貫而游離於統治權貴之層次外，此乃眞正決勝負之原因耳！此外元曲之初重本色，而重俗活辣烈之姿味，貫之曲雖不足以由之向上而至「神味」之境界，然路正則有其可能而可嘉，若東籬一路則始終未能極其本色，成就雖稍高而終於文學之最高境界不可企及而無其可能，若曲雅化以後，則貫亦未爲文人作如是之尊崇矣，此則又一不可忽視之原因也。

〔註137〕周貽白：《中國戲曲發展史綱要》，上海古籍出版社，1979 年版，第 302 頁。
〔註138〕趙義山：《元散曲通論》，上海古籍出版社，2004 年版，第 258 頁。

　　關漢卿劇曲之出色，實由於雜劇之體能突破單純之曲即散曲及小令抒情或敘事未能淋漓之局限，而尤由於其人生境界中關注世俗之現實世界之社會民生之「豪放」之精神也。此種「豪放」之精神之眞精神在於其於現實世界之態度，現實之爲非美非善非眞矣，故其精神中不可能不有激烈之思想及熱烈之感情，而以「豪放」之形式及精神出之，此即元雜劇之曲之能事者矣！觀田漢所作之話劇《關漢卿》，而後乃可知此種深具「豪放」之精神之素質，在元人中唯關漢卿爲能而且若是之特出也，他人之皆未能有所及也，甚則未能有有之之念想也。若是之故，則關漢卿劇曲之能特出於其散曲及小令，亦屬必然矣。田漢之作可謂深得漢卿此種「豪放」之精神，而尤見於以人爲最第一之價值而無容非議，任何之價值之於人而爲比也，皆退居次要之地位，此種之思想精神，乃即非功利待人之精神，乃即「豪放」之眞精神也！田氏之作，於漢卿爲大有功矣，唯一可惜者則田漢劇中所及之曲如《蝶雙飛》及《沉醉東風》二曲，雖有所依據，而實未能追蹤漢卿之作之出色，去元曲之本色之境界，尚大有間。常人或不以此爲恨憾而無覺，而吾人之特爲崇元曲之眞本色者，則不得不苛求田漢如此也，望其稍有所諒之者焉！然其終撮合關漢卿、朱簾秀爲一圓滿之結局，足以大快人心，雖二人地下有知，亦且無異議也。

　　元曲中之關漢卿，唯其作乃皎皎乎以精神境界勝也，以其事瑰美激烈，深情搖曳而哀集現實世界之大美也，如《竇娥冤》、《救風塵》、《魯齋郎》諸作，若非精神境界之炫美異常，安得有此等之作！曲以媚俗也，而貴族官僚皇室宗戚逞財炫勢者，本欲取樂，則孰而悅此等悲戚刺露之作哉！細民流俗身處其境矣，稍得補償者，才子佳人之情事固出勝，而情愛又本人間之一大異彩，此《西廂記》之所以傳之久遠而關曲之不易流傳之故也。似此種精神境界極高之作，其漸趨滅亡不亦宜哉！體制與精神境界二事交攻之，則元曲之亡也必矣！

　　夫精神境界與心境，有所異也。梁任公《惟心》云：「境者心造也。一切物境皆虛幻，惟心所造之境爲眞實……『月上柳梢頭，人約黃昏後』，與『杜宇聲聲不忍聞，欲黃昏，雨打梨花深閉門』，同一黃昏也，而一爲歡愍，一爲愁慘，其境絕異。」〔註139〕其果然邪？物境之於心境，決定之也，其先則「氣之動物，物之感人」（鍾嶸《詩品序》），其次則欲形諸文字，而取其情之所近

〔註139〕《梁啓超文集》，北京燕山出版社，1997年版，第520頁。

以形容之、涵詠之，固不能違物境之本原者。其情之蘊，自然風景之影響未若其人生之際遇，由情以造境，因興以擇象。而「月上柳梢頭」與「杜宇聲聲不忍聞」，烏得云同一黃昏也？境與心合以發其情，心境之真，當謂其不違物境，由擇物境以應我心之義，其所造境徒扭捏於景致情思之間，此爲心境而非精神境界也。況文學中之表出者，本爲已然之心境、物境，此一心境之形成，乃由其他物境之諸因素感染主體而成者，然後因此一心境之主導而擇意象以表出之，換言之，其所擇之意象必爲能見其心境者，故意象之異即心境之不同，故心境之歡愍、愁慘，與「同一黃昏」無涉也。

　　凡世界萬物，咸各有其境界，心境之爲義狹矣。若文學中之意境，則又更狹。唐之皎然《詩式·辯體有一十九字》云：「靜，非若松風不動，林狖未鳴，乃謂意中之靜。遠，非如渺渺望水，杳杳看山，乃謂意中之遠」，此心境也。心境主於靜〔註140〕（其中之動爲虛幻之靈動）；若精神境界，則又狹於意境，而主於動。蓋心境乃既往之積澱、結晶或昇華，爲一靜態之領悟而於未來之世不甚關涉，應之以文學，則乏現實世界之色彩與世俗之神味者。要之，心境之著眼在由人以及我，所謂自家景致，外人不易領會。若精神境界，就其尋常內涵言之，則爲主體思想精神所能達致之程度、層級，若「神味」一義之所謂精神境界，則主體思想能入於「無我之上之有我之境」者，而著積極之色彩、理想之色彩，爲現實世界之折射及其美之淵藪之所萃，非徒然爲心境，故主於動。王國維《人間詞話》所云之「境界」，乃即心境，如「採菊東籬下，悠然見南山」、「昨夜西風凋碧樹，獨上高樓，望盡天涯路」、「眾裏尋他千百度。驀然回首，那人卻在，燈火闌珊處」，率即皆心境而非精神境界。蓋精神境界由「無我之上之有我之境」而來，又常與人格境界、思想境界相包孕。心境與精神境界之關係，一語以蔽之：「爲我」（或「獨悟」）則是心境，若及於「爲人」，便進於精神境界矣。〔註141〕應之以詩，如陸放翁之「小樓一夜聽春雨，深巷明朝賣杏花」（《臨安春雨初霽》），此心境也；若「零

─────────────────

〔註140〕「意境」中之「意」，較之「境」爲動，「境」所以主靜者，以一定境界之形成，非暫時之態勢者也；「意」本可大動，然吾國文藝之中，往往以「境」爲主，「意」往往亦指歸於「境」，且「意」往往爲吾國傳統文化意蘊之共性共態者，久而久之則動態亦爲之制，而見爲惰性矣。

〔註141〕若王國維《人間詞話》所例三境，自第一境至第三境之逐次而升者觀之，亦可謂之一種之精神，然此精神與精神境界，尚大有別，蓋精神境界必根本於主體之思想，而非僅主體泛泛之黽勉刻苦也。

落成泥碾作塵，只有香如故」（《卜算子》），因有背景且熱辣馨麗，彰顯丰體之於世俗之思想、個性，則是精神境界也。李易安之「雁字回時，月滿西樓」（《一翦梅》）、蘇東坡之「歸去，也無風雨也無晴」（《定風波》、柳屯田之「繫我一生心，負你千行淚」（《憶帝京》），心境也；元管道昇《我儂詞》（「你儂我儂，忒煞情多」），便是精神境界之色彩矣！縱觀吾國古代文學，雖以「意境」稱勝，如王、孟、柳、韋恬淡幽逸、灑脫空靈之作者，其實只到得心境一步而鮮突出於精神境界。若屈子、鮑照、李杜、蘇辛、關漢卿，則常能以精神境界擅勝，其作每有積極樂觀、自由爛漫之色，亦唯有此種精神境界，乃能臻致豪放之境界，即唐宋元詩詞曲之最高境界者矣。文藝（或人生境界）之以心境為主而擅勝者則得意境，以精神境界擅勝者則越意境而得神味，貌似合而神其離也。〔註142〕得此一線索以觀吾國之文學，則心目頓豁然開朗矣！

　　心境由物境而得，而物之境之在吾國文學，乃早浸染人格人情之美，謂之比德，暢神益進，因心之異以觸，心靈但加淘汰，自我性情間接以得，故常呈淡極、靜定之色，而求得入乎超脫淡然、優游從容之境界，如蘇東坡《定風波》詞雖極心境之高妙，然不甚能於精神境界也。古人談藝每以格論，即由心境著眼。若精神境界之為物，由個性之超拔卓異而浸染理想之色彩，欲存美而斥乃至改造非美，與心境之受吾國傳統文化消極、平和思想之影響而迴避社會矛盾、我性之痛苦，而乏積極改造非美非真非善之心，固大差也！梁漱溟《東西文化及其哲學》所言中、印、西三者人生之三路向，吾中國往往「遇到問題不去要求解決，改造局面，就在這種境地上求自我的滿足」〔註143〕，即心境及意境之所本也！凡精神境界之高者，無不積極以觸世俗之現實世界，具性情、人格、思想之大美，而又本諸天然之真趣純味，故其之作恆欲超脫於一切諸束縛之外，以求豪放爛漫之自由深情之境界，此種之文藝，若以「意境」裁之，豈非削足適履邪？故心境之與精神境界，亦即「意境」與「神味」說理論之分疆處也。

〔註142〕心境之與精神境界，亦往往糾纏焉，此不過言其異耳，以由其異，乃能見「意境」、「神味」兩古今審美理想理論之不同也。
〔註143〕梁漱溟：《東西文化及其哲學》，商務印書館，1999年版，第61頁。

一三

　　湯、沈文詞格律之爭，皆皮毛所關，王驥德《曲律》論家數有云：「大抵純用本色，易察寂廖；純用文辭，復傷琱鏤。」「作曲者須先任其路頭，然後可徐議工拙。至本色之弊，易流俚腐；文詞之病，每苦太文。雅俗深淺之辨，介在微茫，又在善用才者酌之而已」，欲為調和，而實不知二者本不能調和。蘇東坡以「辭達而已矣」（《與王庠書》：「孔子曰：『辭達而已矣。』辭至於達，止矣，不可以有加矣。」）為極致，蓋本色之極，亦即文辭之極，於最高境界處，乃一體兩觀，降而以論，品斯下矣。無能與於此極致，乃徒用心於文辭耳。「易流俚腐」本庸者之所為，即已非本色，以果究因，猶兒嫌母醜也！實則其中微妙，兩者關焉。一則本色必本乎性情，而以樸美為基、天真為趣，以臻本色之爛漫，本色即神味爛漫之境界，極矣至矣，初非所謂以聰明機巧而能得之也，至於本色，亦即至於平凡而造偉美之境界，為平常心故，而能以極靜覷極動，而領悟擷取極動之美，以至本色。〔註144〕且能持其真性情者，必能以人為最第一之價值，而直面現實世界之世俗民生，故本色非徒文辭之謂，而與無佳美之性情者絕緣。故真正本色之文字，必為作者精神姿態之所見，其姿態之何如，無可掩抑也。一則雅、俗之辯，世人皆莫得其要領而自文字上求之，誤亦甚矣。蓋由以上所言之第一因衍易以生雅俗，本色則泯二者之界分而呈大俗大雅之境界，大俗大雅亦「神味」一義一隅之觀也。大俗，下所以接現實世界之真、善、美及活力之力量也；大雅，上所以自然而入於化工之形式而不事雕琢，而又使此形式得以完美保存其質之活力者焉。二者無時不交流互動以達天致、物態、人趣、人情、世味，不知其何以至而又不得不至自然而然以至者也。若徒際雅俗而不知其所喻者乃第二流義，好文詞之瑰麗優美而失其活力，土已至膝矣！腐朽之氣味已不可改矣！《曲律・雜論》云：「《西廂》組豔，《琵琶》修質，其體固然。何元朗並訾之，以為『《西廂》全帶脂粉，《琵琶》專弄學問，殊寡本色。』夫本色尚有

〔註144〕「神味」說理論亦極重「本色」，如拙著《新二十四詩品・本色》：「不慣虛套，老未失真。與花獨語，以竹為鄰。物我一體，何貴其身。避惡不及，鋤草成頻。我行我素，任舌紛綸。其為則也，無損於人。」《後二十四詩品・本色》：「性好飲酒，腰懸麗劍。臨波照影，波色激灩。攘攘以利，心實深厭！情衷世俗，必用針砭。微鱗出水，蛟龍或潛。人乎人乎，最第一念！」（于永森《詩詞曲學談藝錄》，齊魯書社，2011年版，第297、303頁）

-129-

勝二氏者哉？過矣！」此問將措關漢卿何地，而知其未嘗得悟本色之三昧。又云：「當行本色之說，非始於元，亦非始於曲，蓋本宋嚴滄浪之說詩。滄浪以禪喻詩，其言：『禪道在妙悟，詩道亦然。惟悟乃爲當行，乃爲本色。』」追蹤淵源於嚴滄浪，而不知嚴氏說在詩中本非第一義，故滄浪貌推李、杜而實遊心王、孟，則王氏之言本色屢嫌不中其的，又何怪哉！又《新校注古本西廂記》所附評語云：「元人稱『關鄭白馬』，要非定論。四人漢卿稍殺一等。第之，當日『王馬鄭白』，有幸有不幸耳」，以「幸」目漢卿，直令人笑破肚皮。排定座位，何必限四，王不入席實是不合情理，何妨以關、王、鄭、白、馬稱之邪？實則馬東籬陟鄭、白之前，非其劇之獨功，而其散曲出力多矣！王氏排擠元人當代語而自揣測以爲得計，豈非譬猶見人婦之美而論其風情滋味房事猥褻，而向人言其夫未必知賞其中款曲、妙處，唯我得之者之流也哉！又云「《西廂》，韻士而爲淫詞，第可供騷人俠客賞心快目、抵掌娛耳之資耳」，以《西廂》爲「青鳳吉光」而大贊之，目爲「淫詞」，卻一語露其馬腳，此譬猶娼優《西廂》而津津樂道於旁人其滋味情事，傷其人也甚，而輕薄浮淺已甚矣！至云「李卓吾……異端之尤，不殺身何待？……死晚矣。」嗟乎，其人性情之不忠厚一何至於此邪！李氏「童心」說實即本色之因由，思想黑白異途若是，宜王氏之不解眞本色也！又如徐復祚《曲論》，其語涉本色處不少，似亦知曲之本色者，至云「《西廂》後四出，定爲關漢卿所補，其筆力迥出二手，且雅語、俗語、措大語……層見迭出……丹丘評漢卿曰：『觀其詞語，乃在可上可下之間，蓋所以取者，初爲雜劇之始，故卓以前列。』則王、關之聲價，在當時已自有低昂矣。」亦遂露馬腳。夫僅以詞語觀漢卿正大誤處，而爲雅化勢力之心術伎倆，徐之抑關之心亦顯見，而徒逞辯於本色，自謂得計耳。因知本色之談，諸人多議，其義恆未一也，明人言本色實已雅矣，若不以漢卿爲眞本色，則識、行兩拙矣。沈德符《顧曲雜言》有云：「若《西廂》，才華富贍，北詞大本未有能繼之者，終是肉勝於骨，所以讓拜月一頭地。元人以鄭、馬、關、白四大家而不及王實甫，有以也。」「肉勝於骨」自是的評，態足味欠，亦小有之。如周德清《中原音韻》云：「關、鄭、白、馬，一新製作，韻共守自然之音，字能通天下之語，字俊語暢，韻促音調。」關雖居首，而未明言孰先孰後。何良俊《曲論》亦云「元人樂府稱馬東籬、鄭德輝、關漢卿、白仁甫爲四大家」，而嫌「《西廂》全帶脂粉」，以鄭爲先。王國維《宋元戲曲史・元劇之文章》則云「元代曲家，自明以

來，稱關馬鄭白。然以其年代及造詣論之，寧稱關白馬鄭爲妥也。關漢卿一空倚傍自鑄偉辭，而其言曲盡人情，字字本色，故當爲元人第一」。〔註145〕關爲第一，實爲不易之論，他人所爭，不過第二之位置，漢卿大可高枕無憂而隔岸觀之也。《曲論》又云「實甫之傳，本於董解元，解元爲說唱本，與實甫本可稱雙璧。實甫《麗春堂》劇，不及《西廂》。」王實甫之於董解元，終有錦上添花之嫌，他劇未能齊美，亦見其才未若關漢卿之有多美焉！李笠翁談藝標「結構第一」《（閒情偶寄）》，余深以爲然，創制之功，限制模範其成之氣象，王、董二人，功各居其半可也。明人之言本色者，凌濛初甚力，《譚曲雜箚》言「故《荊》、《劉》、《拜》、《殺》爲四大家，而長材如《琵琶》猶不得與，以《琵琶》間有刻意求工之境，亦開琢句修詞之端，雖曲家本色故饒，而詩餘弩末亦不少耳」，如此指謫《琵琶記》，卻是見識非常。又云沈璟「欲作當家本色後語，卻有不能」，亦是，惜一「後」字尚不足以至元曲眞本色之極致處，活辣爛漫而已矣！其指斥元曲源流「故方言、常語」一節，深以愈變愈下爲惡，大體不失。其言「《明珠記》……其北尾云：『君王的兀自保不得親家眷，窮秀才空望著京華淚痕滿。』直逼元人矣！」雖「逼」未必即是，然由所引，乃知凌氏之云本色，尚去一塵。「本色」之原意，誠如所言，「曲始於胡元，大略貴當行不貴藻麗。其當行者曰『本色』。」以本色反雕琢藻麗，自是高人。大體論之，元人之眞本色，不限以當行之處起意也，其更進者則又議韻律文字之當行本色而及人格境界、思想境界、精神境界，亦即豪放爲其本色。其尤至關重要者，則是狀物之態必曲盡其情而淋漓盡致，活潑肆蕩以見事物之生機韻味姿致；則是敘事必以細節，使其意蘊盡現，淋漓盡致以表現人物，不必矜持、扭捏、含蓄、委曲，如觀一女也，非是隔簾朦朧，而是前後左右之，甚而得閨中之樂趣，如是而神味盡出而爛漫，此乃元曲之眞本色也！如何良俊《曲論》云：「王實甫《絲竹芙蓉亭》仙呂一套，通篇皆本色……其間〔混江龍〕內『想著我懷兒中受用，怕什麼臉兒上搶白！』……」，止就隻言片語以論本色，余所謂「神味」說理論體系之「細節」一義卻不僅此，以本色倡者尚只見識到此地，無怪乎元曲眞本色之不傳也！又如湯義仍與吳江派對壘水火，而其所重文辭意趣，實亦以雅化爲色而未至本色之地，不可因其重使才而以爲必能佳也。馮夢龍亦格律一派，而重本色，故能輯民歌而好活潑爛漫。沈璟之所謂本色，去元人已遠而不可訓矣，

〔註145〕王國維：《宋元戲曲史》，上海古籍出版社，1998 年版，第 103～104 頁。

有其名而無其實。律須守而兼本色本可兼容無礙，義仍以爲拘束而不知於襯字上大加發揮，是其爭也未得其精者也！王世貞《曲藻》所云「近時馮通判惟敏，獨爲傑出。其板眼、務頭、攛搶、緊緩，無不曲盡，而才亦足發之；止用本色過多，爲白璧微瑕耳」，居然而以本色多爲嫌，眞不可救藥者！馮氏之去本色尚有間，世貞指爲本色而嫌之，亦可見此老本不解本色爲何物也。通觀諸論，則元曲本色之失傳，豈足怪哉！

何良俊《曲論》，其雖主本色，論而不甚中肯處亦不爲少。如有云：「王實甫不但長於情辭，有《歌舞麗春堂》雜劇，其十三換頭〔落梅風〕內『對青銅猛然間兩鬢霜，全不似舊時模樣』，此句甚簡淡。偶然言及老頓，即稱此一句，此老亦自具眼」，稱人實是譽己，似此未見大佳之處之句，何必拉一墊背者乃爲實落也。又云：「《西廂》內如『魂靈兒飛在半天』，『我將你做心肝兒看待』，『魂飛在九霄雲外』，『少可有一萬聲長籲短歎，五千遍搗枕搥床』，語意皆露，殊無蘊藉。如『太行山高仰望，東洋海深思渴』，則全不成語。」似此種句亦不至於太劣，要知曲以露爲佳，但須味足耳！何氏不贊之，正可見體悟元曲之本色尚不透徹。又云：「王實甫才情富麗，眞辭家之雄；但《西廂》首尾五卷，曲二十一套，始終不出一『情』字，亦何怪其意之重複，語之蕪纇耶！今乃知元人雜劇止是四折，未爲無見。」此論尤可笑，以短爲長，而恨《西廂記》之長篇大幅，顛倒是非矣，豈知雜劇者。元劇一曲四折，不易盡事之曲折爛漫，事（「細節」）之不爲豐富、複雜、深刻，則徒長無益。《西廂記》之冗復，亦正因此之故，雖以崔、張之愛情故事爲主線，然其事之渲染猶多在「意境」處而非是大有「神味」之爛漫者，抒情寫景亦多復，正以意境勝之吾國抒情詩之特色也。故王實甫《西廂記》多是經營意境，重復冗雜，在所難免，意境之境界使然也，良俊乃以長短之形式論之，可謂緣木求魚。然其點出《西廂記》之寫「情」而複，亦可助力參悟「意境」理論之不足也。

《曲論》雖責《西廂記》「全帶脂粉」，而言王實甫處最多，高調之下言不由衷，或由妒心指引必有所打壓之，亦未可知，此老亦頗可愛也。「本色」一義，若自其極致處求之，則當含「出色」之義，而「本色」未必便是「出色」。元人之曲，除關漢卿外，亦不乏當行本色者，如無名氏《朱砂擔》、李文蔚《燕青博魚》等劇，非不本色，然乏出色，較之關氏，尚少淋漓盡致、神味爛漫之姿態意蘊，未足以至於完美盡善之境界。且此種未能出色之處，

多在於文字，其文字之甚俗也，甚收縮屈伸變化之妙也，皆足以當得曲之一體體制之本色，只是文字之工夫尚欠火候，如肴之雖具，而廚之工夫欠佳，神味未能盡以出之也。又如高茂卿《翠紅鄉兒女兩團圓》，渲染事理極佳，曲辭亦甚本色，由事以見人物則能之，見而遂令人大咨嗟之而讚歎之而豔羨之，則尚有差。故觀漢卿劇中「無我之上之有我之境」，由之而見之平凡而造偉美之人格境界、思想境界、精神境界，若不由極事之意趣理致姿態以進乎人而指之以結晶乎人，則不可或至，爛漫有之，潑辣不足，諸人未有明意致力於此者焉！雖然，入於本色之作，即勝清麗一派之佳者，若其最上之作，則視《孟子》「金重於羽者，豈謂一鉤金與一輿羽之謂哉」所言之義可知矣。我特崇本色者也，夫劇之流傳聲名，凡有事義、結構、文辭之類不一，然以本色觀之，而知他者之勝，不足以掩本色之上而過之也。蓋本色為質，他者為量，離乎本文，即不得與乎元曲之最高境界者矣。故如上之所引三劇之類，實更較《漢宮秋》、《梧桐雨》、《牆頭馬上》、《倩女離魂》為愜乎我心，動我之心也，豈非良由其中之情得於現實世俗之世界為近，而其情其氣猶熱猶鮮活者邪。文士害文，知斯義者宜其鮮矣。

　　漢劉向《說苑》載孔子卦而得賁，意有不平，子張問焉，曰「賁非正色也，是以歎之」，「吾聞之，丹漆不文，白玉不雕，寶珠不飾。何也？質有餘者，不受飾也。」劉熙載《藝概》云：「白賁占於賁之上爻，乃知品居極上之文，只是本色。」古人言本色者殊多，且文章每主絢爛之極歸於平淡之說。蓋本色之謂，本也，始境之最佳者也，而物我之間人為萬物之更進而靈於物，故白玉不雕而以本色為美，其質已定而無可更進矣，若人則不然，老子之「嬰兒」即其本色，李贄之「童心」亦是，其為本為始卻非終境、大成之境，本色之謂，正路之最佳者也，由之以至終境、大成之境，即必由世俗以煉之以更發展提升其質，並廣取一切諸外物之生命力猶花木之須吸收養分以維持發展其生然，則天真爛漫之精神境界是其極致也。故人世間天真爛漫之小兒女未為難得，而天真爛漫之壯年、老年為難得，故以為貴也！絢爛之極歸於平淡，自風格上以言文章也，自形式上以言也，自物以言也，於內、質、我諸義尚付闕如，故以揆抒情詩則可，以揆小說則嫌吃力。內本色而外爛漫，「神味」之一體兩面，缺一不可也。

　　事之豔異者，其敘之而驚聞聳聽，又加之以優美之文學，王實甫《西廂記》、湯義仍《牡丹亭》等皆是矣。李溫陵《雜說》云：「《拜月》、《西廂》，

化工也；《琵琶》，畫工也」，是矣，然不足以盡其微妙。以余觀之，獨以文論，則「化工」之目，唯關漢卿一人當得耳！何良俊《四友齋叢說》云：「《西廂》專弄學問，其本色語少。蓋填詞須用本色語，方是作家」，不謂無因也，唯云「關之詞激厲而少蘊藉」，是官家腔調，是未解眞本色，未識關漢卿，故以鄭光祖爲第一。王驥德《曲律》云：「《西廂》組豔，《琵琶》修質，其體固然。何元朗並訾之……夫本色尚有勝二氏者哉？過矣。」王氏調和文詞、格律兩派，其不知眞本色也宜然！高明《琵琶記開場詞》云：「不關風化體，縱好也枉然」，由此則知其事之偏於道德之類型化也，故其事雖動人之甚，而殊少元劇潑辣之意味。又云：「論傳奇，樂人易，動人難」，李溫陵評點本云「讀此而不哭者非人也」，王世貞下《拜月亭》而上《琵琶記》，亦云「歌演終場不能使人墮淚。」哭之一現象，爲感人故，眾情之所牽，而民生多艱難，同病相憐則不能無淚。近人瓊瑤之言情小說不知賺得多少少女之珠淚，然其成就不能勝人而傑出，即同爲通俗之作，以較金庸之武俠小說，亦有霄壤之異。蓋事之虛構而佳者雖口頭流傳亦有不可言說之魅力，本不必形諸文字而後佳也，然著之文字，則不可不極用心於文字，元曲以此勝出，而瓊瑤以此遜色也。近人吳梅曲論保守，然其《中國戲曲概論》一書云：「王實甫作《西廂》，以研煉濃麗爲能，此是詞中異軍，非曲家出色當行之作。」〔註146〕則高論也，然不能本色，非自王實甫始肇其端。本色必出自世俗，若徒由文士搬弄詞調而想像境界、揣摩口吻，本色之不失也不可思議矣！此亦如辛稼軒詞，本色由人而仿擬不得，故曲之本色，實由人之性情及人格境界、思想境界、精神境界之本色，苟無其人，必浸乎世俗而後能補之也，若徒用心於文字，是世之作者之所以於不知無覺中失之者也！

「本色」一義，與「當行」不可離析以觀之也。王國維《宋元戲曲史·元雜劇之淵源》云：「元雜劇之視前代戲曲之進步，約而言之，則有二焉……其二則由敘事體變爲代言體也。宋人大曲，就其現存者觀之，皆爲敘事體；金之諸宮調，雖有代言之處，而其大體只可謂之敘事。獨元雜劇於科白中敘事，而曲文全爲代言。雖宋金時或當已有代言體之戲曲，而就現存者言之，則斷自元劇始，不可謂非戲曲上之一大進步也。此二者之進步，一屬形式，一屬材質，二者兼備，而後我中國之眞戲曲出焉。」〔註147〕可謂精到深刻之

〔註146〕吳梅：《顧曲麈談／中國戲曲概論》，上海古籍出版社，2000年版，第141頁。
〔註147〕王國維：《宋元戲曲史》，上海古籍出版社，1998年版，第62～63頁。

論！然戲曲以演爲務，以舞臺爲中心，其角色之代言，其不能免也明，非同小說虛構，藉閱者想像以成之，故靜安所論，尚未探其本眞所在，而僅自其成歷時以觀之，若本色之論，可無礙於其大成完備之時以觀之也。故就曲之成熟體之狀態觀之，在形而爲言，則詩言以敘事而演故事，以事言爲主，情景之言爲次，亦即「神味」之境界爲主，「意境」之境界爲次。得事言爲主者即當行本色，以情景之言者即非當行，不得爲本色。前者如關漢卿之劇，後者如《西廂記》、《漢宮秋》，取兩類觀之，其別甚爲顯然。以劇觀本色，或猶有難會其神未似而不悟者，以散曲觀之，則宜更有會心。曲之本色，即以事言爲主，事以蘊含意、趣、理、致、情、志、韻、態，而以「細節」爲其中心。若以情景爲主，是猶在詩詞之範圍而不脫意境之舊境界，曲之體制尚不得立，遑論本色。丁淑梅《中國散曲文學的精神意脈》一書第五章論及曲之體制之特色時有云：「比如散曲文學的意境表現，從對詩詞意境傳統的繼承來看是失敗的，但這恰恰就是它的創造性所在。它不再依憑情景的二元質，而是以事牽情或直陳情感，以敘事的手法表現情感內容，把著眼點放在生命情態與心理變化過程的醞釀、鋪敘和淋漓盡致的展現上，這恰恰形成了散曲情感敘事的細膩圓轉和生命情態的原汁原味。」〔註148〕可謂眞知灼見，當代學者文士，鮮有見到此處者也！唯其曲之體制之特色使其藝術境界不以「意境」爲主，故不可謂之失敗，而適爲其創造性之表現也，亦即曲之體制之特色，非是傳統詩詞之「意境」，而是別有新境界，余之名以「神味」也！若不知此種新境界，而猶執著於「意境」，始終以「意境」爲文藝之審美理想，爲最高最上之境界，則又安能超越古人也！元散曲之以敘事爲主者，大少於以情景爲主者，故其成就遠不及詩詞。以事爲主是爲本色，以俗爲意是爲當行，然此猶是入門工夫，若其佳之與否，尚看其本色之爲出色乎也，亦即能否至於神味爛漫、淋漓盡致之境界。凡文字、聲情、意味、事理、姿態、情趣、創意、人格境界、思想境界、精神境界諸種種無一不本色且出色，而遂可期於「神味」之境界也！小說中亦自有此種境界，然不直觀，故其淋漓盡致、神味爛漫終遜戲曲一籌，而曲則未得其正常圓滿之發展，非有別創格制以應時，不能成「神味」之理想之境界也，暫寄之於小說，無不可也。且「神味」一義，得其一隅即可使全體燦然生色，豈必求全責備哉！故群峰參差而

〔註148〕 丁淑梅：《中國散曲文學的精神意脈》，中國文聯出版社，2001年版，第164頁。

巔峰則唯一，等高齊觀爲世間所必無，體此意趣，「神味」一義端可浩矣，端在茲矣。

一四

杜仁傑〔般涉調‧耍孩兒〕《莊家不識勾欄》云：

風調雨順民安樂，都不似俺莊家快活。桑蠶五穀十分收，官司無甚差科。當村許下還心願，來到城中買些紙火。正打街頭過，見弔個花碌碌紙榜，不似那答兒鬧穰穰人多。

〔六煞〕見一個人手撐著椽做的門，高聲的叫「請、請」，道「遲來的滿了無處停坐」。說道「前截兒院本調風月，背後麼末敷演劉耍和」。高聲叫：「趕散易得，難得的妝哈」。

〔五煞〕要了二百錢放過聽咱，入得門上個木坡，見層層疊疊團圞坐。抬頭覷是個鐘樓模樣，往下覷卻是人旋窩。見幾個婦女向臺兒上坐，又不是迎神賽社，不住的擂鼓篩鑼。

〔四煞〕一個女孩兒轉了幾遭，不多時引出一夥。中間裏一個央人貨，裏著枚皂頭巾頂門上插一管筆，滿臉石灰更著些黑道兒抹。知他待是如何過？渾身上下，則穿領花布直裰。

〔三煞〕念了會詩共詞，說了會賦與歌，無差錯。唇天口地無高下，巧語花言記許多。臨絕末，道了低頭撮腳，爨罷將麼撥。

〔二煞〕一個妝做張太公，他改做小二哥，行行行說向城中過。見個年少的婦女向簾兒下立，那老子用意鋪謀待取做老婆。教小二哥相說合，但要的豆穀米麥，問甚布絹紗羅。

〔一煞〕教太公往前挪不敢往後挪，抬左腳不敢抬右腳，翻來覆去由他一個。太公心下實焦懆，把一個皮棒槌則一下打做兩半個。我則道腦袋天靈破，則道興詞告狀，剗地大笑呵呵。

〔尾〕則被一胞尿爆的我沒奈何。剛捱剛忍更待看些兒個，枉被這驢頹笑殺我！

此作摹擬聲口、情景，活潑諧俗，散曲之中更無擅場，與睢景臣〔般涉調‧哨遍〕《高祖還鄉》兩篇，神味爛漫而淋漓盡致，時世睽違而異曲同工，誠元散曲不可多得之作，爲千古之絕唱，散曲中之雙璧，當之無愧，足以傲視諸

人而當仁不讓也！杜作於元曲之初發時期，而神味爛漫乃竟若是之可詫也哉！論本色，杜更勝睢一籌，爛漫諧趣；論神味，睢較杜為至，而兼潑辣，且思蘊更深故也。同是兩種現實世界之世俗民生，同是一種出色，同是神味特出。此兩篇壓倒一切，前人雖推崇之，然猶歉娼家之美，雖其美矣不可以掩，畢竟心中尚存幾分不情願、幾分彆扭，未置之如是之位置也。大抵皆礙於馬東籬〔雙調・夜行船〕《秋思》之作之類，不知抒發情思、描摩景致而表見吾國傳統文化薰染之精英階層以雅正為主之審美趣味之境界並非曲之最勝，已落第二流矣。綜合觀之，則杜、睢兩篇又不足以至一流之極致，而馬作成就亦甚大，故鼎足而三，列為元散曲之三大傑作可也。朱權《太和正音譜》評杜曲「如鳳池春色」，則此等篇什尚未入眼中也！杜氏又有一奇篇〔般涉調・耍孩兒〕《喻情》，全篇均以雙關隱語成之，元人習氣，當時通曉明識其意，自亦神味無限，惜其隔時既久，稍類猜謎，僅能揣其大概，如近觀佳人，恨不能更進以領略其風味耳！又喬吉〔雙調・水仙子〕《怨風情》一作云：

> 眼中花怎得連理枝，眉上鎖新教配鑰匙。描筆兒勾了傷心事，悶葫蘆鉸斷線兒。錦鴛鴦別對了雌雄，野蜂兒難尋覓，蠍虎兒乾害死，蠶蛹兒畢罷了相思。

亦如其計，相形則小巫見大巫矣。雙關隱語之作，南北朝之民歌已盛其緒，亦多短製，若如此長篇大幅幾語語雙關隱喻，首尾相銜而不失之堆砌，似亦千古僅見之奇觀也！前人有及之者，亦多掉頭大顧《莊家不識勾欄》之作，余批覽散曲而大異之，眼為之一亮而喜不自抑，如獲至寶焉。今特據隋樹森《全元散曲》，拔出其全篇，使世人知其驚豔也：

> 我當初不合鬼攣口和你言盟誓，惹得你鬼病厭厭掛體。鬼相撲不曾使甚養家錢，鬼廝赴刁蹬的心灰。若是攜得歌妓家中去，便是袖得春風馬上歸。司獄司蹬弩勞神力，望梅止渴，畫餅充饑。
>
> 〔哨遍〕鐵球兒漾在江心內，實指望團圓到底。失群孤雁往南飛，比目魚永不分離。王屠倒髒牽腸肚，毛寶心毒不放龜。老母狗跳牆做得個挾勢，把我做撲燈蛾相戲，掠水燕雙飛。
>
> 〔五煞〕臘月裏桑採甚的，肚臍裏爆豆實心兒退。木貓兒守窟瞧他甚，泥狗兒看家守甚黑。天長觀裏看水庵相識，濟元廟裏口願把我拋持。

〔四〕唐三藏立墓銘空費了碑，閒槽枋裏躲酒無巴避。悲田院裏下象無錢遞，左右司蒸糕省做媒。蓼兒窪裏太廟幹不濟，鄭元和在曲江邊擔土，閒話兒把咱支持。

〔三〕泥捏的山不信是石，相撲漢賣藥乾陪了擂。鏡臺前照面你是你，警巡院倒了牆賊見賊。大蟲窩裏蒿草無人刈，看山瞎漢，不辨高低。

〔二〕小蠻婆看染紅擔是非，張果老切鱠先施鯉。布博士踏鬼隨機而變，囊大姐傳神反了面皮。沙三燒肉牛心兒炙，沒梁的水桶，掛口休提。

〔一〕秦始皇鞋無道履，綿帶子拴腿無繩繫。開花仙藏撇過睛的你，街道司衙門唬得過誰。尉遲恭搗米胡支對，蜂窩兒呵欠，口口是盧脾。

〔尾〕楮樹下梯要摘梨，葬瓶中灰骨是個不自由的鬼，谷地裏瓜兒單單的記著你。

其中「揆」又或作「樣」，「掠」或「掉」，「黑」或「嘿」，「願」或「頭」，「避」或「壁」，「田」或「天」，「支」或「埴」，「葬」或「藏」。此曲廣取博喻，蔚為大觀，取喻不厭俗而不俗，其意瑰異新穎而以象指意，以心傳心，說出反見得淺薄也。〔註149〕亦唯喻不厭俗，故意味傳神，其力彌滿欲滴。譬猶一美人對吾人言語，吾人張耳似聽，其全力則心向其美而暗嗟賞之矣！在此不在彼，喻之妙也。此曲大意為男女相戀而有間阻，終不能償願而徒惹相思，徒怨歎「藏瓶中灰骨是個不自由的鬼」而已矣！依「把我做撲燈蛾相戲」諸句，則女子口吻，杜氏擬之而甚有意趣，取喻雙關之「鐵球兒漾在江心內，實指望團圓到底」、「王屠倒髒牽腸肚」、「蓼兒窪裏太廟幹不濟」、「鏡臺前照面你

〔註149〕吾國古代詩學往往以含蓄蘊藉為最上之義，而余所倡「神味」說理論，則以淋漓盡致、豪放爛漫為最上之義，而無礙於含蓄蘊藉之兼有也。以「意境」、「神味」兩審美理想理論體系之根本思維邏輯言之，即以「神味」說所倡之「將有限（或局部）最佳化」為主，而兼有「意境」理論所倡之「以有限追求無限」（含蓄蘊藉乃其一義），如此方可與論乎文藝之最高境界。即如杜仁傑此作，局部文字往往以雙關、隱喻為無限含蓄蘊藉之美，而通篇言情，則又見為淋漓盡致之情態，而以後者為主，如此既符合「神味」說之義旨，又能見元曲最為本色之藝術境界。故含蓄蘊藉之與淋漓盡致，須辯證論之，而以兼有兩者為最高之境界，但看以何為主耳。此亦如論夫詞之審美理想境界，必以豪放詞乃能當之，蓋豪放詞之最高境界能以兼有婉約，而婉約詞之最高境界，則無法兼有豪放也（拙著《論豪放》第九章有論，可參看）。

是你，警巡院裏倒了牆賊見賊」等句俱佳妙之極，當時之具體情境、細節，唯當時之人熟知，尤爲妙也；其尤妙絕者則「谷地裏瓜兒單單的記著你」一句，別出機杼而意致幽麗，取喻新異，若非出身農家或具相關生活閱歷、經驗者，則不易解得其中滋味也。蓋地施糞而得瓜種，生於壟畦間，除草則每每留情而有所希冀，及稼高密將收而瓜亦漸熟，至田則記地取之，樂其何如也！以此喻情，可謂巧妙之極，正使人有心有靈犀之妙，別具一種之生活風味，而大見俗之意蘊之魅力。若張小山之騷雅清放輩作中，安得有此等之作之佳妙。「神味」之得，徑可窺也，大俗大雅，信其然矣！如此之作，若能有具體之敘事（男女愛情故事）籠罩此處種種細節，而不僅爲喻情者，則其成就當爲更巨。

一五

睢景臣散曲〔般涉調・哨遍〕《高祖還鄉》一篇，實散曲中曠古絕今之作：

社長排門告示，但有的差使無推故。這差使不尋俗：一壁廂納草也根，一邊又要差夫，索應付。又是言車駕，都說是鑾輿，今日還鄉故。王鄉老執定瓦臺盤，趙忙郎抱著酒胡蘆。新刷來的頭巾，恰糨來的綢衫，暢好是妝麼大戶。

〔耍孩兒〕瞎王留引定火喬男婦，胡踢蹬吹笛擂鼓。見一颩人馬到莊門，匹頭裏幾面旗舒。一面旗白胡闌套住個迎霜兔，一面旗紅曲連打著個畢月烏。一面旗雞學舞，一面旗狗生雙翅，一面旗蛇纏葫蘆。

〔五煞〕紅漆了叉，銀錚了斧，甜瓜苦瓜黃金鍍。明晃晃馬鐙槍尖上挑，白雪雪鵝毛扇上鋪。這些個喬人物，拿著些不曾見的器仗，穿著些大作怪的衣服。

〔四煞〕轅條上都是馬，套頂上不見驢，黃羅傘柄天生曲。車前八個天曹判，車後若干遞送夫。更幾個多嬌女，一般穿著，一樣妝梳。

〔三煞〕那大漢下的車，眾人施禮數，那大漢覷得人如無物。眾鄉老展腳舒腰拜，那大漢挪身著手扶。猛可裏抬頭覷，覷多時認得，險氣破我胸脯。

〔二煞〕你身須姓劉，你妻須姓呂，把你兩家兒根腳從頭數：你本身做亭長耽幾杯酒，你丈人教村學讀幾卷書；曾在俺莊東住，也曾與我喂牛切草，拽壩扶鋤。

〔一煞〕春採了桑，冬借了俺粟，零支了米麥無重數。換田契強秤了麻三秤，還酒債偷量了豆幾斛。有甚糊突處？明標著冊歷，見放著文書。

〔尾聲〕少我的錢差發內旋撥還，欠我的粟稅糧中私準除。只道劉三誰肯把你揪捽住？白甚麼改了姓、更了名，喚做漢高祖！

如此之作，可謂極為當行本色、出色，更無他樣！拙著《詩詞曲學談藝錄》卷一論「神味」云：「夫『神味』者，『神』即『傳神』，即所以能表出『味』者，此猶是古之高境，而其更進者，則個性性情之極致，主體性精神發揮之極致，作者之人格境界、思想境界、精神境界之極致，即『無我之上之有我之境』；『味』即『無我之上之有我之境』中結晶之世俗民生、以俗為主之意蘊，及所表出之之豪放潑辣、自信爛漫之境界、姿態，而非范溫《潛溪詩眼・論韻》所言『有餘意之謂韻』之『韻』，或風味、韻味、意味之『味』，後者自『技』著眼，泛泛而論，不關乎『大我』境界之成就也。『大我』若不經由『無我之上之有我之境』而至，則亦不深邃。王國維《人間詞話》云：『古人為詞，寫有我之境者為多，然未始不能寫無我之境，此在豪傑之士能自樹立耳。』則『無我之境』猶賴乎其人者也，大有古今難得一二子也之恨，而察其實，則所取詩、人皆非最第一流，況又用其人之名而棄其實，所例皆非『大我』之境界。『無我之上之有我之境』則非是，但能以不隔之姿態入世而及於現實世界之社會民生，積聚氣、情以使我性結晶、獨立而突露，便可直入於『無我之上之有我之境』，若能具文學之才能而以表出之，達致『將有限（或局部）最佳化』，即可至『神味』之境界也。『神味』之最佳代表為元曲（劇曲），其能兼『無我之上之有我之境』者固為『神味』一義之最高境界，其未能兼而在內容上得敘事之細節境界，以見性情之潑辣活潑，形式得姿態爛漫之致者，亦是『神味』之一義，而稍次矣。故『神味』也者，『活』字為其靈魂，『豪放』為其精神，大『俗』為其特色，『爛漫』為其姿態，而『不隔』為其意志，『細節』為其眼睛。若論其風格，則惟『深闊偉美』一語足以盡之也。」〔註150〕如此之作，更道甚「意境」？更道甚「神韻」？更道甚「興趣」？

〔註150〕于永森：《詩詞曲學談藝錄》，齊魯書社，2011年版，第5～6頁。

更道甚「格調」？更道甚「性靈」？直是神味淋漓，豪放爛漫，更無別言語文字可以形容！若不知「神味」一義者，但觀此篇，便當有直接會心，不需遮掩迴避。此作之神味，通篇大俗大雅，聲口活潑之至，大具現實之精神，而見世俗民生之姿態，將漢高祖直扒掉「底褲」（今日網絡流行語），教他做皇帝新裝扮頭，古往今來所謂權貴、帝王之尊崇，都現原形；更純粹敘事心眼，純用細節鋪排，外在之姿態而爛漫，內在之思蘊而深刻。如此之作，非「神味」而何？唯有此一途徑，乃可更上爲元雜劇（劇曲），爲元曲無上深閎偉美之境，爲散曲之第一義，其大獎「枯藤老樹昏鴉」（馬東籬〔越調・天淨沙〕《秋思》）之類者，乃眞不知元曲之所以爲「一代之文學」之新鮮生命力之所在，而所以度越唐詩宋詞，誠然爲可誅也！

一六

朱權《太和正音譜》有云：「馬東籬之詞如朝陽鳴鳳，其詞典雅清麗，可與《靈光》、《景福》而相頡頏，有振鬣長空、萬馬皆瘖之意。又若神鳳飛於九霄，豈可與凡鳥共語哉！宜列群英之上。」由「典雅清麗」一語觀之，即非元曲大俗之境界也。然東籬〔般涉調・耍孩兒〕《借馬》之作，則稍具大俗之色彩，而逼近「神味」之境界：

　　近來時買得匹蒲梢騎，氣命人般看承愛惜。逐宵上草料數十番，喂飼得膘息胖肥。但有些污穢卻早忙刷洗，微有些辛勤便下騎。有那等無知輩，出言要借，對面難推。

〔七煞〕懶設設牽下槽，意遲遲背後隨，氣忿忿懶把鞍來備。我沉吟了半晌語不語，不曉事頑人知不知。他又不是不精細，道不得「他人弓莫挽，他人馬休騎。」

〔六煞〕不騎啊西棚下涼處栓，騎時節揀地皮平處騎。將青青嫩草頻頻的喂，歇時節肚帶鬆鬆放，怕坐的困尻包兒款款移。勤覷著鞍和轡，牢踏著寶鐙，前口兒休提。

〔五煞〕饑時節喂些草，渴時節飲些水。著皮膚休使粗氈屈，三山骨休使鞭來打，磚瓦上休教穩著蹄。有口話你明明記：飽時休走，飲時休馳。

〔四煞〕拋麥時教乾處拋，尿綽時教淨處尿，栓時節揀個牢固

椿橛上繫。路途上休要踏磚塊，過水處不要踐起泥。這馬知人義，似雲長赤兔，如翼德烏騅。

〔三煞〕有汗時休去簷下拴，渲時節休教浸著頦，軟煮料草鍘底細。上坡時款把身來聳，下坡時休教走得疾。休道人忒寒碎，休教鞭颩著馬眼，休教鞭擦損毛衣。

〔二煞〕不借時惡了弟兄，不借時反了面皮。馬兒行囑咐叮嚀記：鞍心馬戶將伊打，刷子去刀莫作疑。則歎的一聲長籲氣。哀哀怨怨，切切悲悲。

〔一煞〕早晨間借與他，日平西盼望你，倚門專等來家內。柔腸寸寸因他斷，側耳頻頻聽你嘶。道一聲好去，早兩淚雙垂。

〔尾〕沒道理，沒道理；忒下的，忒下的。恰才說來的話君專記：一口氣不違借與了你。

此曲全在渲染意趣，凸顯世俗意蘊，更無絲毫文人士大夫之雅致，而以誇張之筆，刻意「細節」以表現人物與事，雖其所表現之人物不足以至於「無我之上之有我之境」，而其以小見細而極意誇張，卻是「神味」一旨之一隅，而合於「意境是由有限以求無限者也，而神味則是將有限最佳化也。意境生成之中心為情景，而神味生成之中心為細節」〔註151〕之所論，東籬此作，頗足以見「將有限（或局部）最佳化」之創造「神味」之旨，故其意態為不可復，意境可以仿擬，神味不可複製，以神與味皆得性情之力也，若〔雙調·夜行船〕《秋思》之作，卻未至於神味之境界。後者已臻意境之極致，而前者尚未臻神味之極致，且所寫之意蘊止乎自身，而乏多重之意義，又不及特出之人格、性情、思想之類，故整體與較，《秋思》仍勝出也。故任訥《散曲概論·派別》推馬東籬為元曲豪放一派之代表，而謂此作「其文全用白描，無論雅俗之材料，都不藉重裝點」〔註152〕，然與較關漢卿、杜仁傑、睢景臣之曲之俗尚有頭地，且主題、境界稍欠，故神味未盡以出之。〔越調·天靜沙〕《秋思》一篇，亦不足以至神味之境界，亦在意境籠罩之下也。《借馬》一曲，不過寫馬主之愛其馬之致，文而過焉以出味也，吝嗇倒在其次，主旨無晦，而由來眾議紛芸，甚可笑也。此亦如李開先《一笑散》所錄無名氏「奪泥燕口，削鐵針頭，刮金佛面細搜求，無中覓有。鵪鶉嗉裏尋豌豆，鷺鷥腿下劈精肉，

〔註151〕于永森：《詩詞曲學談藝錄》，齊魯書社，2011年版，第269頁。
〔註152〕任訥：《散曲概論》，中華書局，1931年版，冊二第35頁。

蚊子腹內刳脂油，虧老先生下手！」之作，羅列誇張而密度形容以出其神味焉，不過一統於事，一統於意，稍有所參差耳。若世俗世界中眾美淋漓之神味，附麗人事而紛繁流溢，動態之媚，若非能臻「無我之上之有我之境」，而擾擾於一己之私，埋沒性情而染於外物，亦靡有得，蓋性之不佳、情之或偽，未得獨立，不足與於神味之境界，以其外則爛漫而多姿，以其內則酣暢淋漓而盡致，外美以神，內美以味，眞切而又不可思議，洵尋常人之所有而未必自知自賞也，譬則凡夫走卒之流，世俗之所常賤鄙也，而有女美不可言、秀麗逼人，而家貧無計，營營焉終日以賤役為驅馳，苟稍緩也，其父母輒拳腳呵罵驟至，初未暇顧及其女美之不可言而秀麗逼人也，吾人睹之，心有惻惻然而恆怏怏不樂也。嗟乎，世俗世界斑駁流離之百態，一切諸眞、善、美之淵藪也，若擾擾乎外物，則其中深具神味而不可勝數之細節，為眾之所常忽而作者無限之淵源也。世之文學，以體制論，除極少數特別者外，最能且宜於表現此種富神味之細節者，唯元曲也！文學中之融入事之富於神味之細節而兼人物之性情（向上則可更至人格境界、思想境界、精神境界，即「無我之上之有我」之成就）者，則其最高境界，元曲有焉！世俗世界眾生之慧美，因事而富神味者眾矣，若詩而莊，則尚不能盡納俗之意蘊與活力，若詞而媚，則又偏於蜿約而陷溺孱弱，其體制亦不足以盡其姿態之爛漫，不以細節而以情思為事也。《詩詞曲學談藝錄》卷二有云：「詩、詞、曲三者，獨以詞嚴整不似詩，疏放不似曲，為最宜人性情之物。譬之於人，詩妻，曲妾，詞則可為今之情人」〔註153〕，當時樂於取譬，於曲尚未盡識其佳處。且此以人生境界而論，與文學境界尚去有間，文學境界固宜高於人生境界也。實則獨以體制論，詩雖嚴正然易持久，詞雖擅揣摩情思搖曳姿態而見韻致以顯幽媚，然香豔如甜食，久之必膩而厭，詞中之尤偉美卓異者豪放派又天姿絕世，其人格境界、思想境界、精神境界又極高絕難不易為眾所企及而後繼無人，則元曲以淋漓盡致之一意態繼之，以文字言，固稱恰到好處、盡善盡美，其納世俗意蘊因具無限之活力，始成可能也。世謂曲俗，卻不知此處「俗」之一字當作妙賞觀，不由大俗，焉得大雅，必由大俗，雅之內容乃絕無腐朽之氣味也，俗之活力，紛焉四射，緣人與事，與細節際會而見神味。又曲之中令雅套俗，令之雅便非曲之本色與正格，元劇勝乎散曲已是事實，今之散曲研究大興，頗有反調而欲分離元劇與散曲，其心異而又尚何能為哉！散曲多類小

〔註153〕于永森：《詩詞曲學談藝錄》，齊魯書社，2011年版，第116頁。

詞而特出之作少，其大體特徵，多未能以取民歌活潑纏綿之長、活蕩肆麗之力，而於曲之所長，有所闕也，小令猶然，套數雖俗，其實大多亦雅，如《秋思》之「紅塵不向門前惹，綠樹偏宜屋角遮，青山正補牆頭缺」之類，無非文士之雅而得搖曳之致者，以「意境」勝而非以「神味」勝，不可謂之俗更不可謂之大俗，任訥以東籬為豪放派之代表，不知其豪放亦有限，粗當「豪放之駢枝」〔註154〕（《詩詞曲學談藝錄·卷三·二·（四）》）耳，其《散曲概論·派別》評此曲云：「若問此曲何以成其豪放，則無人不知其為意境超逸實使之然，文字不過適足以其意境副耳。然重賴意境之超逸以造成豪放，乃豪放之第一義也」〔註155〕，此猶以意境為的，則不盡知曲之佳，而所謂第一義，猶在蘇東坡豪放詞清曠超逸之境界，前人云蘇曠辛豪早成定論，以為第一義若是者，識力有所未至而猶為意境所籠罩，故許東籬代表豪放，若能至於稼軒之豪放，則關注民生之色彩、抒發理想之絢豔為特出而不僅止於發思古之幽情而怡「和露摘黃花，帶霜分紫蟹，煮酒燒紅葉」矣，其消極豪放之意態，較之張養浩〔中呂·山坡羊〕《潼關懷古》「興，百姓苦；亡，百姓苦」之鬱怒深厚，則洵覺東籬此等之作，思力淺薄如「觀畫中好女」、「譬猶畫餅充饑、望梅止渴，譬猶人之中看不中用一語耳」〔註156〕（《詩詞曲學談藝錄·卷一·二二》）。《元史·張養浩傳》云其「登官四月，未嘗家居，止宿公署，夜則禱於天，晝則出賑饑民，終日無少怠」，其歿於任所也，「關中之人，哀之如失父母」，此等人格境界、思想境界、精神境界，去東籬之「葫蘆提一向裝呆」、「和露摘黃花」，何啻有霄壤之異！故《借馬》之作，或以為以小見大，因幽微以見曲折，其實乃是寫百姓之含辛茹苦、困頓不堪而影射元統治者剝削壓迫之酷烈，以見百姓之惺惺相惜、相濡以沫，以樸抗詐、以俗擊濁而見關注市井民情之意，真癡人說夢而高估抬舉東籬也。是即是，非即非，真即真，假即假，非是我獨贊張氏而貶東籬，蓋亦有由也夫！夫人格境界、思想境界、精神境界者，只是根本，有之在文學中亦未必佳，以作者之主體未必能以臻致「無我之上之有我之境」，且其表現未必大佳也，然文學之最高境界，則必以是為最終權衡之一要素，即無之則不得與乎最高境界一事矣。故余所倡「神味」說一旨重「道」、「技」兩成，如〔南呂·一枝花〕《詠喜雨》之作，境界

〔註154〕于永森：《詩詞曲學談藝錄》，齊魯書社，2011年版，第212頁。
〔註155〕任訥：《散曲概論》，中華書局，1931年版，冊二第34頁。
〔註156〕于永森：《詩詞曲學談藝錄》，齊魯書社，2011年版，第46頁。

雖高，而少神味，便不甚佳。「神味」一說，所以補意境、境界說之格調雖高而乏神味之弊者也。

又，任訥《散曲概論・派別》所論元曲之「豪放」，除上述「第一義」外，尚有「第二義」、「第三義」。例以馬東籬〔雙調・撥不斷〕（「菊花開，正歸來。伴虎溪僧、鶴林友、龍山客，似杜工部、陶淵明、李太白，在洞庭柑、東陽酒、西湖蟹。哎，楚三閭休怪！」）以明「第二義」云：「意境自與前曲完全相同，而意境之外，修辭亦大可注意。則全曲之中，用人名、地名、物名以表象者，聯貫成串，其多實出於尋常也。第三句之連舉三地，有如地理志；第四句與末句之連舉四古人名，有如點鬼簿；第五句又羅致諸品名，如市廛之陳百貨。此種修辭法，在尋常之詩詞中要皆不宜，所謂羈是也，而在曲中用之，乃特放異彩，所謂不羈是也。故此曲之所以形成豪放不羈者，端由修辭法之特殊，不僅倚賴意境，此乃豪放之第二義也。」〔註157〕又以馬東籬〔雙調・壽陽曲〕（「心間事，說與他。動不動早言兩罷。罷字兒磣可可你道是耍，我心裏怕那不怕？」）以明「第三義」云：「此曲所寫之情，乃人之明明於我薄倖者，而我始終原諒之，只認以為耍，不認為真，自己則矢志堅貞，以待他人之挽回於萬一，絕無怨恨之意，可謂深得風人溫柔敦厚之旨矣。顧其文全用白描，無論雅俗之材料，都不藉重妝點，此恰與清麗一派相反，故亦認為豪放乃完全脫離意境之豪放而豪放者，豪放之第三義也。」〔註158〕由其所論可見，「豪放」之三義，核心分別為「意境超逸」、因「修辭法之特殊」而造成表現方式之「豪放不羈」、「完全脫離意境之豪放而豪放」，然其所謂「豪放」之「第一義」，尚非「豪放」之核心內涵，故仍非「豪放」之最高境界；且牽涉於「意境」而論「豪放」，則不知「意境」非元曲之最高境界。「豪放」之核心內涵為不受拘束而具突破陳規陋習（僵化、過時之思想精神、禮法制度、技藝規律）之主體性精神，若無此種根本精神，即非「豪放」之最高境界。由此豪放之根本精神，則主體之姿態為大氣磅礴、深情裕如，豈「超逸」之境所能蔽之邪。若其所論「豪放」之「第二義」、「第三義」，則是。

〔註157〕任訥：《散曲概論》，中華書局，1931 年版，冊二第 35 頁。
〔註158〕任訥：《散曲概論》，中華書局，1931 年版，冊二第 35 頁。

一七

　　王士禎之「神韻」說，實即吾國傳統文化薰染之文人士大夫精英階層以雅正爲主之審美意識、格調、色彩、境界、氣象之總結、代表，而總體上偏於消極、柔弱，而崇尚沖淡、平和、超逸者，其後，則有王國維之「古雅」，而益爲狹隘矣。此一路也，乃意境理論意蘊之一脈，但意境不僅爲神韻而已耳，若自兩者大致之取向言之，則仍無本質之異致，不過以厚薄論，神韻爲稍淡薄者耳。總概論之，則此種路向、意蘊，實即吾國傳統文化受釋氏內傾化思想、精神境之所影響者，拙著《詩詞曲學談藝錄・卷一・一八》嘗以意境爲例而論其歷史線索云：「意境理論萌芽於魏晉言、意之辨，造極於唐之壯麗多姿，其外已極千變萬化之觀，宋人緣禪學而補之以平淡沉靜，以內傾也，屬士大夫之趣味而總爲雅之格調者，故元代之後即衰，明之王陽明心學承宋儒陸九淵之精神，而立其要以進之，『心外無理，心外無物，心外無事』、『聖人與天地民物同體』云云，乃使意與象之交融至於無限，蓋實即意境理論在哲學上之最終總結；若詩學上之最終總結，則遲至晚清王國維之《人間詞話》乃克成就，皆爲遲矣！當王學肆行之際，明人乃逸其範圍至於世俗世界，由無限廣大其心爲無限放蕩其心，遂成晚明之季俗媚精豔之文藝也。雖極世俗色相光影之奇觀，而有神味，然猶是外而非內，無能於自我之提升，若能具由內而外以體悟由外而內之要義，與世俗民生不隔，則非『無我之上之有我之境』不可辦矣。」〔註159〕故由魏晉南北朝之「韻」論至唐代李嗣眞之《二十四詩品》、司空圖之「韻味」說、宋代嚴羽《滄浪詩話》之「興趣」說、北宋范溫《潛溪詩眼》之「韻」論、清代王士禎之「神韻」說，以迄於王國維《人間詞話》之「境界」說（以「無我之境」爲最高境界，以陶淵明爲典範），其宗旨無不如是，唯南朝謝赫《古畫品錄》標舉「氣韻」，「氣」、「韻」並舉且以「氣」爲主，不與後世諸家之意蘊同。除此而外，諸家之論或有參差，此乃其內部之競爭，而無根本之差別，如王國維不滿於嚴羽之「興趣」、王士禎之「神韻」而倡「境界」說。蓋「興趣」僅解決詩之入門問題，且沾染釋氏之色彩過重，「神韻」說又泯滅作者之主體性或人格，重在外而不在內，然仍以「無我之境」爲最高最上之境界，正可見諸人殊途同歸，並無本質之差異。錢鍾書《管錐編・一八九》詳論「韻」之一義，並拈出北宋范溫論「韻」

〔註159〕于永森：《詩詞曲學談藝錄》，齊魯書社，2011年版，第43頁。

之長篇文字，然卻不能領悟吾國文論範疇之微妙差異，如云：「謝赫反覆言『氣韻』、『氣』、『韻』，而《第一品》評張墨、荀勖曰：『風範氣候，極妙參神，但取精靈，遺其骨法』，《第二品》評顧駿之曰：『神韻氣力，不逮前賢』，《第五品》評晉明帝曰：『雖略於形色，頗得神氣』，是『神韻』與『氣韻』同指。」〔註160〕「神韻」等同於「氣韻」，直是錯亂荒謬！謝赫用語如此豐富，正見諸人境界之微妙差異，其所重亦正在此種微妙之差異，而錢鍾書居然欲一筆勾銷此種微妙之差異，即令謝赫復生，亦當詫其何其唐突冒失也。〔註161〕何況「氣」、「韻」差別正巨，「氣」爲「韻」主，豈能抹殺。錢鍾書識見如此，當然更不足以知范溫「韻」論之內涵界定，仍屬於「技」之境界，而爲皮毛者，即「有餘意之謂韻」是矣，此實乃言不盡意之常談之變相耳，更有何足樂道者？而范溫之眞本領，則錢鍾書未能窺見也。如范溫「韻」論，《管錐編》引錄其論云：

> 王偁定觀好論書畫，嘗誦山谷之言曰：「書畫以韻爲主。」余謂之曰：「夫書畫文章，蓋一理也。然而巧，吾知其爲巧，奇，吾知其爲奇：布置關闔，皆有法度；高妙古澹，亦可指陳。獨韻者，果何形貌耶？」定觀曰：「不俗之謂韻。」余曰：「夫俗者，惡之先，韻者，美之極。書畫之不俗，譬如人之不爲惡。自不爲惡至於聖賢，其間等級固多，則不俗之去韻也遠矣。」定觀曰：「瀟灑之謂韻。」余曰：「夫瀟灑者，清也，清乃一長，安得爲盡美之韻乎？」定觀曰：「古人謂氣韻生動，若吳生筆勢飛動，可以爲韻乎？」余曰：「夫生動者，是得其神：曰神則盡之，不必謂之韻也。」定觀曰：「如陸探微數筆作狡獪，可以爲韻乎？」余曰：「夫數筆作狡獪，是簡而窮其理：曰理則盡之，亦不必謂之韻也。」定觀請余發其端，乃告之曰：「有餘意之謂韻。」定觀曰：「余得之矣。蓋嘗聞之撞鐘，大聲已去，餘音復來，悠揚宛轉，聲外之音，其是之謂矣。」余曰：「子得其梗概而未得其詳，且韻惡從生？」定觀又不能答。余曰：「蓋生於有餘。請爲子畢其說。自三代秦漢，非聲不言韻：捨聲言韻，自晉人始；唐人言韻者，亦不多見，惟論書畫者頗及之。至近代先達，始推尊

〔註160〕錢鍾書：《管錐編（四）》，三聯書店，2001年版，第234頁。
〔註161〕陳傳席《中國繪畫美學史》、徐復觀《中國藝術精神》、唐岱《繪畫發微》、方薰《山靜居畫論》、葉朗《中國美學史大綱》諸作，均詳細區別「氣」、「韻」之異，可參看，本書不再贅引。

之以爲極致：凡事既盡其美，必有其韻，韻苟不勝，亦亡其美。夫
立一言於千載之下，考諸載籍而不謬，出於百善而不愧，發明古人
鬱塞之長，度越世間聞見之陋，其爲有包括眾妙、經緯萬善者矣。
且以文章言之，有巧麗，有雄偉，有奇，有巧，有典，有富，有深，
有穩，有清，有古。有此一者，則可以立於世而成名矣；然而一不
備焉，不足以爲韻，眾善皆備而露才見長，亦不足以爲韻。必也備
眾善而自韜晦，行於簡易閒澹之中，而有深遠無窮之味，……測之
而益深，究之而益來，其是之謂矣。其次一長有餘，亦足以爲韻：
故巧麗者發之於平澹，奇偉有餘者行之於簡易，如此之類是也。自
《論語》、《六經》，可以曉其辭，不可以名其美，皆自然有韻。左丘
明、司馬遷、班固之書，意多而語簡，行於平夷，不自矜炫，故韻
自勝。自曹、劉、沈、謝、徐、庾諸人，割據一奇，臻於極致，盡
發其美，無復餘蘊，皆難以韻與之。唯陶彭澤體兼眾妙，不露鋒芒，
故曰：質而實綺，臞而實腴，初若散緩不收，反覆觀之，乃得其奇
處：夫綺而腴、與其奇處，韻之所從生，行乎質與臞而又若散緩不
收者，韻於是乎成。……是以古今詩人，唯淵明最高，所謂出於有
餘者如此。至於書之韻，二王獨尊。……夫惟曲盡法度，妙在法度
之外，其韻自遠。近時學高韻勝者，唯老坡；諸公尊前輩，故推蔡
君謨爲本朝第一，其實山谷以爲不及坡也。坡之言曰：蘇子美兄弟
大俊，非有餘，乃不足，使果有餘，則將收藏於內，必不如是盡發
於外也：又曰：美而病韻如某人，勁而病韻如某人。……山谷書，
氣骨法度皆有可議，惟偏得《蘭亭》之韻。或曰：『子前所論韻，皆
出於有餘，今不足而韻，又有說乎？』蓋古人之學，各有所得，如
禪宗之悟入也。山谷之悟入在韻，故闡闢此妙，成一家之學，宜乎
取捷徑而徑造也。如釋氏所謂一超直入如來地者，考其戒、定、神
通，容有未至，而知見高妙，自有超然神會，冥然吻合者矣。是以
識有餘者，無往而不韻也。然所謂有餘之韻，豈獨文章哉！自聖賢
出處古人功業，皆如是矣。……然則所謂韻者，亙古今，殆前賢秘
惜不傳，而留以遺後之君子歟？」〔註162〕

范溫「韻」論之內涵界定雖屬「技」之境界而無多新意，然其總結「韻」背

<hr>

〔註162〕見錢鍾書《管錐編（四）》，三聯書店，2007 年版，第 247～249 頁。

後所主導之吾國傳統文化偏於消極、柔弱、沖淡、超逸之一路，乃其所論之「韻」之眞正內涵也，其所舉眾多遍及書畫詩文諸領域之例證，即可見此種明顯之意蘊。此種意蘊之最大弊端在偏於共性而乏個性，更無論「無我之上之有我之境」，無論成就此我性之最高境界之現實世界之世俗民生矣！錢鍾書之局限尚不止此，如云「范氏以『韻』爲『極致』，即《滄浪詩話》：『詩之極致有一，曰入神。』」等「韻」爲「入神」，此種唐突粗陋，實令人無限之詫異！又云：「謝赫以『生動』詮『氣韻』，尚未達意盡蘊，僅道『氣』而未申『韻』也；司空圖《詩品・精神》：『生氣遠出』，庶可移釋，『氣』者『生氣』，『韻』者『遠出』。」錢鍾書以「氣韻，生動是也」，而變異古今斷句之「氣韻生動」，以爲「生動」即「氣韻」之解釋、內涵，可見以誤解人爲本而責人矣；而不僅於此，「氣」亦非僅爲「生氣」，此種闡釋，乃仍偏於「技」之境界，氣之爲物，當知爲人之主體之氣乃氣最第一流之意蘊，「韻」非遠出，更不必再辨矣。又如錢鍾書《談藝錄・六》責王士禎云：「滄浪獨以神韻許李杜，漁洋號爲師法滄浪，乃僅知有王、韋；撰《唐賢三昧集》，不取李杜，蓋失滄浪之意矣。」〔註163〕實則嚴羽詩學之最大矛盾或痛苦即不能容納李杜之詩境，此殆爲詩學史之常識，嚴、王本即一路而同病相憐，錢氏於此昧之，不察嚴羽詩學之實質，而以不實責王士禎，其豈可邪？所可惜者，即王士禎亦未能明「神韻」（尤其爲「韻」）之眞正內涵，《漁洋詩話》附清劉大勤編《師友詩傳錄・續錄》載：「問：孟襄陽詩，昔人稱其格韻雙絕。敢問格與韻之別。答：格謂品格，韻謂風神。」「韻謂風神」，即純粹自「技」之境界而以言「韻」者，其背後之內核則上述吾國傳統文化薰染之文人士大夫精英階層以雅正爲主之審美意識、趣味、格調之體現，因不見主體性之個性思想精神，雖墮入「技」之境界而不可救藥矣！

范溫之「韻」論，兼及其內涵及根本文化精神，然頗少釋氏之色彩，此在上述之歷史線索中尤明顯者，若王士禎之「神韻」說，則受嚴羽之影響甚大，而具禪宗之色彩甚厚，相關言論甚多，如《池北偶談》云：

> 汾陽孔文谷云：「詩以達性，然須清遠爲尚。薛西原論詩，獨取
> 謝康樂、王摩詰、孟浩然、韋應物，言：『白雲抱幽石，綠條媚清漣』，
> 清也；『表靈物莫賞，蘊眞誰爲傳』，遠也；『何必絲與竹，山水有清
> 音』、『景昃鳴禽集，水木湛清華』，清遠兼之也。總其妙在神韻矣。」

〔註163〕錢鍾書：《談藝錄》，中華書局，1984 年版，第 41 頁。

神韻二字，予向論詩，首為學人拈出，不知先見於此。

「韻」之一問題，乃南北朝以來吾國文化、文藝發展之合力使然者，大成於唐宋，故何人最先明確拈出並非最重要者，其關鍵、最重要者則視何人能增進前人用語之意蘊新質，若能系統闡釋之而成體系，則更佳。王士禎之「神韻」雖非首倡，但已具隱性之體系矣，雖然此一隱性體系之徵象不過在審美理想風格之層次。〔註164〕孔氏之謂「總其妙在神韻」，就其所例證者觀之，此種詩歌，何足以為吾國詩歌之最高境界邪？又《香祖筆記》韻：「七言律聯句，神韻天然，古人亦不多見。如高季迪『白下有山皆繞郭，清明無客不思家』，楊用修『江山平遠難為畫，雲物高寒易得秋』，曹能始『春光白下無多日，夜月黃河第幾灣』。近人『節過白露擾餘熱，秋到黃州始解涼』。……皆神到不可湊泊。」「捨筏登岸，禪家以為悟境，詩家以為化境。詩禪一致，等無差別。」《味雪亭詩序》：「嚴滄浪以禪喻詩，余深契其說，而五言尤為近之。如王、裴輞川絕句，字字入禪。他如『雨中山果落，燈下草蟲鳴』，『明月松間照，清泉石上流』以及太白『卻下水晶簾，玲瓏望秋月』，常建『松際露微月，清光猶為君』，浩然『樵子暗相失，草蟲寒不聞』，劉眘虛『時有花落至，遠隨流水香』，妙諦微言，與世尊拈花，迦葉微笑，等無差別。通其解者，可語上乘。」如此例證，皆非吾國詩歌之最高境界無疑，「無我之上之有我之境」與現實世界之世俗民生之意蘊兩事，皆闕如也。又《唐賢三昧集序》云：「嚴滄浪論詩云：『盛唐諸人，唯在興趣。羚羊掛角，無跡可求；透徹玲瓏，不可湊泊。如空中之音，相中之色，水中之月，鏡中之相，言有盡而意無窮。』司空表聖論詩亦云：『味在酸鹹之外。』康熙戊辰春杪，日取開元、天寶諸公篇什讀之，於二家之言別有會心，錄其尤雋永超逸者，自王右丞而下四十二人，為《唐賢三昧集》，釐為三卷。」禪宗境界，畢竟氣象太小，一言以蔽之，吾國一切諸事之最高境界為「大」，無論「神韻」抑或禪宗意蘊皆不以此為歸，即可證其不足以臻致吾國詩歌之最高境界也。況王士禎所言之「神韻」，就其例證觀之，無不而是寫情景之微妙、含蓄、隱約者，僅為抒情詩之路徑，若如「神味」之無限豐富、複雜、深刻之現實世界之世俗民生之意蘊，「無我之上之有我」之成就，而藉若干之細節以表出之，則不可矣，即敘事詩（文學）之境界，亦斷非此種小伎倆、小境界所能括之。「神韻」說之以禪宗為口吻，

〔註164〕如「神韻」、「境界」、「神味」均吾國文論之舊語，而無妨於王士禎、王國維及筆者由之以演繹成各自之理論體系。

實欲以此種詩境之微妙恍惚，而隔膜於現實世界之世俗民生意蘊之深閎偉美、大氣磅礴、豐富多變、淋漓爛漫也。若其根本精神，仍在吾國古代士大夫雅致之格調耳。故「神韻」說之實質，乃繪畫中之「逸品」之精神，王士禎《跋門人程友聲近詩卷後》：「昔人稱王右丞詩中有畫、畫中有詩，詩畫二事雖不相謀，而其致一也。門人程友聲（鳴）工詩畫，名久噪江淮間，近以其七芙蓉閣詩寄予論定。予嘗聞荊浩論山水，而悟詩家三昧矣。」以畫通詩，可見其詩境亦不能高過畫境，而「神韻」說之秘妙，可得而窺，其缺陷不足，亦無不然也。又《分甘餘話》卷四云：「或問『不著一字，盡得風流』之說，答曰：太白詩『牛諸西江夜，青天無片雲。登高望秋月，空憶謝將軍。予亦能高詠，斯人不可聞。明朝掛帆去，楓葉落紛紛。』襄陽詩『掛席幾千里，名山都未逢。泊舟潯陽郭，始見香爐峰。嘗讀遠公傳，永懷塵外蹤。東林不可見，日暮空聞鐘。』詩至此，色象俱空，正如羚羊掛角，無跡可求。畫家所謂逸品是也。」畫中逸品之為至尊，乃宋初黃休復《益州名畫錄》之所為，而置「逸」居「神」、「妙」、「能」三品之上，其最大之貢獻，即「神」、「妙」、「能」三品皆少吾國傳統文化所薰染之文人士大夫以雅正為主之審美趣味、格調、姿致，而「逸品」則大具，並由此而定「逸品」類型之作品所蘊含之文化思想色彩、精神為吾國傳統文化之正宗，即明代董其昌畫分南北宗南宗一派之根本文化色彩、精神。進而察之，此理論之意含仍屬上述李嗣真、司空圖、嚴羽、王士禎、王國維一脈之支流，故王士禎大贊《二十四詩品》，如《鬲津草堂詩集序》曰：「昔司空表聖作《詩品》凡二十四，有謂『沖淡』者曰：『遇之匪深，即之愈稀』；有謂『自然』者曰：『俯拾即是，不取諸鄰』；有謂『清奇』者曰：『神出古異，淡不可收』。是三者品之最上，而子益之詩有之，視世之滔滔不返者不可同日而語矣。」文人雅士，若不根本於世俗之現實世界，則終不能為壯美為主之境界，不能提升自我至於「無我之上之有我」而見為豪放爛漫之「神味」也。總體而言，范溫之論「韻」，雖較王士禎為專注，然就其理論之涉及面及深度、代表性而言，則不如王士禎之「神韻」說，而王士禎之後，則王國維之詩學思想更總「韻」論之大成，更非范溫所論之所能及矣。王國維詩學思想之關涉此一意蘊，不過變換名目，其先則曰「古雅」，其後則曰「無我之境」，而「無我之境」之實質，亦仍不過為「古雅」之審美意識、趣味而已耳，拙著《詩詞曲學談藝錄》嘗有論也：「王國維《〈紅樓夢〉評論》猶受西人悲劇審美意識之影響，故於《紅樓夢》解脫之道，

雖未能以立，而能賞也。後歸諸吾國之傳統詩學，則以『古雅』之思想爲其轉折，《古雅之在美學上之位置》云：『一切之美，皆形式之美也』，捨眞、善而獨以美爲心眼，而大有形式主義之色彩，故至《人間詞話》『境界』說之『無我之境』，乃以『無我之境』歸之『優美』（『無我之境，人惟於靜中得之。有我之境，於由動之靜時得之。故一優美，一宏壯也』），乃以『平和』之優美爲極境，並此悲劇之審美意識亦棄置矣。」〔註165〕又詳論云：

  王國維《古雅之在美學上之位置》云：「南豐之於文，不必工於蘇、王，姜夔之於詞，且遠遜於歐、秦，而後人亦嗜之者，以雅故也」，《人間詞話》云：「古今詞人格調之高無如白石」，又云：「白石雖似蟬蛻塵埃，然終不免局促轅下」，何自相乖謬之如此！而由上所論，可見靜安所謂之「古雅」，實即一種格調耳。姜白石詞，以格調論之，殊爲古今第一，然如靜安所謂之「古雅」，僅是形式之一面，而少境界神味也。《古雅之在美學上之位置》云：「一切之美，皆形式之美也。……釋迦與馬利亞莊嚴圓滿之相，吾人亦得離其材質之意義，而感無限之快樂，生無限之欽仰。戲曲小說之主人翁及其境遇，對文章之方面言之，則爲材質；然對吾人之感情言之，則此等材質又爲喚起美情之最適之形式。故除吾人之感情外，凡屬於美之對象者，皆形式面非材質也。而一切形式之美，又不可無他形式以表之，惟經過此第二之形式，斯美者愈增其美，而吾人之所謂古雅，即此第二種之形式。即形式之無優美與宏壯之屬性者，亦因此第二形式故，而得一種獨立之價値，故古雅者，可謂之形式之美之形式之美也。……一切藝術無不皆然，於是有所謂雅俗之區別起。優美及宏壯必與古雅合，然後得顯其固有之價値。不過優美及宏壯之原質愈顯，則古雅之原質愈蔽。然吾人所以感如此之美且壯者，實以表出之之雅故，即以其美之第一形式，更以雅之第二形式表出之故也。雖第一形式之本不美者，得由其第二形式之美雅，而得一種獨立之價値。……三代之鍾鼎，秦漢之摹印，漢、魏、六朝、唐、宋之碑帖，宋、元之書籍等，其美之大部實存於第二形式。……凡吾人所加於雕刻書畫之品評，曰『神』、曰『韻』、曰『氣』、曰『味』，皆就第二形式言之者多，而就第一形式言之者少。文學亦然，古雅

〔註165〕于永森：《詩詞曲學談藝錄》，齊魯書社，2011年版，第15頁。

之價值大抵存於第二形式。西漢之匡、劉，東京之崔、蔡，其文之優美宏壯，遠在賈、馬、班、張之下，而吾人之嗜之也亦無遜於彼者，以雅故也。南豐之於文，不必工於蘇、王，姜夔之於詞，且遠遜於歐、秦，而後人亦嗜之者，以雅故也。由是觀之，則古雅之原質，為優美及宏壯中不可缺之原質，且得離優美宏壯而有獨立之價值，則固一不可誣之事實也。」綜觀其論，則言材質而不言內容，是其脫離內容之一伎倆也；以書畫之「神」、「韻」、「氣」、「味」為古雅之例證，則古雅妥協於「神韻」者亦甚明矣；古雅之所以妙者，在「以雅故也」，「雅」之一義是其精神所在，由此可見靜安「境界」說及「無我之境」，皆為「雅」所籠罩，宜其不能以「境界」而以「意境」括元曲之「最佳之處」（在靜安而為言，「境界」為「意境」理論之提升總結，故「境界」一語與「意境」不盡相同，而以「境界」為高），蓋元曲以俗為勝，而靜安「境界」說及「無我之境」之為其審美理想，仍在「雅」之範圍之束縛，總體仍以「雅」為主，而不以「俗」或「大俗大雅」為其理想也；「氣」之為物，由形式而見而非形式，靜安歸之於古雅之形式之美，誤之甚矣，「氣」為豪放之關鍵之點，靜安終以婉約為本色，安能解豪放及「氣」之旨趣哉；「古雅之原質，為優美及宏壯中不可缺之原質，且得離優美宏壯而有獨立之價值」云云，是欲以古雅而化優美、宏壯二義，使皆具古雅之性質，即不可化，古雅亦自有獨立之價值，此尤可見古雅在靜安心目中之地位，既雅且古，洵為優美之最狹隘處，喪失事物鮮活活潑之生命力，而僅存其古雅格調之一種情趣趣味，若腐敗物之上所覆之青苔者，雖優美、宏壯之可捨而不吝也；「吾人所斷為古雅者，實由吾人今日之位置斷之。古代之遺物無不雅於近世之製作，古代之文學雖至拙劣，自吾人讀之無不古雅者，若自古人之眼觀之，殆不然矣」，此可見靜安與古而不與今，為古而不為今之心術矣，靜安之尚「古雅」、「無我之境」，與王士禎之「神韻」說實殊途同歸，不過五十步與一百步之異，皆無能與於未來以壯美為主、剛健積極之審美理想也。〔註166〕

錢鍾書但論此一意蘊脈絡之細微處，而不見其整體之趨同背後所隱藏之吾國

〔註166〕于永森：《詩詞曲學談藝錄》，齊魯書社，2011 年版，第 70～72 頁。

傳統文化薰染之以文人士大夫以雅正爲主之審美意識、趣味，又不昇于國維爲此一審美意識、趣味之集大成之最終總結，更不見此一意蘊脈路之缺陷、不足、弊端，則其失可謂之小邪？又錢鍾書《談藝錄・六》云：「鄭君朝宗謂余：『漁洋提倡神韻，未可厚非。神韻乃詩中最高境界。』余亦謂然。」〔註167〕及《管錐編・一八九》之綜納辨核，以爲別有闡解妙悟，惜除嫌「不特嚴羽所不逮，即陸時雍、王士禎輩似難繼美」〔註168〕之外，見識未進，博綜何益。且遺「神」、「氣」而取「韻」，引北宋范溫之說而發論，於范溫獎贊太過。如范氏所言之「夫生動者，是得其神；曰神則盡之，不必謂之韻也」，僅以「生動」闡釋「氣韻」，又謂之有「神」而「無韻」，此種錯亂之邏輯，錢氏居然輕鬆放過，不予追求，而更協從，言「謝赫以『生動』詮『氣韻』，尚未達意盡蘊，僅道『氣』而未申『韻』也」〔註169〕，則又似退步，「『氣韻』、『神韻』即『韻』之足文申意」〔註170〕，自相矛盾，而言「『神韻』與『氣韻』同指」、「『神韻』與『氣韻』通爲一談」〔註171〕，更益悠謬；既論謝赫之「氣韻」，又不足以知「氣韻」之勝「神韻」或「韻」。以吾國文學觀之，凡乏氣之文學，若非作者之主體性精神有關，則即不夠大氣磅礴，而遠離乎現實世界之世俗民生者也，尚何待言哉。古來吾國之士之主體性精神爲儒家思想所掩抑，尚不慘痛邪？故拙著《詩詞曲學談藝錄・引言》有云：「『神味』說本於『意境過時論』，其根本宗旨在突破意境理論而爲創新，以見後來者文學藝術之理想境界，此今之談藝者所昧者也。由之以顛覆吾國傳統文化精神、審美理想之以沖淡、消極、柔弱、出世、保守之爲色彩者，而以壯美爲

〔註167〕錢鍾書：《談藝錄》，中華書局，1984年版，第40頁。
〔註168〕錢鍾書：《管錐編（四）》，三聯書店，2007年版，第249頁。
〔註169〕錢鍾書：《管錐編（四）》，三聯書店，2007年版，第251頁。
〔註170〕錢鍾書：《管錐編（四）》，三聯書店，2007年版，第236頁。錢氏此句後續云：「骨施於人身」，蓋其此處詳論謝赫「氣韻」一語之運用，多以人物畫爲論，由之申論其「氣韻」一義之「韻」之不足。錢氏之論，頗稱奇怪，謝赫明明「氣韻」並舉，偏欲證其無「韻」，而不知魏晉南北朝時期之品評人物（繪畫如人物畫者，亦受此種品評人物風氣之影響，即前者爲源而後者爲流），如《世說新語》之類，其所蘊含之文化思想精神實質，已然乏「氣」重「韻」矣，錢氏恰顛倒是非，以爲「氣韻」即是「生動」，「則『氣韻』匪他，即圖中人物栩栩如活之狀耳。」（第234～235頁）錢氏之誤及其所以誤者，除以前人句讀標點之「氣韻生動是也」別出心裁而不中外（詳見本書後文所論），則其僅專注於繪畫（尤其人物畫），而不以魏晉南北朝時士人之思想精神、意蘊論謝赫之所言及「氣韻」，而不能免其偏頗也。
〔註171〕錢鍾書：《管錐編（四）》，三聯書店，2007年版，第234、237頁。

幟，以養士之氣而立其我性，突破士大夫文人文藝之以雅爲根本格調，而以俗之精神爲心，而尤重其心在世俗民生，以復興吾國之文學藝術，而大其審美意識，國家、民族之運隨之，終以人爲最第一位之價值，則余究竟之理想也。」〔註172〕王國維《人間詞話》倡「境界」說，爲吾國古代詩學之最高境界（然非吾國古代詩歌所能臻致之最高境界，即吾國古代詩學之最高境界，實不足以涵蓋吾國古代文學所能臻致之最高境界，前者較之後者，猶然有所仰視也），有云「滄浪所謂興趣，阮亭所謂神韻，猶不過道其面目，不若鄙人拈出『境界』二字，爲探其本也」，良是，而錢鍾書偏欲反之，其反之又非自出新意而僅拾掇古人之齒餘，袁枚《仿元遺山論詩》有云：「不相菲薄不相師，公道持論我最知。一代正宗才力薄，望溪文集阮亭詩。」「神韻」終是表面工夫，而不足以爲深厚博大，不僅「才力薄」而已。只知乞憐古人，則創新之境遂失，而未能本己見以使其詩學成一獨立之體系，此《談藝錄》、《管錐編》相關詩論最大之缺陷〔註173〕；不知自現實世界之世俗民生之角度檢覈其詩學理論，而僅以「技」逞其博辨聰明，此其此種最大之缺陷之所以致者也。工國維「境界」說總古代意境理論之大成，其立論乃自吾國古今詩學之大處著眼，豈一范氏所能比擬！「境界」說而後錢鍾書猶然而以「神韻」爲詩之最高境界，可謂嫻於瑣屑之談藝而昧於吾國古代詩學之整體大局之觀瞻也。《談藝錄》之不悟，《管錐編》之終不悟也！蓋無論「韻」也「神韻」也，其大概面目以詩言之，終只王、孟一派路數，籠罩不住李、杜，詞中則蘇、辛也。故范氏云「是以古今詩人，唯淵明最高」，「異體兼眾妙，不露鋒芒」也，絲毫不及李杜，而但責「曹、劉、沈、謝、徐、庾諸人，割據一奇，臻於極致，盡發其美，無復餘蘊」，如此則淵明而外，皆無詩人矣。故王國維《人間詞話》「境界」說之倡「無我之境」，亦以陶淵明爲最高，雖其「境界」說較之范溫之「韻」論大勝，而其根柢所本，則同出上述吾國傳統文化之一脈也。且范溫言「以文章言之，有巧麗，有雄偉，有奇，有巧，有典，

〔註172〕于永森：《詩詞曲學談藝錄》，齊魯書社，2011 年版，第 1～2 頁。
〔註173〕錢鍾書《管錐編（四）》（三聯書店，2007 年版）之論范溫「韻」論，申論其「『韻』爲『聲外』之『餘音』遺響」（第 249 頁），又引司空圖、嚴羽、姜夔及西人有關「含蓄」之觀點（第 240～246 頁）以爲佐證，外行樂其舉證之多多益善，而內行則知此種理路，可以謂之總結，而乏理論上之提升如王國維之爲「境界」說者，更無論創新矣。且含蓄蘊藉之爲審美理想，清之賀貽孫《詩筏》、葉燮《原詩》之類皆嘗爲之，僅堪爲詩學「技」之境界，錢氏此之未知也。

有富，有深，有穩，有清，與古。有此一者，則可以立於世而成名矣；然而一不備焉，不足以爲韻，眾善皆備而露才用長，亦不足以爲韻」，此與嚴滄浪之詩分九品皆可入神，識尚有差。《談藝錄‧六》所解「神韻」亦不過滄浪之意，而非王漁洋之取一品爲高，王縱不是，錢氏放過范氏此處，正不知爲何。實則此中關鍵，拙著《詩詞曲學談藝錄‧卷六‧一三》駁鍾書時已言之，此不妨再加申言。蓋滄浪、鍾書之意雖佳，言各品均可入神或至神韻，此乃本然之理而不說自明，爲詩中永恆不變之眞理，然詩詞之佳處卻不在此而在其常變者，變則有生機，變則應乎時勢以成其特美，非是達此不變之極致，爲古今詩人之共求尚而已矣，而是秉時勢之特美，和合詩人一己之獨美，再參之古今詩人中常趨一致之共美，而後乃能成詩人之大美。「選色有環肥燕瘦之殊觀，神譬則貌之美而賞玩不足也；品庖有蜀膩浙清之異法，神則譬則味之甘而餘回不盡也」〔註174〕（錢鍾書《談藝錄‧六》），此足以盡物之致，不足以盡事之蘊，更不足以盡我，而與袁枚《隨園詩話》卷三所言之「春蘭秋菊」之喻無乎不同。〔註175〕故言「韻」或「神韻」者，多是詠物習氣，李杜佳處則遠勝乎此。故諸品皆可入神，即入神之後卻未必佳，以其最終決定者乃是「意」之一義，中含「情」、「志」、「理」、「趣」等義。入神雖爲古今一貫之佳法，卻與現實人生大致指歸之理想、價值無必然聯繫，苟違「人」之義，違世蘊之佳處，則雖入神，不可謂佳。故言入神、韻或神韻者，仍是談藝「技」之境界而非「道」之境界，「有餘意謂之韻」、「不露鋒芒」之謂，純是自「技」之境界著眼，必明意之所尚，詩乃有「道」也！或問世之意蘊，好惡美劣，尋常之人孰不知之，而必絮絮以爭之邪？是矣，然世之人或知事意之佳處而不行之，或僞行之，心口不一，曰其無智不可也，矯情之過也。矯情故虛僞，故無病呻吟，故關心而用大力於詩之技術，故離人情人意人味愈遠而無心於民生之疾苦痛癢，此種之作，縱入神而有韻又何足以爲佳邪！故技上必處以道，道者人道也，是欲使詩人以所明知之佳意爲尚而表裏如一，行之以有益於民生，爲眞詩而道其眞情實意也！若諸品均以入神爲佳而無所尚，誠亦春蘭秋菊各有千秋，若不秉於道而得世俗之大美，又奚贊於世俗共趨一致之理想？

〔註174〕錢鍾書：《談藝錄》，中華書局，1984年版，第46頁。

〔註175〕袁枚《隨園詩話》卷三云：「詩如天生花卉，春蘭秋菊，各有一時之秀，不容爲人軒輊。」此種理路，乍看似乎有理，然以歷時之眼光審之，則知其根本有違於不同時代審美理想更新之必然也。

范氏言「韻」，殊所未至。錢氏既言「謝赫以『生動』詮『氣韻』，尚未達意盡蘊」，則於范氏所論「夫生動者，是得其神；曰神則盡之，不必謂之韻也」之顯以神遜於「韻」，不能正之。實則其責謝赫，即隱寓「氣韻」遜「神韻」之意，而不乏誤解謝赫處，如前所引其所言之「謝赫以『生動』詮『氣韻』，尚未達意盡蘊，僅道『氣』而未申『韻』也」，實則有氣故有韻，兼之而生動，氣盛則易有韻，「氣」等「生動」之談，古今未見其論，可謂臆說謝氏也。又其斷句別出心裁，而點句讀爲：「六法者何？一、氣韻，生動是也；二、骨法，用筆是也……」，而以張彥遠《歷代名畫記》所引之「一曰氣韻生動，二曰骨法用筆……」爲「破句相循」。〔註176〕竊謂此文中若有「曰」字，則每法後贅以「是也」，確有如錢氏所言文理有所不通之嫌，然原文並無「曰」字，張彥遠所爲，不過錢氏所謂之「漫引」〔註177〕，即大體概括謝氏觀點者，並非原文如此。至於「一、氣韻生動是也……」之表述，爲六「是也」句式，亦並無不可，錢氏「則『是也』豈須六見乎？」〔註178〕之詰問，亦殊未中。「是也」以足語氣也，反而「一、氣韻生動；二、骨法用筆……」之言，觀之、讀之不無生硬。六「是也」連用，並非瑕疵，不過強化語氣耳，吾國古之善文言者，之乎者也之類語助之運用而得心應手者，亦不可謂少，連用者亦有之，如《莊子・逍遙遊》之「野馬也，塵埃也，生物之以息相吹也。天之蒼蒼，其正色邪？其遠而無所至極邪？其視下也，亦若是則已矣。」若如錢氏之句讀法，則除「生動」可闡釋「氣韻」外——姑且不論前者是否能以完美闡釋後者——其他五者，如「用筆」之釋「骨法」、「象形」之釋「應物」、「賦彩」之釋「隨類」、「位置」之釋「經營」、「模寫」之釋「傳移」，均大有問題，或不足以盡之，或本即相齟齬而不通，錢氏以語法、句讀疑之，殊足獎贊，然論之不中，亦屬顯然。此之不理，猶然小事者焉，若其大者，則「氣韻」之爲義理者也。以義理論，「氣韻」兼言內外，「神韻」多自形式以觀，「氣韻」或未至極致，「神韻」則僅一偏之得。故范氏以生動爲得其神，大誤之矣，今有云「生動傳神」，生動實稍低於傳神，生動多指物致，傳神雖亦主物致，而多用於人物，故事亦可傳神。傳神爲吾國以意境勝之文學之極致，自技以言也，而又勝乎「韻」之一義。畫中至高品爲逸品，

〔註176〕錢鍾書：《管錐編（四）》，三聯書店，2007年版，第231頁。
〔註177〕錢鍾書：《管錐編（四）》，三聯書店，2007年版，第231頁。
〔註178〕錢鍾書：《管錐編（四）》，三聯書店，2007年版，第231頁。

亦只到得陶、王、孟諸人處，以裁李杜便見勉強，其最佳處不在此也。錢氏談藝亦不免循「技」之境界之舊路，故終差一塵。若能知「氣韻」勝「傳神」，則未必有此誤也。「氣」之不可遺失，因其乃是作者主體性精神之所寄也，「氣」、「韻」並舉，斯乃文藝之高境。後代取「韻」棄「氣」，已然而乏主體性之色彩魅力。「氣韻」一義本大用之書畫之領域者，然此領域畢竟不易表現作者之主體性精神，故若唐詩中之李杜、宋詞中之辛稼軒、元曲中之關漢卿，其作之評衡，便不可以「氣韻」爲論其最佳之處矣。「氣」之不可捨棄也，而豪放之精神貫穿於唐詩宋詞元曲之最高境界，豪放之「豪」本即氣之積聚而盛大充沛者，則「神味」以豪放爲其核心精神，王國維之「境界」說仍屬乏「氣」者，則「神味」爲古今文藝之最高境界，邏輯豈不已皎然明朗也矣哉！錢鍾書之探究闡解雖無大功，卻亦足有啓示，其探索亦有中者，如其《中國詩與中國畫》一文結論吾國古代畫以王維爲尊，而詩以李杜爲上，即王維詩之境界，僅爲吾國詩歌之第二流。〔註179〕王維詩畫風味差似，其山水畫被奉爲南宗文人畫之鼻祖，而以韻勝，而《談藝錄》、《管錐編》大言神韻、韻爲詩中最高境界，豈非言不由衷而勢同水火！蓋前者以研究立論，後者因個體之審美意識、趣味爲心，混爲一談端非智計，錢氏本身亦一詩人，其自有興趣及好尙亦易理解，而其爲學者，則研究須本事實，故有此兩種之矛盾統之於一身之現象。其實由《中國詩與中國畫》之結論以追蹤何以有此差別之一問題，則信可知萬物殊致同歸，詩畫皆爲技止，其最高境界豈宜有二！推察其故，則吾國之畫，信未臻於最高境界亦明矣！張彥遠《歷代名畫記》載顧愷之言：「畫人最難，次山水，次狗馬，其臺閣一定器耳，差易爲也」，評之「斯言得之」。錢氏云：「山水畫後來居上，奪人物畫之席，郭若虛《圖畫聞見志》卷一所謂『若論人物，則近不及古，若論山水，則古不及近』，優劣之等差，亦寓盛衰之遞代。於是『氣韻』非復人物畫所得而專矣……蓋初以品人物，繼乃類推以品人物畫，終則擴而充之，並以品山水畫焉。」〔註180〕顧愷之論畫又有「傳神寫照，正在阿堵中」之名言，「傳神」之義始發而彪炳，以審其畫則論、藝兩臻於妙，故言人物難過山水，個中人眞體會也。而以揆之，則不獨難勝，且復當境界爲高，亦如李杜之於詩，人物畫之極致，則庶見乎萬物殊觀一致，詩畫在最高境界上比肩相齊差似也。范氏云「夫書畫文

〔註179〕《錢鍾書散文》，浙江文藝出版社，1997 年版，第 221 頁。

〔註180〕錢鍾書：《管錐編（四）》，三聯書店，2007 年版，第 238 頁。

章，蓋一理也」，此語誠是而非新談，不過其一之最高處，卻非是「韻」。然則何以人物畫沉淪而山水畫反後來居上得大成就，蔚然吾國畫之正宗？其因緣眾矣！且甚堪注意推究也！一則人物畫所處之時代之氛圍，承魏晉玄學之興盛，儒家之衰庸，釋氏之蕃衍滋盛，而莊老之學特力開掘人性、喚起自覺，禮教庸俗之規矩甚烈，生民慘淡與優生交熾，士大夫之情調一枝旁逸，而以欣賞自然爲心靈之寄託，離比德而興暢神，山水靈性端濡染其逸秀之生氣，用助我氣韻之蕭閒簡淡，畫乘其隙也。概而觀之，則由人物畫之「神」潛替以「韻」，神重內質而韻尚悠餘，山水畫及其「韻」皆士大夫流之情調以固自守者也，雖言意寓以山水而性情實隔於人世，以山水自然之悠餘不盡以陶冶性情，固步自封而青眼向上以避塵，於世間民生之眞趣及人之內美，無所得而不能賞也，於現實世界之意趣及斑駁陸離之異美、平凡自然之偉美，不能融而蘊含。一則人物畫本身及理論之未能更進，亦使山水畫乘隙有因。自其本身以言之，則其僅止於人物，而不重環境，即稍知環境亦僅拘囿於山林園舍亭臺樓閣，如唐朱景元《唐朝名畫錄・敍》有云：「陸探微畫人物極其妙絕，至於山水草木，粗成而已」（亦言「夫畫者以人物居先，禽獸次之，樓殿屋木次之」），顧愷之、吳道子、陸探微等大家雖尚人物而重在傳神，其實亦止到得氣韻生動，其人物由多重形式而薰染以文化之色彩，其性情之突露及塵俗人物皆不易辦，而效果則使人炫其精湛以歎其技藝，則如仕女圖之類，猶雕繪滿眼之美人，而非個性鮮明別具內美，使人會其窈窕，厥有動心之念而忽忽窈若有所通也。又如吳道子之畫釋氏人物，雖故事協備而驚奇豔恐、莊嚴堂皇，蔽虧本質而無益內美，蓋皆題材逼仄而用心有所偏至矣，現實世界之世俗意蘊，不能多見。如此則人物畫往往而成表現人物本身之形貌風神爲主之態勢，至於大力關涉世俗之現實世界無限豐富、複雜、深刻之社會民生意蘊而寄託爲畫中之「細節」者，則頗闕如，因此之故，無論唐宋之繪畫人物畫漸趨衰落，即其後以迄於今之人物畫，亦無大發展，而不知新路徑何在也！豈不令人大憾而有所深思也！竊謂人物畫亦不可拘限以「人物」之本身，繪畫中若「細節」不豐富、複雜、深刻，則如人物畫者，將永無再出頭之日也。若謝赫《古畫品錄》所云：「神韻氣力，不逮前賢，精微謹細，有過往哲。殆變古則今，賦彩製形，皆創新意。」（評南朝宋顧駿之）作者創新之境界，宜有所未備也。其理論雖崇「神」之一義而實僅到得人物外在風神之義，附庸以「韻」，「氣韻生動」之「氣」，有所遺也。宗白華《美學與意境》引徐悲鴻

語云:「中國以黑墨寫於白紙或絹,其精神在抽象。傑作中最現忤格處在煉。煉則簡,簡則幾乎華貴,爲藝之極矣」〔註181〕,宗氏發揮之云:「此實中國畫法所到之最高境界」、「生命之氣韻籠罩萬物,而空靈無跡;故在畫中爲空虛與流動。中國畫最重空白處,空白處並非眞空,乃靈氣往來生命流動之處。且空而後能簡,簡則煉,則理趣橫溢,而脫略形跡」〔註182〕,此亦眞解「氣韻」者,錢鍾書之責謝赫之論「氣韻」,實苛之矣,「氣」、「韻」並舉已是大貢獻,而不必盡以詮釋也,何況以「氣韻」居「六法」之首,以爲繪畫之審美理想,僅此即已然昭著於吾國之文論史矣。〔註183〕然宗氏之論,尚未是「氣韻」之最高義,而仍泛泛之論,未有新質出乎古人所論之外,但所論更爲的到耳。其所言「氣」,雖視野較大,而仍重「空靈」,偏於優美(柔美),若不自「氣」而見到豪放,見到「氣」之沛然浩然、淋漓磅礴之境界,則鮮能出其新質也。故氣爲韻之主也,而得韻必由氣之旨,拙作《後二十四詩品》亦頗渲染之:「氣爲生機,韻偏靜美。得韻必氣,問君知否?雪裏芭蕉,特是韻旨。以韻爲至,逸乃尊耳!臥遊老死,經行身履。風味不差,僅得貌似!」又拙文《氣韻說》云:

> 謝赫《古畫品錄》,以「氣韻生動」爲之首。後世繪畫,乃以「逸」爲極致,偏取「韻」之所成也。清之唐岱《繪畫發微》云:「六法中原以氣韻爲主,然有氣則有韻,無氣則板呆矣。」方薰《山靜居畫論》云:「氣韻生動爲第一義。然必以氣爲主。氣盛則縱橫揮灑,機無滯礙,其間韻亦生動矣。」今人葉朗《中國美學史大綱》云:「氣是韻的本體和生命」、「氣屬於更高的層次」、「韻是由氣決定的」、「沒有氣就沒有韻」。氣韻本不可分,氣爲生之動機,韻爲生之靜機,合觀乃得其美,而氣爲要者,無氣則無韻也。故求韻必自氣入,若否則其韻純爲僵化之具,必入摹仿之境界,則譬猶求婦而對畫中之女,或可爲望梅止渴一時之計,非久成之策也。

> 氣韻生動之「生動」,即釋「氣」者也,生者生機生氣生趣生力也,動者動態也。繪畫以靜求動之術也,故尚生動,生動之在人,

〔註181〕見宗白華《美學與意境》,人民出版社,1987 年版,第 105 頁。

〔註182〕宗白華:《美學與意境》,人民出版社,1987 年版,第 106 頁。

〔註183〕鄧以蟄《畫理探微》云謝赫標出「氣韻」之後,「後之論畫者皆以此爲出發點,士大夫與畫工之區別以此爲準繩;一若此法爲畫學無上之原理,作家與鑒賞家所不能逃者也」(《鄧以蟄全集》,安徽教育出版社,1998 年版,第 205 頁)。

則曰神，故之有「神韻」説，神亦是韻之主，與氣韻無乎不同也。然則何以人皆求韻而不知氣邪？蓋求雅之所然也。雅之義多在形式，即形式而雅亦須內容爲俗，所謂大俗大雅之境界也，無內容者則不易得其氣，而形式則和模擬，故世之人皆以韻爲尚而求之，是猶逐水之浮蘋，不能自主也，乏沃壤之交接也。

　　然則氣之若是之要也，將何所由而得之邪？一則曰用心於世俗之境界及精神，一則曰觀《孟子》之書，則自然有成也。

蓋一切諸藝術雖各有所偏擅，要之，「事」之一因素是其臻於最高境界之必須成分也，如文學之境界，「神」之一義依於性情，必更進而融「事」之一因素，由事得理之妙、得其趣而綜合提升爲「味」，若蜂採花之釀蜜然，故由「意境」、「神味」兩者言之，「意境」爲吾國藝術之最高境界，「神味」爲吾國文學之最高境界。韻也者，本自物之特性言也，乃文字應有之義，其本即有言不盡意之特性〔註184〕，而其中妙處又必假文字以傳、假文字以觀而得之，爲佳文字之特徵，以驗詞句間尚可，若以之爲文學之理想，徒矜於字義之名辨理喻，實未足也。湯用彤《魏晉玄學論稿・言意之辯》言玄學因言不盡意、得意忘言之關係以立其本，通貫全體，極有得之言也。〔註185〕韻之於詩，亦無不如是。由言而象，而韻而境，皆指虛蘊而發展，言之表意敍事則指實，吾國之詩未大興後者之一正常理路也。韻之淺者曰風神，其深大者曰意境。意境理論又以「境界」爲主，境界有佳有劣，韻亦同之，非謂有韻、有境界亦即爲佳作也。若「神味」一義則以其不復，有則必佳而無則必無此佳，與有言必有意、有詩必有韻（亦猶言意之辯，字、句篇皆有韻，亦立一系統）異，眞正文學理想之所繫也。實則文學理想必涉於人、必涉於事，人之最高境界爲「神」（性情及人格境界、思想境界、精神境界，其最高境界爲「無我之上之有我之境」），事之最高境界爲「味」（其表現爲「細節」，乃將有限或局部最佳化者，其所指爲現實世界之世俗民生及由之而成就之「無我之上之有我」）。兩者必須和合，而「味」又重於「神」，其何以故？性情易得，得則本於我而不假於外物，「味」則必經世事以達人情、深體民生，唯以此故，而可使性情具其內美，且因關懷他人而得到彼岸也。「神」、「味」互孕，「神」流入「味」

〔註184〕清之張惠言《詞選》「意內言外」之旨，亦自文字學上得悟而溯及《説文解字》，又爲一徵也。

〔註185〕湯用彤：《魏晉玄學論稿》，上海古籍出版社，2001年版，第24頁。

而「味」以「神」顯。必重事者，以事之佳矣，瑰奇炫異矣，深情而羙牟，
敘之無文亦動人之甚，質有所勝而雕琢矯虛之不能得也。然世間安得許多佳
事供人採掇？是矣，故余特拈出「細節」一義。「意境」之造由有限以求無限
也（「意境」即韻之立體化）；「神味」之造則是將有限（或局部）最佳化也。
「意境」因「興象」（「意象」、「情景」）以成就，「神味」由「細節」而圓滿。
細節非體物精微如「潮平兩岸闊，風正一帆懸」、「細雨魚兒出，微風燕子斜」
之類，必關乎人事以見人趣人味者焉！「神味」一義有若干層次，而以能得
細節之無限豐富、複雜、深刻者為最上。「紅塵世俗，大美存焉」（《新二十四
詩品》），細節無處不因人生動而善而美，形諸文學，謂之「神味」。其不拘於
人之身份地位，不關乎人之見識學問，不根本關乎作者之才情，無與於人本
體之俊醜畸殘，即畸殘卑賤之人、凡夫走卒之流，苟存心靈之閃耀與夫性情
之天真淳樸，無礙其臻於神味之境界也！若夫「氣韻」，氣發於內而韻遠於
外，猶得動而實以兼虛；若神韻則並虛而趨靜，此詩畫之皆有王、孟路數而
不擅現實世界之活力及美之所以也，若由「氣韻」為本而之「神味」，則不獨
詩可至於李杜，並畫之光芒亦必不為山水畫所掩矣！蓋僅措手自理趣上談
藝，到得王、孟而追淵源於老莊則亦至矣，然談藝除欣賞研求理趣外，其更
實際之用則為作者指出文學之理想及人將何所由以達之之二事，由之不必或
到，而不由之則必不到也。天分用心，有所殊耳。故必使之知文學之真目的
為大雅大俗，而其真活力在世俗之現實世界。韻之有妙也，徒韻云乎哉，抱
一隅而不知以三隅反，則其滋惑也甚，誤人也甚。且夫「神味」一義非徒綜
該眾美，意在獨顯以與諸說爭長短做斤斤計較而已，其意在更進意境理論而
別開生面，自總體上以揚棄創新，非徒如「境界」說總括眾美而圓熟意境理
論為大成之境，而不知其創作之現實已弊不可救，故理為理論可，而欲用之
以作為未來之文學則迴天乏術，僅能辦回光之返照耳！神味較之意境，三分
仍舊七分生新，以理古之文學，則其已露端倪之潛流，如元曲，如其絕爛漫
者關、王、馬、白、鄭之雜劇（關最具代表性），如詞中之辛稼軒、如詩中之
李杜之少量篇什，如歷代民歌之卓絕異美者，以之為根本以開創截然與古之
以意境為的之文學，但恐今人不悟耳！小說因多得細節之故，雖有流美而
神味散播，難得一見眾美淋漓之作，且不與作者之主體性精神直接相關。舊
體詩則自王國維《人間詞話》以來，大體未能徹底改徵，唯一囂絍弩不期而
至神味之境界，而與古之以意境勝之作有別，靜安復生，亦當歎其「亦若不

以意境勝」〔註186〕（《人間詞乙稿序》論辛稼軒詞）也！而其作力猶單薄，覽之有不能盡情出態之歎〔註187〕，雖然，已自足挺出百代而光華難湮，一若當年辛稼軒之詞也。二人者詩詞史上絢爛瑰麗不可多得之雙璧也，而皆未至神味之極致。稼軒雄鬱于內而深，其外之爛漫亦佳，而內蘊之深厚未若紺弩；紺弩則於根本上乏豪放之精神，內在之神味已具而外在之爛漫有所不足。若稍乏現實世界之世俗民生之表現，而不僅爲深切之同情，則兩人更須更上者也。必兼美內外，以內成外，以外成內，內外交互至於將有限（或局部）最佳化之程度，一以貫之以豪放之精神，主體臻致「無我之上之有我之境」，以世俗之現實世界爲意，而出之以豐富、複雜、深刻、鮮活、淋漓、爛漫之細節，而神味之境界可爲圓滿也！二人者皆有奇異之人生經歷，絢美之深情，由之以補其詩其詞，所謂文外之工夫也。〔註188〕世之作者恆不知之，而未諳人生境界有異，差以分毫則於文學境界上允分勝負，茲不嫌絮絮，而詳論人生境界與文學境界者焉：

人生與文學者，其境界有所不同，又有所相成者也。吾國人生之境界爲東方文化精神之顯現，時時處處而能欣賞自然與生活，於萬物紛紜世俗擾擾之中求靜，求完美圓滿至善之心態、人格，而感染及外，平等以對物而莫強以情，至不惜降我爲物以求得和諧，追求天人合一之境以收其成，以養我之性情並享受人生，不必期於外物也。天人合一之境界即我與物互通有無之所成也，我之所乏乃完美圓滿之天，之純粹純潔自然之性；自然之所乏則我之性情、格調、意趣。天得人之助則可以怡生養性，人得天之助則可以超越世俗而能於動中求靜，以靜伺動。故吾國之哲學精神務求努力提升自我以與自

〔註186〕王國維：《人間詞話》，上海古籍出版社，1998 年版，第 77 頁。
〔註187〕拙著《轟紺弩舊體詩研究》一書有云：「紺弩之舊體詩作，佳者十之一二。其佳者可入古今詩之最第一流，而劣者尚嫌不入流，其介於兩者之間者，亦不可以詩人之作視之也。參差不齊，古今詩人，殆以此子爲最。大多之作，水平尚在魯迅、田漢、郁達夫諸人之下。良由作者無意於詩，故能出詩人之常徑而外覓見天地，而開拓之，濫作者因之亦眾。」（四川大學出版社，2012年版，第 2 頁）當轟紺弩之時代，舊體詩之作爲益難，若以「神味」爲追求，則洵極其難也。大力探索、創新，所作能得佳者十之一二，亦足慰矣。
〔註188〕稍可異者，則稼軒詞能以臻致「豪放」之最高境界，而轟紺弩之舊體詩則頗有關於「豪放」之境界，即其詩境所流露之不受拘束之姿態，亦多自性情中來，而非根本自世俗之現實世界之社會民生意蘊中來，此即其豪放不足之根本原因。轟紺弩舊體詩之得失，拙著《轟紺弩舊體詩研究》一書有詳論，可參看。

然之宇宙相等，而其一切諸著眼點皆以人爲中心。以我爲中心構成一內在之宇宙，與外宇宙氣息相通、精神往來〔註189〕，以不變應萬物之變化微妙，以虛靜制靈動。一人之力或微不足道，然合眾之力則足以漸變改造世界也，以取得與自然平等對待之地位。先秦諸子之政治理想及後世之「世外桃源」型式，即其理想及精神之最高境界；再其下則漸下其義，爲隱逸，爲神仙。而其積極之一脈則在田園世俗精神，漸變人之齊宇宙萬物之地位，更而審視觀照自我之主體，自魏晉以迄於南北朝，自我表現意識大萌而發，人由物而歸自我表現以內審諸己而不覺有悠然玄遠超逸之喜，則天遂成自然規律之別名，而求以人存在處世之豐富現實性爲的以和合之，人之精神漸浸世俗，而前賢與宇宙同呼吸相俯仰之境界不復存在矣！既浸淫世俗之色彩，乃欲以純潔無垢之理想幸免於世之鄙惡粗俗，欣賞其美而矯其未眞未善者。若自然之義，已隔一層，故其人性始獲爛漫之態。其歷史演變過程即由大我之淳樸渾一發散爲獨具個性千形萬態總稱爛漫之小我，如有思想境界、精神境界之佐益，仍可期於成就一大我也！一則爲原始本來之大，一則因小以見、寓大，斯兩種境界，皆爲吾國文化精神之極致也。前境界靜中孕動而以靜爲主，動即向未得完善發展之我性、人之性情；後境界動中孕靜而以動爲主，靜乃永恆不易、自然演繹之自然法則及文化精神。後境界之動，即人性人格人情完美圓滿之物態存在之現實。前境界哲學的也，抽象的也，出世的也，理想的也，社會的也；後境界文學的也，入世的也，現實的也，個性的也。前境界乃吾國文化精神中理想人生之境界，後境界則吾國文學中理想之境界。明乎此，而後於吾國之文化精神與文學之領悟始能登堂入室得其三昧也。

　　人生與文學之此兩種境界，各爲一脈而又相輔相成也。人生之境界必得文學之境界而爲彰顯，而後能使吾人知生命價值之所在，而大見燦爛爛漫之我性，於種種所曾經歷所未經歷之際遇，深感於心而具體以例於生活，以使人生理想付諸實施，免於空想浮幻，使吾人知於現實名、權、利、誘而外，有更能使其精神得滿足者也。文學之境界必得人生之境界爲助，而後能使文學著普遍、平等、實在之意義，使文學之品格更及於深閎偉美之境，以爲人性、人格、人情之燦爛爛漫造一背景、造一氛圍，不至使其僅爲抽象、形而

〔註189〕《莊子・天下》云：「獨與天地精神往來」，是矣，然云「而不敖倪於萬物，不譴是非，以與世俗處」，則非現實之境界者矣。紅塵世俗，人因自身之稟賦、家世諸因而不能平等，若干是非因之而生，若不論是非，則無人世間矣。

上、非實在之光影、說教而已，亦使文學中之人物形象及其性情得一豐富飽滿之可能，又能使之以小見大，於平凡中成就偉美，使吾人之思想、精神、得以薰染，其心動焉，而使之精神得積極樂觀、自信之色也。

　　吾國之人生境界，其靜中孕動之傳統自來久矣，而偏於靜，於文學中之表現多志高心雋、言潔行永，悠然自得而資啓發感悟。故靜者，自然宇宙一切諸力綜合之齊一、和諧，乃動得其暫時之平和者也，欲得先予，欲伸先屈，欲動先靜，世界之本質乃動態也。物之於我，靜也；人生境界之於文學境界，亦靜也。文學境界中之人生境界之於精神境界，亦動與靜之關係。如王、韋之詩一脈，皆以求靜而顯見人生境界者也，以動爲其點綴，然我性之歸之於物性，遂不能積極矣、自信矣，然能凝定守一、堅貞不二，且物性之世界本爲動態，故亦能於極靜中得些些動態之提示、領悟，於事物之生命本質力量則莫能體會也，如右丞「日落江湖白，潮來天地青」之句，靜以爲蘊而動以爲趣，靜壓抑動而動終突破靜，以事物之本質力量非任何形式所能掩也！吾國古代即有詩畫同質之說，其實蘇東坡《書摩詰〈藍田煙雨圖〉》所云之「味摩詰之詩，詩中有畫。觀摩詰之畫，畫中有詩」之言，其實質精神非是詩畫同質，詩情畫意亦非詩歌之最高境界，故德人萊辛之《拉奧孔》，倡「詩畫異質」之說，則力求其異者也，專門論之，必然深刻，如言能入畫與否非是判斷詩之優劣之標準，而拔詩之境界高於畫之上，則可破除吾國以詩中有畫畫中有詩之爲詩中高境之觀念。然其超識則尤在「化美爲魅」說，即重動態之美，又倡「富有孕育性之頃刻」，皆是也。所可惜者，萊辛之論乃解決繪畫（雕塑）之提升，而若詩歌之領域則未嘗涉及，而不知「無我之上之有我之境」、細節綜合而成之「神味」一義或其相似意理，故雖論詩高於畫，解決此兩領域之高下問題〔註190〕，然僅能於「技」之境界解決之，而於詩歌或文學本身領域之發展提升，則闕如之，雖由其論可大反前人溫克爾曼所倡之「靜穆」美，然以動反靜，尚缺乏審美理想系統之建樹，其所樹立，乃詩畫之兩事應有基本之義。西土文學不以人格化之意象爲事，故於我性之動靜不大體會，此萊辛之所以欲突出事物動態之美也，而未及於人爲自然之動之特出，人性、人格爲人之動之特出者也。余則又於動中析出動靜兩境，而以爛漫人性、人情而成就之人格境界、思想境界、精神境界爲「神味」說之最

〔註190〕今人吳冠中晚年悔學畫而未從文，云「詩才是最高的藝術境界」，拙著《詩詞曲學談藝錄·卷一·五五》有論（齊魯書社，2011年版，第108～109頁）。

高境界，亦即「無我之上之有我之境」，亦即文學境界中之最高境界，而高出於人生之境界──此亦即「神味」一義之爲審美理想高出於「意境」理論之一端也。

　　動與靜，文學境界中所表現描寫之事物之本質關係、特徵也，若能參透此關，則其他諸如物我、虛實、內外、正反、正譎等皆迎刃而解矣。動常在我而靜每歸物，雖動靜不可實分而以一爲主，其主者亦境界殊異如儒、道二家，儒者以靜爲輔而以動爲主，道家以動爲輔而以靜爲主，如《莊子》所言之呆若木雞。若文學則陶、柳、王、孟一脈，其心皆終於道家也，若杜、辛一脈其心則終於儒者也。蓋靜者多形式也，故王國維《人間詞話》有「有我之境」與「無我之境」之分而不及其三，若自內容上以觀之，則不得不如《詩詞曲學談藝錄·卷一·二》所論，而必出其第三種之境界「無我之上之有我之境」者也。蘇、辛雖俱爲豪放派之代表，而蘇之詩詞其境以超逸灑脫爲主，而爲道家精神之所寄，與眞正之豪放仍有間也，眞正豪放之精神，必以突破現實世界爲的，「『無我之上之有我之境』之最高境界，其豪放之精神是矣。『豪放』爲吾國諸壯美諸範疇中最具主體性精神姿態，而又能持之以美之境界者也。『豪放』之內涵爲氣魄大而不受拘束，其不爲束縛者乃一切諸僵化、過時、腐朽之法度、思想、風格、技法，故能以突破之則可至『無我之上之有我之境』，而後得入創造創新之境也。儒家心在世俗而常爲僵化腐朽之禮制思想所制，道家能獨善其身，而不經於世俗民生則不能使我性至於最高境界，補二者之失而取兩者之長，此豪放之能事，故豪放者，唯能爲其事而補道家之所短，唯能爲其事而不受其名利之外物束縛以取道家之所長，此誠吾國文化思想之最高境界也。」〔註191〕（《詩詞曲學談藝錄·卷一·六》）蓋東坡雖足以極道家精神之極致，卻不足以至儒家精神之極致，形式上雖已至道之境界而允稱完美，內容上卻有所闕而未盡其善，於其自我之人生境界已稱圓滿具足，其於世俗民生之精神境界則尚未至最高境界。若杜少陵，文學境界中儒之精神臻於極致者也，而道家之精神則未得其至，其與稼軒之文學境界仍有異也。若和合儒、道二家之長而一之，唯一辛稼軒也。此以文學境界言也，若論文學成就，則詞之一體內容偏狹，其深厚博大豐富多彩，遠不及詩爲甚，故辛稼軒未杜少陵若也。而此兩人，皆勝東坡、淵明輩多矣。陶、蘇二人，以人格、思想、精神之境界則推陶，以文學之道、技兩成則蘇

〔註191〕于永森：《詩詞曲學談藝錄》，齊魯書社，2011年版，第12頁。

不讓，而陶之境界，少陵已稱其「陶潛避俗翁，未必能達道」(《遣興五首》)，頗為具眼而一針見血。蓋饑腸轆轆而賞菊賦詩，則其「悠然見南山」之「悠然」，畢竟尚欠幾分瀟灑、豪放而殊令人懷疑其境界也；且其有待於當地官吏之酒肉，亦為尋常之民所不可往往而輒得之殊遇，此種人生之境界乃是真悠然也！與東坡之以道家精神為主不同，淵明實為儒者，而為其獨善者，此種之人魏晉之際多所有之，而若淵明之志，不免使人莞爾，徒以詩文風流及人格之耿介堅貞、高潔絕俗而不染於世風之隳敗醜惡、頹廢玄遠者流，為東坡所拔出而大加讚賞，察其情衷，雖其獨善而惡世之風氣，然亦未嘗不為士流自高所累而有意避世復避世俗之人，為少陵所嗔也。〔註192〕概而論之，絕塵棄俗聲氣自許之未難而在俗而不失其節，為民生之利而不難於犧牲自我表現一己之利，而於平凡偉美之世俗民生始終保持一種真摯大氣之深情之難也！唯其大氣深情也，則其必於民生之哀樂疾苦有切膚之體會，而益不受拘束於外物之影響，而無限之愛平凡之民生生活及其人也，至於此一境界，則真能和合吸取儒道二家之長而提升其人生境界至於精神境界，無論以著文學或著之於文學，皆可逯期於文學之最高境界也。此一境界，辛稼軒是其最完美之典型，而徒以詞之一體體制之拘束而未稱其成就，曲雖較詞容量轉豐而跌宕更見生趣而堪繼武，惜其發展又因歷史之原因而未得大成就，唯關漢卿稍見可觀。余為世人拈出人生與文學之兩種境界，欲令至今而猶以陶、蘇為最者其斂而悟之，並確知「意境」非吾國古今文學之最高境界，而「神味」是其一家之言之最新探索也。「神味」說複雜無統，為便世人故，拙著《詩詞曲學談藝錄‧卷一‧五三》嘗撮其要義，《諸二十四詩品》又為《「神味」說詩學理論要義集萃》〔註193〕，讀者自當知「神味」說與「神韻」說、「境界」說之同異優劣也。范溫之說，云韻「蓋生於有餘」，「捨聲言韻，自晉人始；唐人言韻者，亦不多見，惟論書畫者頗及之。至近代先達，始推尊之以為極致，凡事既盡其美，必有其韻，韻苟不勝，亦亡其美」，「眾善皆備而露才見長，

〔註192〕魏晉南北朝之士人，其關涉世俗之現實世界之思想姿態之最佳者，乃嵇康，即阮籍，亦較陶淵明為稍勝。陶淵明之所以為後世所欣賞拔高，根本則源於其文學之成就，更高於當時之世人，其所表現之文人士大夫以雅正、超逸為主之審美趣味，較之嵇康、阮籍諸人亦更具代表性，且其後此種審美趣味又成吾國古代文學之最高審美理想「意境」之核心意蘊，所謂順水推舟、水漲船高也。

〔註193〕此非「神味」說理論體系要義萃論之最終版本，諸版本情況詳見本書第三〇則之注釋。

亦不足以為韻。必也備眾善而自韜晦，行於簡易閒淡之中，而有深遠無窮之味，觀於世俗，若出尋常。」蓋宋無唐代之氣勢、氣魄，遂不能重質而轉求其外，「韻」論是其徵也。且以畫境衡詩，則必失李、杜、蘇、辛或其佳處；且直如聖人垂德裕如之貌，非是作詩，名句之巧、新、奇無矣，細節之妙難見矣，性情之作不可矣，無論神味矣！小兒女天真爛漫狀乃堪喻於詩也，元曲之本色而淋漓盡致、潑辣爛漫之境界，「韻」之一義更不能容矣，況小說之具神味者邪？古印度亦有「韻」論，則自其本體以究原，其路較勝，非若中土乃遂以為詩文之極致也，故不惑；而異邦之有似乎之論，亦見其高明不足以為吾國之特色也，又奚足以至文學之最高境界？錢鍾書既詳繹吾國詩、畫之最高境界而猶念念不忘「韻」之一義，不知何以調和其內心之矛盾也。徐渭《書謝叟時臣淵明卷為葛公旦》云：「不知畫病不病，不在墨重與輕，在生動不生動耳」，若遺「氣」論「韻」，則此種生命感動與性情相發之意味，不得體會矣，而況氣韻生動乃物之極，非天人之極、文學之極哉？徐文長之大寫意畫最佳，若以韻限，何可至此淋漓之境？范氏之求簡易閒淡，於文長之大寫意何涉？鄭板橋之竹去文長者尚甚遠，其所論畫竹之三境界，亦自稱「有成竹無成竹，其實只是一個道理」（《題畫》），本尋常之理，作之過程與佳劣無關也。畫至大寫意而極，若再加抽象，實以人事之細節而得之，則去「神味」之境界不遠矣。詩、畫在今實大有發展創造之空間也。近人宗白華、梁宗岱、鄧以蟄諸人理會意境皆佳，鄧氏《畫理探微》云氣韻生動之作「乃畫家之最大成功」〔註194〕，然宗、鄧解之雖佳，卻多就藝術而論，所論意境為藝術之最高境界，無涉文學也。實則此事極易明之，宗氏言「生命之律動」，鄧氏言「氣韻」，以文學之最高體式小說言之，非其最高境界也，任例一富神味者即可明矣——如《竇娥冤》、《水滸傳》、《西遊記》、《紅樓夢》、《阿Q正傳》之類，「氣韻」何嘗是其最高境界？故余恆以為「氣韻」、「意境」之類皆藝術之最高境界〔註195〕，而非文學之最高境界，若文藝之最高境界，

〔註194〕《鄧以蟄全集》，安徽教育出版社，1998年版，第225頁。

〔註195〕宗白華有《中國藝術意境之誕生》長文，悟解極佳，論「意境」而標示以「藝術」之領域，雖有涉文學，然其重心則仍在藝術，即可見「意境」為藝術之最高境界之一徵也。鄧以蟄雖云「氣韻為書畫之至高境，美感之極詣也。凡有形跡可求之書法，至氣韻而極焉。」然又云「復為一切意境之源泉，其於意境實猶曲之於佳釀焉」（《鄧以蟄全集·書法之欣賞》，安徽教育出版社，1998年版，第184頁），則仍不以「氣韻」為文藝之終境，即「氣韻」之為審美理想，終不如「意境」也。

非「神味」一義不可矣。

一八

元曲以豪放爲本色，元曲之俗之精神即豪放之精神，非徒然也。無豪放之精神，則「無我之上之有我」之境永不可臻致。「神味」說之實質，乃即豪放之精神，而元曲是吾國古代詩中最佳之表現。豪放之精神，余嘗闡論之於《金庸小說詩學研究》一作《〈笑傲江湖〉之精神》一章，其言曰：

豪放者，歷經最大束縛而獲得之自由之境也，戴枷鎖而能舞也，於事物之本質得玲瓏剔透之領悟，而與其生命存在之節奏相俯仰感應，得物我之間莫大之和諧，而又使我之性情適乎天地萬物，緣世俗民生而臻致「無我之上之有我」之境，出入人天，而又呈現爲爛熳之狀態者也。其核心內涵則不受拘束，故豪放乃事物演進之內因，亦我性與於創造之表現也。純粹之豪放，其生命力恆及於宇宙自然而以物待我，故能於虛應萬物，以我性改造自然人生者也。豪放之我性，必不徇於物，而保持自由之思想、獨立之精神，其所徇於物者，物之自然也，無之，物不得其生焉；必不徇我也，其所徇，乃芸芸眾生之大者，故由之得以成就燦爛爛熳之人格境界、思想境界、精神境界也。豪放之境界，寫意之所生也，以動爲其本色也，以歷虛而虛實互生之境爲其結構，其心境不可下於沖和平淡也。故豪放一義，非僅疏曠放達即所謂達觀而已，而必兼達觀與積極兩種精神境界：故如詞中蘇東坡之豪放，未辛稼軒若也。

世俗之所云豪放，多膚淺之論，往往在風格論之層次，雖與豪放之精神相關，而與其最佳無上之義諦，相去遠矣。豪放一義乃東方文化精神之最高境界，雖儒道二家之極致，不足以當之也。必和合儒、道二家之積極、進步之精神而補其未善，而後可以當之也。豪放之境爲吾國特有，唯有此特質，乃能使藝術在形式上直抒性情，不拘格套，姿態爛熳，在內容上富有活力，情趣不俗，氣質大方，表現爲積極樂觀之精神境界。西方之勇武強壯、威猛莊嚴，與豪放無涉，西方人不含此特質，亦不解豪放爲何物。西方人之情感以激情爲形態，其瀟灑在形體，東方豪放之本質則在於精神。即以

釋氏言之，其清淨莊嚴、玄秘精深之境界，亦不蘊含豪放之精神。豪放存在之環境，亦由吾國兩千年醞釀而成之人格化之事物爲其氛圍，事物或緣古之意境理論而不盡適於今，若瀟脫不羈、姿態爛熳之我性，則無古無今，越度時空，如魏晉南北朝時達觀放蕩之士之性情，明季激進自由之士（如李贄）之性情，無不燦爛於千古，永恆於歷史。又豪放之得，必歷「悟」之境，然如釋氏，如中土之禪宗，專以之爲事，如六祖慧能與歷代高僧之故事，其行亦或放蕩不羈，自由不拘，睥睨俗世，脫棄紅塵，空色自如，不執於物，然以吾人之目光視之，此可謂之達觀，不可謂之樂觀，不可謂之積極，故非豪放。其於世也，雖期諸普度，實限以自證，世俗中人之智計，又不可期之以遍悟也。歷代高僧猶有數十年不悟者，況世俗中人哉。蓋釋氏空悟義理，自陷抽象，其所行止、尊崇，不過如瓶中之花、鏡中之象、空中之音、水中之月，去眞實存在之境界，隔一層矣，故云自我圓滿，實不關人痛癢，普度眾生，便如霧中觀花光景。蓋自然人生之眞諦，不患現實世俗，而患囿能超越世俗。紅塵世俗，大美存焉。釋氏之所爲，實無異緣木求魚，脫離世俗。超越如蜂採花而釀爲蜜；脫離乃避開世俗，自求虛擬理想之境，如「蝶飛蛹外繭成全」之句所揭，不過蛹化爲蝶。蜜不可復成爲花，故其過程，乃一創造之提升；蝶可復產卵而成蛹，故其過程，乃一機械之循環。此兩種境界，一名大我，一名小我。大我乃於平凡、尋常中造就非凡，小我則因人稟賦因緣之異以成，不可強求。故豪放之境，必是大我，即「無我之上之有我之境」，能於此者，乃眞豪放也。

豪放之爲精神境界、精神意態，爲自信，爲爛熳也。東坡《卜算子》之「揀盡寒枝不肯棲，縹緲孤鴻影」，不具自信也。若《定風波》之「回首向來蕭瑟處，歸去，也無風雨也無晴」，則可矣。又如張于湖《念奴嬌》之「悠然心會，妙處難與君説」，嚴蕊《卜算子》之「若得山花插滿頭，莫問奴歸處」、李太白《山中與幽人對酌》之「我醉欲眠卿且去，明朝有意抱琴來」，必具自信而不待於外物，乃堪與於豪放也。豪放之事物之本質，在其生命力内蘊之美之閎大充實，無物可以挫之敗之而能阻擋其向完美完善之境發展之趨勢，亦

即事物自然而然又不得不然者，亦即《《聊齋誌異・嬰寧》之意境神味》所言「外形實不足以掩其內美」黃蓉之例之義旨。又如屈大均《魯連臺》詩云：「從來天下士，只在布衣中」，無限自信之意態，又何如也。《莊子》有云：「獨與天地精神往來，則大美存焉」，是何等自信之境界；若「雖千萬人，吾往矣」，不必言矣。必具自信之美，而後能摒絕浮躁繁華，離於色相，而能與物交融心會，固守孤獨寂寞，寄其形骸，探其眞美。發之於外，乃見動媚爛漫。按「媚」之一語，實即內蘊之美之主於靜而動而爛熳者，內媚而外爛熳，皆爲英姿勃發深具自信之豪放者所有，皆攝人心魄、澡雪精神之美也，必具自信，乃能如是也。西人萊辛之《拉奧孔》有「化美爲媚」之一法，雖倡動態之美，而於內美（人格、思想、精神境界之美）仍在門外，亦不可期以豪放之精神也。

　　吾國文學中詩人之最具豪放之氣質者，其杜少陵、李太白、關漢卿、辛稼軒數子者歟？其次則蘇東坡、龔定庵輩。文學雖未大見而人極豪放者，則嵇康也。以書爲論，則顚張狂素之大草也。或能解李太白之豪放，而不能解杜少陵之豪放，而歐陽修《六一詩話》有云：「唐之晚年，詩人無復李、杜豪放之格，然務以精意相高」，則其豪放爲確然無疑也。詞人不得不獨許蘇、辛者，蓋二人之後之所謂豪放派，實鮮蘊含豪放之精神也。關漢卿之豪放，乃元曲以豪放爲本色之最出色者。龔定庵之豪放，則異於李太白之清華瑩澈、玉雪皎潔，而透露瑰麗奇譎、一往情深之色彩，未易多得也。或以如放翁「樓船夜雪瓜洲渡，鐵馬秋風大散關」之句者爲豪放，實則豪放並非依於雄大壯闊之境，亦不喜以熱烈奔放爲主，而大致在動中孕靜，靜乃我性和諧於物之表現，動則寓我之內美於其中，故如稼軒詞中之寫鄉村閒適者，雖貌似靜，而其內在所蘊含勃鬱超逸、深渾優美之人格、情志、理想則絲毫未減未遜，無往而非具豪放之精神者也。

　　豪放之精神必飽含深情，於自然人生之事、理、意、趣，所謂千形萬態之色相，能欣賞其美，而以陶冶怡養性情，葆持虛盈之態，貌似極靜，極無所事事，實則物極而反，待時以動，身心精神，皆極靈動，如蛇信然。豪放之精神在於勝己，而非溺陷於世俗，爭擾

於名利。由勝自然以提升自我，而非以人爲的，以辱、敗、陷、殺
之爲滿足，亦不以玩性情爲代價，亦不重世俗之名利，所謂天下交
譽之而不加其喜，天下交毀之而不加其憂焉而已。故眞正具豪放之
精神者，不以名利富貴爲意志，而能以布衣傲王侯。亦非傲之，不
過視之如稚子赤裸之時，人人不異也。故眞正具豪放之精神者，必
愛人，必以仁待人，以平等待人，以平常心處世，而尤對世俗中人
之弱者飽含深情，而能以其生爲一己之喜怒哀樂，而恆欲其生得大
美滿幸福。然現實世界之民生又恆不得善，恆爲名利所曲，權貴所
迫，爲惡劣穢醜所污辱毀滅，故豪放者常能捨一己之私而起與之爭，
而能不以生死爲意，林少穆「苟利國家生死以，豈因禍福趨避之」
之句，得其實矣，縱身死之，猶得「零落成泥碾作塵，只有香如故」
也。吾人之覽杜詩，深鬱固佳，而其中隨處而有之深情，尤使人不
能自持。故眞正具豪放之精神者，其性情必特出，其大而可觀者則
成爛熳，而能入於「無我之上之有我之境」，亦唯此種人格境界、思
想境界、精神境界，而能有燦爛偉大之成就也。縱生不逢時，亦由
之足以欣賞自然人生，悠然笑傲江湖、林下、市街以終，不可以哉！
如子路之將死正冠，雖有其迂而腐；而嵇康之臨刑彈琴一曲，何其
灑脫風流也！王右丞有句云：「日落江湖白，潮來天地青」，宇宙自
然人生之氣象，如是而已，必得此生生不息、大氣深情之天地氣韻
之領悟，而後乃能於豪放之精神有深解也。嗟夫，後世之人，孰可
與言乎豪放者哉！……

　　豪放之精神，意中之豪放也，故如令狐沖之被迫而起，而成淡
然悠遠、渾涵一切之氣象，即其正色也。若能以實現，則其出色也。
如蕭峰之豪放，多具現實世界之色彩，而以陽剛大氣之美爲主，慷
慨激昂而一往情深，於慘痛激烈之中，以成生命精神之異彩，方之
令狐沖，一剛烈正氣，一虛靜靈秀，豪放之稟斯二美，亦足以移人
矣。若崇豪放而不解其精神，誠鄉愿者矣。如嵇康詩之「手揮五弦，
目送歸鴻」、「微嘯清風，鼓檝容裔」者，豪放之意態何其揮灑自然
也。唯有此種豪放之意態，乃能爲《與山巨源絕交書》也，孟子所
言之「富貴不能淫，威武不能屈，貧賤不能移」，而內又「善養吾浩
然之氣」，則洵豪放者之能事矣。令狐沖與蕭峰，皆足以當之也。若

夫享富貴之清華而不務實事世務，爲而又僅止於其身，或孤芳自賞，或三五麋聚，終日耽於詩酒，溺於聲伎，自稱傲嘯山林朝市，其實外強中乾，事起則變節，自降身爲婦人女子，似此之人，雖有豪放之行，之意態，而玷污豪放之精神矣。蓋豪放之精神之所本，爲眞淳樸素之性情所具之內美，由茲內美，生諸意態，則無往而非豪放，故吾人觀《神雕俠侶》中之楊過，而覺其豪放之氣質，遠不如郭靖爲多，即此理也。又如周伯通，性情雖佳，終不可以豪放目之者，以去現實世界之利害關係已遠之故也；又如左冷禪、岳不群諸人，即之過近而不能超脫物外，亦不足爲豪放之境界也。〔註196〕

又拙著《詩詞曲學談藝錄》卷一第六則云：

「無我之上之有我之境」之最高境界，其豪放之精神是矣。「豪放」爲吾國諸壯美諸範疇中最具主體性精神姿態，而又能持之以美之境界者也。「豪放」之內涵爲氣魄大而不受拘束，其不爲束縛者乃一切諸僵化、過時、腐朽之法度、思想、風格、技法，故能以突破之則可至「無我之上之有我之境」，而後得入創造創新之境也。儒家心在世俗而常爲僵化腐朽之禮制思想所制，道家能獨善其身，而不經於世俗民生則不能使我性至於最高境界，補二者之失而取兩者之長，此豪放之能事，故豪放者，唯能爲其事而補道家之所短，唯能爲其事而不受其名利之外物束縛以取道家之所長，此誠吾國文化思想之最高境界也。若屈子，能爲其事而無能爲於名利之糾纏，不能自解而死；若陶淵明，不爲其事則不能進於「無我之上之有我之境」，即偶有豪放（如《詠荊軻》一篇），亦屬微露姿態，不能使我性極燦爛爛漫之致。叩之古今詩人，其唯辛稼軒足以當之也哉！詩中之溫柔敦厚，詞中之以婉約爲本色，傳統文化之以平和、中和、沖淡、超逸爲極致，皆男權社會男子以目女子而得之美，遺其自我之精神，忘其身爲大丈夫，故唐代而後吾國文化精神之大勢乃陰盛陽衰，蓋有以由之矣夫！萬事萬物之中，獨以人爲最貴，故以男子之目而論，壯麗之大川山嶽雖足開闊胸襟，而終不如嬌好豔媚之佳人賞心悅目，此吾國傳統詞學往往不以豪放爲本色之心眼所在者也，又何足道哉。西人亦有「崇高」之一範疇，自近代大倡以來，西人勢力亦

〔註196〕于永森：《詩詞曲學談藝錄》，齊魯書社，2011年版，第93～99頁。

漸發達而勝東方遠甚，此尤可思者也。孔子之「詩……可以怨」，太史公之「發憤」，韓子之「不平則鳴」，皆《易傳》哲學辯證法剛柔相濟、以剛健爲主之精神之一脈。《易傳》雖晚出，而因之得以糾正道家辯證法之消極、保守、柔弱，儒家辯證法之僵化、折衷、庸俗，而至於儒道互補、意在現實，剛柔相濟、以剛健爲主，詩「可以怨」之新而大之境界，此即「豪放」根本精神之所在。拙撰《論豪放》一書於諸義闡之甚詳，可參看也。〔註197〕

其第五三則云：「『神味』之內質：豪放之精神境界。『意境』以寫意爲極致，『神味』以豪放爲極致。『意境』以『興象』爲中心、以情景爲中心，『神味』以『細節』爲中心、以人之主體性精神爲中心。」〔註198〕第五二則云：「以『豪放』爲『神味』一義之內質精神，非余偶然興會之所至，蓋有由來者亦其遠矣，一以貫之者亦其久矣。」〔註199〕並簡括拙著《論豪放》之觀點云：

拙撰《論豪放》，古今由範疇而論豪放之最全面，評價最高者也。由復興吾國以壯美爲主之審美理想爲其心，凡義界內涵、特點、結構生成及生成之流程、與相關相似範疇之辨正、歷史上之發展嬗變、思想精神及哲學辯證法及詩學之基礎、文藝中之表現及審美意蘊、詩學詞學之理論探討諸問題，皆一一明辨詳論之。今暫擇其要略之義如次：豪放之爲一範疇也，爲吾國文論範疇中最具主體性精神色彩者，故最具創新之精神，最富創造力。其義一以貫之於美學範疇、詩學範疇、詞學範疇、曲學範疇，其中美學可涵書法繪畫，而詩學可涵詞曲之學，要之，詞學是其理論糾纏之核心，而詩學是其主體之所在。豪放之邏輯起點爲以「氣」爲主之「收」與「放」之動態關係，孫聯奎《詩品臆說》云：「惟有豪放之氣，乃有豪放之詩」，是矣。其廣義爲風格論，與陰柔美相對待，狹義與婉約相對待。豪放之內涵，核心之點爲氣魄大而不守拘束，進而言其精，則主體因其志意理想接於世俗民生而得之氣（至於盛大充沛之境）與情（熱烈深情）而成就一「無我之上之有我」，而能不守既有過時、僵化之禮法制度、規律法則之束縛也。故豪放爲主體不隔於世俗民生之必

〔註197〕于永森：《詩詞曲學談藝錄》，齊魯書社，2011 年版，第 12～13 頁。

〔註198〕于永森：《詩詞曲學談藝錄》，齊魯書社，2011 年版，第 104 頁。

〔註199〕于永森：《詩詞曲學談藝錄》，齊魯書社，2011 年版，第 104、93 頁。

然結果，凡能成就「無我之上之有我」者，必能見爲豪放之境界。具體而言其適用領域則分三層次：社會人生、技藝表達及風格形態，分別對應禮法制度、規律及婉約（實可擴大爲「優美」）。自表達形態而言，則與豪放對立者爲「恭謹」、「墨守成規」、「含蓄」。「豪放」內在結構亦陰陽剛柔和合之最佳者，他如「豪宕」、「豪邁」、「豪雅」、「豪雄」、「豪壯」、「豪縱」、「豪誕」、「豪恣」、「放逸」、「放達」、「放曠」、「放肆」、「放浪」（其外圍尚有「狂放」、「曠達」、「雄渾」、「狂狷」之類，皆可視爲兩者之中間狀態），皆有所不足。如「豪宕」總體以陽剛爲主，而其中之「宕」則陽剛有過；「豪雅」總體以陰柔爲主，其中之「雅」則又陰柔稍過。唯「豪放」之「豪」在內，其爲氣之積聚也，以陰柔而聚此陽剛之物，未發之前，屬總體陰柔之狀態，而「放」爲氣之發，因其盛大充沛而總體陽剛，其發之也控制自如，婉轉變化，則又涵陰柔之處，兩者和合爲「豪放」，爲內外合一、陰陽和諧之最佳動態結構，爲諸範疇所無也。「婉約」之「婉」、「約」皆偏於陰柔，總體而乏陽剛，乃其不可彌補之缺陷，豈能與「豪放」比方哉！鮮明強烈之主體性精神特徵，盛大充沛之內在氣蘊、外在氣勢，直抒胸臆、淋漓盡致之表達方式，此豪放之三大特點也。吾國歷史上之「中和」有二，一則以《易傳》積極進取、陽剛剛健精神爲主，一則以老莊消極逍遙、柔弱超逸爲主，豪放則合兩者之長，爲積極之「中和」之境界。「豪放」爲諸「壯美」風格中最具主體性精神色彩者，爲「壯美」之高級形態，未必見爲「壯美」之一般特徵，若無主體精神之豪放，雖壯闊壯麗而非豪放也。「壯美」偏於寫實、再現而「豪放」偏於寫意、表現（因更多主體精神之介入）。西人之「崇高」爲主於心之境界，豪放則以現實爲心，當今崇高已爲荒誕所替，崇高感已大失，故未如豪放更具現實性也。「浪漫主義」之核心思想在個性解放，此或有益於豪放，而豪放之高境則不獨見爲浪漫之境界，明人文藝浪漫主義色彩大興，而又大具世俗之意蘊，而不見爲豪放，即其證據也。西人尼采《悲劇之誕生》論浪漫主義之失，良足參證也。豪放萌芽於先秦，生發於漢，如《史記》之人物傳記是其代表。及於魏晉，玄學爲定於一尊而後已趨庸俗之儒學之反動，豪放復振，然姿態尚未大足，唯鮑照起於民間，

悲壯豪放，燦爛一代。至於唐之恢宏開放，遂大興於歌詩、書法，李、杜爲盛唐歌詩之代表，皆以豪放爲勝境也。有宋詩衰而詞勝，風格卑弱，豪放爲壯美風格之代表先鋒而與婉約對待，已見俗文學興起之端倪，周、姜、吳、張之流不知以世俗補其氣、情，詞遂雅化而衰。至元曲之再變，世俗之姿態大見，豪放遂爲其確然無疑之本色正宗。元曲得成「一代之文學」者，功多在劇曲，今人多承唐詩、宋詞、元曲之皆爲歌詩而爲「一代之文學」，而以元散曲爲詩詞之正脈而排斥劇曲之非歌詩，不知若僅散曲，初非能當得「一代之文學」之譽也，「一代之文學」如漢賦、晉文及明清小說，並非以歌詩爲線索也。劇曲爲吾國歌詩之極致，爲敘事詩之大成，爲抒情詩之開拓，爲意境理論之開拓，爲俗文學之開拓，今人未必知之也。令雅套俗，劇曲實即套之串連，若以令多雅而以清麗爲事爲其本色，則大誤矣，故余以爲任中敏《散曲概論》以豪放爲散曲之本色，雖本即其實，而實具曠古未有之功也，惜今人治曲者多昧之矣。有清詞學，漸見豪放、婉約皆爲本色之音，如田同之《西圃詞說》、沈祥龍《論詞隨筆》。近現代「五四」新文化運動前後，若郭沫若之新詩、康有爲、吳昌碩、傅抱石之書畫及新派武俠小說，皆大興豪放之精神，壯心可嘉；當代則又微矣。豪放之義，爲儒道互補和合取長補短之最佳結晶，承詩「可以怨」之精神而大反爲政教思想庸俗之「溫柔敦厚」，近人陳獨秀、魯迅皆斥以陰柔柔弱爲主之審美理想之非。以「活」爲辯證法之人生境界，天眞、樸素、本色之人格本眞架構，自信熱烈、一往情深之心靈世界，詩酒豪放、琴劍炫異之人生意態，此豪放之四大審美意蘊也。豪放在詩學詞學領域之諸問題，要在見之爲豪放、婉約之辨，余括之爲六義：「豪放」爲「婉約」之突破與發展，爲不隔於世俗民生及確立主體個性精神而至於「無我之上之有我之境」之必然結果；「豪放」詞可兼有「婉約」詞之長，反之則不然；「豪放」、「婉約」皆詞之本色；「豪放」非「詩化詞」，詩、詞、曲皆詩也，皆須達致詩之最高境界，自詩觀之，則「豪放」爲詩之最高境界而「婉約」非是；「豪放」、「婉約」二分法非粗略，他種細分之風格亦有，然唯於此兩種風格之對待上，乃能領略其於「豪放」成熟爲一範疇而至於其極限之點之意義，若自他種細分種種不一之

風格觀之，則不可得是也；「豪放」為唐詩宋詞元曲一脈相承之內在精神，為其最高境界之所在，是詩、詞、曲形式演變之內在動力之所自，此非「婉約」所能辦也。豪放之價值為吾中華民族文化復興之根本精神，為以壯美為主之審美理想重建之根本精神，為繼承發展傳統文化、評價傳統文藝之新線索新基準。若具此豪放之精神、眼光，則吾國之傳統文化當自能出新境界也。傳統詞學批評豪放之缺點，非豪放之最高境界，而若論豪放、婉約二者之是非長短，則必自其最高境界以觀之，又何疑也。故豪放之最高境界如辛稼軒之詞、關漢卿之劇曲，豈受其責哉！王國維《人間詞乙稿序》云：「南宋詞人之有意境者，唯一稼軒，然亦若不欲以意境勝」，不知「意境」理論本即籠罩辛詞不住也。若猶然以「意境」之眼光以觀豪放，則其於豪放缺點之評價也宜然也，豈公論哉！〔註200〕

「豪放」之所以足以為「神味」說理論之思想實質、核心，則罔不在於「豪放」之核心、根本內涵，乃主體緣於關涉、直面世俗之現實世界之思想以成就「無我之上之有我」，即以此成就最具主體性精神之「自我」，其內在之「氣」與「情」均臻致浩然沛然之大氣磅礴之境，以此為突破、超越一切諸既有之僵化、過時、腐朽之思想、法度、規律、技法之利器也。一言以蔽之，「豪放」之核心、根本內涵，則不受拘束，即不受傳統現狀之束縛，而為吾國古代突破、超越傳統現狀之最具代表性之思想精神境界也。「神味」說理論以「豪放」為其核心之思想實質，並非自風格之層次排斥其他多樣之風格也（即風格論之層次，亦以豪放而兼有其他風格為最上），而是極為重視「豪放」之此一核心、根本內涵及其精神，以為文藝乃至文化思想之真正、整體性、全局性之創新奠定基礎也。

豪放之精神，非僅可見之於文學，而藝術亦無不以為佳境也。其為領域也廣大而無邊，僅以書法而論，最具豪放之姿態精神而能突破前人之境界者，其唯懷素乎！余縱覽古今書家，而獨愛懷素之書而不能釋者也。懷素湘之零陵人，錢氏，其叔父為大曆十才子之一之錢起，其生凡歷唐之玄、肅、代、德四世，才五六齡，玄宗即退位矣，故其生平實在盛唐之後。盛唐之轉折，為中國歷史上最大之轉折，巔峰極而衰之界分也，懷素之當於此世，可謂為莫大之幸事，而開元、天寶之世相去未遠，餘風流習之慣性，固已根其心性

〔註200〕于永森：《詩詞曲學談藝錄》，齊魯書社，2011 年版，第 99～103 頁。

之中，而盛唐博大開放之精神在其書法中之表現，亦變有因矣。此種強大而宏壯之盛唐之精神姿態，並不以有此一轉折點而遂消逝殆盡也。

懷素當十歲，忽一日而發出家之念，父母不能阻之，然非是正宗禪子面目，而大用心於書法，以此而得非議，青年長成，遂還家。唐世紙張尚貴，而素又善淋漓盡致以潑墨揮灑之妙，而足以盡其性情之豪放，「無紙可書，嘗於故里種芭蕉萬餘株，以供揮灑。書不足，乃漆一盤書之，又漆一方盤，書之再三，盤版皆穿」（陸羽《懷素別傳》），其用功如此，而用功之事，實亦不足以深道之也。其《論書貼》云：「……爲其書不精亦無令名，後來足可深戒。」此其志矣。

年廿三，遂遇李白，白爲之作《草書歌行》，其辭云：「少年上人號懷素，草書天下稱獨步。墨池飛出北溟魚，筆鋒殺盡中山兔。八月九月天氣涼，酒徒詞客滿高堂。箋麻素絹排數廂，宣州石硯墨色光。吾師醉後倚繩床，須臾掃盡數千張。飄風驟雨驚颯颯，落花飛雪何茫茫。起來嚮壁不停手，一行數字大如斗。怳怳如聞神鬼驚，時時只見龍蛇走。左盤右蹙如驚電，狀同楚漢相攻戰。湖南七郡凡幾家，家家屏障書題遍。王逸少，張伯英，古來幾許浪得名。張顛老死不足數，我師此義不師古。古來萬事貴天生，何必要公孫大娘渾脫舞！」可謂極盡張揚之能事！李白狂傲放蕩、豪放不羈之人也，而大有名於唐之世及後世，懷素以青年而能得此，若非是盡合李白之口胃，則焉能到此地步邪！以後世之人之目視之，此兩人皆以豪放名者也，其爲互傾不亦宜哉！李白此詩極寫懷素書法豪放之致，而以爲古今爲最第一，雖張芝、張旭不足以先之也，其關鍵即在於「師義不師古」，即創新之精神而已矣！白之此論可謂目光如矩，一語而中的！此兩豪放之巨子之相遇而相賞而有此種之事也，實爲吾國文學藝術史及美學史上之佳話大事，若流星之燦爛，輝耀炫赫，非一時也，而尤於豪放之義有莫大之意義。自此而後，豪放之義未得此情景若是者矣，雖若陳亮、劉過之能賞辛稼軒，而辛稼軒又足以爲豪放之義最偉美者，然陳、劉二氏不足以匹配之也，未若懷素、李白之相遇而相賞，僅一面之交際，而無親戚友朋之流連於平日，非出於功利之心而有意爲此者也，故其難能可貴，千古唯一此而已！以是論之，可爲之消魂，可爲之醉，可爲之興，可爲之歎，而惜我之未能當此之時也！

懷素之書，最善者爲草書，而我最愛者則爲《自敘帖》及大草《千字文》，他如《苦筍》、《食魚》諸帖亦佳。趙松雪評其《論書帖》云：「懷素書所以妙

者，雖率意顛逸，千變萬化，終不離魏晉法度故也。後人作草皆隨意繳繞，不合故法，不識者以爲奇，不滿識者一笑。此卷是素師肺腑中流出，尋常所見，皆不能及之。」以視此帖，固爲然耳。然懷素此帖不過是草，而其最佳者則狂草，則未必合於松雪所云之魏晉法度也，且松雪之書與懷素不類，而以姿媚取勝，其未能爲解人也宜然，故其識力，仍去懷素之眞正境界有間也！黃山谷跋《苦筍帖》云：「懷素草書，暮年乃不減長史。蓋張妙於肥，藏眞妙於瘦」，此稍得之。蓋山谷之書硬挺秀拔，中氣充沛，英秀之氣韻時時流露於楮毫墨跡之間，雖未能至於懷素狂草之境界，而能識其妙也。瘦，故是英秀所致也，豈眞以瘦爲妙邪？然其識力亦只是到得此處，於懷素書法之眞正精神，未能以測之也。後世之人則曾黃山谷之亦未若，如小草《千字文》，有別於狂草之者，而一變爲斂逸臻妙、簡淡樸拙，如莫如忠所云之「絹本《千字文》眞跡，其點畫變態，意匠縱橫，初若漫不經思，而動遵型範，契合化工，有不可名言其妙矣」，文徵明云「絹本晚年所作，應規入矩，一筆不苟，可謂平淡天成」，文嘉云「絹本《千文》，筆法謹密，字字用意，脫去狂怪怒張之習，而專趨於平淡古雅」，王世貞《藝苑卮言》云「晚年書圓熟豐美，又自具一種姿態，大要從山陰派中來，而間有李懷琳、孫過庭結法」，項元汴云「出規入矩，絕狂怪之態，要其合作處，若契二王，無一筆無來源，不知其肘下有神，皆以狂怪稱之，殆亦非心會者」（評《論書帖》，此帖筆意精絕，介於《自敘帖》與草書《千字文》之間，而執拗未能盡以順熟流轉，有守法之態矣），觀論之種種，皆不以懷素書之狂爲然，而皆以晚年平淡精逸爲尚而許之，以求合乎魏晉古雅之法度之致，嗚呼！此眞足以埋葬懷素書法之眞精神者也！足以令人觸目驚心者也！懷素地下有知，且將驚而不能安矣，且將以爲後人之何恭維而大拍其馬腿而實不知其眞佳妙之處也！且將歎後人之愚不可及而自以爲聰明而深得我之心也！且將視後人若何之不肖之若是者邪！懷素之書，精逸、豪放實爲兩種之面目而存於世，是亦事實，然其最佳者則豪放者而已矣！人之性情之變，宜有年歲之因素摻乎其中，懷素未能免乎是也，然此與其書之最高境界之評價，並無水火不容之象也。其晚年之趨於精妙淡逸也，所得之風疾所關甚大，《論書帖》云：「藏眞自風疾以來已四歲，近蒙薄減」，因之腕力有衰，遂影響及於草書之發揮，亦甚明晰也。況其《自敘帖》，正是晚年所書。籠統而以老境之淡逸靜永爲佳絕，是眞足以埋葬其書之佳妙處也！

懷素之書，其眞精神乃即在於其狂，世之所以最譽其書者，亦是其狂草也，顚張狂素之聲名，舉在於此、得力於此也！狂也者，非是狂也，狂者其表也，其內在之精神乃是豪放，豪放之精神乃爲懷素之書之眞精神也！狂之故能擺脫舊法而入於自立之境界也，而能出新姿態，而能進魏晉王義之所籠罩之古雅淡逸之境界，而能有所突破於書也！後人以魏晉爲極致而以譽懷素之書，是未能得其眞者焉之表現也！唯得此豪放之精神也，其書如《自敘帖》者，乃能縱橫變化而盡得豪放之姿態，尤其線條之流利圓美、放逸跳動、虛實動靜、開闔伸縮、吞吐緩急、密麗雄秀，通篇神完氣秀妙姿佳味，無不措手而至於完美盡善之境界，爲千古書中之奇觀，足以驚天地而泣鬼神，雖筆畫之或有粗率之處，而盡爲通篇之佳所掩而不足以爲惡，所謂人類社會之此種藝術，至於此而已極矣，吾恐今後之永不可以追蹤矣！非是心無一絲一毫之纖蒂而有妨，非是以終生之精力爲之，其何可以至於此種之境界也！尤其其書中所流露之人之英秀挺拔不可阻遏之氣，浩然沛然而若是之佳美而動人之若是也，內在之精神之流露若是之不可以當而表現爲豪放之人生境界及藝術境界也，而後人乃津津樂道焉以其非最佳之處而譽之以爲得之，吾恐若無懷素此種狂草之書及其豪放之精神，將爲吾國之書法史藝術史減色不少也，雖無書法之一觀也可矣，我之崇懷素之書也若是，其尙可以加之者邪？

懷素嘗師顏眞卿，張旭弟子也，而解授之以草法之「如錐畫沙，如印印泥」之義，自敘其得云：「觀夏雲多奇峰，輒常師之，夏雲因風變化，乃無常勢，又無壁坼之路，一一自然。」我亦嘗思之也，而無所得，觀今人於草書多無心得而不佳，是亦無所得也。我之非是書家也，近來乃時時思此事理，其妙處或在「畫」、「印」之二語邪？一總綱之技，一處置法，未知是否是也。聊爲拈出，以爲今人致悟之由。而其根本所在，則今人草書之不善，恐是無豪放之精神之所致也！無豪放之精神而爲草書，是先故步自封，放而未得，何嘗將有進於草書之境界者也。

世之以書而論聖者，古今無多人，王逸少以行書名，而張芝、張旭咸以草書名，而懷素又與張旭齊名，號爲顚張狂素，是唐之世獨以草書爲異彩者也，而與其世之精神相合，亦可謂得其所在者矣！以余觀之，書法之中有兩極致焉，一爲石鼓文，天眞獨素之中而深沉厚重，巧而以拙出之，大有古風古雅之色彩，渾然天成而又不乏靈動姿媚之致，其極矣不可以追矣！一爲草

書，魏晉之時之草書，猶以古雅秀逸爲宗，此文化氣質之原因於書法苑囿之中者，其時人之姿態雖已極精彩，然猶未至於豪放潑辣之極致，故其時之草書，以法度約精神，而以技藝之精湛補之；至於唐代，以社會時代精神之影響，遂得天獨厚而造草書之極致，而以顛張狂素爲其巔峰狀態之表現。此兩人者，皆有豪放之精神而有意突破古法者也，張旭開山始功，尤其難得。兩人之書，雖名爲並列，而實各有短長，後人觀其書，未始不心存優劣者也。概古今之論，而後知於張旭草書，世之每譽之衆口一詞而少有所損之者，若懷素，則余《懷素書法之精神》一文以稍論之，其實則爲衆之所以譽之者爲其合乎古雅秀逸之風之作，而於其狂實已有異心矣，不過未大明言之耳，然譽之而不以其最佳之作之境界，是亦不以此最佳之境界爲然，亦可明矣。然兩人之優劣，似顛張略占上風，其果如是者邪？

李白《草書歌行》一詩之作，所以譽懷素者也，時懷素年才廿三，而白已許爲古今草書第一人，其尤堪著目者則白於顛張狂素之評價，而以懷素爲上。白於張旭因觀公孫大娘渾脫舞而草書大進之事，頗有嗤意，而云「古來萬事貴天生」，可謂得之。李白與懷素俱豪放者也，惺惺相惜其固然也。此處白之語極易致誤會，所謂天生者其實重內在之蘊之發之精神也，即由「豪」而之「放」之精神也，然則張旭之書非是豪放者也？且有得於外物而以養其內，固爲世事之常然者，而究竟張旭之書，亦不可以非豪放以目之，其突破古法之精神，實即豪放之精神也！而白之非之者果何在哉？

以余觀之，顛張狂素之豪放之精神雖一，而面目有別也。張之所以爲顛，多得力於其現實世界之行爲姿態，其書之顛之表現，則在不拒非美之因素而著之於其書，以求通體之氣之完爲意，顛者適爲此氣之完之表現也。故其草書，顛逸之中雜以怪拙，以肥爲態，混沌之氣貫乎其中，略不以點畫之精妙爲意，此尤異於古今之書家，點畫爲書法之精神，此爲古今書家不易之論，而張旭則顛覆之而不屑焉，其書之佳處在於此一種通體神顛氣完之意態，所謂古雅秀逸之精神韻味不顧也，故其書實近於純粹之藝術境界，其中表現之顛態，亦非是吾國傳統文化精神之極致，甚而非第一流之義，故其書雖具豪放之精神，而僅得豪放之精神之自然一義，而於人之性情及文化精神中之豪放，體而未深也，未極以見於其書者也。以是而論，顛之與逸，皆具豪放之精神而皆非豪放之精神之最高境界也。謂之爲書法中之旁枝逸出而有異彩者，而非豪放之精神之正色者也。故張旭書法中所表現之豪放之精神，實僅

爲「技」之境界之豪放之精神，而非爲「道」之境界之豪放之精神也。故其書中豪放之精神之境界之表現，多見於外在之姿態形跡，而內在之意味精神，則甚少而乏者也！故其書之境界，是以天合天之境界也，合乎書法本來之義之境界者也，而非以人合天之境，合乎書法爲人之所書因具人之突出之主體精神之境界者也！故吾人之賞其書也，恆尚其書形跡之流利迴環而綿延，而人之內在之精神，則少所見也。

若懷素之書，其號爲狂，狂者進取者也，其義深有吾國傳統文化精神之色彩，如《論語‧子路》云：「子曰：『不得中行而與之，必也狂狷乎？狂者進取，狷者有所不爲也。』」孔子以「狂」者之境界爲僅次於「仁」之兩種境界之一，遂不得不具傳統文化精神之色彩。而此種以狂爲色之傳統文化精神之色彩，即豪放之精神境界也！狂之境界已將自我主體之精神發揮而至於最佳之境界，而與我之性情相關，顛與狂，其所以有異者在乎是也！狂者人內在之秀之體現也，故吾人觀懷素之草書，而恆覺其間之秀挺之氣撲面而來而不可以忽視之，若顛張之作，則無此種之氣質也。懷素草書之境界，以人合天之境界也，異於顛張之以天合天之境界者矣，天人關係之中，又以人而爲之主者也，故自我之姿態之表現最爲豐富、充分、飽滿而淋漓盡致，其書有若欲去紙幅而飛逝者也，墨色之中之秀氣將鮮活而欲滴欲迸濺者也！若顛張之草書，則無此種之藝術境界也！以是而論，顛張狂素之優劣，不亦明矣乎哉！

懷素之狂，非表現於其行爲者也，而是表現於其精神者也，故其現實世界之行爲，並無狂怪之態，而僅於其藝術境界之中，露其狂態者也，人生境界與文學境界（或藝術境界）有別而文學境界高於人生境界，於此又得一例者矣！豪放之境界，在人生境界之中未能盡以見其放之一面者也，故於文學境界之中見之，以指引人生境界而使嚮往之，而豪放之最高境界，即見於文學境界也！其見於藝術境界也，猶未若文學境界之佳者也，以藝術境界易偏於「技」之境界而忽「道」之境界，而僅見於純藝術之境界，若文學境界，則由吾國傳統文化精神中儒家思想精神之影響，而甚易致「道」之境界者也，其偏失則常在未能盡其藝術境界之極致，而使「道」之境界亦未能至於最高境界，以文學最高境界之得，必又根於藝術境界之極致也！故懷素草書，已至於藝術境界之極致而見爲豪放之精神，而未至於文學境界之極致而見爲豪放之境界，此則本文學藝術有別之故，非是懷素之過也！

夫書者，長於肥誠易爲雄壯深厚，而短於靈動巧妙；長於瘦者易爲飛騰動蕩、靈氣往來，而短於雄奇渾厚。若張旭草書，未能免其短，亦未能盡其長者也；若懷素草書，則未能免其短，而有其長，妙處可見，然其短處盡可忽略，而不足以損其整體之美，且又以內在之秀氣以補之者矣！顚張之書，不可學也，學之亦不足以盡其佳妙之處；懷素之書，可學也，而學之亦不足以盡其佳妙之處。顚張之不可學，天才之氣質也；狂素之不可學，未能具豪放之精神且至於最高境界者也。顚張之作，我亦無限之好之也，而未若好狂素之書之尤甚也。今作顚張狂素優劣之論，豈必欲一二之而後快，實有不得不然者在：我亦是豪放之人也，亦是崇豪放之精神之人也，古今之尚豪放之精神境界者，未有若我者也，由之以見我之心，是此篇所作之由也，豈必欲優劣二人者哉！

一九

「神味」一義，其語古已有自，古人多有運用，然多在風神神韻、韻味意味之外在形式或技術上言，爲尋常之批評範疇，未有內在具體深刻之意蘊內涵也，故猶是「技」之境界以談藝者，而非是「道」之境界者也。然縱如是，猶勝於「神韻」說之偏於外在之風神，而稍涉內在之意味。拙著《詩詞曲學談藝錄》始倡「神味」爲替代「意境」理論之新審美理想，以爲二十世紀以後之文藝別開新天，爲之新內涵、新精神及面目〔註201〕，且將其邏輯化、體系化。爲便世人對比，乃略繹古今所用「神味」一義於此焉〔註202〕，隨手拈來，亦不拘時代之先後也：

如《太平御覽》卷七零四引《語林》：「劉承胤少有淵雅之度，王、瘐、溫公皆素與周旋，聞其至，共載看之。劉倚被囊，了不與王公言，神味亦不相酬。俄頃賓退，王、庾甚怪，此意未能解。溫曰：『承胤好賄，被下必有珍寶，當有市井事。』令人視之，果見向囊皆珍玩焉，與胡父諧賈。」此專道人者，「神味」即風神意味，神不與接，味不相投，近於性情矣。釋道世《法

〔註201〕「神味」說理論賦予「神味」之新內涵，詳見本書第一五則所引。
〔註202〕此處對比，可稱「神味」一語及其理論內部者，若《「神味」說新審美理想論體系要義萃論──當代中國「本土化」文論話語體系之建構》一書所論，則「神味」、「意境」兩大新舊審美理想理論體系之外部對比。

苑珠林》卷第四十二愛請篇第三十九之二聖僧部三：「宋仇那跋摩者，齊言功德種，罽賓王子也。幼而出家，號三藏法師。宋初來遊中國，宣譯至典甚眾。律行精高，莫與為比。慧觀沙門，欽其風德。要來京師，居於祇洹寺。當時來詣者，疑非凡人，而神味深密，莫能測焉。」此處之「神味」，乃高深莫測之狀，神態旨趣也。錢穆《論語新解》云：「本章記孔子少年時初進魯太廟一番神情意態，而孔子當時之學養與抱負，亦皆透切呈現，活躍在眼前。學者須通讀論語全書而善自體會之，庶可更深領略此一章神味之深厚。」〔註203〕此處「神味」則及於人之內在者矣，然猶是自表現之「技」上為言者。林鍇跋劉旦宅《十二詩人畫冊》：「老友旦宅兄自製十二詩人冊，運筆布局清空奇峭，別饒神味，漫綴二絕志佩。丁巳初冬大治之年道經滬瀆。林鍇並記。」王昱《東莊論畫》云：「畫雖一藝，其中有道。試觀古人真跡，何等章法，何等骨力，何等神味。學者能深造自得，便可左右逢源。否則紙成堆，筆成冢，終無見道之日耳。」如此之類，「神味」皆風神韻味之尋常義也。陳承修跋梁任公臨《張遷碑》云：「往年梁新會先生嘗為松坡圖書館鬻字，日臨漢碑數幅，積成兩巨篋，餘心欲乞取而未敢啓齒。先生不以余為鄙陋，每有所作，多以相示。今觀此冊臨《張遷碑》一通，神味淵永，良可愛玩。」亦是形容上者，唯其得其風神，故有味，是味得自神也，非得自世俗之現實世界。故此處所謂「神味」，即風神氣質也。徐珂《清稗類鈔》所云：「阮文達家廟藏器，有周虢叔大令鍾、格伯簋寰盤、漢雙魚洗皆無恙，惟全形搥拓不易，因而真跡甚稀。況夔笙求之經年，僅獲一本。複本所見非一。石刻較優於木，然真贗相形，神味霄壤，可意會不可言傳，不僅在花紋字畫間也……」，用法、內涵類之。劉體仁《七頌堂詞繹》云：「詞亦有初盛中晚，牛嶠、和凝、張泌、歐陽炯、韓偓、鹿虔扆輩，不離唐絕句，如唐之初未脫隋調也，然皆小令耳。至宋則極盛，周、張、柳、康，蔚然大家。至姜白石、史邦卿，則如唐之中。而明初比唐晚，蓋非不欲勝前人，而中實枵然，取給而已，於神味處，全未夢見。」此以「神味」屬之諸大家，其實所舉多在意境之處，真正「神味」之處乃在於蘇、辛也。又云：「中調長調轉換處，不欲全脫，不欲明黏，如畫家開闔之法，須一氣而成，則神味自足。以有意求之，不得也。」此處「神味」，則多是詞體體制之本色意味，未及於內在之精神意態也。錢鍾書《談藝錄》論趙孟頫詩云：「松雪詩瀏亮雅適，惜肌理太鬆，時作枵響。七古略學東

〔註203〕錢穆：《論語新解》，巴蜀書社，1985年版，第64頁。

坡，乃堅致可誦。若世所傳稱，則其七律，刻意爲雄渾健拔之體，上不足繼
陳簡齋、元遺山，下已開明之前後七子。而筆性本柔婉，每流露於不自覺，
強繞指柔作百鍊剛，每令人見其矜情作態，有如駱駝無角，奮迅兩耳，亦如
龍女參禪，欲證男果。規摹痕跡，宛在未除，多襲成語，似兒童摹帖。如《見
章得一詩因次其韻》一首，起語生吞賈至《春思》絕句，『草色青青柳色黃』
云云。結語活剝李商隱春光絕句，『日日春光斗日光』云云。倘亦有會於二作
之神味相通，遂爲撮合耶。一題之中，一首之內，字多複出，至有兩字於一
首中三見者」〔註204〕，此亦尋常意義上之「神味」，爲風神滋味之別相。吳昌
碩《談詩信劄・之七》云：「嘯弟如晤……昨沉醉。悉兒歸自泰山，得詩數十
首，神味氣魄迥異。平素呼遠遊，亦詩之助也。復頌道安，缶弟頓首。」此
亦尋常意義上之「神味」，而與「氣魄」並舉。若余所倡之「神味」說理論，
則以「豪放」爲其核心、根本之精神，以「大氣磅礴、深閎偉美」爲最高最
上之風格，自不必言氣魄者矣。《人境廬詩草》梁啓超跋云：「古今之詩有兩
大種：一曰詩人之詩，一曰非詩人之詩。之二種者，其境界有反比例，其人
或者相非或不相非，而要之未有能相兼者也。人境廬主人者，其詩人耶？彼
其劬心營目憔形，以斟酌損益於古今中外之治法，以憂天下，其言用不用，
而國之存亡，種之主奴，教之絕續，視此爲，吾未見古之詩人能如是也。其
非詩人耶？彼其胎冥冥而息淵淵，而神味沈釀，而音節入微，友神《騷》、漢
而奴畜唐、宋，吾未見古人之非詩人能如是也。主人語余，庚、辛之交，憤
天下之不可救，誓將自逃於詩忘天下。然而天卒不許主人之爲詩人也。余語
主人，即自逃於詩忘天下，然而子固不得爲詩人。並世尤天下之士，必將有
用子之詩以存吾國，主吾種，續吾教者，矧乃無可逃哉？雖然，主人固朝夕
爲詩不少衰，故吾卒無以名其爲詩人之詩與非詩人之詩歌？丁酉臘不盡八
日，啓超跋。」〔註205〕「神味沈釀」之語，正見神味涉內故能沈釀，若「神
韻」則重在一逼肖之程度，非關於內外之辨者也。此處雖以詩之外言詩，而
關涉世俗之現實世界，然若不以爲審美理想，則終屬萍水相逢，際會不深，
亦啓發他人不著也。《四庫總目提要》張九齡《曲江集》提要云：「《新唐書・
文藝傳》載徐堅之言，謂其文『如輕縑素練，實濟時用，而窘邊幅』。今觀其
《感遇》諸作，神味超軼，可與陳子昂方駕。文筆宏博典實，有垂紳正笏氣

〔註204〕錢鍾書：《談藝錄》，中華書局，1984 年版，第 95 頁。
〔註205〕黃遵憲：《人境廬詩草》，中國青年出版社，2000 年版，第 824 頁。

象，亦具見大雅之遺。堅局於當時風氣，以富豔求之，不足以爲定論。」既可以「超軼」形容「神味」，則此之所謂神味，是涉文化精神者，而超軼又是吾國傳統文化精神中之如陶、蘇一路者也，張氏詩更兼以雅，則益見形式上之色彩，若余所謂之神味則必自世俗之中而來，乃俗文化精神之有理想之色彩者，且必以「無我之上之有我」而爲主體精神之成就爲歸也。陳懋志序沈心工編《學校唱歌》有云：「學校歌詞不難於協雅，而難於諧俗」，並贊沈心工諸人歌詞「質直如話，而又神味雋永」。陳氏所云，實即「神味」一義「技」之一面之最高境界，雖然其所謂神味並無拙說之義——未知何由以致之者也。俗文化之活潑鮮活見之以文字、形式及思想精神，故文字雖平白如話，而內在之神味特出深厚。故欲至於詩歌之最高境界，必會心於文字、形式及內在之思想精神而皆極於至，文字則得力於俗白及民歌也，形式則得力於元曲也，思想精神則得力於積極入世、熱烈深情、豪放潑辣之俗之精神也，世之詩人，泯之久矣而不自知也。陳與義《道中寒食》詩其二云：「斗粟淹吾駕，浮雲笑此生。有酒酬歲月，無夢到功名。客裏逢歸雁，愁邊有亂鶯。楊花不解事，更作倚風輕。」紀昀評點云：「後四句，意境筆路皆佳，綽有工部（杜甫）神味，而又非相襲。」此處意境、神味皆見，大可注目者也。由紀氏之意可見，意境、神味本可兼容，意境只是一般之事，而神味乃爲杜詩之佳處所在也。由是亦可見，由意境而神味，乃一提升之過程，故神味是超越意境之義旨也爲明矣！張炎《詞源》「作詞要意不晦語不琢」條云：「初學作詞，只能道第一義，後漸深入。意不晦，語不琢，始稱合作。至不求深而自深，信手拈來，令人神味俱厚。」此亦以深厚論「神味」者，其旨歸總在求言外之意也。符寶森《寄心庵詩話》評王灼（乾隆時人）：「五古神味，逼眞摩詰，縱有非摩詰處，亦當與蘇州抗行，七古沉雄博麗，稍進一格。」王右丞詩本即不以神味勝，此乃外在之風神韻味，多在詩之五古體格處耳。周濟《宋四家詞選·評秦觀詞》有云：「得結語神味便遠。」評周邦彥《滿庭芳》（「風老鶯雛」）：「體物入微，夾入上下文，中似褒似貶，神味最遠。」亦言外之意味也。陳洵《海綃說詞》評周美成《關河令》（「秋陰時晴漸向暝」）詞：「由更深而追想過去之暝色，預計未盡之長夜。神味拙厚，總是筆力有餘。」神則不可拙也，是人內在之英秀之發也；味則可以厚也，則得自人世間深情之姿態，非僅筆力之事而已。周濟《宋四家詞選目錄序論》附錄評秦觀《金明池》（「瓊苑金池」）詞：「此詞最明快，得結語神味便遠。」陶禮天釋云：「其所

謂『神味』，就是指詞的詠物寫景能夠細微入神（傳神）而已」〔註206〕，亦形式上而言「神味」者也。徐珂《近詞叢話》：「明崇禎之季，詩餘盛行，人沿竟陵一派。入國朝，合肥龔鼎孳、眞定梁清標，皆負盛名。而太倉吳偉業尤爲之冠，其詞學屯田、淮海，高者直逼東坡，王士禎以爲明黃門陳子龍之勁敵。自余若錢塘吳農祥、嘉興王翃、周篔，亦有名於時。其後繼起者，有前七家、後七家、前十家、後十家之目。前七家者，華亭宋徵輿、錢芳標，無錫顧貞觀，新城王士禎，錢塘沈豐垣，海鹽彭孫遹，滿洲性德也。徵輿字轅文，其詞不減馮韋。芳標字葆鮫，原出義山，神味絕似淮海。」亦「神味」之尋常義。劉永濟《詞論》評歐陽修《採桑子》（「群芳過後西湖好」）詞云：「小令尤以結語取重，必通首蓄意、蓄勢，於結句得之，自然有神韻。如永叔《採桑子》前結『垂柳闌干盡日風』，後結『雙燕歸來細雨中』，神味至永，蓋芳歇紅殘，人去春空，皆喧極歸寂之語，而此二句則至寂之境，一路說來，便覺至寂之中，眞味無窮，辭意高絕。」〔註207〕神是風神，味乃韻味、滋味——韻外之味，得自韻上爲多，爲言有盡而意無窮之眷屬，亦與世俗有隔而已。故王國維《人間詞話》論「隔」與「不隔」之義，而實拘論於情景之不隔，而昧於世俗之現實世界之不隔也。杜文瀾《憩園詞話》卷五「宋銘之茂才詞」條云其詞「清空幽婉，兼得草窗神味」，亦形式上者，古人神味，便隔世俗之現實世界一層矣！浦起龍評杜甫《歸雁》（「春來萬里客，亂定幾年歸？腸斷江城雁，高高向北飛。」）亦韻外之味耳。杜少陵之眞神味，在《三別》、《三吏》、《秋興》、《麗人行》諸篇什之中也。沈詳龍《論詞隨筆》云：「詞當於空處起步，間處著想。空則不占實位，而實意自籠住；間則不犯正位，而正意自顯出。若開口便實便正，神味索然矣。」情自是宜實，此論只是技耳，一味求虛求空，便只是言外之意追求。沈德潛《說詩晬語》卷上五十八云：「寫景寫情，不宜相礙，前說晴，後說雨，則相礙矣。……杜詩云：『新詩改罷自長吟。』改則弊病去，長吟則神味出。」改是第二種境界之神味矣，即「技」之境界，然無此種之境界，亦不可使神味盡以出之而淋漓盡致者焉！由技而論「神味」，則須「將有限（或局部）最佳化」，出之以「細節」，而體現爲「九度」，是「神味」說理論之所謂也。陳廷焯《白雨齋詞話》卷八「白石少年遊」條云：「『別母情懷，隨郎滋味，桃葉渡江時。』白石少年遊戲平浦詞也。隨

〔註206〕陶禮天：《「詞味」論析要》，《文學評論》2005年第3期。
〔註207〕劉永濟：《詞論》，上海古籍出版社，1981年版，第108頁。

郎滋味四字，似不經心，而別有姿態。蓋全以神味勝，不在字句之間尋痕跡也。」此處所言之神味，乃是意態，而得之於當時之情景也，是情愛之神味，而猶不足到世俗之精神之神味處。此詞未得其情愛之神味，以過於含蓄也，陳氏所謂，乃是就深裏想望而得者，是其所造而非原作即有也。紀昀評曾幾《嶺梅》：「無一字切梅，而神味似覺他花不足以當之。」霧裏看花，終非是神味之眞境界，而只是韻外之味耳！《隨園詩話》卷一一云：「近日秋帆尚書總督兩湖，適蒙古惠椿亭中丞來撫湖北，致相得也。尚書知余作《詩話》，因寄中丞詩見示，讀之欽爲名手。……中丞早歲工詩，後即立功青海、伊犁及天山南北，凡古之月支、鄯善，足跡殆遍。以故以所見聞，彰諸吟詠；宜其沉雄古健，足可上凌七子，下接黃門矣。中丞詩不專一體，亦有清微委婉，得中唐神味者。如：《靜坐》云：『夕陽留戀最高枝，簾影垂垂小困時。夢裏不忘身是客，鏡中怕見鬢如絲。黃花秋綻東籬早，紫塞人憐北雁遲。悄蒸一爐香靜坐，篆煙縷縷結相思。』《秋宵》云：『離懷輕易豈能休？打疊新愁換舊愁。宿酒大都隨夢醒，殘燈多半爲詩留。月扶花影偏憐夜，風得棋聲亦帶秋。漸覺宵寒禁不起，笑披鶴氅也溫柔。』《過華峰題壁》云：『主人愛客獨超群，小隊招邀過渭、汾。三十六峰無所贈，隨緣分與一溪雲。』《題畫》云：『誰家亭子碧山巔，白板橋通屋幾椽。遠樹層層山半角，杖藜人立夕陽天。』其他佳句，如：『柳圍雙沼水，花掩一房山。』『渡口雲連春草碧，波心浪湧夕陽紅。』皆可傳也。」亦風神韻味也。董潮《東皋雜抄》評彭孫遹詞「如問病云云，閨恨云云，訊使云云，扶病云云，離別云云，旅夢云云，春盡日，有寄云云，螢火云云，蓮花云云，南窗睡覺云云，資質幽眇，神味綿遠，良由取境高，故時逼秦柳」。取境云云，正見得已落第二種之境界矣。所謂神味而以取境拘之，是文化精神之意味，而非世俗之情味也。文化精神之神味其所得爲雅，世俗之情之所得則爲俗而鮮活者也。姚鼐《惜抱軒尺牘·與陳碩士》：「文韻致好，但說到中間有滯鈍處，此乃是讀古人文不熟；急讀以求其體勢，緩讀以求其神味，得彼之長，悟吾之短，自有進也。」於古人處求神味，自是「技」之境界也。曾國藩咸豐八年十月廿五日家訓諭紀澤：「朱子集傳，一掃舊障，專在涵詠神味，然如鄭風諸什，注疏以爲皆刺忽者固非，朱自以爲皆淫本者，亦未必是。」其所涵詠者，爲文化精神籠罩下之神味，故曾氏甚不以朱子之以鄭風爲淫爲然。劉夢芙《韓山答問——與大學生談詩詞的鑒賞與創作》云：「問：新詩與舊體詩有什麼聯繫和區別？您認爲當今的

新詩何？例如汪國眞、趙麗宏的。答：『新詩與舊體詩（或稱傳統詩詞）惟一的聯繫，是都用方塊漢字作爲抒發情思的載體，而意境、神味則罕有相似之處。區別是十分明顯的：舊體詩用文言（古漢語），適當融入新詞俗語；新詩用現代漢語。舊體詩講究格律，除古風體式有相對的自由外，近體詩（律、絕）和詞在字數、句數、平仄搭配和用韻諸方面都有嚴格的規定；新詩則毫無拘束，除形式上分行排列外，與散文幾無區別。對當今的新詩我所讀不多，因其無韻律，讀了也記不住，作不出確切的評價。印象中是有些詩句確實構思穎異，意境新鮮，但缺乏通體完美渾成的感覺。而許多詩只是拼湊了一堆文字符號，其意象怪誕混亂，不知作者想要表達什麼，據說『讓人讀不懂的才是好詩』。新詩界風氣變得太快，不要說以前的，就連『文革』後成就較高的詩人如北島、舒婷、顧城、海子等都遭到『批判』、『解構』，新生代層也不窮，互相攻訐，『各領風騷三五天』。近幾年更發展到『口水寫作』，『下半身寫作』。走火入魔，只能是一種墮落了。汪國眞的詩太淺，只適宜中學生的口味，因而迷惑了不少花季少女。作爲寫作、研究傳統詩詞的成年人，我難以卒讀，也許這是我的偏見，趙麗宏的詩我未讀過，無發言權。」〔註208〕此處偶然而「意境」、「神味」連用，又增一例可知其一不足以盡其意，亦可見僅「意境」一義，不足以盡吾國詩詞曲之佳妙也！由之更可見者，則「神味」一義，足以與「意境」爲並列也！拙著《詩詞曲學談藝錄》卷一第二九則論金庸《笑傲江湖》：「又其《傷逝》之章有云：『雖不能如曲、劉二人之曲盡其妙，卻也略有其意境韻味』，『意境韻味』，兩語連用，亦足證『意境』一語之不足以盡事物之妙，乃查氏未嘗刻意處，流露於自然而出之者也！」〔註209〕而劉氏「意境」、「神味」連用，更見明證。——限於篇幅，不再枚舉。綜上而論，古今論及「神味」者，多尋常義，鮮有別見闡釋者，惟有數人雖在尋常義上而論「神味」，卻將「神味」一語提升至審美理想之層次，不可不尤著眼，特爲拈出，如下：

高步瀛《唐宋詩舉要・絕句卷序》云：「絕句當以神味爲主。王阮亭之爲詩也，奉嚴滄浪水中著鹽及羚羊掛角無跡可尋之喻，以爲詩家正法眼藏，而李、杜之縱橫變化，所謂『巨刃摩天揚』者，不敢一問津焉。後人譏其才弱，豈其然乎！然用其法以治絕句，則固禪家正脈也。蓋絕句字數本既無多，意

〔註208〕劉氏所言新詩諸問題，不可謂之中肯之論，僅此點出，本書不再贅論。
〔註209〕于永森：《詩詞曲學談藝錄》，齊魯書社，2011年版，第63頁。

竭則神枯，語實則味短，惟含蓄不盡，使人低回想像於無窮焉，斯爲卜乘矣。盛唐摩詰、龍標、太白尤能擅長，中唐如李君虞、劉賓客，晚唐如杜牧之、李義山，猶堪似續，雖其中神之遠近味之厚薄亦有不同，而使人低回想像於無窮則一也。杜子美以涵天負地之才，區區四句之作未能盡其所長，有時遁爲瘦硬牙杈，別饒風韻，宋之江西派往往祖之。然觀『錦城絲管』之篇，『岐王宅裏』之詠，較之太白、龍標，殊無愧色，乃歎賢者固不可測。有謂杜公之詩，偏於陽剛，絕句以陰柔爲美，非其所宜者，實謬說也。」高氏分門別類，而以「神味」爲絕句一體所造之最高義，雖蹊徑狹隘，然或爲拈出「神味」一語爲審美理想之第一人，雖然「上乘」、「爲主」之爲言非確然無疑之最高境界之表述。而窺其義，則猶然不過「遠近」、「厚薄」、「含蓄不盡，使人低回想像於無窮」，皆「意境」理論所能涵蓋，並無特殊之內涵、旨趣。張之洞《輶軒語》「忌無理無情無事」條云：「有理、有情、有事三者俱備，乃能有味。詩至有味，乃臻極品。數語雖約，頗能該括前人眾論，學詩者試體會之。新城王文簡論詩主『神韻』，竊謂言『神韻』，不如言『神味』也。」「神韻」不如「神味」，此是自然，「理」、「事」、「情」，亦足爲「神味」之淵源，但張氏所論，仍泛泛之談，且太簡，並未深究，爲可惜耳。趙尊岳《塡詞叢話》（又名《珍重閣詞話》、《金荃詞話》）云：「作詞首貴神味，次始言理脈。神味足則胡帝胡天，均爲名製。惟神來之筆，往往又出之有意無意之間，或較力求神味者，益高一籌。此中消息，最難詮釋。」「作詞之神味云者，蓋所謂通體所融注，所以率此理脈字句而又超於理脈字句之外者。若以王阮亭所謂神韻釋之，但主風韻，則尚失之俳淺，非吾所謂神味也。」由此兩節文字可見，趙氏亦拈出「神味」爲審美理想者，但仍局限於詞，與高步瀛略同。兩人所釋之「神味」內涵，仍不出傳統文論範圍，而不能適用於二十世紀以後文藝主流之最高境界（甚至不能涵蓋古代詩歌領域如元曲（劇曲）之最高境界），而不足爲大觀；若溢出詩歌之領域如小說，則更非其所能及矣。趙氏闡釋「神味」之義，注重「通體」，而僅高於「理脈」，以「名製」爲心，而其最高境界，則在有意無意之間而得之神來之筆，諸般意蘊，無不僅是「技」之境界，雖與王士禎之「神韻」說有深淺厚薄之異，而其根本之實質則並無不同也。趙氏所論「神味」，仍以短製爲主：「短調小令，全在神味。些子詞心，便成一首絕唱，初無待於光景事物以爲之渲染也。然詞情當濃，詞筆當淡，尤宜使有綿邈不盡之致，以詞短而情長爲尤上。」如此議論，而追求「綿

邈不盡」、詞短情長,均未出古人所論之外(如司空圖《與李生論詩書》等),「之致」云者,更見其內涵趨於外而非趨於內,惟有趨於內,方能更新範疇之根本精神也。若其言「詞爲溫柔、婉約之至文,故在在宜認定一婉字」,如此之論,不但可見其「神味」一義之狹隘,且見識低於清人豪放、婉約均爲詞之本色之論也(實際豪放詞乃爲詞體之審美理想)。又云:「情緒無限,一時走筆,不足以盡之,則可以一二語提之使高,神味自可一振加深,俾作者讀者各可以會其無限之深情。唐人更有提筆之後,不更別有所言,乍即之似不能作結,細會之則正以不言而使人自會其無限之深情,其妙處更勝於明言者。莊宗《一葉落》『吹羅幕,往事思量著』,正體斯旨而發。」此論仍是「含蓄不盡」之小伎倆,而「神味」無多。又云:「神可自致而不可強求。欲求致力於神味,但當就常日之性靈學問爲陶鎔。」「學問」本非詩之核心要素,「性靈」卻又不如「性情」,其揀擇古代文論,亦多非其最上乘,何況不就最直接鮮活豐富之現實世界發論,不但是隔,且眞正見出所論非「道」而止爲「技」之境界耳。又論「神來之筆」、「神來之境」云:「神來之筆,不假理脈而理脈自得,不假字句而字句自潤,是在平日涵養與學力兼尙。若徒具神味而學力不足以濟之,亦每徒負慧心耳。」「詞有不得不作之一境。不得不作之詞,其詞必佳。蓋神動於中,文生於外,是即所謂神來之境也。文人慧心宿業,每當風嬌日媚之際,燈昏酒暖之時,輒有流連不忍之意,此流連不忍之至情,發爲文章,即不得不作之境界。詞心既動,詞筆隨來,然少縱即逝,此境只在一刹那間。」趙氏所論之「神味」,蓋以「神來之筆」致之者爲最上,然其所謂「神來之筆」,乃尙「平日涵養」、「學力」之所得,又觀其論「神來之境」,與此皆不過爲「靈感」論耳。「靈感」之在作者個體爲文藝創作之罕有確然無疑,然此現象卻爲文藝創作群體之普遍者,若倚以爲「神味」之最高境界,則其「神味」一義並無特殊之內涵,又可得徵矣。何況「風嬌日媚」、「燈昏酒暖」,豈足爲「靈感」之眞精神也哉!此境之「流連不忍」,何足爲「至情」乎!「若徒具神味而學力不足以濟之,亦每徒負慧心耳」一句,則又透露趙氏「神味」說之內在矛盾:夫「神味」既爲最高境界,若其有特殊之內涵,則豈有待於「學力」之一非詩之核心要素者邪?換言之,即尙存在具「神味」而「學力不足」之境界,則又可知「神味」之非最高境界矣!林紓《春覺齋論文・應知八則》專論「神味」云:「論文而及於神味,文之能事畢矣。……神者,精神貫徹處永無漫滅之謂;味者,事理精確處耐人咀嚼之謂。」「『宋

濂曰：明道謂之文，立教謂之文，輔世成俗謂之文。』三語盡文之能事矣，初未及神味。不知言神味者，論行文之止境也；至於明道、立教、輔世，則道德發爲文章之作用，又非但言文矣。」其所闡釋之「神」、「味」之內涵，均爲出於吾國傳統文論之外，且未闡釋「神味」之內涵。自林氏「非但言文」一語觀之則其「神味」說尚在「文法」之一層面，即「技」而非「道」之境界，即其所言爲作文法、作文理，而非某一思想之貫徹，尤其新思想之貫徹。此一品性，根本決定林氏「神味」說不足以出乎吾國傳統文論之外者也，無論出乎吾國傳統文化思想之籠罩矣。

　　或言「神味」與「神韻」二義之差別不大，此皆未能深入「神味」說之內裏，而自尋常意義以窺兩者者也。何況須知佛魔一念間，最高境界之差別、競爭，雖或幾微而有霄壤之異，見其同而不見其異，是識力猶塵也。張僧繇之觀顧愷之畫，至於再三乃識其佳處，其精髓之所在，若此不亦可訓哉！張氏爲大家而猶然，俗子無論矣。「神味」一義所蘊含之世俗精神之力量，「神韻」之旨罔能具也。「神韻」之偏於虛、偏於輕、偏於淡、偏於外也，故王國維《人間詞話》以爲僅得其末，而以「境界」爲探得其本，雖然其所謂本非盡實際，而見「神韻」之失則甚的也。譬若元曲，只可以「神味」觀而衡之，其佳處盡在「神味」，而不可以「神韻」概之，其佳處不在「神韻」也。「神味」說所倡之人格境界、思想境界、精神境界及「無我之上之有我之境」之自由爛熳之境界，「豪放」之思想精神，「神韻」說罔能贊之一言。藝術之精神，唯求異乃遂始入創新、創造之境也。吾國詩學之理論範疇，多具同中求異之特徵，故往往而有一字之異而其意蘊差別極大者，如風神、風華、風調、風致、風姿、風騷、風情、風味、風韻、風骨、風力，皆由《詩》三百中風之義以爲淵源，而各異其流，各自有相異之角度以揭詩之意蘊之所近。詩之形態千差萬別，其中所蘊含之人格、性情亦豐富多彩、各具特色，此詩學理論範疇諸意蘊之所以由生也。又如意象、意境，層次不同；神韻、神味，境界亦異。若不解其異而極富靈動、隱約之致，則於吾國古代之詩學，終難臻會心之境。「神韻」、「神味」兩語，古人談藝均多有運用，而皆隸屬於「意境」理論之範疇，雖然，其異猶然可大見也，何況「神味」說理論之突出於「意境」理論之外，僅取古之語辭爲名目而新其內涵精神，且邏輯化、系統化爲一有別於吾國傳統文藝之舊審美理想「意境」理論之新審美理想理論體系者邪？則「神味」之與「神韻」，其差別可謂不可以道里計也。

吾國藝術之極則，爲大寫意之一法；以精神言之，則曰豪放；以藝術境界言之，則曰神味；以體格言之，則曰大氣磅礴而又兼靈動；以風格言之，則曰深閎偉美；以氣質言之，則曰天眞爛熳。此數者自不同角度以言藝術，而其中所貫穿之一線索，則一也，而以「神味」爲其核心內涵。言外之意謂之「韻」，意外之旨謂之「味」，皆緣物之譬喻義以成，其意致實一。「神」者，物之精華也。物得之則生，則活，則靈動；失之，則死，則僵，則迂腐。張僧繇之畫龍於壁，恆不點睛，點之則龍破壁而飛；顧愷之之寫人物，亦恆不畫目，畫之則人能顧盼而生姿。此二事，皆足稱傳神之佳解。故「神」之一義，實吾國古代文論談藝「技」之境界之最高境界，其最佳狀態，則「氣韻」之一義。〔註210〕此外其他種種範疇，蓋莫能越此兩者。古印度之詩學，亦有「韻」之一義，與吾國之蘊大體相同，若「神」，則略無之。此外諸如寫意、豪放、神味、天眞爛熳，皆西方所闕，亦不能盡解。其所得，非精髓所在也。往往得其貌，而遺其神。欲得神，必與作者之精神氣質相關，而需提升其精神境界，故伯牙之學琴，至於海而後藝其成。徒以技爲事，罔能得事物之神。由技而之道，其庶幾。《詩詞曲學談藝錄・卷一・二》以性情之「神」爲更勝之義，即進於上之所言二事者，由物而及人，以人必具特出而爛熳之性情，乃能超越其物性也。神具斯兩種意蘊，即一爲形體之神，即以其健壯完美之肌體所葆持之生命力而見於於外者；一爲性情之神，即其人緣性情之極天眞爛熳而成就最爲完美圓滿之精神境界者；必具斯兩種意蘊，而後圓滿具足也。雖然，至於「神」而猶未止也。「神」乃一切諸事物之精華，然乃一靜止之狀態，不具現實性焉。故余改造傳統舊有之「味」之一義，使更進而居「神」之上，爲詩學及一切諸藝術之最終旨歸、最高境界。奚以云「味」乃具現實性邪？蓋吾國談藝之旨，大抵以無爲歸，爲其趣尚，如王國維之「有我」、「無我」之境。此一無我，乃抽象中思辯之我、孤立靜止之我，新我猶未生成也。若求新我之生成，則必由無我之境更進而積極進取於現實世界，非是純粹自抽象之思辨中求，故古之談藝家，皆不能突破無我，更進新境，亦不具現實性也。故由「神」之「味」，一互動之過程也，必由神而有爲於現實世界，臻於「無我之上之有我之境」，使一靜止之人具現實之豐富內容，其質乃能轉變，而藝術境界亦相應以與於創造也。「神味」中所蘊含之現實性，必其原汁原味

〔註210〕兩義之基本辯證邏輯如此，然「神」仍較具獨立之價值，以其最高之義如性情、精神之類，較之「氣韻」爲凸顯也。

者，若自書本上得之，則永遠不能臻致「神味」之境界。故「意境」一義，在吾國詩中每每陳陳相因，可以仿造而取巧；若「神味」，則斷不能僞造因襲，否則如東施效顰，所遺者正是其中之「神味」，徒惹人笑耳。人之性情之特出者不可仿僞，故「神味」亦不可，此「意境」與「神味」兩範疇本質之區別；性情猶然可以類型化，其最高境界爲「無我之上之有我之境」，若以「細節」表現之，則不可復矣。若「韻味」、「神韻」，隸屬「意境」之範疇，雖僅一字之異，其境界實不可同日而語。文學中如所表現描寫之人物具此神味一義，亦必能入於「無我之上之有我之境」也。

　　韻之與味結合而成韻味，籠統而言之也。凡文學，無不有韻味，多少深淺有別耳。神之與韻結合而成神韻，其意蘊反在「神」之一義下，故往往不能得其神，而「神韻」即約略而等風神，故文學之以神韻括之者，甚少而極虛華也。神韻乃寫景之勝義，如右丞《使至塞上》之「大漠孤煙直，長河落日圓」，如「日落江湖白，潮來天地青」之句，而不能於敘事，稍涉博大，便非神韻所能概，遑論深邃，更無論深閎偉美之悲劇性、憂患意識或人生之痛感者矣。若寫情之作，更多不在其範圍，無論事理之趣與人性之天眞爛熳者矣，無論精神境界矣。故「神韻」一義，其爲「神」也，僅是外在之風神；其爲「韻」也，或爲風韻，或爲韻味，而根柢於吾國傳統文化之文人士大夫精英階層以雅致爲主之格調、趣味者，往往大重平淡、沖和、超逸、消極之色彩、境界，而不能大見現實世界之世俗民生之意蘊，不可見我性之發展提升而至於燦爛爛漫，故往往僅能至於「無我之境」，而不能臻致「無我之上之有我之境」也。

　　或於「神味」一義之現實性不能領會，今徵一喻以明之。如釋氏之義理，不必恃外物而自求其圓滿，即不具現實性，譬猶水中之月、想中之花，義諦完善，無涉現實，其所謂普度者，無不在抽象之形而上層次，而非現實世界之世俗民生，以現實世界之世俗民生往往而具悲劇性之色彩，往往表現爲血淚融和之境界、神味，非玄虛、寂滅之境之可期也。以現實之色相爲虛幻乃事物必然存在之境界，不知虛幻中蘊含完美之義諦。自然宇宙之生生不息、循環往復、榮衰興亡，雖與時而俱變，然其眞正變化，則自人類社會始。故事物必得人之改造，乃能變其本質，與其自然之發展爲不同。如豆之生芽，長成又生豆，此其自然之變化，若磨豆爲乳，爲豆腐，爲佳肴，此其人工之變化，若此人工復得其天而至奪造化之用心，則事物之眞變者矣。且作手不

同，則神味亦異，故余不許水中之鹽、蛹中之蝶為世間思蘊義諦之第一義，以其能仿製為循環而已，而以蜜中之花、糧中之酒為第一義。蜜因花成而不可復回復生為花，蝶雖不能復回為蛹，然能生卵成蟲，又化為蛹，較之水中之鹽，卻勝一籌。故水中之鹽、蛹中之蝶、蜜中之花（或言花中之蜜，則其現實性益明。如釋氏及古之談藝者，僅至於揭花中蘊蜜之可能，而不許賞其現實性，猶紙上談兵也）三層次，實即事物存在發展之三種逐次而高之境界，亦即「神味」說理論「有我之境」、「無我之境」及「無我之上之有我之境」三層次之喻擬。蜜中之花與火中之鳳境界相似，後者大具「無我之上之有我之境」及現實世界之世俗民生意蘊之色彩，蜜中之花或火中之鳳，即「神味」一旨也。文學、藝術中至於此種境界，亦即大寫意一法之極致。故大寫意者，融理想之色彩與現實合一者也，種種理想之色彩，俱有現實性。日常生活，大美存焉；紅塵俗世，大美存焉。余揭「神味」一旨及「無我之上之有我之境」，庶幾令作者而脫離現實世界者一猛醒也哉！〔註211〕

二〇

「細節」為「神味」說理論要義、核心要素之一，乃根本區別「意境」、「神味」兩義之一端，為「神味」建構之最小質素、單位，若「意境」建構之最小質素、單位則「意象」（「情景」）也；其根本特性為「不可復」，乃「神味」說之根本思維方式「將有限（或局部）最佳化」之局部最佳體現，亦為「無我之上之有我」之最佳寄託樣態。〔註212〕細節一事，以小見大〔註213〕，如管仲姬（道升）「我儂兩個忒煞情多」（《我儂詞》）之小詞，以「細節」寫

〔註211〕「神韻」乃「意境」理論之一支脈，《「神味」說詩學理論要義集萃》自「意境」、「神味」根本區別之角度詳論兩者之異，已附錄於《諸二十四詩品》（陽光出版社，2014年版，第50～78頁）。

〔註212〕拙著《詩詞曲學談藝錄》卷四有云：「『細節』者神味之所萃也，如捏泥人而復摔破重和過之舉，通篇意蘊繫乎是，神味生於是也。細節之得，即將局部最佳化必經之途徑者，而運全身之力於一點，猶畫龍點睛也。『細節』一義，正大徵敘事之於歌詩之價值，而根本關乎人之主體性，關乎人於世俗世界之根本態度，如元曲即其楷模也。」（于永森：《詩詞曲學談藝錄》，齊魯書社，2011年版，第335頁）

〔註213〕以小見大，即「將有限（或局部）最佳化」，此「神味」一義之能事，若「意境」，則以少總多也。以小見大、以少總多兩者本即糾纏，但看以何者為主耳。

事言情而具廣大偉美之意蘊，最是至法！若長篇之製，無論詩或小說，皆以此種之法和合之以成，則洵絢異非常其美不可以計量者矣，而作此一小詞已自足千古而不可復而仿製摹擬，復而仿之則無異東施效顰矣，故後世版本如明人民歌僅於文字上稍更以益其活辣熱烈，可謂聰明而會心。故以此種之「細節」聯綴成篇，其過程則須用「將有限（或局部）最佳化」之法，傾作者之才力以爲之，集其巔峰狀態，猶若搏兔而用搏虎之全力，非巔峰狀態，不可以將「細節」表現至於最佳之境界也！金聖歎《讀第六才子書〈西廂記〉法》有云：「《西廂記》正寫《驚豔》一篇時，他不知道《借廂》一篇應如何；正寫《借廂》一篇時，他不知道《酬韻》一篇應如何。總是寫前一篇時，他不知道後一篇應如何。用煞二十分心思，二十分氣力，他只顧寫前一篇。」「《西廂記》寫到《借廂》一篇時，他不記道《驚豔》一篇是如何；寫到《酬韻》一篇時，他不記道《借廂》一篇是如何。總是寫到後一篇時，他不記道前一篇是如何。用煞二十分心思，二十分氣力，他又只顧寫後一篇。」此便正是「將有限（或局部）最佳化」根本思維之表現，惜古今作者多未悟其中之妙義。然聖歎之論亦過於炫妙，整體構思與局部之「細節」經營非不能相能，但先後次序不同耳。尤其敘事尤須如此，尤須行「細節」之事，專注「細節」，否則其所作爲之「有限（或局部）」，必不能臻致最佳之境界，因不能出最佳之神味。「細節」之事，若不關涉「豪放」之思想精神，則「神味」說形式之靈魂也。所以然者，以敘事必關涉世俗之現實世界也，以「細節」爲主而不以「意象」（「情景」）爲主而建構作品文本之有限（或局部），則可起作者關涉世俗之現實世界之意志（理想），以臻致最高最上之「神味」，而文本中作者意義上之「無我之上之有我」，亦由之而得成就。若不以「細節」爲主，則作者關涉世俗之現實世界之意志（理想）或弱矣，而吾國傳統文化所薰染之文人士大夫精英階層以雅正爲主之審美意識、審美趣味，又尤易弱作者關涉世俗之現實世界之意志（理想）者也，「神味」說之拈出「細節」一義，厥有其深心所在也！「神味」之境界以事爲主，「意境」之境界以情爲主，事者「細節」也，情者情思也。「神味」之境界如蜂採花粉而爲蜜，極其平常，亦極其偉美。平常者但爲其事，則必有其果；偉美者事極其平常，所用之材質亦極平常，而所得之果則極驚異完美。「意境」之境界如水中之鹽味，雖玲瓏剔透，無痕有味，現相無相，然本質上並無創新創造，並無新質之成果。「神味」之境界以「細節」構織，不必必依賴於靈感而有妙句佳意，意境之境界則必依

賴靈感而有妙句佳意。前者如辛稼軒之「赤腳踏層冰，爲愛清溪故」（《生查子》）及郭沫若之「地球，我的母親！／我不願在空中飛行，／我也不願坐車，乘馬，著襪，穿鞋，／我只願赤裸著我的雙腳，永遠和你相親。」（《地球，我的母親》）何等樸素平常，何須必賴靈感而後得，而其神味又何其佳也！若以意境勝之詩詞，如謝靈運之「池塘生春草，園柳變鳴禽」（《登池上樓》），詩詞史上之靈感忽現而得妙句之故事，亦不鮮矣。依賴靈感靈機，而常有宋人潘大臨「滿城風雨近重陽」之窘境窘事也。靈感之來，情意中忽忽焉若有所通，與夫寫「細節」之必集作者身心之最佳時刻巔峰狀態，有所異也。靈感之來若水到渠成，猶若信手拈來毫不費力，是「踏破鐵鞋無覓處，得來全不費工夫」，其苦在前，一旦而通之，妙筆天成，有若神助。「細節」之事，則集作者身心之最佳時刻巔峰狀態於一時，當其時也，極費心費神費精費力，必以大苦而得大成，每一「細節」皆經歷無數之錘鍊、琢磨，故作文字費力、耗神極大，此與靈感之來之癡狂爲態而下筆千言萬言酣暢淋漓，其境界判然相別矣。金聖歎《讀第六才子書〈西廂記〉法》云：「文章最妙處是此一刻被靈眼覷見，便於此一刻放靈手捉住。蓋於略前一刻亦不見，略後一刻亦不見，恰恰不知何故，卻於此一刻忽然覷見，若不捉住，便更尋不出。」「既是別一刻所覷見，便用別樣捉住，便是別樣文心，別樣手法，便別是一本，不復是此本也。」動態之美，轉瞬即逝，然有其常者存焉，而平凡世俗之大美，唯常處於平常態，故常爲人所忽，然苟有心有情，不必靈眼而可見、靈手而可捉，亦不必此一刻見彼一刻不能見，其美常在，故關鍵乃是欲見與否，未有欲見而不能見者，但有見而受外物利害之心而不以爲然者，有見之者矣，一其常見而弗加珍也，狃於庸俗、勢利之見，以樸素、天眞之大美爲非美，而好尚虛飾僞善之美，抑或其美不爲我得，因以造成強名其非爲美之事實氛圍，或以他種之因素殘迫掩抑其美，此在吾國之古代歷史世俗之現實世界，亦鮮見邪？且天下之大美，必動以葆其活力，凡其活力猶存之時而爲發展中之美，或已至圓滿完美之境，皆可持久若干之時間，安有見於此刻爲美而於彼刻忽然而不美者邪？故以靈感求「細節」，則入形上之境而離於事之所存之現實世界矣，以是言之，靈感之事通乎表現，猶是「技」之境界，唯「細節」之取事於世俗現實之精神，則允臻於「道」之境界也，此亦余前之所論元曲之「俗」之精神者也。元曲之爲詩，唯其採事而寫「細節」，乃能臻致文字、文學之最高境。「細節」之爲物，見於外則淋漓盡致，見於內則意、

旨獨運而神味特出。其內，古之詩詞或至，而外則不以淋漓盡致爲特色，必至於曲，而後文學之內外皆達於極致。言情寫景，多是靜態，故不易至外之極致，必及於敘事而寫「細節」以盡發其內蘊，而後其外乃見爲淋漓盡致。雖淋漓盡致而無礙含蓄，而一之於「細節」。淋漓盡致者，物之生命力最爲飽滿豐富之狀態者也，以文字定而存之，於現實世界則不可久，故此態之長處顯而易見，其中大有理想之意味在，則文學境界之所以高於人生境界者也，本書前已言之矣。

　　「細節」一義，其在「神味」說之範疇，與其尋常義尙有不同。其最高義，則能以見「無我之上之有我」者也；其次者，則以「將有限（或局部）最佳化」之法而致「九度」（即密度、力度、強度、深度、高度、厚度、廣度、濃度、色度）者；再次者，則細節之尋常義之所見者。其根本之特徵爲「不可復」〔註214〕（《詩詞曲學談藝錄・卷一・五三》），若復則喪失其本質之創造性矣；其核心因素爲敘事性，而與意境之核心因素爲情景性不同。「事」之一因素爲吾國詩歌開拓之根本蹊徑，敘事之一因素，可貫穿詩歌（詩詞曲）之所有領域，故任訥《散曲概論・內容》謂：「詞僅寫以抒情寫景，而不可以記事，曲則記述敘抒寫皆可。」〔註215〕此不審之論。詞之敘事記動，大抵雖或一貫可尋，而皆具片段性、隨機性，一連串之動作，率而相屬而不必具因果，亦鮮涉性情，如李易安之《如夢令》，又如《一翦梅》之「輕解羅裳，獨上蘭舟」，周清眞詞亦頗記事；涉性情者，一則如辛稼軒《水龍吟》「把吳鈎看了」之類，一則用典，虛其實蘊。皆爲意境之生成故，含蓄深沉而以生空間，故不重形式之完整。若曲則「言外而意亦外」，務爲淋漓盡致而爛漫其態，放蕩其意，恣肆其理趣，跌宕其節奏，活潑其神，凝融其味以有限之事爲最大效果之發揮，以小處見而出最大之世俗之「味」，即「將有限（或局部）最佳化」一義也。以境界譬喻，則溫瑞安《少年追命・自樓樓人》之章有云：「女子很美，美得像把生命一時間都盛開出去了，明朝謝了也不管。」壯哉此情，美哉其意態！此一態也，堪稱「細節」、「神味」諸義之絕妙擬喻者矣！美之若是，性情之若是，內之美外之味之若是，而生命之不可恆其若是，文學則可表現此若是之一刻而使恆之以千古，此即「神味」之境界而文學之眞意也，此種之姿態不可恆之於現實世界且恆之將有礙於其人之生也，而文學則可表

〔註214〕于永森：《詩詞曲學談藝錄》，齊魯書社，2011年版，第104頁。
〔註215〕任訥：《散曲概論》，中華書局，1931年版，冊二第14頁。

現之且無礙於其人之生，以此文學之境界高於人生之境界也！實則詞、曲之別不在其能記事敍動與否，而在其動作事件是否以「細節」見之，以成、見曲向小說發展之過程迹象也，雖一般之曲不可及之，要當爲其指示此一最高境界也。李漁《閒情偶寄・詞曲部・結構第一・總論》有云：「揣摩其故，殆有三焉：一則爲此理甚難，非可言傳，止堪意會。想入雲霄之際，作者神魂飛越，如在夢中，不至終篇，不能返魂收魄。談眞則易，說夢爲難，非不欲傳，不能傳也。若是則誠異誠難，誠不可道矣。吾謂此等至理，皆言最上一乘，非塡詞之學節節皆如是也，豈可爲精者難言，而粗者亦置弗道乎？」「皆言最上一乘」，此是吾國談藝之特徵，文心獨悟以得，不可以傳，可傳者字句結構之類，以非最上乘而弗爲也。「妙悟」、「神韻」、「格調」、「肌理」、「境界」諸說無不如此，如《文心雕龍》之體大而慮精之作，雖享久譽，實則眞爲文者不重之也。蓋其所言大半作者皆能知之，以備爲慮，只可薰染初學爲文之童子，爲眞爲文者殫敍闡說，其煩不可耐也。《文心雕龍》、《原詩》之爲學者稱道，以其近於西人之科學研究文學者，空談意理而以備爲心，亦可原矣。其不爲文學，故最上一乘非所最關心者，而以吾國談藝之類此者爲非也，其法淵源於哲學，如柄大權者素以大事爲尙而不瑣屑其心於細，總攬大局而已，若孔明之鉅細躬親而勞神竭慮，吾人不甚稱之也。故作者之眼光與學者異，以余而論，《文心雕龍》、《原詩》於己於我之影響及價值，斷不如《人間詞話》之類。理論研究之最大目的，爲裨益文學創作以不斷新其審美理想之境界——所謂「取法乎上，僅得其中」也，次乃吾人之鑒賞評價。今之學者，或不重《人間詞話》之類，而不知其在詩人詞人之心目中，有無可爭議、不可替代之地位，此亦足稱研究之隔而已矣！

　　「細節」一義，除上述「最高義」、「其次義」、「尋常義」而外，若僅以形式言之，則提升其質量之根本之法，乃有兩端：一即「其次義」之所言；一則隱喻、象徵兩義也。此兩端者，前者提升「細節」質量之效用無須多言，乃自「細節」之爲「有限（或局部）」之內部、較小角度作爲者，而後者則自「細節」之外部、較爲寬廣深邃角度作爲者，此兩端和合爲力，「細節」之質量乃能臻致最佳之境界，乃能出最佳之「神味」也。隱喻、象徵兩義，乃「細節」關涉、表現世俗之現實世界社會民生意蘊之最佳之法，由此亦可見「神味」、「意境」兩審美理想根本之異：吾國傳統文藝以「意象」（「情景」）爲主而建構之「意境」，其所憑藉者以「興」爲主，雖或有隱喻、象徵

之用，然整體迹象未顯，其顯而大且佳者，則必已溢出以「意境」爲最高最上之審美追求之範圍，如明清之小說（如《西遊記》、《聊齋誌異》、《紅樓夢》）；以「細節」爲主而建構之「神味」，其所憑藉者以隱喻、象徵爲主，吾國古代文藝之中有若詩歌之如《石壕吏》、《北征》、《離騷》者，有若小說之如《西遊記》、《聊齋誌異》、《紅樓夢》者，而二十世紀以後吾國文藝之主流已然不以「意境」爲最高審美理想之追求，故無論小說、詩歌，其能獲致最高最上之成就、價值者，無不以「神味」爲最高審美理想之追求，而以「神味」爲最高審美理想之追求者，其能獲致最高最上之成就、價值者，無不以隱喻、象徵籠罩其整體並化爲若干之「細節」以成就其「有限（或局部）」之最佳化，如魯迅、莫言之小說及朦朧詩之類。原其究竟，則「興」雖爲賦比興三者最佳之法（此由不重「賦」之一義之偏執所致，且局限於以「意境」爲最高最上之追求者，若以「神味」爲最高最上之追求，則「賦」之價值遠過於「興」矣），然卻僅爲隱喻、象徵之初起境界，吾國古代詩歌因吾國傳統文化思想之保守而樂於格律化之定型，審美意識又主於雅致小巧，以致詩歌之體制以短小爲主，故不得不以「意象」（「情景」）爲主而非以「細節」爲主以建構文藝之審美理想境界，隱喻、象徵之法因不得大行矣，極爲可惜也！元曲之劇曲雖能稍長其體制容量，然隱喻、象徵之爲「細節」一事，仍甚薄弱；而若能用隱喻、象徵，則雖不必長而效用或甚大也，如二十世紀以後之新詩如朦朧詩者、網絡段子及類似文字。總之，「細節」一義之於文學之價值極大，吾國古代文學好用之「典故」（「隸事」），乃即「細節」之用之一形態，但可復耳。其可復之性質，大與「意象」類，故僅可視爲低度之「細節」，其所見之「神味」，亦頗有限。而推原「典故」（「隸事」）可復之根本原因，則其本身或其用雖或極佳，然總歸爲已然者，一典故爲一「意蘊之世界」，然卻已是趨於死亡之「意蘊之世界」，不若隱喻、象徵與時俱進關涉世俗之現實世界社會民生意蘊所創造、寄託之「細節」，乃若干無限豐富、複雜、深刻之鮮活獨特之「意蘊之世界」。拙著《詩詞曲學談藝錄》嘗云：「詩非獨爲一切諸藝之最高形式，且爲世間人之所以爲人者所能達致之最高境界、最高可能」〔註216〕，故無論詩歌、小說、戲劇，「細節」皆可謂眞正、最佳之「詩眼」也。

〔註216〕于永森：《詩詞曲學談藝錄》，齊魯書社，2011 年版，第 108 頁。

二一

　　《西廂記》第四本一折曲寫崔、張二人之性事，讀之令人怦然心動，古人以爲淫書，多以此爲口實，而金聖歎輩爲之辯解，其意則佳，其辯猶疵也。金聖歎爲文，辯利爽健而搖筆如流，雖比三家村冬烘先生及道學家通達圓解，卻終歸是文士手筆，見識雖高而不免時有舛誤，悟亦未透徹，恃才故也。其見識亦不乏低處，如曲解腰斬李贄《忠義水滸傳》之「忠義」而視宋江輩如寇讎，全不解其愛國處。《讀第六才子書〈西廂記〉法》則云：「若說《西廂記》是淫書，此人大有功德。何也？當初造《西廂記》時，發願只與後世錦繡才子共讀，曾不許販夫、皁隸也來讀。今若不是此人揎拳捋臂、拍凳搥床，罵是淫書時，其勢必至無人不讀，泄盡天地秘妙，聖歎大不歡喜。」〔註217〕此縱是聖歎私意，將置元曲於何地？而卑視販夫皁隸者流，亦文士通病，若白樂天之作詩務使老嫗都解，其是非暫且勿論，而元曲家之心，豈不正期之眾庶？則金聖歎以才子自高，豈不可笑！又云：「有人謂《西廂記》此篇最鄙穢者，此三家村中冬烘先生之言也。夫論此事，則自盤古開天闢地至於今日，誰人家中無此事者乎？……蓋事則家家家中之事也，文乃一人手下之文也。借家家家中之事，寫吾一人手下之文者，意在於文，意不在於事也。意在於文，故吾眞曾不見其鄙穢」（《酬簡》總批），家家家中之事是實事也，然同一事也，所以待之者有所異也，若以之爲由而可陳穢而不覺爲穢，則先生自家作爲情事之時，胡不聚眾而觀其房事邪？先生以之爲非常之美也，自當不覺其醜，美而可如此邪？抑或眞率而可如此邪？蓋事也者，皆有其限度，越之則變其實矣（豪放之核心義爲不受拘束，故以度越腐朽之禮法、規矩、技藝爲事，而可突破創新也）。如男女之事，夫婦行之樂之於其二人之世界，則何所不用其極，而無不可，如張敞所謂「閨房之樂，有甚於畫眉者」（《漢書·張敞傳》），然第三人與之，則爲淫矣。金聖歎不察具體之事而徒呶呶於「好

〔註217〕金聖歎此書又云：「僕幼年最恨『鴛鴦繡出從君看，不把金針度與人』之二句，謂此必是貧漢自稱王夷甫，口不道阿堵物計耳」，且引呂祖點石成金事云「若眞是呂祖，必當便以指頭與之。今此《西廂記》，便是呂祖指頭，得之者處處遍指，皆做黃金」，快意縱言而隨處玲瓏，不知前後牴牾也。且元好問《論詩絕句》之「鴛鴦繡了從教看」一篇，其意在以見詩心之不能傳而唯須自悟，亦即釋氏求人不如求己之喻，曹丕《典論·論文》之「文氣」說，呂祖點金之指之喻，脈理無乎不同，聖歎根鈍之甚矣，若如此而爲然，則呂祖亦當避聖歎而惜其指矣。

色」、「淫」之二語，以書生之目觀之，不得要領而審悟，不亦宜哉！其文氣雖盛，然欲以文勝其理，則不過一堆蔓草耳，不多引矣。《史記・屈原賈生列傳》云：「《國風》好色而不淫」，好色乃人之情，不淫則存其度，過之則不以人爲人矣，其自身亦將墮乎非人。金聖歎乃云：「《國風》之淫者，不可以悉舉，吾今獨摘其尤者曰：『以爾車來，以我賄遷。』嘻！何其甚哉！則更有尤者曰：『子不我思，豈無他人？』嘻！此豈復人口中之言哉？」書生之迂也，信夫！前者言娶嫁，何淫之有？後者乃男女間調笑之言，正話反說，亦何淫之有？不若舉《鄭風・將仲子》也。又紅娘唱〔勝葫蘆〕笑張生「哎，你個讒窮酸俫沒意兒，買弄你有家私。莫不圖謀你東西來到此？先生的錢物，與紅娘爲賞賜，我果然愛你金貲？〔後〕你看人似桃李春風牆外枝，賣笑倚門兒。」金聖歎云：「作者雖極寫張生急情，實是別寓許伯哭世。」貶張生以顯紅娘，倒顯得張生大方也。書生處世，純自書上得法，卻不料紅娘是女中豪傑，白賺一頓美人嗔，雖灰頭土臉倒也值得。起先紅娘於張生又搶白又調笑，實即是看不慣其呆書生氣，不通世故人情倒也非過，只是張生眞正受儒家禮法思想調教，束縛得人性變異亦不自覺，爲可憐耳。又第一本一折張生唱〔賺煞〕有句云：「空著我透骨髓相思病染，怎當他臨去秋波那一轉！」指「且回顧覷末下」。金本《西廂記》改爲：「我明日透骨相思病染，我當他臨去秋波那一轉！」批語云：「妙！眼如轉，實未轉也。在張生必爭云『轉』，在我必爲雙文爭曰『不曾轉』也。忤奴乃欲效雙文『轉』。」其改易，正見其於文未極最佳，亦未解其句意耳！金聖歎以爲乍見，相思病必待明日才染，卻不知情之一事每乖常理，如山西民歌有云：「高山上蓋廟還嫌低，面對面坐著還想你」（《高山上蓋廟還嫌低》），如此境界、神味，聖歎必惑之矣！易「怎」爲「我」，點金成鐵。辨別轉否，亦癡書生知爭字義而不知設身處地揣摩情境之行爲耳。蓋詞有實應，有虛應。「蜀僧抱綠綺」，「抱」字實應「蜀僧」，僧抱也；「怎當他臨去秋波那一轉」，「轉」字虛應「秋波」，實轉者頭也，若眼珠轉，乃是乜斜而非美人姿態，如鶯鶯者而爲此邪？若金聖歎寫鶯鶯之天然貞潔而以轉爲張生意中之事，似亦堪爲妙理，然卻與其贊張生之言大悖，且《西廂記》作者本爲湊合二人所設，若解此心，則「轉」之豈可爲疑哉！「怎當」一句，不過寫崔鶯鶯臨去看了張生一眼，「看」之爲言，乃是一整體動作，而金聖歎乃單獨就眼珠轉否計較，譬如盲人摸象，而自謂頗有得也。

　　四本一折渲染性事，本非大了不得事，然細察之則有若干細節、趣事，

其核心關鍵處，則尤足以見張生之眞面目，卻不知王實甫如此寫作，意會到如此否。雖自張生驚豔而單相思成疾，直至歡會，都有一個「情」字搪塞其間，卻不免使人於此見其眞面目。茲引之焉：

（紅推旦入云）姐姐，你入去，我在門兒外等你。（滄海按：揣想此事情景，倒難爲紅娘而能爲此也！）（末見旦跪云）張珙有何德能，敢勞神仙下降，知他是睡裏夢裏？

〔村裏迓鼓〕猛見他可憎模樣，小生那裡得病來！早醫可九分不快。先前見責，誰承望今宵歡愛！著小姐這般用心，不才張珙，合當跪拜。小生無宋玉般容，潘安般貌，子建般才：姐姐，你則是可憐見爲人在客！

……

〔上馬嬌〕我將這紐扣兒鬆，把縷帶兒解，蘭麝散幽齋。不良會把人禁害，咍，怎不肯回過臉兒來？

〔勝葫蘆〕我這裡軟玉溫香抱滿懷。呀，阮肇到天台，春至人間花弄色。將柳腰款擺，花心輕拆，露滴牡丹開。

〔么篇〕但蘸著些兒麻上來，魚水得和諧，嫩蕊嬌香蝶恣採。半推半就，又驚又愛，檀口塭香腮。

（末跪云）謝小姐不棄，張珙今夕得就枕席，異日犬馬之報。（旦云）妾千金之軀，一旦棄之。此身皆託於足下，勿以他日見棄，使妾有白頭之歎。（末云）小生焉敢如此？（末看手帕科）（滄海按：百忙中居然忘不了設置一手帕，大是有趣、噁心！）

〔後庭花〕青羅元瑩白，早見紅香點嫩色。（旦云）羞人答答的，看什麼？（末）燈下偷睛覷，胸前著肉揣。暢奇哉！渾身通泰，不知春紅何處來？無能的張秀才，孤身西洛客，自從逢稔色，思量的不下懷；憂愁因間隔，相思無擺劃；謝芳卿，不見責。

《西廂記》之爲戲曲，演以觀於眾也，若以上所引諸曲，敘既頗豔綺細緻，不知旦、末二角於臺上究做何情狀以擬象之，大可思也。若唱甚細豔而不見動作，則臺下何以厭足而安得不嘩而喝以倒彩？醜媳婦終將見公婆，此事萬萬馬虎不得而輒可敷衍了事。敘此事之數曲咸非本色語，而皆是文士案頭語。此種情事，必以極潑辣本色之俗語出之，乃能出味也！其文雖不足爲本色，卻無礙於由之得見張生之形象。張生見鶯鶯而屢跪，尤見男女之態度。女子

之為尤物也，當其未得則以天仙視之，既得則意漸不屑而有得意張狂之色矣。事既已而觀二人對白，大似討價還價，而無心有靈犀一點通之意趣。且老夫人囑二人以兄妹相稱，而張生呼鶯鶯為姐姐，〔柳葉兒〕一曲又云「得見你多情小奶奶」，想前則敬慕而後則親褻調笑，此又男女之事之絕有趣者也。張生之跪，不知中第得官成婚後，尚能如此否，此又不妨想像。《聊齋誌異》中《阿寶》、《阿繡》二篇之事，可與此相比較。若孫子楚、劉子固之戀女，可為軌極也！若張生之流，害相思也罷，多情也罷，卻是始終為能如是而不計較其癡迷之後果，故勿謂張生乃一呆書生也，且看他事已兩人討價還價後，心不在焉而遺佳人於床，急急以驗手帕而關心鶯鶯之是否為處子，何等精明！如此之人，虧金聖歎《讀第六才子書〈西廂記〉法》贊張生云：「《西廂記》寫張生，便真是相府子弟，便真是孔門子弟。異樣高才，又異樣苦學；異樣豪邁，又異樣淳厚。相其通體，自內至外，並無半點輕狂、一毫奸詐。年雖二十有餘，卻從不知裙帶之下有何緣故，雖自說『顛不剌的見過萬千』，他亦只是從不動心」，此何異睜著雙眼說瞎話也！而鶯鶯既在側，又是何等之侮辱！縱然兩情相悅而女子不為計較，心中略無掛礙，亦足可見男子之品性也。既得所願而又喜之忘形，至於呼鶯鶯為「多情小奶奶」矣，此是何種面目，何種嘴臉！嗟乎，余不禁為天下之女子發無限之歎惋也！其尤可思者則此事前後二人地位、角色之轉換，事前張生被動，事後鶯鶯成被動矣！一國色天香之千金小姐、相國之後，為此破格已實屬不易，而一厭天下書生、文人之心，且無不希如鶯鶯者遍佈世間如恆河沙數，亦明矣！然則鶯鶯苟自珍自愛，其誠懼彼張生之背棄邪？四本二折紅娘所唱〔小桃紅〕，則啐張生云：「我棄了部署不收，你原來『苗而不秀』。呸！你是個銀槍鑞槍頭」，〔東原樂〕嘲其「相思事，一筆勾，早則展放從前眉兒皺。美愛幽歡恰動頭。既能夠，張生，你覷兀得般可喜娘龐兒也要人消受。」愛之本質，尤彰顯於危難之際，必舍己以為所鍾情者，即處平常亦每以對方為最第一之思慮者（即拙著《詩詞曲學談藝錄》所謂「以人為最第一之價值」之境界），先期察焉而處處為對方著想，乃為可耳。眼見張生如此窩囊相，真辜負鶯鶯也！紅娘之意，即嘲其不似男人、無丈夫氣，正所謂旁觀者清。〔註218〕又〔小桃紅〕嘲鶯鶯云：

〔註218〕以紅娘嘲謔張生，或作者為調劑表演氛圍、效果而設之具，然作者苟不知此
　　　　種作為實關涉張生此一人物之本性，而若以為不關大要者，則未嘗不可見吾
　　　　國傳統文化之社會背景，早以此為尋常矣，即世俗社會僅以「書生」之一角

當日個月明才上柳梢頭，卻早人約黃昏後。羞得我腦背後將牙兒襯著衫兒袖。猛凝眸，看時節則見鞋底尖兒瘦。一個恣情的不休，一個啞聲兒廝耨。呸，那其間可怎生不害半星兒羞？

妙哉紅娘！以余觀之，《西廂記》中張生、鶯鶯二人，皆不若紅娘爲佳妙也。二人皆不出古典才子佳人之形象，張生之書生形象尤爲酸腐，唯紅娘突出時流，其光芒掩抑不住，而遂燦爛於千古。如此等人物卻屈身奴婢輩，當二人雲雨之際爲之把風，一活潑玲瓏初諳情事之少女，情何以堪！且不能不觀察甚細，古人每云《西廂》誨淫，不無道理，然不必棒殺而仇仇之，亦不必如金聖歎輩曲爲之諱辯而以爲宜也。余不張生、鶯鶯之責，而王實甫之怨也。若其心果欲揚張生，則其形象何若是之儒弱不振而精明得使人惡邪？尤其驗羅帕一事，特爲《西廂記》之大煞風景處，即欲明夫吾國之有此習，而王實甫不以爲惡邪？其渲染二人之相思復歡會，何其優美，而爲欣賞之態度也亦明，則其不覺有失，如此關乎心術，是以深責之也！若董《西廂》，則無此嗜。〔註219〕事固其事，用心而已。然苟以恕實甫，則其失適成文學之得，而張生一角反更眞實，須剖析入微，勿纏綿於二人之情事而不察其眞面目也。按董《西廂》描畫情事，實較實甫爲勝，觀王之作，大有文士口吻，幾分扭捏，幾分粉飾，且看董《西廂》卷五之數曲：

〔大石調·洞仙歌〕青春年少，一對風流種，恰似嬌鶯配雛鳳。把腰兒抱定，擁入書齋，道：「我女兒休恁人前莊重。」哄他半晌，猶自疑春夢，燈下隈香恣憐寵。拍惜了一頓，嗚咽了多時，緊抱著噷。那孩兒不動，更有甚工夫脫衣裳，便得個胸前把妳兒摩弄。

〔中宮調·千秋節〕良宵夜暖，高把銀缸點，雛鶯嬌鳳乍相見。窄弓弓羅襪兒翻，紅馥馥地花心，我可曾慣？百般遷就十分閃。忍痛處，修眉斂；意就人，嬌聲戰；浥香汗，流粉面。紅裝皺地嬌嬌羞，腰肢困也微微喘。

色爲功名利祿最初最佳之載體，若能中狀元之類，則「書生」之功用大體完成，其後之世俗社會遠非「書生」之意蘊所能涵蓋，「百無一用是書生」，「書生」遠不能解決世俗社會之諸多現實問題，故「過河拆橋」，「書生」又爲世俗社會嘲諷之對象矣。

〔註219〕按：金董解元《西廂記諸宮調》亦有類似描寫：「起來搔首，數竿紅日上簾櫳。猶疑慮：實曾相見？是夢裏相逢？卻有印臂的殘紅香馥馥，偎人的粉汗尚融融。鴛衾底，尚有三點、兩點兒紅。」然此僅爲事後之間接側面表現，頗爲自然而不令人生厭，不似王實甫《西廂記》所寫張生爲此一番主動之情態也。

〔正宮‧梁州三臺〕鶯鶯色事尚兀自不慣，羅衣向人羞脫。抱來懷裏惜多時，貪歡處嗚損臉窩。辦得個嗽著、摸著、隈著、抱著，輕憐痛惜一和。姿恣地覷了可喜冤家，忍不得恣情嗚噆。

〔仙呂調‧點絳唇纏令〕殢雨尤雲，靠人緊把腰兒貼。顫上不徹，肯放郎教歇！檀口微微，笑吐丁香舌，噴龍麝，被郎輕醬，卻更嗔人劣。

〔仙呂調‧風吹荷葉〕只被你個多情姐，嗽得人困也，怕也！痛憐嗚損胭脂頰，香噴噴地、軟柔柔地、酥胸如雪。

足見委曲盡態，遠勝實甫；文字之鮮活近真，亦見不同。此自作者之目觀之，實甫作則自張生之目觀之。董氏之作較近此事之原且不遜今人，如事中「高把銀缸點」，事後乃「銀臺畫燭，笑遣郎吹滅」，勿謂古之人不如今之人也。鶯鶯之態亦較寫真，如初次尚羞而任生擺佈，「更有甚工夫脫衣裳」，生不暇為而自己羞為，若再三則「羅衣向人羞脫」，雖仍著一「羞」字，而自為之矣。實甫作中鶯鶯大抵處於被動，董作則「肯放郎教歇」而互為主動，男女之事固當如此也。實甫受誨淫之名，固因其作影響較大而成文士之範文，且受此名亦由雅化之勢力不以董作之俗為然，而排擠之出於視野之外，則王作雖受其名，而雅化之勢力自以此而欲知實甫此賞識之心也！而其文字扭捏粉飾以致不自然而乖於曲之風味，則亦是事實。男女之事文學中頗喜渲染，明清之豔情大張其氣，猶不過雜趣因諧而世俗之意蘊極勝，使人心旌搖蕩而已。今世之作則有將此美化為極醜者，過甚於禽獸之行而使人生噁心之感，蓋雅化中之腐朽醜惡若掩抑不住，則其本來面目固應如此也。

王實甫《西廂記》以團圓結局，雖愜人意，而其中崔鶯鶯之形象較元稹《鶯鶯傳》中之原型為遜，雖然血肉更為豐滿，亦不能無憾於此一代價也！觀元氏所寫者，「常服晬容，不加新飾，垂鬟接黛，雙臉銷紅而已」，「凝睇怨絕」，不俗豔逸之狀，非等閒尋常之庸脂俗粉，而使人心嚮往之，其美如在目前也！為張所棄，「愚不敢恨」，「常忽忽如有所失」，「乃至夢寐之間，亦多感咽」，仍深情之女而非詬厲傷尤之怨婦亦甚明矣，此之一步已越常人，非解情者不能諳也！且其於張生數囑「千萬珍重」之語，情之摯極而益令人見張生之淺薄。其中最燦爛者，則在拒見張生而詩以「還將舊時意，憐取眼前人」，設身處地，雖婉見責，實則其忠厚達情之本性，不可或掩也，由此以見其無限動人之美，不亦宜乎！嗚呼！其「為郎憔悴卻羞郎」之句，非妙在「羞」

之雙關，而妙在此有以使人深思沉吟也。通篇觀之，鶯鶯全身無一瑕疵，張生「尤物」之論，深可笑耳！張生於鶯鶯之態度，勢利勝乎情愛之境界也，實煞風景之甚，以人爲尤物，則尤其之甚者。其始即欲勝其愛，「若因媒氏而娶，納采問名，則三數月間，索我於枯魚之肆矣」，如此態度，與夫秦少游所言之「兩情若是久長時，又豈在朝朝暮暮」（《鵲橋仙》）之境界，顯然爲相反之兩極。既得之矣，則興不過如此之念，男之於女大抵經歷此一態度，而張生爲尤甚！然此事猶食，一旦隔絕之則久之其羨需又復，此張生既棄之又數擾之故者也，心存僥倖而非用眞情，故鶯鶯雖不責人，亦堅拒之矣，如此等女子，可謂既絢美多情又堅貞自愛者矣！「文戰不勝」，則又「貽書」，可笑張大書生，果以爲人可褻玩者再而汝之魅力無窮邪？後又發鶯鶯之書於所知識，播其情事，豈非猶今人「其人雖美，而我嘗睡之」之無賴下流胚子之聲口意態？又有「尤物」論以彌縫其尷尬，更可笑者則崔氏爲人婦後猶腆顏以外兄之名求見，眞可謂無恥之尤、欺人太甚！其心之齷齪，以相形鶯鶯，眞天上地下、天使魔鬼！鶯鶯「喜慍之容，亦罕形見」，「貞愼自保」，「張生稍以言導之，不對」（俗有「瞎眼」之謂，鶯鶯於此必有感也），則一冷美人耳，心性甚高而不幸墮入才子佳人之套路，因文詞而未察其德，涉世未深而天眞純情，既任其情而無悔無尤，誠爲情之聖者矣！然前車之鑒，後事之師，其後所嫁之夫，亦屬賢人也！蓋已失身，若卒遇張生者流，如王實甫《西廂記》中所敘，雲雨之後輒不忘「看手帕」以驗其是處子與否，則何所以容鶯鶯乎？以是知其夫亦有德、能眞愛人者也。如是則元氏《鶯鶯傳》中鶯鶯之結局，亦不爲劣也，吾人自當爲其暗慶也！

《西廂記》中之人物，張生或稱其一情癡而感人也，然如崔氏之一類所謂天生麗質國色天香之人物，是人亦當爲之癡矣，魂牽夢繞矣，何待張生？除此而外，既無卓異內美之質，又無超拔偉奇之能，不過一會吟詩作文手無縛雞之力之書生耳！四本三折鶯鶯送張生赴考時遽爾大言「小生這一去白奪一個狀元」，書呆子之相有甚於此者乎？眞正刻畫出形象也！若鶯鶯，余其美矣，固一類型化之佳人，苟云其性情之佳而能衝破禮教道學之束縛，則吾恐此特作者本於男性「教郎恣意憐」之心態，於世俗之現實世界不可獲逞，而何妨遊戲而筆之於文學，以厭足天下之人如張生者流，亦以快其自我之心也。設若張生數奇不第者而亦不知其終能第否，鶯鶯果能心甘情願含垢忍辱以從之邪？則以大團圓結局，固爲天下讀書人爭得一張臉皮，出得一口惡氣，卻

恐非世俗自然而然之義矣。故劇中最可欣賞且描畫最美者爲紅娘之一角色，其活潑潑辣機智玲瓏眞堪喻爲曲之一體制之特色也！羞羞答答之美人則可以譬「意境」，如鶯鶯也；潑辣爛漫之佳人則可以譬「神味」，如「我儂你儂，忒煞情多」小詞所表現之女子，如譚記兒、趙盼兒、紅娘也。嗟乎！人世無奈而徒以身份地位溢美，以益其心之快慰，一若好色權勢者流之極愛玩弄冷若冰霜堅貞絢美之女子，而身處下位者恆不得爲人正目以觀其美，而僅或有實際功利之價値若娼妓然也。古之美者多因之而爲豪強、皇家貴戚及士大夫所掠，屈其勢也，今之美者則雖獲獨立而甘心依附，愛其財而懼其勞也。嘗試思之，世之美也，吾人果忍心使遭離艱難困苦邪？而大美之所以成就又必歷艱難焉以盡其善，若蓮之出淤泥而不染，不爲權勢財貨所籠罩陷溺，而能有幾人哉？故不染爲自然之法則，而人之道或有悖焉，以是衆美紛然而自甘墮落，不甘者恆與激烈而爲悲壯之壯麗，豈其人之責也哉！若余而如準以情之能拋除脫棄一切諸外物之影響，則遇鶯鶯、紅娘，或魚與熊掌得兼，或不可得兼則捨鶯鶯而取紅娘者是矣！

二二

　　《西廂記》一作，古人多以爲「淫」，拙撰《詩詞曲學談藝錄》卷二有論辨《西廂記》「淫書」者，其言略云：

　　金聖歎爲文，洋洋灑灑而復絮絮叨叨，頗極纏綿委屈又細瑣不省淨，蓋才子習氣使然。大凡以才子習氣爲文，往往心已至矣，情已至矣，而樸素本色未至，故文亦不得之也矣。其《讀第六才子書〈西廂記〉法》之作，可謂極其性情搖曳之至，大抵書生才氣，至此而止，若不經世俗之現實世界而深悟其境，深得其美，深會其中之神味，則其識力猶去最高境界一塵，往往如此，非獨聖歎爲然，若李溫陵則不同也。《讀第六才子書〈西廂記〉法》有駁《西廂記》爲淫書之論，略云：「人說《西廂記》是淫書，他止爲中間有此一事耳。細思此一事，何日無之？何地無之？不成天地中間有此一事，便廢卻天地耶？細思此身自何而來，便廢卻此身耶？」《酬簡》總批「好色與淫論」，則好色而不淫，先賢不諱；《詩經・國風》與《西廂記》所寫皆「兒女之事」，且「自古至今，有韻之文，吾見大抵十七皆兒女之事。」又駁多烘先生云：「蓋事則家家家中之事也，文乃一人手下之文也。借家家家中之事，寫吾一人手

寫之文者，意在於文，意不在於事也。意不在事，故不避『鄙穢』；意在於文，故吾真不曾見其鄙穢。而彼三家村中冬烘先生，猶呶呶不休，詈之曰『鄙穢』，此豈非先生不惟不解其文，又獨甚解其事故耶？然則天下之鄙穢，殆莫過先生，而又何敢呶呶為？」總上其所論者以言之，聖歎殆亦所謂癡才也。能癡，故不能免於可愛；唯其可愛也，又覺識力猶雛而未能老辣，未能洞見問題之實質也！其反駁之本身即立論不穩，又焉能服人？此一問題之關鍵在《西廂記》是淫書否，而不在天地間有此事否。天地間之有此事，或為淫或為不淫，何也？其表現有所異也！人云《西廂記》為淫，駁之當證其非淫，若退而以天地間無不有此事為據，是有未找對目標之嫌疑，故其駁也無力。又以文、事兩分，更屬強詞奪理，為同一病，此李昌集《中國古代曲學史》一書早已揭出之。嘲冬烘先生不解其文獨甚解其事故，亦仍游離核心之外而搔癢不實耳。此一問題之關鍵，聖歎實未望見，故其駁也如是而已矣。《西廂記》較之明清之狹邪淫穢小說，明顯迥為判然相異而不可等量齊觀，且劇中描寫本無太露骨之處，故自技術層面以論之，《西廂記》非是淫書，如此而已。然既如是而非淫書，而人強明之為淫書，其未有故邪？其故何邪？竊謂深察細觀，此中實有一深層之原因，為古今之人皆未夢見，聖歎一書生炫才子習氣者，亦在同列。若古今人之高見，不過以為道學理學抑情，故於此等宣揚兒女之情事大不以為然，此誠是一因，然其中更為切實切身者，初不在乎此也！其切實切身之原因云何？即富貴者忌意淫之心態也，此事關乎其切身利益，雖知其書文不足以為淫，而其意卻足以為淫也。其意不足以為淫，實借淫之名以抑其實耳！聖歎所斥之冬烘先生，豈笨至於不能識《西廂記》非淫書邪？故真正之原因在富貴貧賤之心態有別，貧賤者皆欲緣如張生，而富貴者皆不欲緣如鶯鶯，此兩種力量之衝突，乃問題之關鍵之所在也！吾人皆羨張生有此遇而贊鶯鶯之行為，故此劇之魅力甚廣甚大，若富貴者則未必如此想矣！試設身處地以思之，富貴者養得一大家閨秀，嬌滴滴容色倩麗之千金小姐，而輒為目中之窮酸書生所得，氣味本不相投，興趣亦屬懸隔，又安能加之以青眼而順其胸中之氣？指《西廂記》為淫書者，實以此故也！此外，尚有張生本身之原因。張生之為書生，亦特尋常，無家國民生之大志，不過因循科舉之途以謀其生者，作者欲成其事，故巧設因緣以湊合之，元稹《鶯鶯傳》中之始亂終棄，乃為世俗之現實世界中之正常者，陳寅恪《元白詩箋證稿》已證唐時上流社會婚娶之俗為張生解脫，雖然余並不以此行為

然，故董解元《西廂記諸宮調》變其結局而以喜劇終篇，其基礎即變鶯鶯卑微之地位爲故相國之女，鶯鶯之地位既已如此，則始亂終棄之不行，正是情理中事也。張生其人不但尋常，且染迂腐，前已稍稍及之，故就實而論，其於吾人之感覺恆爲張生之得鶯鶯，實不足以服人！解圍不過作者想像之美事佳構，而以以身相許爲條件，亦見得非是出於「情」之一字，此便是大煞風景處也！或謂張生之於鶯鶯甚爲傾心也，甚爲癡情也，以至於害相思而病矣。實則張生之相思，起初即單相思，其傾心癡情亦無特色。試想如鶯鶯之國色天香，凡人見之孰不動心，豈必待張生也？凡人之有情，便可享受此等之佳人，則孰不有情？若無解圍之事，其事必不諧。必無解圍之事，兩人之遇，後見而有情，或識淺而張生求鶯鶯初甚苦而後終識之終許之，此眞愛情也，若必由解圍以促成之，已非純粹之愛情而有利害之關係存乎其間者矣！即有此事，而老夫人之賴婚，張生雖憤亦無如之何，因以身相許而爲此事，本即褻瀆乎眞愛情矣！照常理推之，苟鶯鶯柔弱，則從老夫人矣，不過一覺老夫人食言，一覺有愧於張生而已矣，然此皆不足以更事不得諧之實質。而此中之鶯鶯則個性鮮明，由其所受之教育觀之，則其必將遵循禮教之大義以行事，而不計張生之卑賤，而自以爲得意之事，故其反應於張生，其行動雖大悖禮教，然其所以如此者，正由中禮教之毒甚深之故！此一點尤爲重要，古今人但知前者，而不知其後者也。故在道學家以觀之，以張生不足道非特出之人而得鶯鶯（無形中自有己不能有此遇之嫉妒之心態），是不足爲訓也，故張生之不濟，而爲富貴者所嫉恨，則多烘先生富貴者流謂《西廂記》爲淫書之第二深層之原因也！張生前途，不過劇中之蛇足，而才子佳人故事，其失亦正在此，不獨《西廂記》爲然也。若張生有特出之才及過人之識見而可造，此正富貴者流之所急需而常以婚姻之形式以成其事，則卑賤者又豈富貴者流之所必欲堅拒之而後快者邪？若鶯鶯者，唯其中禮教之毒也深烈，而能許張生，使其事有絢豔之色彩，則禮教亦有其佳處存焉，而能使人無形中養成一堅貞之品質，知守焉而不變（節貞之婦是其極端，未宜提倡），若今世之女子，歷開放之社會思潮，以至心目中絕無堅貞節烈之念，甚而假婚姻之形式圖爲財貨，至於已生養子女而猶掉頭棄去不顧，其寡廉恥而不知自好，亦鮮見於鄉村城市邪？

　　申而論之，則《西廂記》中所寫張生、崔鶯鶯之事，果得與論乎愛情者邪？竊甚惑之焉！張生之遇鶯鶯也，乍見即驚呼：「我死也！」以襯托鶯鶯容

貌之美及其震驚眩暈，是時其於鶯鶯之品性道德尚無任何知解，其爲色貌所迷戀之程度，乃竟若是也。又白紅娘云：「小生姓張，名珙，本貫西洛人也，年方二十三歲，正月十七日子時建生，並不曾娶妻。」即今日無比開放之社會氛圍，亦鮮有如此無顧藉者。不知鶯鶯婚配之底裏而徑如此，其輕狂之態也可知，其於鶯鶯後來之行爲皆以色貌爲始，而非以眞愛爲始，亦可見矣！故紅娘嗔之云「誰問你來？」豈僅嘲之而已耳！張生、崔鶯鶯之愛情基礎乃以色貌爲始，亦可謂莫大之悲劇矣！故後之張生得遂心願之夜，其行徑之醜陋，令吾人睹之而心生莫大之厭惡：非此事之足以爲厭惡也，是其心態之足以令人爲之厭惡也！若屠狗販夫之流，亦未必如此低劣，如此之人而鶯鶯以身心相許，傾注以莫大之感情，是猶然受禮教之毒害，實不值也！吾人可以思之矣：以張生輕狂之品性，遇鶯鶯而既如此矣，鶯鶯以既聘之身，甘違禮教之大不韙而許之，此尤爲今人之所激賞者，然鶯鶯非天下第一美女也，苟張生他日遇更美於鶯鶯者，或鶯鶯以年長而色衰，更遇於色貌之新鮮年輕者，則今日之狂悖於禮教而爲吾人之所賞者，他日或將重演，而又足以敗壞吾人之胃口者也。第四本第三折寫鶯鶯之憂云：「〔二煞〕你休憂『文齊福不齊』，我則怕你『停妻再娶妻』。休要『一春魚雁無消息』！我這裡青鸞有信頻須寄，你卻休『金榜無名誓不歸』。此一節君須記，若見了那異鄉花草，再休似此處棲遲。（末云）再誰似小婦？小生又生此念。」張生所答之邏輯爲再無「似小婦」即似鶯鶯者，天地之大，世界之廣，張生之此一邏輯，根本未答到點上，而甚不穩當也！其言外之意之邏輯固有：「遇更勝者，或更生此念也」，感其語氣，實弱而未堅，有其可能，即令人不放心。《西廂記》第五本無論誰人之作，其寫鄭恆（鶯鶯已許聘者）如此不堪，以償觀眾之心願而快之，使天下有情人皆成眷屬，然鄭生之賢不肖固與此事之本質核心無關也，若張生之與鶯鶯，雖鄭生之不至爲不肖者，亦將背離之矣，若鄭生之德足以爲尋常人，則將置之何地？故易位置而思之，吾人每快此實非眞愛之纏綿，而置鄭生之背離哀怨於不顧，是何其之忍而殘酷也！若爲父母也，則其子雖非人中之龍鳳，而其龍鳳者奪其兒媳婦，則將何以爲心哉？若爲人子也，而雖非人中之龍鳳，而其龍鳳者奪其媳婦，曰爲才貌匹配之愛情，則將何以爲心邪？嗟乎！何侮辱人之甚，而其女子不自重之甚也！後世之以《西廂記》爲淫者，斷非此事之爲淫，而所謂誨淫，將以誨人致淫之心，心術將爲之大崩而壞也。以《西廂記》中張生、崔鶯鶯之事例之，以愛情之名義行無愛情之實，而僅以

色貌爲心，苟其事果足以大贊之而大橫行於世也，則雖開放如今日之社會者，猶不能承載其惡劣之後果，況古之禮教森嚴之社會邪？其尤絕妙而具諷刺之意味者，則《西廂記》以反禮教束縛人之自由而張本，而其所以成之者則又賴禮教之力，如紅娘之責老夫人以大義者，則譬猶父母生而養之，而猶嫌父母之無善生之、未善養之，天下寧有此理邪？則余雖不以禮教之束縛人性爲是，而仍不屑於此一種之行徑也。故《西廂記》假託才子佳人宜爲一對之俗套，瞞天過海而張愛情、反禮教之名而無其實，實男權社會誨誘之伎倆，而於女子非公平者也。白樂天《井底銀瓶引》「寄言癡小人家女，慎勿將身輕許人」之告誡，何其沉痛也！今日之社會尤盛行我自是我之我之義諦，而大張皇自我，此雖可使之完全掌握自我，然我非獨自存世之一物而無瓜葛，而有其親也其友也，其所成之後果如苦痛悲哀，則不獨「我」之所能承受，亦非可獨「我」爲承受之也。

又，吾人既欣賞崔、張二氏之際遇情感而如此也，則往往略其以後之事，即其過活將如何也。崔、張二氏之以愛情爲名義而行其事也，今人往往以反封建之禮教譽之，此論之謬已如上述；即不論其是非，順其思路而思之，則此兩人之反封建之禮教既以愛情爲名目，而大具突破世俗之勇士之精神，則此一精神深入其內心靈魂，而不可能隨時而棄之，亦可知也。然兩氏結合後之行徑如何哉？則劇中所寫，以圓滿爲意，然細細忖之，則張生之赴考，實即其泯滅其反封建禮教之精神之行爲也。何以云然？蓋科考既得意，則必將攜鶯鶯而習於官宦之生活，且張生科考得意之志甚裕如也，而作者又終將成全之：「（做到）（見夫人科）（夫人云）張生和長老坐，小姐這壁坐，紅娘將酒來。張生，你向前來，是自家親眷，不要迴避。俺今日將鶯鶯與你，到京師休辱沒了俺孩兒，掙揣一個狀元回來者。（末云）小生託夫人餘蔭，憑著胸中之才，視官如拾芥耳。」「張生，此一行得官不得官，疾便回來。（末云）小生這一去白奪一個狀元，正是『青霄有路終須到，金榜無名誓不歸』。」張生如此或作者寫之如此，實是一團糊塗和氣喜氣，無異於如今日所謂之侮辱讀者之智商者也。「白奪一個壯元」，眞正說得輕巧！姑且不論此點，即令其得中狀元，則其後之生活如何邪？不過高官得做、妻憑夫貴之常調，而之所以能如此者，又非習慣於封建之禮教而不可，若能持其書生氣而具反封建之禮教之精神，則爲官亦不得順暢貴達明矣，則兩氏之生活必將似於魯迅小說《傷逝》之所揭示者，僅具個性之精神者而無生活之基礎，必將無所歸依也。

如此而可知，必如作者、讀者之結局圓滿之意，則必將遺兩氏之反抗封建禮教之精神，而終歸於封建禮教籠罩之範圍內而不能自拔亦不必拔，而享受其榮光也。如此，其將充當維護封建禮教之角色也可知，而若其子女重複其故事，則兩人之不能容納亦確知也。又張生言「金榜無名誓不歸」，夫「金榜無名」乃古之士子之常態，故其終局，亦可能科考不得意而無面目歸來以見鶯鶯，而苟有可能，則絕不可能不再娶，如此則不但崔、張之因緣爲徹頭徹尾之悲劇，且張生之負於崔鶯鶯者，又太巨矣！所謂無論如何，總之裏外不是，崔、張二氏之結局也，今之結局以喜劇結之，適顛覆其所以成立之最初之根基，大有數典忘祖、過河拆橋之實。今人以思想之先進、開放及精神之自由獨立觀之讚賞之，不知適墮此左右矛盾之陷阱中，而猶無覺醒，猶今人所謂之將汝賣了且爲人數錢也！

又，《西廂記》情節之關鍵者，而推動故事前進之核心，爲解圍一事，此亦大可商論者。紅娘固可以彼之矛攻彼之盾，而責老夫人之背信棄義，因之崔、張之事得遂，然細細忖之，則當初老夫人允諾解圍之條件，即大蘊涵以女兒爲物之封建禮教色彩，所謂女兒之幸福繫之父母之命者也，則若兩人眞具反封建之禮教之精神，而深入其神髓靈魂之中而不可易，因能有後來之情事者，則應直接反對此一關鍵之事，而不當爲虛假而建立於色貌之上之所謂愛情迷心而坦然受此一條件。此一條件在鶯鶯而爲言則喪失其獨立自主之愛情立場，在張生而爲言則喪失其做人之基本原則，即趁人之危。然而兩人皆不此之顧念，而唯顧念結合之能否，遂將此一條件及其所關涉之事實之本質，俱以輕巧帶過，而誘導讀者徑以關心兩人之能否結合矣。當此一條件提出之時也，雖有生命之危險，然其人既以大義爲更高之生命，而追求獨立自由，則不苟免之心態也可知，而當時鶯鶯實已許配於人，即老夫人以封建禮教之昏饋許之如此之條件，鶯鶯亦當考慮後果，當顧念所許配者之心情及所關涉之義理，退一萬步言，即眞以愛情爲基礎而欲以身心託付於張生，亦當在與所許配者劃清關係之後，而未能之，即實有「腳踏兩隻船」之嫌也。且即令張生解圍也，其所付出者未甚巨，即令巨大，亦未宜以人之身心爲之條件，其舉動心意不但有趁人之危之嫌，且所付出者少，而所欲人之償者過巨，兩相對照，實價値相去太遠！反言之，則張生之心意，非得鶯鶯報以身心之許，而後乃能救人邪？故《西廂記》必以解圍爲故事推進之關鍵，爲兩人愛情之關鍵條件，實莫大之敗筆也。解圍之不堪爲倚既如上述，而《西廂記》必以

之為倚者，則可見在此基礎上兩人之所謂愛情，實緣於外在之機緣，而非內在之需求，非處於內在之必然。實則以鶯鶯所處當時之情境言之，無論解圍與否，無論老夫人之命與否，無論張生之才學品貌如何，皆當拒絕老夫人之此一條件，乃真能追求獨立自由與真愛情者，亦即乃真能具反封建之禮教之精神者。若兩人真具反封建之禮教之精神，則即使無解圍之舉亦當能相愛，然見異思遷、喜新厭舊，以別人之痛苦為自己之快樂之基礎，則不獨封建禮教之所不許，即今日之社會，亦每大厭惡之也！

　　總之，《西廂記》一作，既猶迷戀於意境而廣集古之意境之陳辭濫調，而優美之，而雅化元曲，而喪元曲豪放之精神，而外強中乾，又借愛情之名義以備反封建之禮教之精神姿態，而無其實，又令此劇之關鍵情節「解圍」處於以尷尬之情形，而可有可無，而終令崔、張二人歸於封建禮教之榮光之下，而甘心為順民，而前後矛盾，內在之精神變化太大而鑿枘，實元曲及吾國文化之大罪孽也！以元曲之真精神及文學在當時之新變觀之如此，而以文學之舊觀之，則其亦集粹舊有之美長，且篇幅巨大而敘事婉轉，則亦不得抹殺也。而原其本意，則此作終不過是男權社會意識之畸形表現，藉以意淫耳。郭沫若亦云：「我揣想王實甫這人必定是受盡種種鉗束與誘惑，逼成了個變態性欲者，把自己純悴的感情早早破壞了，性的生活不能完完全全地向正當方面發展，困頓在肉欲的苦悶之下而渴慕著純正的愛情。……王實甫的這部《西廂記》……不能說沒有色情的動機在裏面。」〔註220〕古之道學家以「誨淫」疾之，余向亦頗厭之，以為情足可恃，今觀其實如此，則我雖非道學家，而亦不得不以為「誨淫」是其實也。具真愛情而有其美者，不必如此也。故文藝之表現性愛無不可也，而詳細之則不可，《西廂記》乃以六百字之篇幅詳細之，雖朦朧之亦不可救其弊。蓋人之為靈物皆能大肆其想像，含蓄朦朧與否皆非關鍵，若詳細之，則有「誨淫」之嫌矣。以今世之開放，性開放思想已頗極甚，而猶有黃色之一端，固不因其所述寫表現之美與否也。性愛乃是私事，無論以任何形式公諸於眾，則退化人而至於動物之境界矣！〔註221〕

〔註220〕《沫若文集》（10），人民文學出版社，1958年版，第190頁。
〔註221〕于永森：《詩詞曲學談藝錄》，齊魯書社，2011年版，第143～151頁。

二三

　　王和卿〔仙呂·醉中天〕《詠大蝴蝶》一曲，本由戲謔而作，明徐𤏡《徐氏筆精》云：「元王和卿與關漢卿俱以北調相高，偶見大蝴蝶飛過，和卿賦云……漢卿遂罷詠。」和卿之才，揣摩情致允稱當行，詼諧事理亦戲謔多趣。如其〔一半兒〕數曲，落落有致而嚼之有味，如「待不梳妝怕娘左猜。不免插金釵，一半兒鬠鬆，一半兒歪」、「淚點兒只除衫袖知。盼佳期，一半兒才幹，一半兒濕」之類，可謂神味爛漫。詩、詞、曲三者，詩詞之體制過於嚴正而乏活潑，雖擅心志情意之抒發，而不免如佳婢侍人之側，意態有所不足耳！且其發抒性情，詠物抒懷而怡神賞心，則多涉物境而以境勝爲矢的，若曲則更進於人，以涉理事意趣而務求出味，以此大別於詩詞，而易能入於「神味」之境界，雖然如上所引王和卿作，僅能至「神味」一義之「技」之境也。故若不知「神味」一義之「道」之境界須由世俗民生之現實世界求，須由「無我之上之有我」之成就求，而僅肆其「技」之境界，極其誇張調笑如《王大姐浴房吃打》之類，則略同詩詞之詠美人指甲，墮惡濫之趣而妄才力矣！王和卿、關漢卿俱以北曲相高，據《徐氏筆精》故事，王似乎勝關，而自今日所存者觀之，不過諸如此類調笑戲謔所謂卓有巧智敏捷之作，而可見王之才偏於小巧，偏於短製。關漢卿力在雜劇，其深閎遠非王和卿所能及，切於人物之性情及現實之痛癢，遂以極高之人格境界、思想境界、精神境界，理想之色彩及感情之深烈，而入於元曲正色中之潑辣豪放、燦爛爛漫一脈，其爲偉美炫麗，固嫌和卿爲小家子矣！《詩詞曲學談藝錄·卷二·一》云：「任中敏褒元曲而貶明曲，厚豪放而薄清麗，崇曲之尖新、豪辣，於明曲中梁辰魚『文雅蘊藉』一派遠離北曲之蒜酪遺風、亢爽激越痛加針砭，謂其『詞不成詞，曲不成曲』、『臣妾宋詞，宋詞不屑；伯仲元曲，元曲奇恥』（《散曲概論·派別》），洵目光如炬，大義淋漓，世人中鮮有其匹，是余同調也。」〔註222〕文雅蘊藉猶是詞之氣派姿態，更下王和卿之詼諧調笑一籌，且其風味已有別於詩詞，然去元曲之潑辣爛漫、淋漓盡致，尚未登堂入室，於磅礴異致而豪放纏綿，終有所虧。故元曲一道，須以「本色」爲初境之最佳最高最上者，以「神味」爲終境之最佳最高最上者，作曲、品曲、衡曲者，不可昧此也。

〔註222〕于永森：《詩詞曲學談藝錄》，齊魯書社，2011 年版，第 117 頁。

　　《詠大蝴蝶》一曲，前人多以為其意在影射譏刺倚權弄勢惡少之飛揚跋扈，而憐歌妓之花玉摧損，其謬亦甚。不知若前半其意如此，則結末之妙句將置之何地？蓋此曲若本即興，則前半以「掙破莊周夢」起興，意極奇美，接下數語雖極誇張之至，卻乏高妙之趣味，其妙處及全身力氣，皆貫注在最後二語：「輕輕的飛動，把賣花人扇過橋東」，通篇觀之，此二語卻有若閒筆，妙趣橫生，如畫中之白，寄意深焉！此二語雖妙，卻非元曲當行，而似詩詞之意境，著之一段誇張文字之後，所以尤見出色耳！此二語情致頗佳，然卻虛寫。「三百座名園，一採一個空」、「嚇殺尋芳的蜜蜂」，亦是誇張虛寫，而乍觀即知其絕無可能而不必較真。末二語雖亦是誇張虛寫，卻又與情境暗合，亦虛亦實。其實情妙趣乃是蝴蝶飛過橋時，恰一賣花人過橋（賣花人有花故能成此之恰恰），兩者聯繫而成其際會，蝶翅扇然而人亦行步，兩者湊合，成一畫面、節奏而生律動，若合符節，彷彿蝴蝶把賣花人扇過小橋一般（想像為賣花人之過於橋也，乃蝴蝶雙翅扇動之力），虛實之間，妙而兼諧，境、思俱奇兩佳耳！題詠大蝴蝶，而其最佳妙處固不在蝴蝶之大，若泥實而解作真是蝴蝶把賣花人扇過橋，以見蝴蝶之大，以此意告之和卿，必以為對牛彈琴莫獲我心而嫌大煞風景也矣！「似」之一字在此宜細加體會，如隔霧看花，姿味難言。此曲因物致而憑際會以馳騁其想像之誇誕詼諧，無傷大雅而有合情致，自然出妙，頗見趣味，如是而已，不必附會或過度闡釋。此亦如「空翠濕人衣」（王維《山中》）之畫不出，亦細說不得，意會而已。因辭以別致其義，「紅杏枝頭春意鬧」（宋祁《玉樓春》）、「雲破月來花弄影」（張先《天仙子》）皆是，此特為吾國詩人伎倆之常，若男女眉來眼去處之風情，必欲糾纏其意，則魅力盡失而轉無趣味矣。

　　《徐氏筆精》繼云：「和卿此詞，妙筆全在結語，然宋謝無逸《蝴蝶詩》云：『江天春暖晚風細，相逐賣花人過橋』，時有『謝蝴蝶』之稱，和卿襲其意耳。」兩作或有淵源如是，然所謂「襲其意」亦非純然中肯之論。蓋兩相比較，兩作情境相似，謝無逸道此，是為新，且意境絕美，頗富詩意之生活境界，而王和卿之作，則用巧而翻出新意，詩意之境界而外復能出其更多之趣味，故能勝謝氏作。王之所以勝謝，正在「神味」之勝「意境」，若仍以「意境」為評衡之標準，則王作之意境固不如謝氏作。此兩作雖不甚典型，然亦可稍明「神味」、「意境」兩義之異矣。他如吾國傳統詞學向以婉約為正宗本色，而不知豪放更勝其上，即未知如「神味」一義者之故，即自更新更合理

之新理論體系以視而評衡之——而欲突破、超越意境理論而出新論體系，則必自審美理想之高度上求，此又不可不知者也！

二四

　　元曲無名氏之作之中，亦有可觀者。如無名氏〔仙呂・醉扶歸〕有句云：「我又索先暖下純棉被兒，來後教他睡」，寓深情於癡心，尋常而美，何必定感激慷慨、驚天動地而後始能動人也！惜此種細節人多不悟耳。陳子厚〔黃鍾・醉花陰〕《孤另》云：「著我倒捱床怎生臥？到三更暖不溫和，連這沒人情的被窩兒也奚落我！」亦頗多情有致。又無名氏之〔仙呂・三番玉樓人〕云：

　　　　風擺簷間馬，雨打響碧紗窗。枕剩衾寒沒亂煞，不著我題名兒
　　罵。暗想他，忒情雜。等來家，好生的歹鬥咱。我將那廝臉兒上不
　　抓，耳輪兒揪罷，我問你昨夜宿誰家？

又有〔仙呂・錦橙梅〕云：

　　　　廝收拾廝定當，越拘束著越荒唐。入門來不帶酒廝禁持，覷不
　　得娘香胡相。恁娘又不是女娘，繡房中不是茶坊，甘不過這不良。
　　喚梅香，快扶入那銷金帳。

「我將那」、「覷不得」、「快扶入」數語，情態盡出，味皆別致，誠無限之可人哉，二女也！又有〔中呂・滿庭芳〕（「花殘暮春」）寫妓之「苦了錢然後成親，轉首便絕了情分。點茶湯也犯本，且陪笑俺娘嗔」，真真妙絕！精明過頭之女子素為我所不喜，似此一種之深情，亦不妨破例也。

　　無名氏之作，唯其不以名為念，倒有些些之趣事補得文士騷雅之筆。〔中呂・紅繡鞋〕之「老夫人寬洪海量」、「掐掐拈拈寒賤」、「恰睡到三更前後」、「手約開紅羅帳」、「不甫能尋得個題目」、「雖是間阻了咱十朝五夜」、「小妮了頑涎不退」諸作，皆寫偷歡而極盡情事之綺艷，細緻精當，尋常之事一經寫下，才添得幾許人間真情味，不可以溫柔鄉責之也。其中有極不可思議而令人大開眼界者，如：

　　　　老夫人寬洪海量，去筵席留下梅香，不付能今朝恰停當。款款
　　的分開羅帳，慢慢的脫了衣裳，卻原來紙條兒封了袴襠！

又有極前衛者：

掐掐拈拈寒賤，偷偷摸摸姻緣，幕天席地枕頭兒磚。或是廚竈
底，馬欄邊，忍些兒卻怕敢氣喘。

又如〔雙調‧步步嬌〕（「不帶酒番番佯推醉」）之作，亦小兩口尋常情味，卻
使人眞正會心一笑。惜以上數曲，猶未到潑辣爛漫地步，且尚僅是「神味」
一義之「技」之境界。然由上述言情大膽之作，亦可知其有以啓明之民歌之
情態者矣。

二五

元遺山亦性情中人，觀其詞之《摸魚兒》（「問人間、情是何物」）可知矣，
然縱是極有性情者，亦未必毫無拘束略不以外物爲意也，故余極倡豪放潑辣
之意蘊。遺山好豪放詞，而下啓元曲之風氣，其本身未大能於此，故偶染指
乎曲，亦猶然詞味，曲之風味及三昧，弗能見矣。其《論詩三十首》有云：「曲
學虛荒小說欺，俳諧怒罵豈詩宜？今人合笑古人拙，除卻雅言都不知。」似
大不以俗爲然，此正遺山之性情未極爛漫潑辣處，若性情爛漫潑辣，則能知
賞俗之魅力矣，此遺山未若辛稼軒處也。「神味」說理論一義，乃即植根於最
豐富、複雜、深刻、活潑潑之世俗世界，此一現實之世俗世界，亦即「無我
之上之有我」所賴以成就者，而大俗大雅之「深閨偉美」之境之終可期矣。
故「神味」一義雖貌爲詩學理論，而實亦人生境界也。元遺山之未能領略大
俗之美，其有由焉。蓋儒與書生，皆難於性情之爛漫潑辣，後者如金聖歎，
前者即如元遺山，而其失則一也。書生之性情極力搖曳生姿，卻是用心爲文
字，儒則持正誠之心，爲修身齊家治國平天下之事，文字爲技爲微不足道亦
不足怪，與專力爲文者固不同。書生遊心於文字而樂之，儒之事不止乎此，
其視文字如他人之婦，雖絕色而使人炫惑，自不必亦不應親領略其滋味爲何
如耳！元遺山之視曲也，猶之。云「小說欺」者，由此時小說尚未現成熟（體
已大具而未爛漫）之姿態，尚不足與詩文爭勝；小說不入法眼，亦儒家正統
思想之所持。以「虛荒」目曲，儒之心態之本色也，且其著眼在「技」而非
「道」。虛即「以虛爲蘊」〔註223〕，虛中之旨，尚未能會；荒即由儒之正事對
待文學以言者。或曰：「二者既皆有偏，何不兼之？」甚難也。實則此猶細事，

〔註223〕拙撰《金庸小說詩學研究‧以虛爲蘊》一章有論，此處不贅。

若親濡染薰浸世俗之現實世界之民生及其大美，而後言事，則境界自勝於兼之者也矣，此又非臻於「無我之上之有我之境」者不能達也！

二六

　　吳梅《顧曲塵談・原曲》引白樸〔醉中天〕：「疑是楊妃在，美臉風流殺。叵奈揮毫李白，覷著嬌態，灑松煙點破桃腮」，評云「此詞詠佳人黑痣，文極佳妙」〔註224〕，由此可知亦古人耳。白氏作詞不像詞，曲不像曲，直是不倫不類，又詠佳人黑痣，墮惡趣而不自知，猶夫賺婦之賣肉錢買肉沽酒之自家好生涯境況也。又《製曲》論作劇法而倡「戒諷刺」，惜哉吳梅雖有博學細見以周悉曲學，而思力識見猶古之情調，於文字文學之真趣，不可謂爲得也。文者固要求善，卻不可板面孔而作腐儒狀以束縛手腳，「傳奇之作，用之代木鐸。因世間愚夫愚婦，識字知書者極少，勸之爲善，誡之爲惡，其道無由，乃設此種文字，借優人說法，與大眾齊聽，意謂善者如此，惡者如彼⋯⋯自世之刻薄流，以此意倒行逆施，藉此文爲報仇瀉恨之具，心所喜者，施以生旦之名，心所惡者，藉以靜醜之面，且舉千百年未聞之醜形怪狀，加於一人之身，使梨園習而傳之，幾爲定案」〔註225〕云云，此等之論，《閒情偶寄・詞曲部・戒諷刺》早已言之。至於近代而猶作如是觀，元曲亦難得解人矣，其曲識實下於王國維不止一籌。王國維之拔元曲，則在其足以繼唐詩宋詞而成一代之文學，故其《宋元戲曲史》力多貫注而得意於《元劇之文章》一章，其他諸章節不過順勢敷衍，故傅斯年著文《新潮》獨引此章而大賞之焉，謂爲「極精之言，且具世界眼光者也」。唯書中云「元劇最佳之處，不在其思想結構，而在其文章」，余猶嫌其識仍塵，已論之於前矣；然能知如《竇娥冤》之類之悲劇之價值，則殊可贊。吳氏所論王九思等事，亦確然爲曲之末流，以此發論，未知精義之所在也。王國維能爲詩詞且頗有可觀而能於文學有所深解，其「境界」說風靡天下，此遠非吳所能比，則其言不甚迂闊而出語多中，亦甚宜矣！故拙著《詩詞曲學談藝錄・卷二・一》云：「近世詞學曲學大家，論功力之深則吳梅、繆鉞皆與，然吳多總結既往，繆多闡解微妙，少創

〔註224〕吳梅：《顧曲塵談／中國戲曲概論》，上海古籍出版社，2000年版，第36頁。
〔註225〕吳梅：《顧曲塵談／中國戲曲概論》，上海古籍出版社，2000年版，第54頁。

見則一也。蓋乏宏觀之審美理想，或雖有審美理想而仍未離於古人之最高境界，故是二人者皆未若王國維也。」〔註226〕其根本精神之異，則吳、繆二人皆以研究爲主，而少創新；王則以創新爲主，雖然其「境界」說實未多有創新，其精神則是也。曲本來爲吾國古代詩歌最具開拓力、最新鮮活潑者，而後代治曲學者乃仍欲以傳統文化之雅化思想以觀之，其不能中肯也易明矣。如王國維、任訥者，則在文化精神之層面雅化，曲之體制文字尚能體會其佳處所在；若吳梅輩，則並曲之體制文字亦雅化之矣。曲之體制，其大別於詩詞之處爲融入小說之成分而可演故事、造情節，以表現人物事理、民生萬狀，吳氏此之不察而大談戒諷刺而教忠厚勸善惡，豈非如洞房花燭夜而不解男女之事之一喻，不由使人一粲也。

二七

　　任中敏曲識精甚，近人之中無甚匹者也，推其究竟，無不在能見元曲之佳處在豪放之精神及境界，雖然其所論豪放之精神及境界尚在第二義也。《詞曲通義》〔註227〕之作，既言兩者之間之密切關係，又言其密切關係之中之絕對立相異者，此種本領近人中未多見也。《大意》云：「大概詞與曲合併研究，仍益得詞之用；曲與詞合併研究，乃益得曲之體。常人看詞，以爲無非嘲風弄月，感時傷世，一人之言，一人之感居多；而不知詞在昔時，固曾做到與今日之戲曲同一作用者，其言其事，並非僅涉一人而已也。常人看曲，以爲是金元人之創格，爲先代所未有；而不知其作用雖因文衍聲，因聲致容，燦然大備，爲詞所不及，若論其體制，則宮調，牌名，聯套數，演故事等等，固無一不種遠因於詞，無一不具芻形於詞，無一不從詞中轉變增衍而出也。常人以爲詞與曲同爲長短句，同爲抒情寫怨之小品文字，上與詩文別，下與小說別，若其詞與曲之彼此間，應無甚別也；而不知在風恪上與作用上，二者適處於剛、柔、深、廣，相反相對之地位，有過於詩與詞間，曲與小說間之爲別也。」〔註228〕夫文學藝術之最高境界，詩而已矣，故詩詞曲雖名爲三

〔註226〕于永森：《詩詞曲學談藝錄》，齊魯書社，2011年版，第118頁。
〔註227〕任中敏《詞曲通義》一書所論與《散曲概論》（署名任訥）有所重複，出版時間亦大體相近。
〔註228〕任中敏：《詞曲通義》，商務印書館，1931年版，第1～2頁。

者，而實乃詩不同階段之別相，若月映江水爲千月，其根無乎不同在一月也。故扣江水之月而及天上之月，是謂必然乎！郭沫若《讀〈隨園詩話〉札記》有云：「……又於同卷第六一則中論及洪昇，筆法亦完全相同：『錢塘洪昉思（升），……人但知其《長生》曲木與《牡丹亭》並傳，而不知其詩才在湯若士之上。……』以詩與曲對舉，稱洪之詩而於其曲不置可否，用意亦在揚詩而抑曲。其實曲與詩之別僅格調不同耳。詩失去性情而有詞興，詞又失去性情而有曲作。詩、詞、曲，皆詩也。至於曲本則爲有組織之長篇敘事詩，西人謂之『劇詩』。不意標榜性情說之詩話家，乃不知此。」〔註229〕批袁子才不知劇曲爲詩，眞近人中少有特異之見！故詩詞曲三種之形式雖異，其精神及最高境界可無異，亦不可異也。元人王若虛《滹南詩話》云：「詩詞只是一理，不容異觀」，亦是理也。若斤斤於詩詞曲三者之本位而不能歸其本以大之，則小家子氣矣。由三者之本位而至於詩之最終境界，謂之「大」之境界也。「大」之境界，必也壯美之境界也哉，而吾國文化中壯美之境界之尤者則豪放之精神境界也，此一豪放之精神境界也，在於詩歌則見之李杜而光大之，而燦爛之，而爲表率者矣，在於曲也，則元曲中之劇曲，尤其關漢卿一派之本色派之曲，亦無非此色也，惟獨詞中亦婉約爲本色正宗，而無視豪放詞之能至於「大」之境界，可謂謬之甚矣。任氏知詞曲爲通觀之義而未及於詩，亦不可謂之不爲尚有失乎。

又其書《源流》云：「唐之中葉，邊地胡樂，漸入中土，當時所盛行之七言絕詩樂府，至是大受影響，混合雜糅，而另成新音，非七言絕詩之文字所能附，於是歌者詠者，均按新譜，多塡實字，以傳泛聲，而長短句興矣。詞樂傳入金元，不合於異族之聲，不諧於北人之口。顧彼族初又本無何種樂府體裁，而長短句之制，則吻合語調，南北無間，於是變其聲音之柔曼，而沿其句法之長短，詞乃流而爲曲矣。曲樂既成於北人，自然又不諧於南人之口；南人之詞樂雖久已衰，而未盡淪廢；調和於宋詞元曲之間，而別成二格，於是乎有南曲。元人入主中華，勢在北人，故北曲盛；朱明取而代之，治權重還吾漢族，勢在南人，故南曲盛。曲之流行，遍於民間，民間變其聲詞，以暢情思，於是乎有小曲。曲有雜劇、傳奇，而吾國戲劇之體始粗具；但至明季，聲音只囿於崑腔，過於和雅平靜，不能賅括人情，於是海鹽、弋陽，殊

〔註229〕《郭沫若全集》，文學編第 16 卷，人民文學出版社，1989 年版，第 307～308 頁。

方而異樂；特論戲劇之制，則雖後至皮黃京戲，亦仍淵源於元明之劇曲耳。」
〔註230〕此論甚到。蓋南之精神陰柔而易爲優美，其不足則爲柔弱不振，不足
以見人主體精神之氣韻生動，北之精神陽剛而易爲壯美，其不足則爲粗鄙質
實，不足以副文字之姿態聲情，兩相交融而取長者，則能成大而壯觀也。詞
之在南宋之末，精神已喪失殆盡，而與國勢相當，不僅與音樂消漲之關係而
已也。由詞曲之生長觀之，北之精神文學生命力之所源發也，南之精神文學
成熟之沃壤也，南而不能復北，是詞曲之所以亡者也。又云：

> 論文字之源流，詞有詩人之詞，有詞人之詞，有伶工之詞；曲
> 有曲家之曲，有文人之曲，有民間之曲。詩人之詞源於齊梁樂府之
> 「靡」，五七言絕句之「逸」。「靡」者漸成詞之「婉約」；「逸」者漸
> 成詞之「空靈」。至詞人之詞，則專趨「婉約」一途，由「凝重」而
> 入「晦滯」，以至於不可通、不能進之境。曲家之曲，始也出於創造
> 者多，不源於詞人之詞，而轉與詩人之詞相近。元人小令與唐人絕
> 句、五代小詞，每多沆瀣一氣者，是其證也。至於明人，南曲濫
> 作，盛行「南詞」，蓋隱隱以南宋之詞，爲曲之源本，在詞已屬不可
> 通，不可進者，而曲乃拾其餘慧，曲於是大弊矣。至於清人，一洗
> 元明之粗獷瑣陋，無論傳奇，小令，要以雅馴出之，所謂「文人之
> 曲」興，而曲之全神，亦終不能復矣。至于伶工之詞，不必皆作于
> 伶工，多由文人作之而付與伶工，以成其聲者，急就之章，本不以
> 詞重，於源流無甚關合。若民間之曲，轉與曲家之曲，同一當行，
> 元時倡夫綠巾之作，固不能與伶工之詞同一漠視，而許多無名氏
> 之篇章，尤佔有重要地位，俱亦足以表見曲之創造精神也。夫詩樂
> 不能通於民間，而詞樂與詞乃興；詞樂無所合於民間，而曲樂與曲
> 乃興；北曲不能遍於民間，而南曲乃興。「民間」者，樂府之所居
> 也。「民間」變則樂府亦必變。「民間」又因時間而變，此音樂文字
> 所似各有其時代；時代所以與文學之源流有關者，即以民間之故
> 也。〔註231〕

曲之創造精神爲非雅而爲俗，此眞通達之論也！其所論雅之由來已久爲文人
使然，此不易之論，而文人之精神之在吾國古代大致爲閹割之狀態，而不能

〔註230〕任中敏：《詞曲通義》，商務印書館，1931年版，第3～4頁。
〔註231〕任中敏：《詞曲通義》，商務印書館，1931年版，第4～6頁。

夢見「無我之上之有我之境」，或雖夢見而不敢正視之，是元曲俗之精神、豪放之精神之所以墮落者也。至於民間之與文學，雖爲其源而爲活水，至其成大則由不得不仰文人之手，故純粹之文人無足觀者，失世俗世界現實之精神而爲禮儀制度所閹割，而不能見其個性之光彩，則其不能至於「無我之上之有我之境」也宜然，而文學遂爲雅化而不歸矣！唐人之後之論者，鮮有能見到此者，故詩歌之事屢屢而下也。先生有是見而不能爲人所重，尤其不能爲詩人所重，是眞可惜者矣！

又《牌調》云：

> 因詞曲爲純粹合樂之韻文，音樂方面既有音譜之成立與變化，故文字方面亦有牌調之成立與變化。詞樂既亡，詞樂與曲樂間之沿革，遂難詳考；但詞之牌調，固完全存在也，則與曲之牌調一經比較以後，詞樂與曲樂間之關係，亦可以得其大概矣——此牌調不可忽視者一也。更捨去歌唱，而只專從文字方面之吟諷以言：詞曲乃極講聲律之韻文、美文，不但合樂以後，歌唱美聽，即不明音譜，不能歌唱之人，只調之於脣吻喉舌之間，曼聲諷誦，亦每覺有一種諧和圓融，足以激增情感者。倘作詞曲而不含牌調，即是根本上遺棄詞曲之特長；倘讀詞曲而錯其句讀，戾其平仄，則並詞曲之形體而毀滅之矣，尚何詞曲之可云——此牌調不可忽視者二也。〔註232〕

牌調者詞之形式所以進於律詩者也，一切諸調實即雜亂無章之形式之一定者，所以收其進之長也。詞之初起端賴此形式之力，而所以出其姿態聲情也，若既定之後，久之而又不與內容相合而變，是曲之所以生，而能見詞之形式亦不可謂圓滿也。又云：

> 詞曲形式，所異於他種韻文者，有三點：（一）乃句法長短，（二）乃平仄和諧。（三）乃叶韻自然。此三者皆表現於所謂牌調中。句法既長短不齊，乃與語調接近；平仄既和諧，叶韻既自然，乃於抑揚頓銼之間，搖曳生姿。唐人短調，多用單數字之句，三言，五言，七言；間有一二雙數字之句配置其間，極爲勻稱，尤見諧婉，而宜於諷詠。至於宋人慢詞，則字數、句數，俱多駢偶，不含語調，文字遂爾艱深，而詞之生氣，乃漸薄關。及元人之曲，句法之長短，陡然發達，且超過唐人短調，更大興襯字與一韻到底、平仄互叶之

〔註232〕任中敏：《詞曲通義》，商務印書館，1931 年版，第 12～13 頁。

製，不但吻合語調，流利生動，且於起落振蕩之間，極盡排纂馳驟
之趣，迴非宋詞長調所能及矣。但易北爲南，則又入宋詞長調窠臼。
集曲盛行，捔撐堆嵌，益覺餖飣破碎，音樂方面容有所取，文字方
面終難振拔矣。其故誠不僅由於調式，而調式與音譜、文字間之關
係，固展轉相生，互爲因果也。〔註233〕

此段言元曲體制形式之長甚周，然形式雖可限制內容，亦在作者「無我之上
之有我之境」之突出與否耳。豪放詞在宋詞之末造，而生氣遠出婉約詞之上。
觀任氏辭意，用心無不在創造而非僅研究而已，今之詩人，當有所鑒者焉！
又云：

更有一通義，無論塡詞譜曲不可不知者：詞曲之作用，原均在
唱：不能歌唱，而只吟諷，則遇拗句澀腔，輒覺不諧：惟拗句澀腔，
調於唇吻之間，頗有別趣，每得不諧之諧，特不能人人強同耳。拈
調塡詞者，果好其調則用之，不好則不用。若既用以後，於昔人歌
唱之諧，與夫體式之要，必須一一還其本來，不容隨意改抹，甚至
蕩廢滅裂。固不必過阻目前一己之快，以遷就古人過去之體，亦不
可混亂古人已成之體，以逞自己一時之快。不好之則不用之可，若
用之而復亂之，終不足爲訓矣。〔註234〕

今人爲詞以歌者甚至不關平仄，則古之講究太過也易知，平仄之事，其用未
若字數短長之爲巨也，詩詞曲之遞進，多在此焉。腔調妥帖之事，不必細究
平仄而能佳者，以可誦之而自能得唇吻之間之佳致也，不必斤斤計較於一定
之平仄也。今之作者，作爲詞曲者，多以能彷彿古制爲喜，以能爲尚，而不
敢越其範圍而進於創新之境界，則在古人屋檐下架屋，終可知耳！

又《意境》云：

詞之意隱，曲之意顯。隱者必需揣摩，一經揣摩，容易誤會：
顯者可免思索，但不加思索，又容易忽略。誤會者失之大過，是厚
誣作者，忽略者失之不及，是深負作者。看他人所爲之詞曲，若不
能得其適當之度，眞實之境，則自己之作，必亦難於入彀，故意境
一層，不可以不省焉。〔註235〕

〔註233〕任中敏：《詞曲通義》，商務印書館，1931年版，第16～17頁。
〔註234〕任中敏：《詞曲通義》，商務印書館，1931年版，第17～18頁。
〔註235〕任中敏：《詞曲通義》，商務印書館，1931年版，第25頁。

隱約者其佳處在情致，在風神，在姿態，在意境；顯見者其佳處在潑辣，在
穠烈，在淋漓盡致，在神味。王國維《人間詞乙稿序》已以稼軒此「亦若
不欲以意境勝」為不解為憾，而《宋元戲曲史》云元曲之佳處在有意境，其
意境一義殊非靜安詩學之最上義，而不及「境界」也，由是可見其矛盾局
促之間，必有新消息在也，惜靜安不足以及耳。元曲之精神承自豪放詞，其
佳處亦不在意境也可知，任氏雖甚知曲之佳處，而概之者則尚非第一義也。
又云：

> 詩中六義，詞得其風與比、興者多，而曲得其賦與雅、頌者多。
> 三百篇之所以均吾國韻文之極軌者，不必以其六義也，而實以其六
> 義之外之一總義，「真」是也。故後世繼起之韻文，雖用比、興之法，
> 倘情志浮偽者，比、興終不足以增其一毫之價值也。……〔註236〕

詩之六義，前人尚風、比、興者為多，不獨詞也。斯三者為詩人素質之所必
備，而詩之所以立也，立也者，本色入門之義也，違斯三者而詩之感人者
為遜矣，然具備三者，亦不過僅為詩之初境界，若其成大，則須後三義，而
賦為尤甚，賦者鋪排也，鋪排之事不足道，足道者由鋪排可至淋漓盡致之
境界也，元曲之境界是矣。若雅與頌，則反之為佳，頌之為刺也為怨也，雅
之為俗也。由後三義，而詩可大容敘事之因素，此曲之體制大為詩之形式
進步之表現之所以也。「真」之一義，若不經「善」與「美」，亦初境界耳。
又云：

> 確定一詞之意境，有三準則焉，（一）乃作者之身世，（二）乃
> 全詞之措辭，（三）乃詞外之本事。常州詞派謂溫庭筠之〔菩薩蠻〕
> 與《離騷》同一宗旨，但考溫氏並無屈原之身世，而此詞又無切實
> 之本事，則「新貼繡羅襦，雙雙金鷓鴣」，絕非《離騷》初服之意，
> 僅不過因鷓鴣之雙飛，製襦之人乃興起自身孤獨之感耳，與上文弄
> 妝遲懶，花面交映之旨實一貫，此就全詞之措辭，可以定其意境者
> 也。〔註237〕

溫飛卿之作，意味在孤獨之上，所以孤獨寂寞者，所以聯繫於現實世界者也，
此則任氏所未會。又，此處所謂之意境，乃先之以意，由意而定其境界為何
如也，拙作《意境之特徵》謂意境為「意中之境」，與此同也。又云：

〔註236〕任中敏：《詞曲通義》，商務印書館，1931 年版，第 25 頁。
〔註237〕任中敏：《詞曲通義》，商務印書館，1931 年版，第 27 頁。

> 曲既盡情直述者多，而不尚比、興，故存嘲罵，而無諷刺。乃
> 至明人，好借傳奇之體，作個人尋仇淺恨之具，大者文禍一旦而興，
> 小者疑案百年不決；於是清明坦蕩之文章，一墮而入邪魔惡道，元
> 人之天機一片，嫵媚爛漫之姿，真切淳厚之志，至是乃戕斫殆盡，
> 而曲乃於斯大敝矣！〔註238〕

先生所言明人之弊，確然無疑義，然元曲中固有以諷刺為事者，如睢景臣
〔般涉調‧哨遍〕《高祖還鄉》，是何等極盡諷刺之意味。鍾嗣成《錄鬼簿》
載「維揚諸公，俱作《高祖還鄉》套數，惟公《哨遍》製作新奇，皆出其下。」
豈惟新奇而已哉！元曲中之諷刺，大過於嘲罵也。實則曲之體制，既大以潑
辣、豪放之色彩姿態為能事，則諷刺實其最佳之表現形式，而曲之味由之以
大出者也。寄託現實而關注世俗，端在是也。然諷刺亦須佳而具文學之境
界，否則徒為乖戾滑稽，文學之境界尚不能入，而可稱之以佳乎？是本色之
境界尚未到也，而可視之以為曲乎？諷刺之精神即入世之精神之一種，由
是言之，曲寧可無他種之因素，寧可墮落為明人之所為者，亦不可不存諷
刺之一義者，無諷刺則無元曲之最高境界者也！清者自清，濁者自濁，豈兩
妨也。

又《性質》所言「詞靜而曲動」之一節（引錄文字詳見本書第二則），此
其書精華之所在也！只「曲以豪放為主」一語，便足獨立千古。今人作散曲，
早不知曲以豪放為主之義矣！至於詞之別體為豪放，僅是歷史之事實，而非
詞本然之事實，清人已多有言婉約是詞之本色，豪放亦未嘗不是詞之本色也
之論矣，爭一本色者，實乃爭一正宗之地位。以余觀之，婉約豪放皆非詞之
本色，而以豪放而兼婉約者為詞之本色也。詞之進於曲也，多在形式之觀上，
故其性質之異亦多由形式而致，而此形式之致，又源於內容之發揮，即容納
現實精神，故詞曲形式體制之異，亦即其性質精神之異，所以通觀而論之而
不偏於一隅之論也。曲之豪放也，必由敘事之因素漸多而得，故元曲之成就
燦爛而足以成「一代之文學」之代表者，是劇曲而非散曲也，即以元曲中最
豪放之關漢卿而論，其劇曲之豪放亦遠過其散曲，而散曲多非豪放者也。由
是觀之，曲之豪放為本色也，必由敘事（細節）而後可致，而用心於情景者
不可得而致，又無疑矣！又云：

> 詞合用文言，曲合用白話。同一白話，詞與曲之所以說者，其

〔註238〕任中敏：《詞曲通義》，商務印書館，1931年版，第28～29頁。

途徑與態度亦各異。曲以說得急切透闢，極情盡致爲尚：不但不寬弛，不含蓄，且多衝口而出，若不能待者；用意則全然暴露於詞面，用比、興者並所比所興亦說明無隱：此其態廢爲迫切，爲坦率，恰與詞處相反地位。〔註239〕

此亦不盡然：明之民歌可謂詞之餘，曲之小令亦然，而觀明之民歌，良以白話爲能爲佳，則可知矣。李易安、辛稼軒皆有口語化之詞。詞曲中之此種性質，不過分寸有異耳，否則詞亦不能遞進爲曲之體制矣。又云：

更詳言二者内容之一深一廣也，則有四點——

第一，詞僅宜抒情寫景，而不宜記事，曲則記敍、抒寫皆可。蓋尋常詞中，一經敍事，輒覺義止於事，有傷淺直，雖特殊之工者，典言外之意，亦終不如融情化景者之厚也。詞不但不能敍事，並議論亦不多能發，多發則易流於野放，而不見婉約沉鬱之致矣。惟曲不然，雖小令中，亦有演故事者，並不需有科白以爲引帶，但曲文本身，盡可紀言敍動，初無害於其文字之工耳。〔註240〕

詞之不能於敍事，亦由其篇幅短小所限制者爲巨，此則詩詞曲之遞進所以多在形式之所以也。先生能窺見敍事爲曲之特長，可謂具眼！然散曲之較劇曲，敍事之能大遜，又散曲之所以居劇曲之下之原由也。又云：

第二，詞僅宜於悲，而不宜於喜，曲則悲喜兼至，情致極放。韻文之内容，莫大於抒情，顧詞之爲詞，非意内而言外不爲工，而歡樂之情，每每言外即無他意可屬。大概詞中一爲情意欣喜之篇，頌禱揄揚之作，輒覺不耐咀嚼與尋繹，勉強爲之，不礙體韻，即傷氣格。此所以大雅之詞集中，必不多存壽詞，不僅以典爲酬應之作而少之也。至於曲則不然：得機趣者即爲工，玩味曲者，亦絕無待於咀嚼尋繹。機趣相投，一觸而得，愁固隨以蹙額顰眉，歡亦從而手舞足蹈。惟其言歡誌喜，亦初無害於文字之工，然後慶祝、頌讚，乃亦成曲家可以有爲之事矣。且元代曲家，志趣大抵樂天，雖極顚唐、極危苦之境，亦必以極放曠、極興會之語出之。滿紙豪情萬丈，令人神旺。故推崇詞體者猶可以借源本《風》《騷》爲辭，若推崇曲者，則獨不可以此爲附會，蓋曲之内容、實有一種絕對樂天之旨趣

〔註239〕任中敏：《詞曲通義》，商務印書館，1931年版，第30頁。
〔註240〕任中敏：《詞曲通義》，商務印書館，1931年版，第30～31頁。

在其中也。〔註241〕

詞之一體較爲純粹，曲則駁雜，駁雜者以趣爲佳，以味爲佳，詞如含羞之少女，而曲則如天眞爛漫之小兒女。詞如小竈之小炒，風味別致；曲如巨宴之大雜膾，滋味百出。至若歡戚之異，不獨詞曲爲然也。又云：

> 第三，詞僅可以雅而不可以俗，可以純而不可以雜，曲則雅俗俱可，無所不容，意志極闊也。孫麟趾謂「牛鬼蛇神，詩中不忌，詞則大忌」，若在曲中，則大不忌。蓋曲因動機、方法、作用種種，都純任自然，故不問局面，雅俗並包，而內容遂闊。詞則一切以雅爲歸，即不脊以雅爲局面：借雅寫俗者有之，借俗寫雅者未聞。故曲係「自然化」，詞則「雅化」也。即以題目而論：詞集中若有「春景」，「夏景」，「閨情」，「送別」等題，則鮮不爲後來作家笑者，意此類字面實淺俗不成題目也。必也，如南宋姜夔等於撰詞之外，並刻意撰題，字斟句酌，成一種清腴峭撥之小品文字者方合。若在曲，則滿眼所見者，不但「春景」、「閨情」等俱是題目，即「王大姐浴房中吃打」，「長毛小狗」，「由手三指」，「大桌上睡覺」，「穿破靴」等，亦俱綴於調名之下爲題，毫不爲怪也。〔註242〕

以詞曲之遞進言，詞自是不如曲之易爲俗，易得俗之佳處，然「詞僅可以雅而不可以俗」之論，則未必。辛詞大有俗處、駁雜處，二者亦非難事，然能有神味則非高手不辦也。觀稼軒《沁園春》戒酒之作，何嘗非是曲之風味，但礙於形式，言辭之間尚不得不拘束耳。至若《王大姐浴房內吃打》之類，雖王和卿作之亦不能佳，元曲之佳處不在此之故也。又云：

> 魏伯子論南北曲性質之異，略謂南曲如抽絲，北曲如輪槍；南曲如南風，北曲如北風；南曲如酒，北曲如水；南曲自然者如美人淡妝素服，文士羽扇綸巾，北曲自然者如老僧世情物價，老農晴雨桑麻；南曲柳顫花搖，北曲水落石出；南曲如珠落玉盤，北曲如金戈鐵弓。諸語固深中南北曲之奧突，若將南曲易爲詞，則亦異常貼切，夫然後詞曲間性質之別，乃益爲明著，而詞與南曲之關係，亦可以想見矣。〔註243〕

〔註241〕任中敏：《詞曲通義》，商務印書館，1931年版，第31～32頁。
〔註242〕任中敏：《詞曲通義》，商務印書館，1931年版，第32～33頁。
〔註243〕任中敏：《詞曲通義》，商務印書館，1931年版，第34頁。

詞與南曲爲近，而南曲爲曲之劣下者，則可以知曲之所以爲詞之進者矣，而可以知詞之風味之不足矣。「南曲如酒，北曲如水」，擬喻稍嫌不倫，南曲如茶、北曲如酒也可矣。故南曲如「美人淡妝素服，文士羽扇綸巾」，而北曲則如徐娘半老而風味漸辣，老農赤膊袒胸以老瓦盆醅飲也。

又《派別》云：

> 求詞與曲共有之派別，則下列數種是也——
>
> （一）南與北　詞曲在源流上，如人物、地理、政治等，均有關係；若於派別，則地理一層，尤覺有關，即南北之分是也。曲之分別南北，音樂方面無論矣，即文字方面，亦復與音樂相應合，顯呈剛柔兩派。曲如此無論矣。即詞亦復如是。蓋詞以兩宋爲極盛，而兩宋之分，端在南北：一都汴梁，一都建康，風土不同，人情有異，發爲聲音。演成文字，亦隨之以殊。唐五代詞，雖不在此範圍以內，要其聲音之始，自胡樂變來；胡人北居，其文字之近於北派，亦不能掩耳。
>
> （二）約與放　前節性質之中已言之：詞主婉約，而曲主豪放，且又互易其所主者以爲輔，於是詞中亦不免有豪放，而曲中亦不免有婉約也。詞中同一婉約，見於唐五代宋小詞者，與見於兩宋慢詞者又不同：蓋一則辭意兼約以爲深婉，一則敷辭託意以爲深婉也。豪放之在曲，蓋有二義：一乃意境超脫，一乃遣辭馳騁，均是放也。詞中之有豪放，詞境因以闊大。蘇軾辛棄疾作，多入詞之高境，而於詞之準則，深厚含蓄，初無背価。曲中婉約，比較爲然耳，只見於所謂清麗一派中之一部份，於曲之大體無甚關係，不若豪放之在詞者爲足重矣。〔註244〕

此論言豪放之在曲據絕對之優勢也。任氏之解豪放，尙僅到得蘇東坡之境界，而未到辛稼軒之境界，意境超逸固然是放，然完美之豪放，必自內有以出之於外者，而不得不然也，是內之養盛大，而又於精神境界上不懼於「無我之上之有我之境」之表現，而後合遣辭馳騁乃得成就也。內外皆放，而實爲內豪而外放，此豪放之眞精神也，若偏於一面，則非完美圓滿者矣。以元曲窺之，其豪放固不僅在意境超逸之間，而有出乎其上者矣，且意境非元曲最佳之妙諦，殊不足以盡元曲，此王國維有所見，任氏則未能見也。特識敏達而

〔註244〕任中敏：《詞曲通義》，商務印書館，1931年版，第34～36頁。

解於詞曲之眞也則甚精到，而於吾國傳統文化之精神仍無意突破，是其所以致之者也。又，任氏著眼之點多在散曲而不在劇曲，故《散曲概論》一書以馬東籬〔雙調‧夜行船〕《秋思》爲豪放之第一義，而不知此種之豪放在詩詞中非出頭者，而更有眞豪放者在劇曲之中，則其別散曲而出元曲之外獨以立論所致也。又云：

> （三）華與質　前節性質中所謂詞合用文言，曲合用白話，此處所謂華與質之分，並非完全即文言與白語之異，蓋文與話中，又各有華質之別也。溫庭筠韋莊詞之華，文言也；李煜詞之質，亦文言；張可久曲之清疏雅俊，華也；喬吉曲之鎔鑄凡俗，亦華也。《華間集》之華，鏤金錯彩而已，《樂府補題》之華，則運典使事矣。《西廂記》之畫甚，猶是生香活色也，《浣紗》、《玉塊》諸記之渲染，則濃鹽赤醬矣——華之不同，有如是者。黃庭堅石孝友之引俚語入詞，終未覺其有是處；李清照之爲白話，間有「觸著」與「自然」之妙，而終不免淺露之嫌；若小說筆記之中，間有白描之作，則又多入曲境。既入曲境，則無往而不可，只見有不能質、不善質者，未見有傷於質者——質之不同，有如是者。〔註245〕

華總非本色事，李易安之詞，涉及所謂白話者，能取其清倩風致而不能盡其事於細節，此其淺露於曲之故也。必以質行，而曲之本色可見也。以華行者所經營常在意境，雖《西廂記》已不能免，而以質行者所經營則常在神味，入門有毫釐之差而妨乎文學之最高境界，其關可謂巨矣，不可不重之者在此也。又云：

> （四）律與文　以律爲重，以文就律者，一派也；以文爲重，以律就文者，又一派也。詞中蘇、辛，當時人即以爲其作多不合律，雖逞才情，於文爲盛，而究非當行。崑腔作後，沈璟專門倡律，繩墨該嚴；而湯顯祖則只知有文字，筆意所到，寧可拗折天下人之嗓子。此其最著者也。夫「律」與「文」二者，即詞曲之所構成者也；於此致力有所輕重，則派別分矣。南與北者，即律之派別也；約與放，華與質者，即文之派別也。此處律與文之對峙，蓋又其根木上兩種不同之發達趨而耳。總之：約者往往用華，而精細於律。此兩派之大概也；放者往往用質，而馳騁於文，此北派之大概也。倘吾

〔註245〕任中敏：《詞曲通義》，商務印書館，1931年版，第36～37頁。

人視詞曲皆爲長短句之合樂韻文一個範圍中物，則何分於「詞」？
何分於「曲」？亦不過南北之兩派而已。南人之曲，實近於詞，而
北人之詞，實近於曲矣。〔註246〕

文律之爭，雖貌似繁瑣細微之事，而實爲創新精神與否之爭也。此一爭也，
至於元曲中之劇曲而極，蓋戲曲之演出所佔之成分，大非昔之詩詞之能歌
者所比，故矛盾亦深。以演出言，則歌不過爲其中之一重點，其與他者如動
作姿態之關係，亦不無若是之矛盾也。通而觀之，聲律之在曲，雖極有關
係，然在文學之審美境界言，其所以致之之大者，則非聲律之事所能辦也，
則因聲律之計較而大悖文學之創新精神，是舍本而取末也。文學與音樂之關
係既已複雜，故本書倡爲「雙核心」論，或可稍解此紛也。以質而能至於豪
放之境界，因能至於神味之境界，至於「無我之上之有我之境」，由是可得明
者矣！

二八

　　高安道者，《錄鬼簿》列之「方今才人聞名而不相知」四人之一，或云其
落拓不遇，混跡風塵，放浪形骸，以余測之，亦一酸丁，今存〔般涉調・哨
遍〕兩作，俱意寄諷譫。《皮匠說謊》一篇，刻畫當行，猶是世俗意味，只令
人「苦不得笑不得，軟廝禁硬廝並卻不濟」耳，周而未誇，諷而泥實，便拘
束得許多淋漓盡致意思，與馬東籬《借馬》之作異曲同工，不免於拙，而東
籬自在五十步外者。嗟乎，當其世也，荒唐不堪之事與人，尤其可笑可奇之
世態人情何可乏也，而元人散曲率多流連光景、寄懷詠逸，諷刺誇張詼諧異
想而痛快酣暢大具神味之作，何其少也！文學之一經由俗而入雅，由乎文士
之手，以佐觀瞻，而纏綿旖旎於風情脂粉之間，享樂恣欲之際，而遏其本色
眞情及活力，殆亦不可免矣。必當其在俗，或轉爲純粹客觀之文學，文士可
遂以恣其情性，不復以雅歌爲事，於世俗之美惡有實在之感情，乃能於文學
中以立異觀，所謂得之文學之外也。竊有愚見也，以爲文學「技」之層面之
最高境界，無不藉想像、諷刺、誇張三事以成就，而一之於「細節」者也。
〔註247〕想像所以超脫而不守條件之限制，諷刺所以寓其正反兩方面之神味，

〔註246〕任中敏：《詞曲通義》，商務印書館，1931 年版，第 37 頁。
〔註247〕如莫言之小說，即具此三者之特徵，而大佳。

誇張則益其力。且諷刺一事，必由感情，而性情以見焉。大抵元劇偉美之作，無不寓著其一二，唯輕重有偏耳。此數事者，蓋皆所謂豪放之精神，以物言之，又所謂否定之精神也。唯此精神，乃能使吾人之每有深情，而內美足以發，以至傾情笑傲之「無我之上之有我之境」也，此豈不上（雅）不下（俗）之間之酸丁之類所能臻致之境界也哉。

安道《嗓淡行院》之作，暴其本性矣。王國維《宋院戲曲史》云：「行院者，大抵金元人謂倡妓所居」〔註248〕，胡忌《宋金雜劇考》以為行院乃藝人之總稱，兩家說恐非是。觀高氏此作所寫，似即勾欄，但規模不同。杜仁傑〔般涉調·耍孩兒〕《莊家不識勾欄》，亦同類調笑戲謔者，然視角不同，用心各異，其於吾人之感覺也則殊。杜作以不識為趣，其嘲謔也質樸，高作則持不屑之心而極盡挖苦，乃是「茶餘飯飽」後，「尋故友，出來的衣冠濟楚，像兒端嚴，一個個特清秀，都向前等候。待去歌樓作樂，散悶消愁。倦遊柳陌戀煙花，且向棚闌玩排憂」，浪酸丁耍公子哥兒行頭，作青眼向天玩世樣勢——且看他眼中之行院：

〔耍孩兒〕詫跋的單腳實村紂，呼喝的擔徠每叫吼。瞅黏的綠老更昏花，把棚的莽壯真牛。吹笛的把瑟歪著尖嘴，擂鼓的撅丁瘤著左手，撩打的腔腔嗽。靠棚頭的先蝦著脊背，賣薄荷的自腫了咽喉。

〔七煞〕坐排場眾女風流，樂床上似歠頭，樂唆來報是十分醜。一個個青布裙緊緊的兜著奄老，皂紗片深深的裹著額樓。棚上下把郎君溜，唱破子把腔兒莽誕，打訛的將納老胡颩。

〔六〕擻斷的昏撒多，主張的自吸嚼，幾曾見雙撮泥金袖？可憐虱蟻沿肩甲，猶道珍珠絡臂韝。四翩兒喬彎紐，其實曾官梅點額，誰肯將蜀錦纏頭？

〔五〕撲紅旗裹著慣老，拖白練纏著䏶胅，兔毛大伯難中瞅。踏鞴的險不樁的頭破，翻跳的爭些兒跌的迸流。登踏判軀老瘦，調隊子全無些骨巧，疙痘鬼不見些擋搜。

〔四〕捎傢是淡破頭，噓傢是餓破口，末泥引戲的衝勞嗽。做不得古本酸孤旦，辱末煞馳名魏、武、劉。剛道子世才紅粉高樓酒，沒一個生斜格打到二百個斤斗。

〔註248〕王國維：《宋元戲曲史》，上海古籍出版社，1998年版，第53頁。

〔三〕妝旦不抹㬉，蠢身軀似水牛，嗓暴如恰啞了孤椿狗。帶冠梳硬挺著粗脖項，恰掌記光舒著黑指頭。肋頷的相迤逗，寫著道翩躚舞態，宛轉歌喉。

〔二〕供過的散嗽生，嗟頂老撇朗兜，老保兒強把身軀紐。切駕的波浪上堆著霜雪，把關子的栲門上似告油。外旦臊腥臭，都是些俺嗜砌末，猥瑣行頭。

〔一〕打散的隊子排，待將回數收，搽灰抹土胡僝僽。淡翻東瓦來西瓦，卻甚放走南州共北州。凹了也難收救，四邊廂土糝，八下裏磚㬉。

〔尾〕梁園中可慣經，桑園裏串的熟。似兀的武光頭、劉色長、曹娥秀，則索趕科地沿村轉疃走。

由曲中「把棚的莽壯眞牛」觀之，與杜仁傑〔般涉調・耍孩兒〕《莊家不識勾欄》所寫「要了二百錢放過咱」同致，然杜作明言「來到城中買些紙火」，則勾欄爲城市中之物而爲莊戶人家不識，非行院亦可知也。由此曲末所寫之「則索趕科地沿村轉疃走」，則「行院」一事，似走村串巷之流動劇社，其演員亦以村人之習此者爲主，而「行院」一事遂明矣。

此曲所寫，皆行院中人之醜態，且拿腔調斥其猥瑣醃臢，即就其人本身以言之，而非自其劇情或角色，故大可商榷。如睢景臣〔般涉調・哨遍〕《高祖還鄉》乃嘲劉邦之裝模作樣，其嘲諷亦甚地道，不似此曲文字之惡濫。若此曲中所寫毫無地位掙扎而生之倡優者流，而固可用心如此以嘲之乎？誠未躋上流先會低觀下流嘴臉者，以此而恃才放浪，其可乎？《紅樓夢》中林黛玉之嘲劉姥姥，《詩詞曲學談藝錄》卷三已斥其非而爲病態之美，若安道此曲，其心更過之而不可恕。觀此中人物及其情事風味，其所面對者爲尋常百姓，固無可疑。其雖粗鄙，而好俗豔戲謔之刺激以樂其生，俗之魅力，自古皆然也。西人弗洛伊德釋性力已揭其原，孔子雖刪詩而存鄭衛之風。佛學以莊嚴相東漸，其俗講演說，或涉狎邪，如趙璘《因話錄》云有僧文溆者，「公爲聚眾譚說，假託經論，所談無非淫穢鄙褻之事，不逞之徒，轉相鼓扇扶樹；愚夫冶婦，樂聞其說，聽者填咽寺舍，瞻禮崇拜，呼爲和尚教坊。效其聲調，以爲歌曲」，俗豔之染乎情事，其所以誘人，以天地間人人皆歷，下流者未必於風情婉孌之三昧遜彼上流，而不扭捏於其性情也。昔之竹枝，即本主於豔情，至明之民歌爲極致。若董解元之《西廂》，猶不免於點綴此事，蓋

性愛一事，實天地間之尤絢爛偉美者也，世間之美非可獨享，賴此以申足其意耳。段安節《樂府敘錄》云「長慶中，俗講僧文漵，善吟經，其聲宛暢，感動里人」，《資治通鑑》卷二四三載唐敬宗寶曆二年「幸興福寺，聽沙門文漵俗講」，又何妨也。且淫豔之事，古今不絕，亦不可絕。蕫語豔情，若不至於庸俗惡濫，亦世之絕美者。陽春白雪之高調，若下里巴人之徒或未得其解，無以知其妙，若性愛一事，則是人皆知其佳妙處也。若著之文字，實大盛於明季，鄭衛之風不足與比美，馮夢龍之輯《山歌》，功亦偉矣！自古文士多風流，有染其事，亦見其性情之自由開放姿態，實遠較魏晉爲甚，前後七子倡好復古，終不免亦自覺其乏味虛假處，李開先《市井豔詞序》云：「憂而詞哀，樂而詞褻，此古今同情也。正德初尚《山坡羊》，嘉靖初尚《鎖南枝》……二詞嘩於市井，雖兒女子初學言者，亦知歌之。但淫豔褻狎，不堪入耳，其聲則然矣，語意則直出肺腑肝，不加雕刻，俱男女相與之情，雖君臣友朋，亦多有託此者，以其情尤足感人也。故風出謠口，眞詩只在民間」，露其心聲矣！沈德符《顧曲雜言・時尚小令》云：「中原又行《鎖南枝》、《傍妝臺》、《山坡羊》之屬，李崆峒……聞之，以爲可繼《國風》之後。何大復繼至，亦酷愛之……又《山坡羊》者，李、何二公所喜。……今京師妓女，慣以此充絃索北調，其語穢褻鄙賤，並桑濮之音亦離去已遠。而羈人遊士，嗜之獨深，丙夜開樽，爭相招致。」此亦如理學家，雖道貌岸然，亦頗曉女之色味，況文士風流，何必狃泥於詞調哉，眞人本色，要當如此。憶昔王恆展師課眾，言及《水滸》中之宋帝，云其愛聽燕青所歌之民間豔曲淫詞，以證宋帝之昏瞶荒淫。豈在此邪？將置燕青於何地？蓋燕青所歌之民間豔曲淫詞，殆民歌謠曲之類，民之樂之也亦久矣，其代表一種最爲新鮮之活力，而宋帝乃聞之不得邪？不察此之實而斥之爲淫，悖矣。觀此種曲，益令人無限之思關漢卿也，俗而佳美，豈易至哉！若今日之地方民歌尚不能絕棄此事，更可爲佐證矣。

二九

推原中國詩學之核心內涵，征諸「意境」一義其可已。「意境」一語雖出諸託名唐代王昌齡之《詩格》，而其哲學文化之思蘊，乃早生成矣。「意」者，蘊涵情與志也，因情而欲有所作爲，其所欲爲之理想，即「志」之一義。故

《尚書‧舜典》云：「詩言志」，乃吾國詩學千古不易之眞理名言，於此東方之世界中，具不可動搖之無上之位置，而尤有世俗絢麗豔異之色彩者也！故《禮記‧仲尼閒居》云：「志之所至，詩亦至焉」，《左傳‧襄公二十七年》趙文子語：「詩以言志」，《莊子‧天下》云：「詩以道志」，《荀子‧儒效》云：「詩言是其志也」。或云此之爲「志」，乃倫理政治之「志」，而非自我之「志」，是大小之辨者也。若無此種之志，安能至於「大我」之境界，不至「大我」之境界，又奚有理想之色彩，而爲別樣之絢麗豔異者邪？「志」之與詩而有如是之關係，故詩之於文學，尤具理想之色彩者也，而自文學以觀之，文學之最高境界，無往而非理想者也！唯有理想故，乃能遊刃於形式（因超凡脫俗、灑脫不羈之悟性與豪放之性情精神也）而不爲其所囿；乃能獨抒性靈，入於創造之境界，臻於常人不可企及之人格境界、思想境界、精神境界；乃能突破舊我，提升而至於新我，突破庸俗我而至於眞我，突破小我而至於大我；乃能自更高之層次（超越一己之私利）而眷戀世俗之人，而具無限之深情，而具大俗之精神者也；乃能虛實結合，創造「道」、「技」兩成完美，既具個性魅力又具文化精神之藝術靈境。唯有理想故，乃能色彩濃鬱、意蘊深邃，而又風致瑩澈若鹽在水，淡中有味也；唯有理想故，乃能言情則深沉雋永，感人至深，氣勢靈動而兼磅礡吞吐；唯有理想故，人乃超越於自然而見爲一種獨具魅力不可擬造之生命力，而靈秀也；唯有理想故，事物乃能不斷創造發展，推陳出新，富於動態之意味，而著自信之姿態。故詩欲上一層次，創造新境界、神味，無不須自理想（「志」）之一義著眼也！《詩‧小雅‧關雎》及《秦風‧蒹葭》之章，乃至於《離騷》，下及於建安三曹、七子、陶淵明、李杜、蘇辛、關馬王鄭白，至於《牡丹亭》、《紅樓夢》、《聊齋誌異》，諸如此類，若不解其中之理想之處，便終如霧裏看花，終隔一層，而乏最上意蘊之領悟。故理想一義，實爲吾國詩學一以貫之之最高層次、最高境界、最高意蘊之必具之義也，一切諸談藝之事，若不先著眼於此，則其墮於「技」之境界，亦甚宜矣！若不知理想須在現實世界之世俗民生中求，則根本而不免於「技」之境界也！

今人領會「志」之一義，多庸人手眼，古人相去未遠，興會不難，至秦漢之後始失其旨，而自謂聰明，欲有以度越前人，偏鋒穎勝，自陸機始。《文賦》倡言「詩緣情以綺靡」，亦本極尋常者，後人乃據以斷章取義而成「緣情」說，余故怨機者，猶趙盾未弒其君而史爲書之之義也，人必爲機抱不平，故

以見我之笑今人之強逐偏勝也。《毛詩序》云：「……在心爲志，發言爲詩，情動於中而形於言」，既無語病，「發乎情，止乎禮義」，亦無闕漏。乃有儒家之鄉愿，視詩之禮義爲道德世俗之禮義以迂腐性情，豈其然哉！李贄《讀律膚說》云：「蓋聲色之來，發於情性，由乎自然，是可以矯強而致乎？故自然發於情性，則自然止於禮義，非情性之外復有禮義可止也。惟矯強乃遂失之，故以自然之爲美耳，又非於情性之外復有所謂自然也。故性格清徹者音調自然宣暢，性格舒徐者音調自然疏緩，曠達者自然浩蕩，雄邁者自然壯烈，沉鬱者自然悲酸，古怪者自然奇絕。有是格，便有是調，皆性情自然之謂也。」以此而析《毛詩序》，雅稱傳神。又「故性格……」之下，正錢鍾書《談藝錄・四八》辨「文如其人」〔註249〕之意。而好事者遂以「發於情性，由乎自然」爲「發乎情，止乎禮義」之矯正，愚妄也哉！故今人每昧解古人之意，而不知吾國古代詩學諸概念（語辭）、範疇之內涵義皆極豐富〔註250〕，互相糾纏而姿態各異、韻味有分，毫釐之間以見高下，以見其佳妙之不同，淺人膚淺之而得其一而遺其萬——「志」猶是焉！根本言之，則「志」也者，主體極其關注、直面世俗之現實世界之社會民生所凝結之理想，而非徒主體（抑或階層、集團）之欲望之實現而已矣。因此理想、現實無限豐富、複雜、深刻之動態辯證之故，則主體存世最高最上之表現，必也其「氣」與「情」均爲沛然磅礴之壯美，而非平淡超逸、沖和雅正之優美之境界，而「豪放」〔註251〕乃其最高最上之一義也。

　　至若「境」之一義，由「志」之所之者也。凡人之情有所之而成志，志之所之而富有理想之色彩，因之情寓諸景而成象，象得志而成意象，意象之具哲學文化人生之意蘊思理〔註252〕者，即成境焉；因得理想之色彩，故虛實相生，動靜相成，此意境生成之關鍵。意境之結構，在外爲象，靜態者也，在內者意，即情與志，動態者也（此爲意境應有之義，至其受吾國消極柔弱

〔註249〕錢鍾書：《談藝錄》，中華書局，1984 年版，第 163 頁。

〔註250〕今人多有論吾國古代文論（詩學）之根本特徵爲「潛體系」者，甚是。拙著《諸二十四詩品》以爲吾國之文化、文論爲形象思維、邏輯思維、悟性思維之和合，悟性思維統一其他兩者，爲思維之最高形態，故「悟性思維實即吾國古代文藝之最高精髓」（陽光出版社，2014 年版，第 2 頁）。

〔註251〕「豪放」之核心、根本內涵爲「不受拘束」，即本具開拓創新之思想精神。拙著《論豪放》論之甚詳，此不贅。

〔註252〕意象之具哲學文化人生之意蘊思理，乃一久長之歷程，爲一集團、階層、民族、國家文化思想影響審美意識而以共性見之者。

出世之傳統文化精神之影響而總體經營爲靜態，而乏積極入世之理想之色彩，則其偏鋒而非正道者也）。情尚未至於志，以乏於理想之色彩故，而見爲「或以境勝」也；情而發展至於志，更得具體鮮明富於象徵色彩之象爲之翼，而見爲「或以意勝」也。雖有所謂「意」、「境」兩渾之事，而必以「意」（「志」）主之者也。「意」泛泛而以吾國傳統文化之一般共性之形上意蘊替代之，則「意境」之所以生，而多有重複之弊；「意」特出而見自我，甚而至於「無我之上之有我之境」，則「神味」之所以成，因「無我之上之有我」而不可復，因「細節」而不可復也。

　　「境」者，由地域境界之實義而漸生虛義也，而譬諸一切諸事物之狀態、層次、程度之所能到者。《世說新語・排調》載顧愷之啖甘蔗先食其尾，人問其故，則曰「漸至佳境」，其義已圓滿具足，即後世「境界」之意蘊。稍後釋氏經典流佈中土，廣所取喻，如《楞伽經》之「復次，有七種第一義，所謂心境界、慧境界、智境界、見境界、超二見境界、超子地境界、如來自到境界」、「菩薩摩訶薩意生身，如幻三昧力，自在神通，妙相莊嚴，聖種類身，一時俱生，猶如意生，無有障礙，隨所憶念本願境界，爲成就眾生，得自覺聖知善樂」、「謂二無我相及二障淨，度諸地相，究竟通達，得諸如來不思義究竟境界」、「心縛於境界，覺想智隨轉」、「妄想種種現，清靜聖境界」，後世輾轉應用於詩學，亦未能開拓其義，觸類旁通，本應如此也。王國維依此義而成「境界」說，既用古義又加以西學之邏輯系統，闡述頗極豐富，功亦偉矣。然「境界」之蘊廣大於「意境」，未必皆屬詩意之境界，故其《宋元戲曲史》之作，遂又倒退而稱「意境」矣。《人間詞話・附錄・一六》云：「山谷云：『天下清景，不擇賢愚而與之，然吾特疑端爲我輩設。』誠哉是言！抑豈獨清景而已，一切境界，無不爲詩人設。世無詩人，即無此種境界。夫境界之呈於吾心而見於外物者，皆須臾之物，鑴諸不朽之文字，使讀者自得之。遂覺詩人之言，字字爲我心中所欲言，而又非我之所能自言，此大詩人之秘妙也。」〔註253〕夫世界中有此境界而人會之爲第一義，焉能以此否定世界中已有之境界也。須知境界乃後應用於詩學者，數典忘祖，豈不令人莞爾！余恆感世界中之大境界、眞境界及種種奇情妙事發生於凡夫俗子之身，常使吾人睹之會心而笑，固不必待形諸文字乃始成爲現實也。推本原之，則世俗之現實世界之境界，必多於、勝於文藝所表出者，此略無疑義；而察王國維

〔註253〕王國維：《人間詞話》，上海古籍出版社，1998 年版，第 72～73 頁。

－237－

之意，則不過強調作者表出之之能力，然以此而論「境界」，則「技」而非「道」矣。

今人王一川云：「意境」「這一術語儘管在王國維之前已頻頻出現於晚清詩壇，對王國維等後來者自然不無影響，但那時並沒有被灌注真正的現代性意義。只是從王國維開始，意境才獲得真正的現代性生命……意境與其說是屬於中國古典美學的，不如說是專屬於中國現代美學的。它在中國古代還不過是一般詞彙，只是到了現代才獲得了基本概念的意義。所以，意境應當被視為中國現代美學概念。」〔註254〕此於古人，非公允也，古人以悟性思維勝，其理論系統為潛體系，故論其本質，則今人仍未能出於古人所論意境理論之外。〔註255〕王氏又以為：

> 「意境」是個古典術語，早在唐代就已出現（王昌齡《詩格》）。這一點已眾所周知。但自從王國維在《人間詞話》裏標舉「意境」或「境界」以來，中國現代關於這個概念的探討經久不息，已可謂汗牛充棟。這裏不想涉足這些爭論（當然重要），而只打算從現代性體驗的角度去略作探討。置身在中國古典性文化已然衰敗的全球化世界，中國人如何確立自身的地位？靠認同於西方現代文化或「全盤西化」？肯定行不通。靠已經衰落的中國古典性文化？也行不通，因為衰落的畢竟已無可挽回地衰落了。出路有兩條：一是開拓現代性體驗的新境界，如典型，這已如上述；二是在現代性體驗基礎上重新激活和挪用古典性文化傳統，使之成為現代美學的獨特形象，這就是意境。〔註256〕

則又倒退回去矣。而推原其論之所以左右搖擺、反覆不定之根本原因，則其理路之不清使然也。其理路之如否定「全盤西化」、復古兩路徑者，確然中肯，其所謂之兩「出路」，亦確為解決問題之必經之途。此兩出路，無需多論，前者乃解決問題之根本途徑，而具原創性，然此一途路極為艱難，且吾國二十世紀以來自王國維之「境界」說而後，雖傳播西學甚力，然無論美學、文論

〔註254〕王一川：《通向中國現代性詩學》，《北京師範大學學報》2001年第3期。

〔註255〕即今人研究「意境」理論之成果雖多而周，不乏悟解頗佳者，然總體觀之，則今人所謂之「意境」之義理，初未出乎或根本有所新乎古人之論也。故研析「意境」理論古今之異，當審其內在之文化思想、審美意識、趣味如何，而不當以外在之理論形態之是否更趨於邏輯、系統之類以判定之也。

〔註256〕王一川：《通向中國現代性詩學》，《北京師範大學學報》2001年第3期。

之領域，迄今爲止均並無本土化自成體系之新理論以對應於古代之「意境」，「意境」之在古代爲吾國傳統文藝最大之審美理想理論體系，即迄今爲止今人並無對應於「意境」之一舊審美理想理論體系之新審美理想理論體系，故王一川自然而然選擇第二條較易然卻無多原創性之途路矣！故以「現代性」加之「意境」以有別於古人所論之「意境」，以此見出「意境」即其所謂第二條路徑之價值、意義，即其最終之心眼矣！王一川承認「意境在現代風行」然「缺乏原創性」〔註257〕，且云：

> 可以説，意境範疇的創立，爲現代人體驗中國古典文學及領會古代人的生存體驗提供了一條合適的美學通道。不過，如果要用意境來把握現代文學如新詩的抒情特徵，雖然也可以找到一些合適的例證，但卻可能會喪失掉這個範疇的特殊的歷史性依據和內涵。所以，我還是寧願用意境僅僅規範中國古典性文學。而對於中國現代文學現象，應當選用與它們的審美特性相稱的新概念去概括，這則需要今後另行探討了。〔註258〕

知二十世紀以後吾國之文藝已然非「意境」理論所能概括（更無論其最高境界），此論則洵獨具眼光，雖然僅以新詩爲例也（更無論小說矣），此亦王國維已然自我體察「意境」理論而外別有新境、佳境之補充佐證也。〔註259〕王一川雖有見乎此，然「意境」「現代性」之途徑終歸爲缺乏原創性而不能解決根本問題之「死路」，其避難就易，亦可見出吾國二十世紀以後美學、文論界因缺乏自成體系之本土化理論（新審美理想理論體系）而流露之「怯弱」與複雜心態，則治文論者，可不勉之哉！——其解決根本問題之康莊大道，即探索建構相對於吾國傳統文藝舊審美理想之新審美理想理論體系，且非此新審美理想理論體系之建構不足以相對應於「意境」理論，不足爲根本、全局、整體性之開拓創新。其他一切諸理論之細枝末節，皆附驥可矣，並非最要最上者也。而新審美理想理論體系之建構，則又根本有賴於審美意識之更新，審美意識之更新，則又根本有賴於文化思想、精神之更新，即建構二十

〔註257〕王一川：《通向中國現代性詩學》，《北京師範大學學報》2001 年第 3 期。

〔註258〕王一川：《通向中國現代性詩學》，《北京師範大學學報》2001 年第 3 期。

〔註259〕即王國維已然有所體察「意境」理論之局限，如其託名樊志厚之《人間詞乙稿序》嘗有云：「南宋詞人之有意境者，唯一稼軒，然亦若不以意境勝。」（《人間詞話》，上海古籍出版社，1998 年版，第 77 頁）拙著《詩詞曲學談藝錄》等殊均有所論，此不贅。

世紀以後之新審美理想理論體系，其根本在於突破、超越「意境」理論所寄
之吾國傳統文化思想、精神，若能以建構新文化思想、精神則益佳，若不能
則具其思想精神意識亦將有助於新審美理想理論體系之建構也無疑。總之，
此是極乎其難之是也，而吾國之人，無論如何，不當有所迴避此一根本問題
也。〔註260〕

故「意境」理論罔能適應現代而盡善盡美，乃古代文學之佳處，今人所
創造文學之意境，斷不能與古人而為比，或似則濫調陳辭，或不似則擬於不
倫，雖有極少數特異之士能稍出新境界，罔能變其總勢也。或曰日新日日新
乃天地自然變化之常理，何遽以為今世無新氣象、新境界、新理想、新精神
也？是矣，氣象、境界、理想、精神與日俱新，今之世俗之哲學文化底蘊雖
變換其面目，實則其實質精神未異也。貫穿吾國兩千年哲學思想、文化而積
極作用於文學者，乃老莊哲學居多，此吾國文人士大夫之流為主取向之所致，
亦儒家政教思想密烈背景之下其自然趨避自適之選擇。老氏以哲學融合其政
治思想，思理辯達機趣而通融圓解，莊學繼其後，則更重自我之完善自由，
而以放達逍遙為的，故漢時黃老並稱而不聞有莊，無取其政治理想之傾向者
也。魏晉南北朝時儒家之理想漸趨迂腐庸俗，士大夫於政治理想不得志，故
求自我之放達自由，不假外物而求一完美圓滿之自我、我性；得志者則又患
於戰亂頻仍、朝代更始，而知興衰榮辱相替為常，富貴榮華不可恃者，故假
託風流曠達而玩名器權利乃漸至玩世，恣其欲於享樂，又當佛學傳佈中土之
始，權衡，老莊哲學乃其必然之選擇。此一種哲學根深蒂固，浸淫吾國智識
之士之血脈靈魂，不可清除，雖當佛學闌入而後世又漸有三教合一之勢，不
能改其底色也。詩學上之「意境」理論，正依老莊哲學成就，雜糅釋氏之義

〔註260〕王一川其後又撰文《中國詩學現代 2 芻議——再談中國現代性詩學》（《北京
師範大學學報（社會科學版）2003 年第 3 期》），云：「國詩學現代性具有自
身的長時段性，現已進入現代 2 時段。與詩學現代 1 以脫古入今和援西入中
為主要任務不同，詩學現代 2 勃興於 20 世紀 80 年代，要在過濾舊有的古今
中西二元對立模式基礎上轉而致力於在世興我，即在當今全球化世界上努力
興立屬於中華民族自我的獨特詩學個性。」「興我，不再是復興曾輝煌於古典
時段的中華自我，而是要按今天在世的現實及其需要而重新創造新的中華自
我。這個中華自我或『中華性』是適應當前全球化世界生存狀況並具有自身
活力、形象與個性的中華自我。這裡起主導作用的，應不再是以往那種中西
衝突而是我他衝突，即自我與他者的較量。與其再談中西，不如改談我他。」
則理論創新之意識有所更進，然亦屬泛泛而論，更未明確至「審美理想」之
一根本問題、領域。

蘊，而其中流露或多或少虛無縹緲、玄秘幽深、空靈超逸之一種消極退化色彩，此一消極退化之色彩於物固不相關，而於我之品位則易得提升也，亦譬猶佛家之小乘，唯求度己，與大乘之度己兼以度人異，品位有差耳。吾國之老莊，即乏兼以度人之積極精神者也。故拙著《詩詞曲學談藝錄》拈出「神味」一旨，其品位則「意境」理論之更進，其意蘊則相反，品位則相成，而以「豪放」爲其核心、根本之思想精神。「神味」一旨在古已自有跡，唯守拘於理學（儒、道之雙重消極合一者）之束縛，故其發展仍在潛流之狀態，余爲理出而系統化之，示於傳統有所傳承也，完善「意境」理論而突破之，示於傳統有所創新也。「意境」之至於今，即患太熟之病久矣。「意境」者，陰柔之美爲性也，故其品格，主於靜、虛、外、空靈、淡、逸，主於物性；「神味」者，陽剛之美爲性也，而兼有陰柔之美之長，故其品格，主於動、實、內、豪放、爛漫、渾肆、潑辣、自然、灑脫、壯、烈、麗、秀，相反相成，詩之至也，詩之乃能大也。

　　焦循《易餘籥錄》云：「《雲麓漫鈔》云：唐之舉人，先藉當世顯人，以姓名達之有司，然後以所業投獻。逾數日，又投，謂之『溫卷』。如《幽怪錄》傳奇等皆是也。蓋此文備眾體，可以見史才、詩筆、議論……按此則唐人傳奇小說乃用以爲科舉之媒。此金元曲劇之濫觴也。詩既變爲詞曲，遂以小說譜而演之，是爲樂府雜劇」，溫卷之類，爲令所投閱者不至懨懨而倦，故辭采豐豔，雜之以事，或幽豔冶麗，或瑰奇誇怪，蕩蕩乎摩乎「以虛爲蘊」之境界，於是小說始成其面目。若干寶《搜神記》之類則用心志怪，世俗之意蘊未勝，波瀾亦微，先聲而已。然唐之傳奇雖縱誇飾，卻仍以史筆裁之，過於雅化而不及於俗世之趣味，故一騰焰後即漸歸寢滅，而詞旁枝逸出，至曲而成最終之妥協，詞能有此成就，已實屬不易矣。焦氏尋繹，極是有理。若「習之既久，忘其由來，莫不自詡爲聖賢立言，不知敷衍描摩，亦仍優孟之衣觀」之言，以視之曲，則不免使人有「隋珠彈雀」之感之憾，學之與識未必能一，學者之常耳。徒探文詞情思，譬猶冷眼觀美人而於心爲未盡足，必至乎事而率之以意，譬猶擁之入室，不達實質其何以可，亦人之常情也。《人間詞話》之前，古人作詩亦知「意」之一字，唯不知自覺以及於事及細節，至《人間詞話》仍不過以「意」、「境」相渾爲妙，且觀古人之作，實多以境勝爲得，境勝源於意勝，而意無關於「無我之上之有我」之成就，無關於世俗民生之豐富、複雜、深刻，無關於此兩者之深情而以「細節」出之，則所謂意境，

仍趨於吾國傳統文化意蘊之同而乏主體性人格、思想、精神力量之特異也。
余嘗拈出「寫意之精神」而見意境理論之偏失者也〔註261〕，其言云：

意境也者，意中之境也。凡物，莫不有其意。學書貴得其書意，學畫貴
得其畫意，學琴貴得其琴意，學劍貴得其劍意。以意傳者，不託諸物，心心
相印，以心傳心，而不可以言傳，不可以身教。緣物而設喻，貴得其意之所
在。吾土之老莊，及印度之釋迦，皆擅之。莊生則得其意而忘其形，釋迦則
拈花而笑，其揆一也，皆善得物之意者也。意境乃意中之境，意與境乃偏正、
並列重疊之結構，而以偏正爲主，王國維託名樊志厚所作《人間詞乙稿序》
所云之「上焉者意與境渾，其次或以意勝，或以境勝，苟缺其一，不足以言
文學」〔註262〕，猶未得其本也。蓋意中之境，其主在意。若求意境之勝，必
先求意之勝，意勝而後境勝焉。此其根本之關係，不可顛倒，並無境勝而意
不勝者。如溫飛卿「雞聲茅店月，人跡板橋霜」（《商山早行》）之句，似略無
意者，實則意在此如水中之鹽，無痕有味，神理蘊虛，託諸象實，其意固能
得之，即作者所歷之情境以見之情趣、意蘊也。王國維所謂之意勝或否，實
意虛（隱）意實（顯）之別名，與意境之佳否，並無必然聯繫。意與境融，
則意實而境虛，意得境之虛，故擇象雖實，意味卻虛，意象是也。由意而生
象，由象而生境，意中之境生成矣。意者，非若理也。如學劍得劍之理易，
而得劍之意爲難。理靜而意動，理滯而意活，理實而意虛。意者，超越乎理
之上者也。象必得意而後成境，無意之境，無之。意動而境靜，雖靜，極靈
動也，然其動之根，則意也。意實而境虛，雖然，極蘊藉也。故意境之佳者，
無不靈動又蘊藉也。意爲我境，境乃物境，文學之以意勝者，便足佳美，而
又襯之以物境，猶寫眞人物，必更稍點染其背景也。吾國古代文學往往道意
而不善設境，造境又隱約其意而不見其人格、性情，無論思想、精神，故偉
大弘美之作甚少。若補兩者之弊而發揮其意至於極致（即豪放之精神，其核
心爲「無我之上之有我」之成就），便已入余所倡之「神味」一旨矣，其分際
如此也。

境依諸象，意依諸理，象又依諸情景，然象、意、境三者，無不越其所
依，由實入虛，虛中蘊實。意中之境雖往往爲物境，卻以意主之，猶放風箏，

〔註261〕自「神味」、「意境」兩理論之區別而論且成系統者，則爲《「神味」說新審美
理想理論體系要義萃論——當代中國「本土化」文論話語體系之建構》一書。
〔註262〕王國維：《人間詞話》，上海古籍出版社，1998年版，第76頁。

神其技者放長其線，高入於雲，似乎搏擊蒼穹之雄鷹，渺乎幾不可見，然卻不能真翱翔而去，以線在也，線即猶意。若線斷，將墮而流蕩矣。意或明或幽，無不如是。又如一族共有之血脈，百千萬世不能絕，亦猶意也。又如男女之事，若有意，則自偕美，若強之，則索然而無味。王船山《薑齋詩話》有云：「無論詩歌與長行文字，俱以意為主，意猶帥也。無帥之兵，謂之烏合。」而杜牧《答莊充書》早云：「凡為文以意為主，以氣為輔，以辭采章句為之兵衛，未有主強盛而輔不飄逸者，兵衛不華赫而莊整者。四者高下，圓折步驟，隨主所指，如鳥隨鳳，魚隨龍，師眾隨湯、武，騰天潛泉，橫裂天下，無不如意。苟意不先立，止以文采辭句，繞前捧後，是言愈多而理愈亂，如入闤闠，紛然莫知其誰，暮散而已。是以意全勝者，辭愈樸而文愈高，意不勝者，辭愈華而文愈鄙。是意能遣辭，辭不能成意，大抵為文之旨如此。」意勝與否，乃其關鍵所在。實則詩無不有意在，其有意在，抒寫事物乃能傳神。意中之境之佳，舉賴意為之神。譬猶作畫，比之真景物似更傳神、生動，無論攝相矣，即賴意之力。意者，往往乃作者綜合理想、情志、個性、興趣、意蘊諸主體特徵以成，故色極斑斕豐富，非單一之色，猶日之光華，外觀一色，折射則七，亦即猶水中鹽味之義。意為人所必具，故凡作者所作，必經意之選擇過濾，此意之義一，而不足道者也。其足稱者，則意之第二義，即文學中所表現之意，能顯見作者或人物形象之人格、性情，表現為豪放不羈、淳真完美至善之人格境界、思想境界、精神境界。故得境之虛為先，而吾人恆不以此淺約之物境為滿足，而求其意之實，得文學深邃內美之所在。雖然，譬猶女子，苟其貌美，已足惑人，孰而更求其內蘊之美哉！道以心傳，境以意會，人人而可為之乎？故文學藝術，貴得其意，苟得其意，即入其境。如梁羽生說部《廣陵劍》之結局，陳石星將死，以不能傳其師晚年所創之劍法為恨憾，其師兄云，適見汝出手，已得其劍意。得其意，即絕妙之境也。故意中之境，尚矣。若能由此反觀吾國古代文學中意境之弊，而思有以補之，領會境外之神、意外之味，則於余所倡之「神味」說，可能登堂入室，解其三昧也。意猶水中鹽味，味猶蜜中之花。或不甚察其中之細微差別，而不知此一細微差別正其精華精粹之所寄，境界亦判若雲泥。俗云「佛魔一念間」，又云「差之毫釐，謬以千里」，是也。故事物之精粹，無不少微，以少總多，不離柄持，道是矣。道流而為萬物，萬其形態，以人喻之，則為神。無神，則一死人耳；無佳神，無內美，則亦猶行屍走肉；若用心於私而大悖「以人

爲最第一位之價値」〔註263〕（《詩詞曲學談藝錄·引言》），則雖人而實魔鬼，而無恥者也。

以意行文，則神見，故吾國藝術，以寫意爲尚，爲其極則。以文言之，行散神不散是也；以詩言之，豪放是也；以體格言之，詩詞曲中，曲是也；以書言之，行草是也，狂草尤是；以畫言之，大寫意是也；以文例之，莊子是也；以曲例之，關漢卿是也；以書例之，右軍、顚張狂素是也；以畫一例言之，文長、白石、悲鴻、抱石是也。有形式之寫意，即前所舉之曲、行草；有內容之寫意，如後所舉之白石、悲鴻、抱石。王右丞之畫雪裏芭蕉，內容上寫意也。兼有之者，則如哲學中之老莊，畫之如文長者。李太白不及多爲律詩，故形式內容，皆極寫意；詩學中之意境，自表現之角度言之，即寫意之境也。杜少陵以律詩獨步，則以神貫之，而於內容上寫意。曲之體制爲寫意，內容亦以寫意爲本色，故關漢卿之曲，歷代推其當行本色。又如詞，介乎寫意寫實之間，內容之不能以寫意者，婉約派是也，故蘇、辛力主突破，於內容上寫意，遂成詞史上之奇觀，而辛稼軒又至其巔峰。人性之天眞爛熳者，亦寫意也，人性中之眞善美而及於魅力者，亦以寫意出之。《牡丹亭》中之杜麗娘，《聊齋誌異·嬰寧》中之嬰寧，《紅樓夢》中之史湘雲、賈寶玉、林黛玉、晴雯，《儒林外史》中之杜少卿，《西遊記》中之孫行者，《水滸傳》中之李逵、魯智深，《金瓶梅》中之潘金蓮、西門慶，《邊城》中之翠翠、老船夫，皆能於其人生境界著寫意之色者也。《儒林外史》之手法，亦寫意，寫意著力稍重，便成諷刺、誇張；其他如《牡丹亭》、《聊齋誌異》、《西遊記》、《阿Q正傳》、《邊城》，亦是也。故吾國之傳統文化精神，寫意之精神也。藝術之所造，寫意之境界也。由意中之境而至寫意之境，即藝術之所表現者。嗟夫，寫意爲吾國所特有，恐終不能大行於世界也，惜哉。若寫意而能至於大寫意，則始可能有窺於「神味」之境界也，若欲至於大寫意之境，則其惟豪放之精神能以使然乎！

元曲之體制，乃即大寫意之境界，故大見豪放之姿態焉！豪放之精神姿態之在吾國歷史及文學，恆不得正宗之目而大受排擠排斥，至於元曲堂而皇之而居正宗之地位，則又以雅化制之，甚或不正視之使自生自滅，實亦排斥之一端。以非豪放之爲正宗本色者，其所得爲意境之境界，而元曲之以豪放

〔註263〕于永森：《詩詞曲學談藝錄》，齊魯書社，2011年版，第2頁。「最第一位之價値」，書中或又表述爲「最第一之價値」（如第12、14、17頁等）。

爲正宗本色，宜其不以意境爲最高之追求，此正吾國文學突破意境理論之處之機也。王國維所理想之文學境界爲「境界」說，而《宋元戲曲史》則以「意境」論之，亦不得其最合適者而用之權衡而已矣！辛稼軒之詞之最佳處即豪放之境界，尚不能以意境觀之，況元曲承豪放詞之脈理精神而廓大之者邪！豪放之境界，「道」之境界也，其最高處在人格境界、思想境界、精神境界，在「無我之上之有我之境」，而寫意之境界，則「技」之境界也──雖大寫意亦然，其最高處乃在人格境界、性情境界，在「無我之境」。唯寫意之境界爲「技」之境界也，故多偏於外在之表現，有所謂小寫意、大寫意之分焉，故王國維《人間詞話》云：「境界有大小，不以是而分優劣」〔註264〕，若「我」之高下若「小我」、「大我」者之境界，豈無優劣邪！意境理論含混之處，此其關鍵也！

「意境」一義，自王國維「境界」說爲總其大成而後，眾說紛紜而漸失其主，理論創造漸以寢滅，迄今百有餘年，無成氣候者矣。〔註265〕近代之學者，眞正領悟意境之內涵者，唯王國維、梁任公、梁宗岱、宗白華數人耳。〔註266〕四人者，各有擅場。梁任公雖未用力於此，唯天資卓異，乃能一發中的，於《論小說與群治之關係》（「凡人之性，常非以現境界而自滿足者也……感人之深，莫此爲甚」一節）中，分析至爲精彩，閱之使人頓起深獲我心之感，擊節賞焉！竊謂此一段文字，不獨於小說爲然，凡一切諸文學藝術無不然也。其後王國維《人間詞話》拈出「有我之境」、「無我之境」，自形式以分之，雖點明兩種境界，而實則一切諸文學皆有我之文學也，其重心則在人之美及其發展，而「無我之境」不足以當「我」之美及發展之最高境界也。王國維之所分爲靜態者形式之分耳，非是動態者，故有不足（詳參《詩詞曲學談藝錄・卷一・二》）。其「境界」說，乃歸納古人而以西學之科學精神發明之，未能以正古人之弊，僅堪面向過去，總結既有之文學，且不足以見古代

〔註264〕王國維：《人間詞話》，上海古籍出版社，1998年版，第2頁。

〔註265〕王國維後，知能以超越「境界」說及「意境」理論屬的而出新說者，今唯見王文生之「情境」說，惜仍在意境範圍內覓食而非眞理論創造、創新──已著論於《王國維〈人間詞話〉評說》、《論意境》及《中國美學三十年》古代美學之部，故此不贅論。

〔註266〕王國維《人間詞話》之後，詩詞理論之作以錢鍾書《談藝錄》最著，其書之性質爲旁搜細繹所關涉之理論細節，縱橫博辯，然整體則無自主之審美理想，如仍以前人之「神韻」爲最高境界，較之王國維之「境界」說，乃一倒退也。

文學之最高處也。至於梁宗岱，雖其意在於新詩，而在意境此一理論體系中，乃更通融圓解而發揮其意蘊至於極致，此則過勝於王國維，雖然其學罔能突破意境理論也，而稍能抉取吾國傳統文化之精神之精粹。《詩與眞》更拈出「象徵」一旨，以象徵之靈境爲意境一旨之極致，可謂立說精闢，爲古人所不及。梁宗岱以爲象徵者一則融洽無間，一則含蓄無限，「藉有形寓無形，藉有限表無限，藉刹那抓住永恆……如一個蓓蕾蓄著炫熳芳菲的春信，一張葉落預奏那彌天漫地的秋聲一樣……所以，它所賦形的、蘊藏的，不是興味索然的抽象概念，而是豐富、複雜、深邃、眞實的靈境。」〔註267〕宗岱以吾國古代詩學中「興」之一義釋象徵，以《文心雕龍》「興者，起也；起情者依微以擬義」之「依微擬義」一語爲頗能道象徵之妙。實則「興」之爲用，乃意與象之騎驛，使意化爲具體可感鮮明逼眞之形象，而又令此一形象蘊含某種意味者也。興者，取喻於水中鹽味，則興者水也；取喻於鏡中之花、水中之月，則興者鏡、水也。而象徵一義，則興之系統化也。西人克萊夫・貝爾以美爲「有意味之形式」，若宗岱之象徵意境，則適可爲「有意味之內容」或「有意味之境界」也。以「象徵之靈境」爲第一義，發前人之所未發，推意境至於極致，然境亦愈狹矣！蓋詩由興起，象徵是其系統化，意境之所籠罩，歸於象徵乃佳耳！象徵以融洽或無間、含蓄或無限爲意，惜此一義狹且仍「技」，不足以補意境之衰，總體上仍在意境之苑囿（象徵仍依賴意象）而未突破之也。宗岱又以象徵一旨爲古今中外文學中之普遍之法，識見亦超群絕倫。宗氏領悟意境理論體悟頗精，舉凡空靈、充實、虛實諸義，辨解圓融，惜專藝術而言，捨文學而之歧路，乃漸風馬牛於文學藝術之最高境界也，若攜妻遊而意在旁覽他女。如《中國藝術意境之誕生》引龔定庵語云：「西山有時渺然隔雲漢外，有時蒼然墮几席前，不關風雨晴晦也」，而論之以「西山之忽遠忽近，非物理學上之遠近，乃是心中意境之遠近」。〔註268〕唐之皎然《辨體一十九字》有云：「靜，非如松風不動，林狖未鳴，乃謂意中之靜；遠，非如渺渺望水，杳杳看山，乃謂意中之遠」，其旨一也。蓋人之精神超脫通達，則物亦莫不染其氣質之色，而可時時交接，遠近固無不宜然。又引方士庶《天慵庵隨筆》云：「山川草木，造化自然，此實境也。因心造境，以手運心，此虛境也。虛而爲實，是在筆墨有無間——故古人筆墨具此山蒼樹秀，水活石潤，於天地之外，別

〔註267〕《梁宗岱文集（批評卷）》，中央編譯出版社，2003年版，第66～67頁。
〔註268〕宗白華：《美學散步》，上海人民出版社，2005年版，第119頁。

構一種靈奇。或率意揮灑，亦皆煉金液，棄滓存精，曲盡蹈虛揖之妙」，而論之以「中國繪畫的整個精粹在這幾句話裏」。〔註 269〕實則此之所養於人者，自然也，而其更爲上而更有價值者，則世俗世界之養也，世俗世界之所養，而能鍛鍊人之性情至於人格境界、思想境界、精神境界之最高境界，若此之類則不可爲期也。〔註 270〕又引蔡小石《拜石山房詞》序云：「夫意以曲而善託，調以杳而彌深。始讀之則萬萼春深，百色妖露，積雪縞地，餘霞綺天，一境也。再讀之則煙濤瀰洞，霜飆飛搖，駿馬下坡，泳鱗出水，又一境也。卒讀之而皎皎明月仙仙白雲，鴻雁高翔，墜葉如雨，不知其何以沖然而澹，脩然而遠也。江順貽評之曰：『始境，情勝也。又境，氣勝也。終境，格勝也。』」宗氏措藝術境界於學術、宗教二境界間而倡言「藝術境界主於美」〔註 271〕，而美源於心靈，「外師造化，中得心源」（唐張璪語）。由寫實而傳神，由傳神而妙悟，揣摩乎道、藝之間，如舞之姿，「燦爛的『藝』賦予『道』以形象和生命，『道』給予『藝』以深度和靈魂」。〔註 272〕其提升也，無不賴虛白以成之，以達於「一花一世界，一沙一天國，君掌盛無邊，刹那含永恆」（英人勃萊克詩）之境界。宗氏闡釋精微深博，遠過於前三家，吾國古代藝術經驗之最佳總結也。然其旨歸多未能有所超越古人，此與王國維不同，雖解釋極佳而足以爲領會之佳境，而實質上則無少益於古人之最高處也。歷史之局限，豈易脫除哉，何況宗氏立意根本在闡釋意境，而非理論創造、創新，故仍植根於吾國傳統之哲學以作爲，其不能爲創造、創新之境也明矣。其所言之意境，仍尚空靈淡遠、超逸靜澈之境，旨趣仍在王、孟一路，錢鍾書《談藝錄・二九》所云之「余作《中國詩與中國畫》一文，說吾國詩畫標準相反；畫推摩詰，而詩尊子美」〔註 273〕是矣，故一則其所言之意境乃是藝術意境而非文學意境之最高處，而有轉移之事實，二則若是意境之論，猶易使人陷玄虛縹緲之境界，久之心源枯竭則必去民生及世俗之現實世界爲遠矣。〔註 274〕由此

〔註 269〕宗白華：《美學散步》，上海人民出版社，2005 年版，第 119 頁。
〔註 270〕义，宗氏上述所引，不過闡明吾國繪畫藝術之虛實問題，「氣韻」之類，尚未涉及，焉能如此評價哉！
〔註 271〕宗白華：《美學散步》，上海人民出版社，2005 年版，第 120 頁。
〔註 272〕宗白華：《美學散步》，上海人民出版社，2005 年版，第 137～138 頁。
〔註 273〕錢鍾書：《談藝錄》，中華書局，1984 年版，第 196 頁。
〔註 274〕如宗白華云：「藝術要刊落一切表皮，呈顯物的晶瑩眞境」、「中國自六朝以來，藝術的理想境界卻是『澄懷觀道』（晉宋畫家宗炳語），在拈花微笑裏領悟色相中微妙至深的禪境。」「中國藝術意境的創成，既須得屈原的纏綿悱惻，又

可見，意境之為強弩之末亦甚明矣，尚何能為？蓋詩自唐末已衰，宋、元、明、清已成腐朽死灰，佳者無幾，王國維之作為，亦嫌晚矣，意境已初成於唐，詩即大盛於此際，而意境理論之大成乃在千載之後，其落後亦顯可知也，其應有別種理論以開拓詩中之新境界也明，而意境不足以當之矣。今如諸子者，更捨創作而空談義理，無異紙上談兵，無尚實用，其無進也亦甚宜矣！實則意境本即極其致於藝術而非文學，若錢氏《中國詩與中國畫》一文已明王維詩畫俱擅意境，而在吾國其畫最尊，詩卻其次，故意境非文學之最高境界也，此則未有人以深思之，由之以進，而突破意境之機在乎是矣！吾國本重詩畫相通，故詩中多以意境勝者，王國維歸結其義，功實至偉，惜未更進一步，以歸結詩中之無以意境勝者，則未之悟也。宗氏移之藝術，可謂歸其本家正宗，與文學之求第一義卻無涉。或以為意境為詩中所特有，則認婢作小姐矣。意境何以非文學之極致？蓋藝術極於物，以物為主，故以淡遠深邃、沖瑩幽秀為尚，而求靈動之致，惲南田「元人幽亭秀木自在化工之外一種靈氣」、「意貴乎遠，不靜不遠」、「寂寞無可奈何之境，最宜入想，亟宜著筆」（《南田論畫》）之論是也，其極致為絢爛之極歸於平淡。文學重人而反是，而重平凡世俗之現實世界之中以見大美，其為物態韻致，則尚潑辣爛漫；其境界以人生及現實世界之變化多端、複雜深刻故，而遠勝於藝術，駁雜融一是其徵也。「一」以見其深，見其樸素，見其本色，駁雜以見其姿態之爛漫，見其大成，總之為「神味」一義也。元曲及明清民歌之本色者，多具此品，惜文士不甚重之，未得粲然而至大觀，其佳者未多。民歌比不得元曲處，是風情描摹雖大有滋味，卻不大及於醜惡，不能直接於現實世俗之最具代表性者處（如利益之集中、矛盾、衝突），於「事」之一義僅能見一二小細節，略見單薄，

須得莊子的超曠空靈。纏綿悱惻，才能一往情深，深入萬物的核心，所謂『得其環中』。超曠空靈，才能如鏡中花，水中月，羚羊掛角，無跡可尋，所謂『超以象外』。色即是空，空即是色，色不異空，空不異色，這不但是盛唐人的詩境，也是宋元人的畫境。」（《美學散步》，上海人民出版社，2005 年版，第134、126、132 頁）諸如此類闡釋，可見其論重心落在「物」上，而非「我」上，其思辨性，尚不如王國維之「有我之境」、「無我之境」；且以「澄懷觀道」為藝術之理想境界，可見其於審美理想一義尚不明晰。至若其論之重超曠空靈、纏綿悱惻，則仍以優美為主也甚顯明。種種闡釋，俱以古人為依託，而乏理論之新質；而如以禪境闡釋盛唐詩境，則適可見不能涵蓋李杜詩境，恰為錢鍾書所論之吾國詩歌次於最高境界之境界，則宗氏所論之「意境」理論，非吾國傳統文藝之最高境界，極無疑義矣！

故品格猶類乎詞，神味一步未能有所彷彿耳。清人王廷紹編《霓裳續譜》卷八《雜曲》有云：

> 癡癡呆呆換上了鳳頭鞋〔平岔〕癡癡呆呆，換上了鳳頭鞋，躲離牙床傍妝臺，挽了挽烏雲，掩了掩懷，對準了菱花把自己問，說是昨夜晚的風情你可愛愛不愛，是怎的含著羞，帶著愧，我說不出來。

《西調》有云：

> 綠窗遲遲紅日上綠窗遲遲紅日上，佳人挽髮在牙床，輕勻粉臉，淡掃蛾眉，越顯出一番嬌模樣，啓朱唇，叫情郎，你聽賣花的聲兒轉過了東牆，郎君有意戲紅妝，試問那昨夜晚的你自思量，（疊）羞的他秋波一轉出羅帳。（疊）

雖非最佳，以無與於「無我之上之有我之境」也；而可啓悟頭。所謂「昨夜的你」、「昨夜的風情」云云，以較含羞之佳人，即曲之風味也！此種文字雖是極俗而散，然未能有格律束縛之故，故節奏未能極收放之致，去元曲之散為有間矣。

陶淵明《歸田園居》云：「採菊東籬下，悠然見南山」，此士大夫之清貞自守者悠然自得之境也。辛稼軒《清平樂》云：「白髮誰家翁媼，吳音相媚好。大兒鋤逗溪東，二兒正織雞籠；最喜小兒無賴，溪頭臥剝蓮蓬。」此尋常百姓悠然自得之境也。人之生而為萬物之靈，必有其所樂而持其生活姿態者也，否則貧苦交加而生將何以為哉。樂或至微渺，然以之調劑生活，而感染於精神，如少陽之在太陰，是亦物之得其生者也。吾國文學雖有「往往歡娛工，不如憂患作」（納蘭性德《塡詞》）之傳統，然憂患可博取人之同情，而往往自人格、思想、精神上超越之，乃得其虛涵之超脫，幻想之自由，因憂患而得樂，寄其希望、理想，則不獨足以自我振奮感興，亦足以激勵他人，使之有同感之想，因有同願之祈想，則我之未必能完成我願，而由文學傳之他人以完成之，是亦我之樂也，是亦我所同感同樂，此則「大我」之一義也。人之生而有願而皆欲求樂，身之融入世俗世界，而後乃能知眞正之樂，無不由與艱難憂患搏戰而得，以苦之土壤而孕育歡喜，是人生之至樂也。西人波德萊爾有「惡之花」之義，亦猶似之一意蘊也。然在吾國文學，士大夫之流往往寄其理想之最高境界為政治理想，王國維《論哲學家與美術家之天職》有云：「按我中國之哲學史，凡哲學家無不欲兼為政治家者，斯可

異已！孔子，大政治家也；墨子，大政治家也；孟、荀二子，皆拘政治卜之大志者也……豈獨哲學家而已？詩人亦然。『自謂頗騰達，立登要路津，致君堯舜上，再使風俗淳』，非杜子美之抱負乎？……如此者，世謂之大詩人矣。至詩人之無此抱負者，與夫小說、戲曲、圖畫、音樂諸家，皆以侏儒倡優自處，世亦以侏儒倡優蓄之。所謂『詩外尚有事在』，『一命爲文人便無足觀』，我國人之金科玉律也。嗚呼！美術之無獨立之價值也久矣……」〔註275〕，其論誠是。然獨立而後，尚須有進於善之境界也。儒之思想境界，於一切諸事物皆求盡善盡美，自形式而言之則盡美，自內容言之則盡善。《論語・八佾》云：「子謂《韶》，『盡美矣，又盡善也。』謂《武》，『盡美矣，未盡善也。』」故自藝術以觀之，自有其存在之獨立價值，然自然人生之在世界，廣大博有而涵融萬類，藝術不過其中之一種，故文學家浸淫於藝術，是能入也，若不自宇宙自然人生以外觀之，何可以爲能出之境界邪？《人間詞話》云：「詩人對自然人生，須入乎其內，又須出乎其外。入乎其內，故能寫之；出乎其外，故有高致。」〔註276〕其實出乎其外非僅是有所謂高致也，而是寓「我」也，寓我之性情理想也。蘇軾《題西林壁》云：「橫看成嶺側成峰，遠近高低各不同。不識廬山眞面目，只緣身在此山中。」豈非不能出之境界乎？王國維亦非不能深明其理，何拙於獨觀美之境界者邪！

儒家之精神，入世以積極有作爲於世俗也，有所作爲，是其理想境界之實現也。「仁」也者，儒之中心精神也，「克己復禮曰仁」，即其最富哲學意味之詮釋。「克己」乃改造自我之境界，「復禮」爲改造世界之境界。改造世界，亦爲改造人之自身自我而爲者，故斯二者實異名而同實，皆改造人之境界耳。儒之精神積極之一面，乃先「克己」而無待於外物，不苟求之於外物之境界也，故能獨立自主、改造自我而成其美，得其道則兼濟天下，不得其道則獨善其身。儒家有此種之精神，故歷代大學者無不以氣節爲自持，而務使所學經濟世俗世界，澤惠蒼生，吾國傳統文化精神之以「大」之境界爲最高境界，即無不得力於儒家此種之精神境界也！王國維獨立於美而論文學，則失於此種「大」之境界矣，故以「無我之境」爲其「境界」說之極致，其爲消

〔註275〕姚淦銘、王燕編：《王國維文集》第 3 卷，中國文史出版社，1997 年版，第 7 頁。

〔註276〕王國維：《人間詞話》，上海古籍出版社，1998 年版，第 15 頁。

極、柔弱、平和、沖淡也〔註277〕，焉能爲「大」邪！「大」之境界之成就，內則「無我之上之有我」之成就，外則無限豐富、複雜、深刻之現實世界之世俗民生，如此則眞能無私而忘我，即儒家精神之偶所可及，亦甚罕見矣。儒家精神之核心，在抹殺、壓制個性，「仁」之內心始終不若禮法制度（「禮」）之外在強大，且其根本而有世俗現實之利益糾纏於中，而鮮能擺脫，故主體缺乏純眞至善完美之內在精神之力量，吾國文學之庸俗處，無不因此而致之也。

《論語・雍也》云：「子曰：『質勝文則野，文勝質則史。文質彬彬，然後君子。』」即中庸之說之一義，後世因之以論文焉。又《衛靈公》篇云：「子曰：『辭達而已矣』」，所謂辭達，即後世所謂本色。蘇東坡《答謝民師書》云：「辭直言能達，則文不可勝用矣」，《答王庠書》亦作發揮：「辭至於達，止矣，不可以有加矣」，略與司空圖所謂之「不著一字，盡得風流」（《二十四詩品・含蓄》）無乎不同也。若獨以文學之藝術境界言之，與後世王國維《人間詞話》所言之「不隔」說可謂有異曲同工之妙。而至於此種境界，則須「傳神」，蘇東坡《書鄢陵王主簿所畫折枝》詩云：「論畫以形似，見與兒童鄰。……邊鸞雀寫生，趙昌花傳神。」傳神即神似，以與形似對比映照。神有兩種，一則形象（意象、意境之類）之美，一則精神之美（含性情）。前者爲外在之美，後者爲內在之美。外在之美可依情景而得觀照，內在性情精神之美則必馮事理而分優劣，而出神味。外在之美可以矯飾而得，俗云「人是衣裳馬是鞍」是也。內在性情精神之美則不可矯飾而復，俗云「江山易改本性難移」是也。外在之美短暫，而內在性情精神之美持久。吾國之意境理論，詩書畫大體一

〔註277〕林語堂《中國文化之精神》有云：「中國的文化主靜，與西人勇往直前躍躍欲試之精神大相徑庭。主靜者，其流弊在於頹喪潦倒。」（見《林語堂全集》第13卷，東北師範大學出版社，1994年版，第144頁）概言之，吾國之傳統文化之大勢，自先秦諸子而後即整體趨於保守、守成之性質，極其缺乏開拓創新之精神，儒家思想定於一尊之後尤其如此，而其所以能維持此種保守、守成之格局、性質，則吾國古代社會大體以穩定統一之態勢所能利用下層民眾集群之力量使然者也。但凡能利用此種下層民眾之力量，則一切諸突破、創新、超越之思想精神均不爲統治階層所喜，遂又持續強化上述吾國傳統文化思想之性質、格局矣。此種社會、歷史、文化糾纏所造成之超穩定、保守、守成之格局、態勢，令一切諸點、面之局部之突破、創新均被逐漸消耗殆盡，若無整體、全局之突破、創新，則始終不可輒謂之眞正、根本之突破、創新也。故審美理想更新之一問題，亦必自整體、全局之突破、創新始，且以突破、創新吾國傳統文化之思想精神爲根本之基礎也。

致，其於畫或爲最高境界，而於詩則未也，而主於意象之美，若「神味」說則主於性情及人格境界、思想境界、精神境界之美也。儒家之積極精神之中，即蘊涵一種充實（《孟子・盡心下》：「充實之謂美」）灑脫、超逸放曠之境界，如王安石《菩薩蠻》云：「數家茅屋閑臨水，單衫短帽垂楊裏。今日是何朝，看予度石橋」，與「採菊東籬下，悠然見南山」（陶淵明《飲酒》）之精神風味固有間也。又如李後主之《虞美人》（「春花秋月何時了」），意境雖纏綿傷感，卻不蘊涵人格境界、思想境界、精神境界，無性情也。如辛稼軒之《摸魚兒》（「更能消、幾番風雨」），意境亦極優美綿麗，然蘊涵一種性情及人格境界、思想境界、精神境界，故其神味更爲深邃雋永，而感人爲至深也。故「神味」一旨爲「意境」理論之更進，文藝當以人格境界、思想境界、精神境界爲最上。王國維所言之境界，至多亦不過所謂「能寫眞感情」者，何況主體直面現實亦難，能寫眞感情者亦鳳毛麟角。而「無我之上之有我之境」，則人格境界、思想境界、精神境界之極致也（其義詳見拙撰《詩詞曲學談藝錄》卷一）。《詩詞曲學談藝錄》卷五又有云：「竊謂世上第一流之文學，無不以高尚崇高之人格境界、思想境界、精神境界爲最第一之具，而至於『無我之上之有我之境』，唯其如此，乃能於藝術上多有創造而不拘一格，集『神味』之大成。」〔註278〕自稼軒詞總體中最積極之一面及其中能臻致吾國傳統文化精神之最高境界者觀之，其所創造之人格境界、思想境界、精神境界及藝術境界，深閎壯麗、自然本色、爛漫絢異、豪放激鬱，誠足以有望於吾國古今文學之第一人，而非僅爲詞之理想境界者而已矣！所可惜者，詞之體制短小而未盡善盡美，不足以盡出稼軒之美也。

儒之精神，林語堂《中國文化之精神》以爲近情〔註279〕，中庸之道乃其最充分者。近情即得其自然，故中庸不過自然之別名。然林氏自言凡事不欲居於第一，則又見其於中庸之道領悟猶未至於玲瓏透徹之境界。其《生活的藝術》云，吾國歷史上最優異之人格，皆由儒道和合造就，如蘇東坡；又如陶淵明，乃吾國歷史上最和諧完美之一人，無憂無慮而心境沖和，於道家之

〔註278〕于永森：《詩詞曲學談藝錄》，齊魯書社，2011 年版，第 354 頁。
〔註279〕林氏有云：「中國民族之特徵，在於執中，不在於偏倚，在於近人之常情，不在於玄虛理想。」（見《林語堂全集》第 13 卷，東北師範大學出版社，1994年版，第 142 頁）此論就儒家思想以言吾國民族者也，然未及道、釋二家，不可謂之中肯也。

玩世與儒家之積極用世間取得平衡。〔註280〕然平衡絕非一分為二，適得其中，中者乃其情狀，情狀乃一切諸作用力之綜合，非僅見於數量而已。以數量言，如西人所云「黃金分割」法，即數量一原素在諸作用力下表現之中和情狀也。故中庸之道，必仍有一極為主而制事物之發展。且儒家之用世精神亦不須為別者平衡而閹割之也，用世而能捨一己之私利而超然於名利之外，是稼軒之作為為高，而非是若陶淵明之以道家精神為平衡之，而無所濟於現實世界者也。故自然人生之情狀為和諧圓滿，非其主也，乃一理想境界，臻此理想之境界則事物將停滯不前矣，故自然人生之和諧圓滿為不可能，亦即不得其主。其主云何？即儒道積極精神之和合也。〔註281〕世界之動猶釋氏所云空也，其暫時之平和猶色也，空乃永恆之理然具現實能動之色彩者，色乃一時之蘊而具現實能靜之色彩者，必得兩者合一而動靜結合，而能以觀世俗世界，以觀自然人生。若陶淵明者，安得謂之無憂無慮？蓋其品格境界，雖亦已達道家之積極精神，於儒尚有虧缺，蘇東坡亦然，故我獨許辛稼軒也！此僅以其文學之人格境界、思想境界、精神境界言之，如以盡美一義求之，則陶淵明之平淡自然、真純沖和，如水能清而似玉能瑩，去辛稼軒之天姿爛漫、不拘一格、豪放深渾、絢麗壯闊，如光為虹則蘊七色，如花色香味兼具，又不可以道里計也！

儒道之積極精神和合融一，有一過程。先秦諸子百家爭鳴，儒道並顯，至漢初重黃老，壓倒儒術。罷黜百家獨尊儒術之後，東漢末之三曹七子，有儒之積極精神而無道之積極精神。魏晉南北朝玄佛之學大興，則又有無儒之勢，而道之積極精神，除陶淵明而外多未涉焉，或流為虛無縹緲，或流於怪誕離奇，玄秘庸俗為老莊之蠹也。唐中期前經濟大興而社會風氣甚為開放，

〔註280〕《林語堂全集》第 21 卷，東北師範大學出版社，1994 年版，第 119～121 頁。林氏謂陶淵明為「中國最偉大的詩人」、「中國文化最和諧的產物」、「整個中國文學傳統上最和諧最完美的產物」、「永遠是最高人格的象徵」，乃仍以吾國傳統文化主靜之精神為評價之標準，皆過當矣。如陶淵明詩尚不如李杜，人格不如嵇康、辛棄疾，若「和諧」一事，則適為弱化吾國文藝直面世俗之現實世界之社會民生無限豐富、複雜、深刻之表現者，而唯否定之精神（見為矛盾、痛苦諸義）為社會歷史發展之根本動力也。

〔註281〕此種和合，非徒「取長」，更須「補短」。若僅為「取長」，則無以產生思想文化之新質。而由吾國傳統文化穩定持久之劣根性所決定，則必須以「補短」之精神，吸收儒、道、釋諸家思想之長（「取長」），整體、全局以突破、超越之，如此乃能真正實現「補短」。此種理路、思想拙著《論語我說》有論，而以批判儒家思想為根本、核心，此不贅衍。

唐主自命與老氏同其淵源，推崇已甚，而儒道並興，文學上之道之積極精神，仍未得恢復。其恢復也，則寄在宋之蘇辛二人，已極其大成。而唐知儒之積極精神，已出駢枝，流入傳奇而宣揚爲俠義之精神也。俠義精神源於戰國辯術辭刺客之流，而墨子一支尤爲著力，至於司馬遷之《史記‧刺客列傳》及《遊俠列傳》而始出重彩，唐之傳奇色彩更濃而奇幻大異，於道之積極精神，仍未極其至。《水滸傳》兼有史實而實多渲染，多涉豪放，其精神更偏於儒。《三俠五義》、《小五義》之流，儒之積極精神亦頗減矣。迄新派武俠小說勃興，而金庸之《笑傲江湖》一書，始能糅合儒道之積極精神，爲令狐沖之一人物形象，既沖淡而又豪放激情，臨事不苟而又厭世俗名利之爭奪，道、技兩成而婉豪並臻。數十年來此一形象深入人心而歷久不衰，其在知識分子之精神境界中，影響尤巨。然其既爲武俠小說，則令狐沖雖可兼儒道之積極精神，而儒之積極精神則未至於極致若辛稼軒者也，以江湖之最高意蘊爲歸隱，與現實世界大異也。令狐沖之所造爲豪放之境界及精神也，拙著《金庸小說詩學研究‧〈笑傲江湖之精神〉》一章特論豪放之精神，而點出其下於辛稼軒之所以，即積極之入世之精神者也，故豪放之精神即世俗之精神，實爲吾國傳統文化精神之最高境界也。

若獨論詩，則陶淵明而後，李杜並稱。杜純粹爲積極深渾之儒家精神，李則天風飄灑，得道家之氣質，更糅以俠、仙兩種品格，其底色則仍爲儒也，而清華高明、自然逸麗。山川之秀美壯麗，人物之偉美特異，花草煙雲之精神，詩酒琴劍之風味，佳人之風情，一擲千金之灑脫，豪放不羈之性情，出入人天之奇思遐想，其所創造之藝術境界，洵爲多姿多彩也。如「兩人對酌山花開，一杯一杯復一杯。我醉欲眠君且去，明朝有意抱琴來」（《山中與幽人對酌》）之章，其放浪瀟灑乃眞本性也，絕無疑義而更在「採菊東籬下，悠然見南山」之上。此詩未有言外之意而有韻外之致，所以爲高耳。李太白之詞中豪放之精神意態最見於其七言歌行，爲其詩中之最佳之處，後世未有能繼之者，明之高青丘雖號爲才氣驚人，而實與太白不可同日而語，其人未具豪放之精神而不能爲豪放之作，亦可確定。若龔定庵則雖卓有氣勢，而多爲勃鬱清壯而間雜以譎麗，與豪放之境亦仍有間也。杜之豪放則精神境界上見爲不可自解之深情，而不但流爲形式上之不能出儒家思想境界之外而已，而此種之深情而不能自已之境界，乃能爲入世之精神，而能因世俗之不足以生豪放之姿態，是眞豪放之精神者也。此種之精神、姿態，後世亦成絕響矣！

李杜二子之境界，真時代際會之所成而不可復者。然詩詞之體制均容量甚小，必待之元曲中之劇曲，豪放之精神、姿態乃能淋漓盡致而神味爛漫也。及明清之長篇小說，反大氣磅礴、深閎偉美之傑作，雖或未必見為文字、風格之豪放，然其之所以特出而為傑作者，則無不與作者整體、全局之豪放之精神相關，則又無須多論者矣。〔註282〕

　　或曰，意境之生成，則「道孕其胎，玄促其生，禪助其成」〔註283〕，此論大是。佛學之於吾國政治、經濟、文化皆得薰染，而文學藝術（如建築、雕塑、繪畫）亦未能免，誠吾國文化之一重要成分。書畫而外，雕塑因之得大發展，大規模之石刻、碑林、山寺、樓塔、石窟，亦為吾國建築史上極為輝煌之一部份。而文學中，其俗講於小說之發展有大助益也，獨於詩學渲染絕少，此又籲可怪哉之現象也。宋代以禪喻詩之風甚盛，當是得力於禪宗之大興，然此一意蘊實未多於吾國老莊，且禪宗之立亦多得力於老莊之學，而王孟一路本非吾國詩學之最高境界也明，渲染佛學色彩之詩作，名篇幾乎無有。禪宗於士大夫淵源最深，如常建之「山光悅鳥性，潭影空人心」（《題破山寺後禪院》）、王維之「行到水窮處，坐看雲起時」（《終南別業》），後人不過以為富於理趣而已。又如「掬水月在手，弄花香滿衣」、「竹影掃階塵不動，月穿潭底水無痕」、「石壓筍斜出，岸懸花倒生」之類禪詩（句），宋之道川禪師頗擅之也，然不聞乃吾土之詩人。蓋此種境界猶王國維《人間詞話》所云之「無我之境」，「以物觀物」，固有一點靈性在，然無性情而不利於我性之發揮，而吾國詩學最重抒情言志，此佛學境界於吾國詩學庶幾絕緣之故也。故錢鍾書《談藝錄‧補遺‧三》論鍾、譚評詩好以禪說之，然「『悠然見南山』參作偈語，真隋珠彈雀矣。」〔註284〕宋之嚴羽以禪喻詩，道理雖妙（亦被不解禪之譏）而義其狹矣，詩將由之而廢矣。其言曰：「詩有別材，非關書也；詩有別趣，非關理也。然非多讀書，多窮理，則不能極其至。所謂不涉理路、不落言筌者，上也。詩者，吟詠情性也。盛唐諸人唯在興趣，羚羊掛角，無

〔註282〕如《西遊記》、《水滸傳》、《紅樓夢》，均以突破、反抗傳統之姿態籠罩全書；若《三國演義》，以「奇」見勝，即不受拘束於事物之常態、傳統者，如此之類，即皆「豪放」之精神之一端。「豪放」之精神之根本、核心內涵為不受拘束，思想之層面為突破、超越吾國傳統文化、禮法制度之束縛，切不可狹隘以解會「豪放」一義也。

〔註283〕于民：《空王之道助而意境成──談佛教禪宗對意境認識生成的作用》，《文藝研究》1990 年第 1 期。

〔註284〕錢鍾書：《談藝錄》，中華書局，1984 年版，第 307 頁。

跡可求。故其妙處透徹玲瓏，不可湊泊，如空中之音，相中之色，水中之月，鏡中之象，言有盡而意無窮。」(《滄浪詩話‧詩辨》)禪宗主不立文字為上，而詩則必著文字為色相，故所謂「興趣」、「無跡可求」，亦止如人之眉目傳情，即欲汝之我之意而又懼輒解我之意，境妙於外而於彼此之實質及意中人則無所益也。嚴氏「詩有別材」之說，近人多以其涉禪故非之，錢鍾書《談藝錄》始為正名，然義雖如是，未是禪家所專也，又何必以禪為心事哉。嚴滄浪標舉第一義，貌似推尊李杜而實則其說於李杜並無關係，以禪喻詩乃宋人時髦，滄浪未能免俗耳。然佛學之境界實廣大深博大，更勝儒道二家，而神妙非一，若禪宗之不著色相直指心性，不過其中一端而已。佛學之境界大抵莊嚴闊大，文字不避反覆言說申論，初而厭其絮絮之繁瑣，久而覺其自有一種姿態。佛學雖為出世之意蘊，而實則頗重現實世界之影響，建築雕塑石刻之類，皆所謂奇觀也。其說雖有力於人之心性而以靜為趣，其動者唯心也，此與詩歌之性情及人格境界、思想境界、精神境界勢為水火，而以「無我」為蘊，而未能更上而為「無我之上之有我之境」，此則又佛學之於詩學影響甚少之所以者也。

　　以上所稍論三家之境界而於吾國詩學之影響，以佛學之力為最微，次之以老莊，其最正而大、深而遠者，則莫過於儒家之精神。或曰吾國古代詩學以「意境」理論為中心，而意境之特徵又多與老莊之學融合，安得云以儒家之精神之影響為最邪？蓋儒道此兩種思蘊之精神，有所異也。儒學之境界往往於人之情志、理想、精神、人格多有薰染，厥有積極、進步之因質，實際則或多保守也。道家之境界則往往以人中之天為意，以物我無礙、自由自得為樂，此其積極之一面，其消極者則出世之意蘊而固守自由自在之小我也。如李太白之詩，極具道家之色彩，吾人於其飄逸不群、天才卓絕、傲然獨我之氣質，固欣賞豔羨，然此種之精神氣質乃太白所獨有，非吾人之能學而得之者也。而吾人於其詩歌，更賞其純真粹美、天真爛漫之情志理想，思維其詩中之最佳處也。若徒賞於其風流之意味，則失之矣。故儒家詩學之精神，由實而之虛，又必因虛以立實者也。道家詩學之精神，由虛而之虛，以虛應虛也，「虛與委蛇」，是之謂矣。故屈子、杜子，雖幾無道家精神之薰染，而無妨其為文學之大匠。又如曹雪芹，亦少道家精神之薰染者也，而歷史上之大詩人、大文學家，雖或以道家精神為主，而若無儒家精神之裨益，則亦難為大詩人、大文學家矣。然世少真儒，其不能擺脫於現實世界之利益，精神

達致豪放之境界，而「以人爲最第一之價值」者，皆所謂「鄉愿」也。

　　禪之精神，實出於吾國老莊之學，其在佛學中之地位，亦猶士大夫之與百姓，以雅爲色〔註285〕，而其形成則亦賴士大夫之流乃得脫胎。故文學中道家之氣象、境界，凡夫俗子、山野村鄙皆得與焉，若禪之精神則非廣大教化之法。禪出乎老莊而究心性爲甚，實爲老莊哲學之歧途，老子猶有辯證之色彩，而莊子已至於自我之境界，禪學則更及於內在之心性也，故與世俗世界益爲隔絕。禪家講悟，自證其性而不恃外物，此種修持法，與儒家之不苟求於外物而獨立自持，不可以道里計。悟乃學有所得之境界也，禪以之爲入於超驗境界之契機，又講妙悟，神其面目，一「妙」字則自神之痕跡也。陸桴亭《思辨錄輯要》云：「凡體驗有得處，皆是悟。只是古人不喚作悟，喚作物格知至。古人把此個境界看作平常。」可稱通解。詩以表現情志理想者也，於悟關涉其實不大，而只是「技」之境界。宋人以詩爲禪之教義之別體，境界既嫌單調，又異乎談理明道，非詩之主流也。蓋以禪入詩，實即奪哲學思蘊之用而強之於詩，反失詩之本質魅力，猶喧賓奪主者也。禪之境界極爲狹仄，以禪喻詩者尚有之，以禪喻文者則似乎無有，而詩之與文學之異幾何哉！以書畫例之，或云顛張狂素之書多得力於禪學，獨不睹杜甫之《劍器行》乎？吾國書法中禪學之力甚微，而風格之異乃源於性情。又或云文人畫、寫意畫亦禪之精神之多孕育，眞癡人說夢。禪之境界於吾國書畫皆渲染未多，即山水畫亦仍以老莊之蘊爲主，其所表現之意境，是同於詩者也。即以寫意畫之大家徐渭而論，其所畫葡萄、竹石之類，不知禪在何處？寫意者寫其意即理想之思想精神境界者也，而技法上則見爲豪放而不拘一格之姿態，與禪之趣味無與焉。竊謂禪之精神乃普遍體驗之必然者，而文學藝術則抒寫性情者，必須有「我」，且必須至於「無我之上之有我之境」方始爲最高境界，此兩者不可調和之根本矛盾也！禪之境界、精神但一澄澈，極排斥性情者也，以性情千形萬態，不主故常也。吾國文學如《詩》、《離騷》、李杜、蘇辛、關、曹，尤其小說、戲曲，其最偉美閎異者皆非禪之境界、精神，則禪之於吾國文學之影響甚微，尤其於其最高境界之事未有大力，不亦明矣乎！袁枚《隨園詩話》卷三云：「詩境最寬，有學士讀破萬卷，窮老盡氣，而不能得其閫奧者；

〔註285〕如超脫之類，亦「雅」之一義。故雅也者，根本言之，乃吾國傳統文化薰染之文人士大夫精英階層之根本審美意識、趣味，不可僅以字面之差異而不解其根本之核心意蘊也。

有婦人女子、村氓淺學，偶有一二句，雖李杜復生，必爲低首者，此詩之所以爲大也。」禪之悟百世之間寥寥無幾，如此詩將爲之待邪？竊謂正如孀居絕色，人人而動心，文學藝術之領域又絕無束縛，則我知其不能守也爲必然，而將順乎天地自然之道也。

徐復觀《中國藝術精神》以道家之精神爲吾國藝術精神之主流〔註286〕，可謂提綱挈領者矣，然此不過自「技」之境界以言之也。以「意境」爲主之吾國詩學內涵，多緣老莊醞釀，談藝之學尤仰之焉。後世談藝者之妙佳佳諦，雖能如孫悟空之有七十二般變化，仍脫不出如來之手掌也，而能於老莊之學覓其淵源。今人以爲「意境」理論萌芽於佛學傳佈茲土之前，其發展成熟卻得益於禪宗思想，此侃侃而迂腐其談者也，明察秋毫而不見泰山者也。「意境」理論雖爲吾國詩學之核心內涵，而其確立此種之地位，實賴王國維「境界」說之能集其大成也。在古則不過吉光片羽，零碎散漫，雖《詩格》早作發明，歷宋元明清，至於清末如《白雨齋詞話》、《蕙風詞話》諸書多有及於此一概念者，且有「潛體系」之徵象，然意蘊仍原汁原味，並無太多本質之發展。〔註287〕其間詩家談藝妙尚，則司空圖之「韻外之致」、「味外之旨」，皆老莊之學之支流而見諸文學者也。其後明人得力經濟而大反傳統，李溫陵之「童心」說及公安三袁、袁枚之「性靈」，或具反叛之精神、自我之精神，然猶是保守之面目而於書本之境界中覓生活，猶是點、面之講究而非整體、全局性之突破、超越；至於清季王士禎之「神韻」說、翁方綱之「肌理」說、沈德潛之「格調」說，則每況愈下而無內容之實質精神，至於此地，而詩詞曲皆徒有形式之空殼者矣。

總之，吾國古代之文學，以雅爲主之文學也。其俗文學之端倪而出之者，若非最庸俗陋劣，即最佳，其爲極端也甚。如《詩》三百、漢樂府、杜子美、辛稼軒，皆有俗文學之佳制，若元曲中之關漢卿、《紅樓夢》、《水滸傳》，則又俗文學之絕輝煌者也。雖然，而俗文學受制於封建倫理意識及其道德，遠未極其發達焉！而詩爲尤甚。即如詩詞中轉出之元曲，雖稱「一代之文學」，亦猶然是也。若元曲之意境，有極俗爛惡劣者，格調亦下，散曲尤先衰爲詩

〔註286〕徐復觀：《中國藝術精神》，華東師範大學出版社，2001年版，第28～30頁。
〔註287〕王國維之「境界」說亦於「意境」理論無本質之發展，王氏之貢獻在系統、邏輯之整合及此種整合之上思辨之強化，且談藝漸重主體、內容，雖仍以「無我之境」爲其理論之核心意蘊、實質、最高境界，然其理論闡釋本身則大具個性之魅力。上述各點，均足以有益「境界」說之影響也。

中餘事。如關、馬、白、鄭諸大家之劇曲，則又絕爛漫，而唯關漢卿少雅化之象。其特出而美之人格境界、思想境界、精神境界，極吾國兩千年文學之豪放潑辣、鮮俗活色，於現實之世俗世界無絲毫之隔膜也。而能於思想上臻此境界，則必於自然人生一切諸事物皆極喜愛，唯愛之深則憎之切，則情益深摯醇美，氣遂沛然盛大，而能於文學傳其神而出其味，境界自高也。本書前已有論吾國以「大」爲最高之境界，而如馬東籬〔越調‧天淨沙〕《秋思》之意境，美則美矣，不可以稱大也。若辛稼軒之《摸魚兒》（「更能消、幾番風雨」）之作，乃可稱既美又大也。以我觀之，大者眞善美之合一而成者也，苟闕其一，則不得爲大矣。斯三者各極其致，而又完美融合也。若吾國以「意境」爲勝之文學，多未至於「大」之境界，而所謂「大」則必至於「無我之上之有我之境」，即至於「神味」之境，始可稱之爲大也！若元曲者，關漢卿之後即遂雅化而少俗之活力，雖《西廂記》之作不可免雅化之境界也，則美則美矣，不可稱之爲大之境界也。以是而論，吾國之大詩人，不過屈子、杜子、辛稼軒、關漢卿數人而已矣。太白雖亦豪放而天才不可爲及，然其若是之作甚少，去大之境界已有間矣。

　　吾國之文學，其最有價值者爲詩與小說，前者以性情爲要而上可及於人格境界、思想境界、精神境界，其最堪著眼之點則爲一「氣」字，以意行文，以意爲詩，實皆以氣行之而後能佳也。氣者何也？情之聚也，氣之內爲情，若至於深情而熱烈之境界，則氣遂可生成矣。凡人皆有氣也，關鍵則爲此氣乃人之爲物性之人之自然之氣邪？抑且因性情而具世俗之精神而得積聚之盛大而充沛之氣邪？若後者是我之所謂氣也。是氣也，上則接於孟子之言氣之說，即「浩然之氣」者也，《孟子‧公孫丑》有云「夫志，氣之帥也；氣，體之充也。夫志至焉，氣次焉」，則氣是志之所之而成者也，至於「浩然之氣」之境界，則「其爲氣也，至大至剛，以直養而無害，則塞於天地之間……行有不慊於心，則餒矣」，此吾國氣論之最精彩絕倫者也，心有所虧則氣以不完，而以志爲帥，眞氣之精神之所在也！若然者，則必至豪放之精神及境界也！若自「技」之境界言之，則《淮南子‧原道訓》「氣之所充，而神爲之使也」之言是矣，有氣則有神也。曹丕《典論‧論文》云：「文以氣爲主，氣以清濁有體，不可力強而致。譬諸音樂，曲度雖均，節奏同檢，至於引氣不齊，巧拙有素，雖在父兄，不能以移子弟」，韓愈《答李翊書》云：「氣盛則言之長短與聲之高下者皆宜」，皆深明此理者也，韓子之文千古爲佳，有氣固

－259－

是，而「盛」之爲言，則眞中關鍵之所在也！謝赫《古畫品錄》云：「畫有六法，……一氣韻生動是也，二骨法用筆是也，三應物象形是也，四隨類賦彩是也，五經營位置是也，六傳移橫寫是也。」蕭子顯《南齊書・文學傳論》云：「文章者，蓋情性之風標，神明之律呂也，蘊思含毫，遊心內運，放言落紙，氣韻天成。」唐張彥遠《歷代名畫論・論畫六法》云：「若氣韻不周，空陳形似，筆力未遒，空善賦彩，謂非妙也。」宋陳善《捫虱新話上》一云：「文章以氣韻爲主，氣韻不足，雖有詞藻，要非佳作。」此皆自「技」之境界以言氣者也，獨有氣之不爲足而未見姿態，故襯之以「韻」，若自氣之變化之效果而言而是「神」之一義，則後世「神韻」之所自也，氣偏於剛而韻偏於柔，即此種「技」之境界之眞亦不爲後世論者所全，而宋之後遂專重於韻矣，如唐司空圖之詩論多求韻外之致，北宋范溫有《韻論》，嚴滄浪及清之王阮亭皆以「神韻」爲意，而豪放之境界及美不可復見矣！實則氣韻二字，氣是主也，韻爲次也。氣尚又有其主，志是也，志者，所以出味之大者也，無志之尚則性情及人格境界、思想境界、精神境界爲非最第一之位置，而天下之文學藝術爲消極、爲保守、爲柔弱矣！由韻之重視而「意境」終得成立而爲吾國文學藝術境界之主流，即有不以「意境」勝而以「神味」勝之文學，如辛稼軒（王國維託名樊志厚之《人間詞乙稿序》謂之「南宋詞人之有意境者，唯一稼軒，然亦若不欲以意境勝」〔註288〕）之作，亦不得公平之評價，而遂以豪放、婉約相爭霸之形式出之，終以婉約爲本色正宗之口實而壓抑排斥豪放也。其壓抑排斥之法則又不明言排斥豪放之精神，而以豪放之形式之粗鄙者爲的，或以風格之層次論之而排斥豪放，以掩人耳目者也！世之論豪放、婉約之爭者皆未有知於是而喧喧然，即爲豪放張目者亦未得此之要，甚可惜也！

　　吾國傳統文化之精神，以政教爲壓抑遏制之意識爲閹割而文人之境界由之而下，而能脫出者寥寥無幾也。唯其個性、性情之在壓抑之狀態也，故「無我之上之有我之境」非尋常之人所能到，而此一境界雖爲「我」之最高境界而實則又尋常之人皆可以到，是其志意理想爲之關鍵也，故詩學中醞釀而成意境，於文學境界中廓大空間，實即現實之世俗世界中無空間之體現也！理想之境界必然而有超越之性質而求非現實之空間者，然非是意境之所成而千古不變者也！欲爲詩人或文學家，必如郭沫若《鳳凰涅槃》中鳳凰之境界，

〔註288〕王國維：《人間詞話》，上海古籍出版社，1998年版，第77頁。

必經於現實之世俗世界而鍛鍊性情而及於人格境界、思想境界、精神境界，火其自然物質性之「我」而提升爲人爲世俗世界之「新我」、「眞我」、「大我」，至於「無我之上之有我之境」，而於世俗世界及其中之人之大美有偉大之深情在，而文學之境界可能創新也！我之惜世人不足以知之也，因小論吾國詩學之核心內涵及傳統文化精神之境界焉！至若意境理論之集大成者王國維《人間詞話》之「境界」說，已詳論其缺陷於《王國維〈人間詞話〉評說》一書，此從略；而余所倡之突破、超越吾國傳統文藝舊審美理想之新審美理想理論體系「神味」說理論，其義旨、思想、精神已括之於《「神味」說新審美理想理論體系要義萃論——當代中國「本土化」文論話語體系之建構》一書，以爲參詳本書所論元曲及吾國古代詩學、文論者也。

三〇

余之提出並系統建構、闡釋「神味」說新審美理想理論體系也，迄今爲止已垂廿載，因此前身長不在學界，理論之建構、闡釋又以詩話體或文言之「悟性思維」之態勢爲主，故學說之傳佈殊難，《紅禪室詩詞叢話》一書印行之後，又嘗爲「神味」說新審美理想理論體系要義萃論，先後爲六版本〔註289〕，

〔註289〕自 2004 年至今，「神味」說理論體系之要義已歷 6 版本，最終名《「神味」說新審美理想理論體系要義萃論——當代中國「本土化」文化話語體系之建構》（齊魯書社，2017 年版）：拙著《諸二十四詩品》收錄最初版本，注釋云：「此『神味』說詩學理論要義集萃之版本錄自 2004 年冬完成之《論轟紺弩詩》，明言『神味』說之要義錄自《紅禪室曲話》，此書後易名《嫁笛聘簫樓曲話》，2002 年至 2005 年撰並修訂，則綜合讀研諸情形，此要義應完成於 2004 年左右。」（陽光出版社，2014 年版，第 45 頁。《嫁笛聘簫樓曲話》最終定名爲《元曲正義》）《詩詞曲學談藝錄》所載者爲第 2 版本；《諸二十四詩品》卷上附錄載其第 3 版本（陽光出版社，2014 年版，第 50～78 頁），通名此前三版本爲《「神味」說詩學理論要義集萃》；稍加修訂，並增摘要，以《新審美理想理論體系建構——「神味」說詩學理論要義萃論》屬名刊於《中國美學研究》第五輯（朱志榮主編，商務印書館，2015 年版，第 118～142 頁），爲第 4 版本，然編校頗有誤處；又稍加修訂，以《新審美理想高度下的當代中國「本土化」文論話語體系建構——「神味」說詩學理論要義萃論》爲名提交爲 2015 年 10 月 23 日至 27 日在武漢召開、由中國中外文藝理論學會主辦、湖北大學文學院承辦之中國中外文藝理論學會第十二屆年會暨「當代中國文論的話語體系建構」學術研討會之論文，爲第 5 版本；齊魯書社本，則其最終版本。此 6 版本，字數分別爲 8 百字、3 千字、2.2 萬字、2.3 萬字、2.5 萬

以利其傳佈。其首版本即載於本書初稿，此雖僅爲要義萃論之雛形，然於「神味」說理論體系之建構、闡釋極具特殊之意義，故本書終篇，仍存錄此要義萃論之首版本焉，如下：

一、兼靜態而以動態美爲主，其最高之姿態爲潑辣爛漫，以此爲切入現實世界之契機（虛實互生，以實爲主。虛所以提升提煉實而得其精華，以入於更高境界之實）。

二、「神味」重內美，而重人格境界、思想境界、精神境界，此與意境美大異。

三、人物或人物形象之最高境界：無我之上之有我之境。此一境界由進王靜安之「有我之境」與「無我之境」而得。

四、「神味」說之三要素：事、意、細節。而以性情一之：性情尤重樸素，由天眞而至爛漫，得人間之情味而至潑辣、豪放。

五、「神味」之內質：豪放之境界。

六、「神味」之本質特徵：不可複（性情、細節）。意境則多複而大同小異，此由「情」、「景」易單調故也，而唐以後之詩史足以證之。

七、「神味」創造之法：由大俗而臻大雅，其境界爲平凡而造偉美。

八、三境界之別：藝術以靈動爲特色，人生以意境（尚淡遠超逸）爲特色，文學以神味（「神」爲物之極，味爲人之極）爲特色。

九、「神味」爲雜多融一之美，以天眞爛漫、淋漓盡致爲外在最高之表現形態。「神」爲一物之極致，「味」爲多物或人與物和合之極致。

一〇、比喻：意境如王士禎所言之龍，雲中只露一鱗一爪；神爲如張僧繇之畫龍點睛。意境如鯤鵬乘風，神味如鳳凰涅槃。

一一、意境以寫意爲極致，神味以豪放爲極致。

一二、意境典範代表之作如李易安之《一翦梅》（「紅藕香殘玉簟秋」）；神味典範之作如《掛枝兒》（「我儂兩個忒煞情多」）。

一三、「神味」說之目的：理論上爲突破意境，故文學上爲促使

字、7.5 萬字，今後若有修訂，則仍以在後者爲準；而諸版本之差異，亦可見「神味」說理論嬗變之痕跡也。

開一新境界而別造興盛，人生則爲人而以人爲最無價之價值也。

　　一四、意境，由有限以求無限也；神味，則是將有限最佳化也。

　　一五、意境以興象爲中心，神味以細節爲中心。

參考文獻

（古代一般文獻資料及期刊文章略）

1. 《中國古典戲曲論著集成》，人民文學出版社，1959 年版。
2. 王國維：《宋元戲曲史》，上海古籍出版社，1998 年版。
3. 王國維：《人間詞話》，上海古籍出版社，1998 年版。
4. 任訥：《散曲概論》，中華書局，1931 年版。
5. 任中敏：《詞曲通義》，商務印書館，1931 年版。
6. 吳梅：《顧曲塵談／中國戲曲概論》，上海古籍出版社，2000 年版。
7. 周貽白：《中國戲曲發展史綱要》，上海古籍出版社，1979 年版。
8. 趙義山：《元散曲通論》，上海古籍出版社，2004 年版。
9. 李昌集：《中國古代散曲史》，華東師範大學出版社，1991 年版。
10. 丁淑梅：《中國散曲文學的精神意脈》，中國文聯出版社，2001 年版。
11. 魯迅：《中國小說史略》，上海古籍出版社，2006 年版。
12. 姚淦銘、王燕編：《王國維文集》第 1 卷，中國文史出版社，1997 年版。
13. 《陳寅恪集・寒柳堂集》，三聯書店，2001 年版。
14. 宗白華：《美學與意境》，人民出版社，1987 年版。
15. 宗白華：《美學散步》，上海人民出版社，2005 年版
16. 《鄧以蟄全集》，安徽教育出版社，1998 年版。
17. 錢鍾書《宋詩選注》，三聯書店，2002 年版。
18. 錢鍾書：《談藝錄》，中華書局，1984 年版。
19. 錢鍾書：《管錐編》，三聯書店，2001 年版。
20. 《錢鍾書散文》，浙江文藝出版社，1997 年版。
21. 陳匪石：《宋詞舉》，金陵書畫社，1983 年版。

22. 趙敏俐、吳相洲、劉懷榮等著：《中國古代歌詩研究——從〈詩經〉到元曲的藝術產生史》，北京大學出版社，2005 年版。

23. 陳平原、夏曉虹編：《二十世紀中國小說理論資料》，北京大學出版社，1989 年版。

24. 葉嘉瑩：《王國維及其文學批評》，河北教育出版社，1997 年版。

25. 《沫若文集》，人民文學出版社，1958 年版。

26. 《梁啓超全集》，北京出版社，1999 年版。

27. 《林語堂全集》，東北師範大學 1994 年版。

28. 湯用彤：《魏晉玄學論稿》，上海古籍出版社，2001 年版。

29. 梁漱溟：《東西文化及其哲學》，商務印書館，1999 年版。

30. 黃遵憲：《人境廬詩草》，中國青年出版社，2000 年版。

31. 劉永濟：《詞論》，上海古籍出版社，1981 年版。

32. 《梁宗岱文集（批評卷）》，中央編譯出版社，2003 年版。

33. 錢穆：《論語新解》，巴蜀書社，1985 年版。

34. 于永森：《詩詞曲學談藝錄》，齊魯書社，2011 年版。

35. 于永森：《諸二十四詩品》，陽光出版社，2014 年版。

36. 于永森：《稼軒詞選箋評》，陽光出版社，2015 年版。

37. 徐復觀：《中國藝術精神》，華東師範大學出版社，2001 年。

38. 陸侃如、馮阮君：《中國詩史》，百花文藝出版社，1999 年版。

後　記

　　嗟乎！夫學術者，精神意蘊層次之全部生命力灌注之事業也，就文史哲
之領域而言，無論其治學之對象如何，而罔不終將歸結於精神意蘊之層次，
以爲其全部生命力之完美寄託。唯有如是者，其學乃可觀，而厥有切實生
動之思想精神之魅力，或以專精微妙而浸潤神髓，以應和乎情趣，或以遠
大磅礴而暢揚胸襟，以洋溢乎理想。不知人間世與人之存在之意義，而僅
瑣屑於系統知識之層面、境界，烏足以言學也哉！惜今日之世，庸俗勢利
侵賊學術，若是之不可收拾也！以利益爲纏結，而學者多不知良知、學術
公義爲何事矣，咸避精神意蘊而若不及。故近代學人之若王國維、陳寅恪、
魯迅諸先生者，其學如何勿論，其人格、思想、精神之所在，固我之所仰
止，常以領略、共鳴，而慨乎今不可輒見矣！唯其理想之洋溢而精神意蘊之
磅礴也，故余作文，恆帶感情如梁任公之所言者〔註1〕，文字因之而波瀾、
姿態橫生。〔註2〕今之著作，如王國維《人間詞話》、《紅樓夢評論》及《宋
元戲曲史》、魯迅《中國小說史略》、陳寅恪《柳如是別傳》及《論〈再生
緣〉》、任中敏《散曲概論》之富學術個性者已極罕見矣，余不自量力而竊
欲追攀，聲氣相親，亦一樂也！諸友皆以學者目我，而我頗憚煩於故紙之
搜求，若是之人已多矣，心志固不在此，而有志於倡千古之論以進文學藝術
之境界，以進吾國文化思想之境界〔註3〕，一隅之學者之作爲，豈我之所欲

〔註1〕所謂感情，固無人無文字不沾染之，此處所言，乃感情極爲濃烈之謂。
〔註2〕余爲文不受故常所縛，尤不喜今人爲文言而猶如古色古香之古董氣味者然，
　　　昔嘗撰《古文說》以明作文之思想、理念矣。
〔註3〕余之治學，二十餘年來始終專注於「神味」說理論體系之創構，迄今雖若干

為哉！

余所撰述，大抵以繼承、推進「意境」理論而又突破、超越之為要，建樹一新審美理想理論體系以替代之，以徹底開一嶄新之局面，指引將來數百千年之文學，此吾國文學、文論史上絕無前人之偉構弘想也。雖然，亦出力不討好之事業也，因有破立，故於前賢批撻甚多，人以為不敬、猖狂，而實不知所以為敬者未有若是之甚者也，真正之繼承厥業，必以揚棄之精神為之也！知其美惡之所在，而後愈益體之好之敬之慕之，此種之感情，又非尋常局外之人所能會心者。歷世久之，年已至此，心之為悲涼者亦甚矣！夫真理之未必人而樂奉而行之也，我又若是之執著者何哉！我之性善忘也，好惰也，無（懶於有）機心也，不善交通也，讀書不求甚解也，不好西學也，不好且憚於作堂皇時興之論文也！論其才則中等稍上，論其慧而未及常人，人皆以為自謙，而不知此為實情也。〔註4〕於世事一竅不通，亦懶於通之，與其八面玲瓏、左右逢源，寧願為性情中人，追尋自我之內心、理想。以是之質而將為學術邪？學術亦非僅學術也，人貴有自知之明，後之能謀一業以養其家，其於願也，固亦已足矣！紅塵如海，人事茫茫，滄桑之慨，年來屢加，何情不可感，而何事不可忘——其且珍重乎貴體焉！

夫吾國傳統文化，勢位與話語權成正比之文化也，余身微言輕，不擅交遊鑽營，雖不以之為惡，而足以影響其說之流傳，雖然，未以為恨也，余之自信裕如也。如「神味」說理論者，如著作者，其出而有生氣而存世也，一任之，否則亦然，不以我之愛憎而強人，亦不欲人之愛憎有以加乎我之心也。其說雖已晚於其出之最佳之機，則理論落後於創作之歷史使然，如「意境」極盛於唐，而其理論則俟千年以後之王國維始集其大成，已晚之又晚而不可救其衰矣，必以新說出之，始可能自根本上變其面目，使創作

著作尚未梓行，然其體系已然大體完備。「神味」說理論所蘊含之思想精神，則余欲創構之「新文化主義思想」之部份，而「新文化主義思想」則又為余「價值本體論」哲學之核心內容。後二者規模宏大，終余之平生未必可就，但讀者之解會「神味」說理論，不可不知其思想精神之根本基礎、背景為後二者也。

〔註4〕余之治學，若言有所成，其心得略有三者：以現實之精神、情感為之，而大有理想之色彩，故懷疑、批判之精神極烈，而問題意識顯明，且不以功利之心態治學；術業有專攻，用拙而不用巧，持之以恆，鑽之彌深；因大具人文現實之情懷、思想，而略有悟性。若「性善忘」之類，則余以為長處，而未嘗以為短處也。

煥乎生機而入新境界。〔註5〕故余說雖晚出，而實具超前意識，今人於此猶夢寐也，則其運命之未測也宜然矣，所幸者迄今爲止，天南地北，皆有知音，識者終有，而譽者日多，足堪慰藉矣。〔註6〕總之，「神味」說理論之諸品性——如其自成體系之體系性；新審美理想理論體系；以突破，超越中國傳統文藝舊審美理想「意境」理論爲根本旨歸之新審美理想理論體系；雖借鑒西學，而立足於中國傳統文藝，尤其立足於二十世紀以後中國之現當代文藝及中國古今之文論、作者之創作經驗之「本土性」理論體系樣態；上述各點整合之「唯一性」——均爲毫無疑問之事實，而足以特立於世矣，余何憂哉。

　　此撰所及元曲，多限於文學而少及戲劇意義（演出）上之曲〔註7〕，元曲之可取而論者甚多，唯本嘗一滴而可知海水之義，務求簡約，形散而神不

〔註5〕　就迄今爲止吾國之文藝觀之，則如「神味」說之新審美理想理論面世之最佳時機有二，其一當爲中唐以後或稍後之宋代，即「意境」理論成熟之後、宋人於詩歌大力開拓及俗文學漸以興盛之時，此一時機吾國之文藝、文論史已然錯過：其二則二十世紀以後相對於吾國傳統文化之新文化思想勃興之時，文藝之創作已然不以「意境」爲最高最上之審美理想之追求，此則尚未錯過，而正當其時也。

〔註6〕　「神味」說理論創構前後，迄今爲止，僅自《詩詞曲學談藝錄》一書梓行以來，學界已有相關研究論文1篇（近兩萬字）、評價文章10餘篇，多有高度評價者，相關評論已錄之《詩詞曲學談藝錄》、《諸二十四詩品》等撰，此不再贅述。最近之評價則江蘇大學李金坤教授之《獨標高格「神味」美——于永森〈諸二十四詩品〉「神味」說詩學研究胜評》，其言有云：「學術研究難，學者才情並茂甚難，而超越前賢、創立新說更難，至於自成體系、獨樹一幟則更是難上加難矣！然而，當筆者讀完了年近不惑的青年才俊于永森博士新著《諸二十四詩品》（以下簡稱《諸品》）之後，學術研究的『四難』之虞便渙然冰釋，而對作者則油然而生敬意焉。通覽全書，其新創之『神味』詩學理論特色約有四端，即：『新』、『全』、『才』、『情』。」「于永森的《諸二十四詩品》，是一部多角度、全方位、立體化研究、闡釋『神味』詩學新理論的集大成專著，立論新穎，論析全面，才華富贍，感情豐沛，堪稱詩學理論研究之傑作，在中國詩學理論批評史上具有重要學術價值與意義。」（《寧夏師範學院學報》2015年第4期）

〔註7〕　戲劇意義（演出）上之戲曲，其仰賴「神味」而臻致更高更上於「意境」之藝術境界，方之文學意義上之戲曲無乎不同也，拙著《「神味」說新審美理想理論體系要義萃論——當代中國「本土化」文化話語體系之建構》及《論「神味」》等均於此義有所闡釋、發揮，此不贅矣——一言以蔽之：猶然拘束於追求以「意境」爲最高最上之藝術境界，而不知以「神味」爲最高最上之追求，是吾國現當代戲劇（尤其演出）之所以每況愈下之根本原因也（其代表爲京劇）。

散，而重在闡解「神味」一說，然亦不妨其細節有閎肆壯闊之處也。世之推崇元曲，殆無過我者：王國維雖推崇之，未能闡佳其中之最佳妙處〔註8〕；任中敏識解頗佳，然拘束以大有以散曲為詩之正宗之思想，且於元曲之「豪放」即最佳處未能探得其第一義——後世尤其今世之研究散曲者，又多截取「一代之文學」之在唐宋元三代之局部環節，以唐詩宋詞元曲之序列為依據，以唐詩宋詞之為詩之邏輯扭曲元曲「一代之文學」之實質，以劇曲非詩為論，而排斥劇曲出於唐詩宋詞元曲之「一代之文學」之序列之外，其狡黠亦未免太甚矣，則我所之尤不敢贊者；吳梅曲學通達，然以因循守舊為主，不可期之以新義新蘊——綜上種種，是書雖為曲話體，而乃名之曰《元曲正義》〔註9〕，其義之最大者，即「神味」說理論之闡釋，而倡文學、戲劇意義（演出）上之作為無不當以「神味」為最高最上之追求，以創進新審美理想之藝術境界。故若今世之戲曲大衰，「神味」說理論可為其提供若干法門，則唯有心者能有見也。

　　《論語我說・自序》云：「我之思想、著作雖批判吾國傳統文化至烈，然無不為繼承創新之義，一切諸作為，無不以探討、研究、建立異於吾國傳統文化之新文化思想，廓清吾國傳統文化之劣根性，開闢中華久遠偉美之新格局、新徵態、新境界為根本宗旨，即以吾國傳統文化為根基，不依賴外力而獨立自主創立新文化思想為期，俾國人深知吾國之傳統文化思想已非當今最高最上之價值，然後其追求、探索、創造、樹立更高更上價值層面之新文化思想之意識乃順理成章也，若其僅見我之批判吾國傳統文化至烈，而不見我之欲我中華之創立新文化思想者，勿觀我書可也！——若無特殊情況，上述文字將以慣例之形式現諸今後出版之著作，以表明我之態度，並藉此提醒世人、後人於前人苦心孤詣創造之學術成果，保有學術意義上應有之最基本之尊重也。」仍贅其言，以為歸結。但讀者當知，書中若干議論均代表乙酉年以前余「神味」說理論體系建構、闡釋之體認，當知其當日之理論建構、闡釋之情形若何，若其以後之理論發展，則當觀其以後之著作，如《「神味」說新審美理想理論體系要義萃論——當代中國「本土化」文論話語體系之建

〔註8〕余已有《試論元曲並非以「意境」為最勝》（《寧夏師範學院學報》2017年第2期）一文發表。

〔註9〕本書初稿名《紅禪室曲話》，後又曾名《嫁笛聘簫樓曲話》、《碧禪居曲話》、《吾庵曲論》等。

構》、《論「神味」》之類也。〔註10〕

2002 年 3 月至 2005 年 12 月初稿完並識於濟南之碧禪居

2006 年 12 月 26 日訂正完於濟南之我善養吾浩然之氣齋

2012 年 9 月重訂完於固原寧夏師範學院寓所之嫁笛聘簫樓

2017 年 8 月 16 日修訂完並定稿於故鄉平度之「超我」齋

〔註10〕 余辛卯年（2011 年）之前之著作，多以文言爲之，其中引用之若干資料，均
　　　　 倣仿古人著作，僅注明作者、文獻名目。相關情形，亦已於拙著《諸二十四
　　　　 詩品》一書《後記》有言（陽光出版社，2014 年版，第 293 頁）。辛卯年後梓
　　　　 行或尚未梓行之文言著作，多有數十萬言之篇幅者，則或又以今日學界通行
　　　　 之法注釋之，乃復一一搜尋當初關涉之文獻資料，耗力耗時甚巨，而僅能爲
　　　　 其絕大部，亦所謂勉力盡心耳。世之讀者，當有以知之。